한국문학과 관련 있는

중국 전기 소설선

한국문학과 관련 있는

중국 전기 소설선

김 현 룡 책임감수
김 종 군 편역저

도서
출판 박이정

저자약력

김종군(金鍾洯)

경남 하동에서 출생하여,
건국대학교 국어국문학과를 졸업하고,
같은 대학원에서 석사·박사학위를 받았다.
현재 건국대, 경기대, 극동대 등에서 강의를 맡고 있다.

저서 - 『남녀 애정결연 서사 연구』(박이정),
논문 - 「현대 드라마의 구비문학적 위상」,
      「통일문학사에서의 소설의 기원 문제」,
      「고소설에 나타난 이비고사 수용의 심리적 요인」 등 몇 편의 논문이 있다.

2005년 3월 25일 초판 인쇄
2005년 3월 30일 초판 발행

편역저   김종군
펴낸이   박찬익
펴낸곳   도서출판 **박이정**

130-070 서울시 동대문구 용두동 129-162
전화 922-1192~3 팩스 928-4683
홈페이지 http://www.pjbook.com   E-mail : book@pjbook.com
온라인 : 국민 729-21-0137-159
등 록 : 1991년 3월 12일 제1-1182호
ISBN 89-7878-789-4   03820   값   15,000원

　　우리 고전문학을 공부하다보면 필연적으로 문제가 되는 것이 곧 중국고전과의 관계이다. 이것은 우리 고전문학을 생성해 놓은 선인들의 생활상황과 밀접히 상관되어 있는 문제로, 우리 선인들은 국가의 정치·사회·교육 등 각 분야에 있어서 한자를 공식 문자로 사용해 왔고, 중국 전적을 통하여 지식을 습득해 왔기 때문이었다. 우리 옛날 지식인들은 중국 전적을 통하여 교육을 받았고 그것으로 과거시험을 보아 관직에 나갔으니, 중국 전적을 통한 문화 흡수는 자연적인 현상이었다.

　　이런 현상은 문학작품에 있어서도 예외일 수 없어, 우리 고전문학 작품들은 중국 문학과 깊은 연관을 맺고 있음을 보게 된다. 따라서 우리 고전문학, 그 중에서도 고소설을 읽거나 연구하는 데에는 우리 선인들이 읽어 감명을 받았던 중국소설 작품을 섭렵해 학습하는 노력을 게을리 할 수 없는 실정에 있다.

이와 같은 현실을 감안하여, 이 책은 우리 고소설을 연구하는 사람들에게 조금이나마 도움이 되게 하려고, 옛사람들이 가장 많이 읽어 고소설 작품 형성에 영향을 미쳤다고 생각되는 당대(唐代) 소설 '전기(傳奇)' 20편을 엄선해 편찬하고, 해설을 붙여 번역 저술한 것이다. 그리고 사람 이름을 작품 제목으로 삼은 경우에, 창작 당시 단행본으로 된 것은 당나라 때에도 끝에 '전(傳)'자를 붙였고, 소설집에 실린 경우는 '전'자를 생략하고 있다. 그래서 이 책에서는 편의상 사람 이름이 제목으로 되었을 때 모두 '전'자를 붙였다.

이 책에 실린 작품은 모두 사람들의 생활을 반영한 소설이고, 먼 옛날 당나라 때에 이루어진 것들이어서 그 내용을 이해하는 데에 어려움이 많았다. 즉 옛날의 중국 관습이나 생활을 추적하는 일이 매우 힘들었으며 관용어나 역사적인 고사를 그대로 삽입하고 있는 것을 일일이 고증해 밝히는 작업이 결코 쉽지 않았다.

따라서 이 저술은 한중 비교문학을 깊이 있게 연구해온 김현룡 선생님의 지도에 의하여 이루어졌으며, 편역자가 미치지 못하는 문제는 감수 과정에서 선생님에 의해 철저하게 수정되고 보완되었음을 밝히는 바이다.

2005년 2월
편역자 김종군 씀

우리 고소설을 연구하는 학자들은 특히 중국 당대(唐代) 소설 '전기(傳奇)'에 관심을 갖지 않을 수 없다. 왜냐하면 우리 고소설의 초기 형태가 한문소설이고, 그 구성형태도 당나라 '전기'의 형태를 가지고 출발하고 있기 때문이다. 그리고 구성형대기 닮았을 뿐만 아니라, 작품 내용에 있어서도 특히 당나라 '전기'에서 빌려오거나 인용하고 있음을 많이 볼 수 있다.

흔히 우리는 당나라 때 이루어진 소설인 '전기'와 그 전 시대에 많이 기술되었던 '지괴(志怪)'를 혼동하는 경우가 많다. 이 둘 사이의 기본적인 차이는 두 용어를 구성하고 있는 글자를 구체적으로 비교해 보면 확연히 구분된다. 곧 '志怪'와 '傳奇'에서 '志'와 '傳'의 대립과 '怪'와 '奇'의 대립을 밝히면 되는 것이다. '志'는 있는 사실을 기술한다는 뜻인 반면에 '傳'은 풀이해 확대발전시킨다는 뜻을 담고 있다. 그리고 '怪'는 불가사의한 사실에 대하여 두려움을 느끼는 마음가짐에 중점이 주어져 있으며, '奇'는 신기하고 기묘하여 일상생활에서 사람의 마음을 끄는 것에 초점이 맞추어져 있다.

이 책의 감수자는 대학에 현역으로 재직하고 있은 동안 고소설과 문헌 설화를 연구하면서 중국의 지괴와 전기가 우리 고소설에 크게 영향을 미치고 있는 점에 관심을 많이 가져왔었다. 그래서 우리 고소설에서 언급하고 있거나 영향관계에 있는 중국 전기 작품을 모아 엮어서 번역하여 연구자에게 도움을 주었으면 하는 생각을 늘 가지고 있었다. 그런데 천성이 게을러 마음만 가지고 있다가 세월이 흘러, 후학인 김종군 선생에게 이 작업을 권하여 지금 빛을 보게 된 것이다.

평소 연구해온 것을 바탕으로 하여 편역자가 잘못 번역했거나 미처 고증하지 못한 내용은 감수 과정에서 철저하게 밝히려고 많은 노력을 기울였다. 그래도 워낙 옛날의 중국 생활 관습이 배어 있는 작품들이기에 혹시나 오류가 있을지 두려울 따름이다. 이 책이 우리 고소설 연구자들의 시간 절약에 도움이 되기를 기대하는 바이다.

을유년 맹춘에

감수자 김 현 룡

차 례

머리말__5

감수자의 변__7

제 1 장 애정(愛情) 소설류

이왜전(李娃傳) 13 ∥ 곽소옥전(霍小玉傳) 35 ∥ 앵앵전(鶯鶯傳) 55 ∥

비연전(非烟傳) 75 ∥ 장한가전(長恨歌傳) 89 ∥ 유선굴(遊仙窟) 103 ∥

이혼기(離魂記) 163 ∥

제 2 장 별세계(別世界) 소설류

배항전(裵航傳) 171 ∥ 보강총백원전(補江總白猿傳) 181 ∥

침중기(枕中記) 191 ∥ 남가태수전(南柯太守傳) 199 ∥

유의전(柳毅傳) 217 ∥ 이위공정전(李衛公靖傳) 239 ∥

이장무전(李章武傳) 249 ∥ 정혼점(定婚店) 261 ∥

제 3 장 호협(豪俠) 소설류

곤륜노전(崑崙奴傳) 271 ‖ 무쌍전(無雙傳) 281 ‖

홍선전(紅綫傳) 295 ‖ 섭은낭전(聶隱娘傳) 305 ‖

사소아전(謝小娥傳) 315 ‖

〈原文〉

1. 李娃傳(一名 汧國夫人傳) 325 　　 2. 霍小玉傳 331

3. 鶯鶯傳 336 　　 4. 非烟傳 341

5. 長恨歌傳 344 　　 6. 遊仙窟 347

7. 離魂記 362 　　 8. 裵航傳 363

9. 補江總白猿傳 365 　　 10. 枕中記 367

11. 南柯太守傳 369 　　 12. 柳毅傳 375

13. 李衛公靖傳 382 　　 14. 李章武傳 384

15. 定婚店 387 　　 16. 崑崙奴傳 388

17. 無雙傳 391 　　 18. 紅綫傳 394

19. 聶隱娘傳 397 　　 20. 謝小娥傳 399

제 1 장

애정(愛情) 소설류

이왜전(李娃傳)

곽소옥전(霍小玉傳)

앵앵전(鶯鶯傳)

비연전(非烟傳)

장한가전(長恨歌傳)

유선굴(遊仙窟)

이혼기(離魂記)

당대(唐代) 소설인 전기(傳奇)는 일반적으로 애정(愛情), 별세계(別世界), 호협(豪俠) 등 3대 유형으로 분류하고 있다. 그리고 학자에 따라서는 여기에 역사(歷史) 소설류를 첨가하여 4대 분류로 나누기도 하지만, 역사류 소설은 작품이 몇 편 되지 않아 보통은 3유형으로 나누고 있다.

이 중에서 애정 소설류를 전기 문학의 대표적인 유형으로 꼽는데, 그 이유는 전기 형태의 소설이 당나라 때에 일어난 문학 형태이고, 이 애정류의 소설이 또한 전기 형태의 소설에서 비롯되었기 때문이다. 다시 말하면 전기 문학이 형성되기 이전인, 당나라보다 앞선 시기에는 남녀 사이의 결연과 이별을 다룬 인정 소설이 창작되지 않았다는 이야기이다.

그래서 당나라 때에 들어와 비로소 연애를 주제로 한 애정소설이 탄생했고, 그 이야기 속에 결연과정에서의 애타는 감정과 이별의 슬픔 등을 절구(絶句)나 율시(律詩)로 나타내어, 사람들의 정서에 호소하는 형태로 된 것이 바로 전기의 가장 핵심적인 특징이다. 그래서 이야기를 통해 시작(詩作) 솜씨를 과시하려는 의도가 많이 숨어 있음을 느끼게 된다.

이렇게 소설 속에 시를 넣어 이야기를 진행하는 형태가 전기에서 비롯되었고, 이러한 전기 형태 소설의 시초가 장문성(張文成)의 <유선굴(遊仙窟)>에서 시작된 것으로 연구되어 있다. 그런데 실제로 작품을 고찰해보면 이 <유선굴>에는 너무 많은 시가 들어 있어 지루하게 느껴질 정도이고, 또 한 가지 지적할 점은 지나치게 현학적(衒學的)인 과장 표현을 하고 있다는 점이다. 우리나라 고소설에서도 음식이 나오면 천하의 음식을 모두 등장시키고 술이 나오면 온갖 술병 이름을 모두 나열하는 것과 같은 표현 방법을 이 <유선굴>에서 구사하고 있음을 볼 수 있다.

이 책에서는 애정 소설류 중에서 우리 고소설과 밀접하게 상관되어 있는 것으로 생각되는 작품 7편을 뽑았다. 이들 작품 속의 기생 관계 이야기는 우리 소설에 큰 영향을 미치고 있음을 알 수 있다.

이왜뎐(李娃傳)

<해 설>

　이 작품은 중국 당대(唐代) 후반기 문명을 크게 떨쳤던 백낙천(白樂天)의 아우 백행간(白行簡)이 당 덕종(唐 德宗) 을해(乙亥, 795)에 창작한 소설이다. 이 소설 속의 여주인공 이왜(李娃)는 남자들을 유혹해 재물을 빼앗아 챙기는 전형적인 기생으로서, 시골에서 과거차 장안으로 올라온 젊은이와 인연을 맺어 함께 살다가 많은 재물을 챙기고는 집을 옮겨 행방을 감추어서 찾지 못하게 한다.

　이후 젊은이는 온갖 고생을 다하고 마침내 거지가 되어 문전걸식을 하게 되는데, 마침 한겨울 추운 날 아침 이왜의 집으로 밥을 빌러 갔다가 이왜에게 발견된다. 이에 이왜는 전날의 잘못을 뉘우치고 기모(妓母)에게 작별을 고한 후, 젊은이와 함께 살면서 그를 도와 급제하게 하고 출세시킨다는 이야기이다. 그래서 마침내 견국부인(汧國夫人)으로 봉해졌기 때문에, 이 소설 이름을 <견국부인전>이라고도 부른다.

　이 작품은 우리나라 고소설 <이춘풍전>, <옥단춘전> 등과 깊은 관계를 가지고 있으며, 우리 옛날 사람들에게 널리 알려져 있었다. 『태평광기(太平廣記)』 권484에 실려 후대로 전해지고 있다.

견국부인 이왜는 당나라 때 장안의 유명한 기생이다. 비록 기생이지만 그 절개와 행실이 아름답고 기이해 칭송할 만한 일이기에, 일찍이 감찰어사를 지낸 바 있는 백행간(白行簡)이 작품화하여 소설로 꾸미게 되었다.

당나라 중반기 현종(玄宗)이 재위하였던 천보(天寶: 742-755) 연간에, 상주(常州) 자사를 역임한 형양공은 그 성명을 밝힐 수는 없지만, 당시 덕망이 높은 것으로 이름이 났었고 집안이 매우 번성하였다. 그런데 이 형양공은 나이 50에 이르렀을 때 한 아들을 낳아 마침내 아들이 약관의 나이로 성장했는데, 총명하고 시와 문장에 뛰어나 동년배의 무리들이 감히 따르지 못하고 굴복하였다.

이에 그 부친 형양공이 아들을 두고 이르기를,

"이 아이는 우리 집을 빛낼 천리마다."

라고 말하며 자랑했다. 부친은, 향공(鄕貢)[1]으로 뽑혀 추천된 뛰어난 아들을 대과 급제시키기 위해 황성으로 보내면서, 의복과 거마(車馬)를 성대하게 잘 꾸미고 많은 돈을 주고는 이렇게 타일렀다.

"내 너의 재능을 보건대 당연히 1년 안에 첫 번 응시로 급제할 것을 의심하지 않는다. 하지만 여기 네가 2년 동안 생활할 수 있는 재물을 준비했다. 그리고 또한 네가 부족함이 없이 넉넉하게 쓸 수 있도록 풍족한 여비를 더하여 실어 보내니, 그것은 장안에서 네가 마음껏 젊음을 불태워 보게 하기 위한 배려이니라."

부친의 말을 들은 아들도 역시 자신의 능력을 자부하면서 급제는 손바닥 안에 있는 것으로 믿으며 자신만만해 했다.

작별을 고한 젊은이는 곤릉을 출발하여 달포여 만에 장안에 도착했고

---

1) 鄕貢: 당나라 때는 지방 관장이 지방 학교에서 공부한 젊은이 중 우수한 사람을 선발해 황성으로 올려 보내는 제도가 있었는데 이를 '향공', '향부(鄕賦)'라 했음.

포정리에 숙소를 마련했다. 그리고 장안을 두루 구경하다가 동시(東市)를 거쳐 돌아서, 평강에 이르러 친구 집을 방문하려고 동문으로 들어가 서남 쪽으로 향해 명아곡에 이르렀다.

거기에서 한 저택이 눈에 띄었는데 정원이 매우 넓고 집안 건물이 깊숙 하여 엄정하게 보였다. 그래서 대문 한쪽이 열려져 있는 틈으로 들여다보 니, 안에 한 여인이 쌍갈래 머리를 땋아 늘어뜨린 어린 여자아이의 시중을 받으면서 서 있는데, 그 자태가 요염하고 절묘하여 일찍이 보지 못했던 절 세미인이었다.

이를 보는 순간, 젊은이는 자신도 모르게 말을 멈추고 오랜 동안 배회 하면서 떠날 줄 몰랐다. 이에 젊은이는 실수하는 체하고 말채찍을 땅에 떨 어뜨리고는, 따라온 종자에게 그 채찍을 집어달라고 시키며 시간을 끌어 집안의 여인에게서 눈을 떼지 않았다. 이때 여인 또한 눈을 돌려 젊은이를 응시하면서 흠모하는 정감을 표시했지만, 서로 끝내 말을 주고받지도 않고 그대로 헤어지고 말았다.

숙소로 돌아온 젊은이는 이후 정신 나간 사람같이 만사에 의욕을 잃었 다. 그래서 장안의 사정을 두루 잘 아는 친구를 은밀히 만나 그 여인에 관하여 물어보았다. 그랬더니 친구는, 그 집은 남자를 잘 유혹하는 기생 이왜의 집이라고 일러주는 것이었다. 이 말을 들은 젊은이가 그 여인과 인 연을 맺을 수 있겠느냐고 물으니 친구의 대답은 이러했다.

"이왜는 집이 매우 넉넉하고 앞서 그와 인연을 맺었던 남자들이 모두 지위가 높은 호족들이어서, 얻은 재물이 수만금이 넘으니 웬만하여서는 그 의 마음을 얻기가 어려울 것이다."

이 말을 들은 젊은이는,

"진정 그와 인연을 맺지 못할 일이 걱정일 뿐, 재물은 백만금이라도 아끼지 않을 것이다”

라고 하면서 강한 의지를 표시했다.

얼마 후, 젊은이는 정결한 옷을 차려입고 많은 종자의 호위를 받으며 이왜의 집으로 갔다. 대문을 두드리니 얼마 후에 시중드는 여종이 나와 빗장을 열고 내다보기에 젊은이는 이 집이 누구의 집이냐고 물었다. 그랬더니 여종은 말없이 안으로 뛰어 들어가면서 이렇게 소리쳤다.

“앞서 말채찍을 떨어뜨렸던 그 젊은이가 왔어요.”

이때 이왜는 크게 기뻐하면서 여종에게,

“나가서 그 손님을 조금 기다리게 하라. 내 몸치장을 하고 옷을 갈아입고 나가겠다.”

하는 목소리가 안으로부터 들려왔다. 이 말을 들은 젊은이는 마음 속으로 기뻐하면서 여종의 안내에 따라 담장 사이로 들어가니, 백발에 허리가 꾸부정한 노파가 나오는데 곧 이왜의 어미(친어머니가 아닌 妓母임)였다.

젊은이는 곧 그 앞에서 무릎을 꿇고 절을 올리면서 말했다.

“댁에 조용한 방이 있다고 하기에 빌려 거처하려고 왔습니다. 진정 빌려주실 방이 있는지요?”

“아, 그 방이란 게 좁고 누추하여 귀한 분들의 거처로는 부족한 점이 많아 감히 곧바로 말씀드리기가 어렵습니다.”

노파는 이렇게 말하면서 젊은이를 손님 접대하는 방으로 안내하는데, 방이 깨끗하고 화려했다. 젊은이와 마주앉은 노파는 이윽고 입을 열었다.

“나에게는 어리고 예쁘장한 딸이 있으니 재능이 보잘 것 없지만, 손님을 만나고 보니 한 번 보여드리고 싶습니다.”

이러면서 이왜를 불러내는 것이었다. 그 모습을 보니 밝은 눈매와 하얀 살결에 걸음걸이 또한 요염하고 아름다웠다. 이에 젊은이는 급히 일어섰으나 감히 얼굴을 들어 쳐다보지도 못하고 절을 하니, 일찍이 보지 못했던 아름다운 자태였다. 인사를 마치고 다시 앉으니 차를 다려 내오고 술을 대접하는데 기물들이 모두 대단히 정결했다.

오랜 시간이 지나 날이 저물었고 사방에서 통금을 알리는 북소리가 들려오니, 노파는 젊은이에게 거처하는 곳이 얼마나 먼 곳에 있는지를 물었다. 이에 젊은이는 일부러 속여서 연평문 밖 수리에 있다고 말했는데, 거리가 멀어서 돌아갈 수 없으니 이 밤을 머물러 자고 가라는 만류의 말을 듣기 위해서였다.

그러나 이 말을 들은 노파는 이미 북소리가 들렸으니 속히 돌아가 금법을 어겨 잡히는 일이 없도록 하라고 타일렀다. 이 말을 들은 젊은이는,

"서로 즐겁게 환소하는 사이에 그만 날이 저물어 밤이 깊은 줄도 몰랐습니다. 숙소로 돌아가는 길이 멀고 성 안에 또한 친척집이 없으니 어떻게 하면 좋겠습니까?"

하고 은근히 걱정하니, 이왜가 이 말을 받아서 말했다.

"집이 누추하고 좋지 못한 점만 허물하지 않으신다면 머물러서 하룻밤 자고 가는 것이 무슨 문제가 되겠습니까?"

이에 젊은이가 노파에게 눈길을 주면서 뜻을 전하니, 노파도 그렇게 하라는 대답을 하는 것이었다. 곧 젊은이는 따라온 종을 불러 쌍겸(雙縑) 비단을 가지고 오라 하여 이왜에게 주면서 하룻밤 음식 마련의 비용으로 받아달라고 했다. 이왜는 웃으며,

"주인이 손님을 접대하는 예절이 그렇지 않습니다. 오늘밤의 비용은 우리 집에서 부담하여 가난한 집안 형편에 따라 좋지 않은 음식이라도 마련하여 올리겠사오니, 비용을 부담하시는 일은 뒷날을 기다리겠사옵니다."

하면서 고사하고 받지를 않았다.

얼마 후에 자리를 옮겨 서당으로 가니, 아름다운 휘장과 기구들이 빛나눈을 부시게 했고, 화장대며 경대 등 기물과 비단 이불, 그리고 베개 등이 모두 휘황찬란했다. 이에 촛불을 밝히고 음식을 들이는데 매우 풍성하고 그 맛 또한 좋았다.

음식상이 치워지니 노파는 일어나 자리를 떴다. 이때 젊은이는 이왜와 단둘이 앉아 이야기로 꽃을 피웠고 해학과 농담들이 스스럼없이 이어졌다. 젊은이는 이런 말을 했다.

"전날 우연히 그대 집 앞을 지나다가 마침 문틈으로 그대를 보게 되어, 이후로 내 마음 속을 사로잡아서 잠을 잘 때나 밥을 먹을 때에도 마음에서 떠나지 않았답니다."

이에 이왜도,

"내 마음 속 역시 그러했습니다."

라고 대답하니, 젊은이는 이렇게 토로하는 것이었다.

"오늘 이렇게 온 것은 숙소를 구하기 위해 온 것이 아니랍니다. 원하건대 한평생을 같이 할 뜻을 가지고 왔습니다만, 그대의 뜻이 어떠한지 알지 못하겠습니다."

이 말이 미처 끝나기도 전에 노파가 들어와서는 무슨 얘기인지를 물었다. 그래서 그 이야기를 아뢰니 노파는 웃으면서 말하는 것이었다.

"남녀가 만난 곳에는 큰 욕망이 개입되기 마련인데, 두 사람이 서로 정감을 얻게 될 때 비록 부모의 명령인들 억제할 수가 없는 일이지요. 이 아이 비록 고루하지만 아마도 군자의 여자 되어 받드는 데에는 부족함이 없을 것입니다."

젊은이는 이 말을 듣고 뜰에 내려가서 절하고,

"이 몸으로써 종이 되어 봉양하기를 원합니다."

하고 사례했다. 그러니까 노파는 젊은이를 지목하여 서랑(壻郎)이라고 불렀고, 술상을 차려와 권하며 취하게 마신 다음 헤어져 갔다.

이튿날 아침, 젊은이는 부친이 마련해 준 모든 재물을 이왜의 집으로 옮겨와 함께 살게 되었다. 이후로 젊은이는 외부 출입을 하지 않고 친지들을 만나지 않아 종적을 감춰 버렸다. 그리고 날마다 기생들과 어울려 잔치를 베풀고 노니 어느덧 가지고 온 재물이 모두 바닥났다. 이에 젊은이는 타고 온 말과 종을 팔아서 놀이 비용을 충당했는데, 1년쯤 지나니 수중에 무일푼인 빈털터리가 되고 말았다.

이후로 노파의 마음은 점점 젊은이를 소홀히 대하기에 이르렀고, 이왜의 애정도 돈독함이 없어지기 시작했다. 이러던 어느 날 이왜는 젊은이에게 이렇게 말하는 것이었다.

"낭군과 더불어 친분을 가진지 1년이 지났건만 아직도 임신을 하지 못했습니다. 소문에 의하면 죽림신(竹林神)이 영험이 있다고 하니, 가서 치성을 드리고 자식을 얻게 해달라고 빌어보는 것이 좋을 것 같습니다."

이 말을 들은 젊은이는 자식을 얻는 일에 대해 방법을 강구하지 못하다가 크게 기뻐하고는, 의복을 전당잡혀 돈을 마련한 다음 신령에게 제사할 제물을 장만했다. 그리고 이왜와 함께 신당(神堂)으로 가서 제물을 차려놓고 정성껏 빌었다. 이렇게 이틀 밤을 치성드리고 돌아오면서 나귀를 몰아 이왜의 뒤를 따르니, 마을 북문에 이르러 이왜는 젊은이를 향해 이르는 것이었다.

"여기에서 동쪽으로 돌아가면 작은 골짜기가 나타나는데 저의 이모 댁이 거기에 있습니다. 잠시 들러서 인사도 드리고 쉬어가는 것이 좋을 것 같습니다."

젊은이가 그렇게 하는 것이 좋겠다고 하니, 앞으로 나아가 1백보를 지나지 않은 곳에 과연 커다란 대문이 눈앞에 나타났고 살펴보니 매우 넓고 웅장했다. 이때 시비가 이왜가 탄 수레의 뒤에서, 그 댁에 도착하였으니 멈추라고 하는 것이었다. 그래서 젊은이가 나귀에서 내리니, 집안에서 한 사람이 나오면서 누구냐고 물었다. 이에 이왜는,

"이왜가 왔습니다."

하고 말하니, 그 사람은 곧장 안으로 들어가서 고했고, 얼마 후에 한 노파가 나오는데 나이 40여세 되어 보였다. 노파는 젊은이를 맞으면서 이렇게 말했다.

"내 생질이 왔구면."

이왜가 수레에서 내리니 노파는 반갑게 맞이하면서,

"어찌 그리도 오래도록 소식이 없었느냐?"

하고, 두 사람은 서로 바라보며 웃었다. 이때 이왜는 젊은이를 시켜 절을 하게 했고, 인사가 끝난 다음에 함께 서쪽 문을 통해 들어가서 호젓한 건물로 안내했다. 거기에는 높다란 곳에 정자가 있고 대나무가 울창했으며 연못과 건물들이 깊숙하고 한적했다.

젊은이가 이왜를 보며,

"이 집은 이모님의 사저입니까?"

하고 물으니, 이왜는 웃기만 하고 대답하지 않고는 다른 말로써 대답을 피하는 것이었다. 얼마 후에 차와 과일을 내왔는데 매우 진기한 것들이었다.

얼마간의 시간이 지났을 때였다. 한 사람이 크고 좋은 말을[2] 몰아 땀을 흘리면서 달려와서는 이왜에게 이르는 것이었다.

"큰일 났습니다. 집에서 노모가 갑자기 병을 얻어 위태로운 지경에 빠

---

2) 대완(大宛) : 고대 서역에 있던 나라 이름인데 거기에서 좋은 말이 생산되었으므로, "좋은 말"을 뜻하는 말로 쓰임.

져 인사불성이 되었으니 속히 돌아가야 합니다.”

이 말을 들은 이왜는 이모에게, 위급한 상황이니 자신이 말을 달려 먼저 돌아가서는 말을 다시 돌려보낼 테니까 젊은이와 함께 오시라는 말을 남기고는, 급히 말에 오르는 것이었다. 젊은이가 함께 가겠다고 나서니 이모가 여종과 함께 손을 내저으며 대문 밖에서,

“안 됩니다. 아마도 노모께서는 이미 운명하신 것 같으니, 나와 함께 장례 절차 중 급한 것부터 의논해야 합니다. 그러니 어찌 지금 따라 나서서야 되겠습니까?”

하고 적극적으로 말렸다.

그래서 젊은이는 함께 장례와 제사에 관한 절차를 이야기하면서 말이 돌아오기를 기다리니, 해가 질 때까지 말은 돌아오지 않고 아무런 소식도 없었다. 이에 이모가 말하는 것이었다.

“왜 아무런 연락이 없을까? 이상한 일이니 지금 서랑이 급히 여기 있는 말을 타고 집으로 돌아가 알아보세요. 내 곧 무얼 좀 챙겨 뒤따라가리다.”

이모 노파의 이 말에 따라 젊은이는 말을 타고 집으로 돌아오니, 이상하게도 대문이 닫혀 자물쇠로 잠겨 있고, 자물쇠는 아무도 손대지 못하게 열쇠 구멍에 진흙을 발라 막아놓은 것이었다. 크게 놀란 젊은이는 그 이웃 사람 집에 가서 물어보았더니 대답은 이러했다.

“본래 이왜와 노파는 그 집을 세내어 1년간 살았는데, 약속한 1년 기간이 지나서 집을 주인에게 돌려주고 노파가 떠난 지 벌써 이틀 밤이나 지났답니다.”

이 말을 들은 젊은이가 이사 간 곳을 알 수 있느냐고 물으니, 이웃 집 사람은 알 수 없다는 대답이었다. 그래서 젊은이는 곧장 선양(宣陽)의 이왜 이모 집으로 달려가서 이 사실에 대해 물어보려고 생각했다. 그러나 밤

이 이미 깊어 찾아갈 수가 없을 것 같아 할 수 없이 의복을 벗어 전당 잡히고 식사를 하고 숙소를 빌려 잠을 잤다.

이때 젊은이는 화가 치밀어 저녁부터 아침까지 눈을 붙이지 못하고, 새벽에 길을 나서 말을 몰아 이왜의 이모 집으로 달려갔다. 그리고 대문에 이르러 문을 두드리니 안에서는 아무런 응답이 없었다. 젊은이는 크게 소리를 지르며 한참 동안 대문을 두드리니까 얼마 후에 안에서 한 관리 차림을 한 사람이 천천히 나오는 것이었다.

당황한 젊은이는 이모가 어디 계시냐고 물으니, 관리는 그런 사람 없다는 대답이었다. 화가 난 젊은이는,

"어젯밤에 이 집에 노파가 계셨는데 왜 숨기고 없다는 것입니까?"
하고 따지면서, 이 집이 누구의 집이냐고 물었다. 그랬더니 관리는 다음과 같은 말을 했다.

"아 이 집 말입니까? 이 집은 최상서 댁인데 어제 한 사람이 이 집을 하루 동안 돈을 내고 빌리면시, 먼 곳에서 오는 고종시촌을 맞이해야 한다고 했어요. 그리고 어제 저물기 전에 집을 비워주고 떠났습니다."

이야기를 들은 젊은이는 당황하여 어찌할 바를 모르고 미친 사람 같이 화를 냈다.

젊은이는 어찌할 바를 몰라 옛날 처음 시골에서 올라왔을 때 숙소를 정했던 포정리로 가서 옛날 주인집을 찾았다. 주인은 가엾게 여기고 음식을 대접했는데, 젊은이는 화가 치밀어 3일 동안 음식을 끊고 울분을 토로하다가 병이 들어 눕게 되었다. 이후 10여 일 동안 자리에 누워 병이 점점 깊어지니, 주인집에서는 젊은이가 그 길로 죽을 것을 두렵게 여기고, 장례 치르는 일을 도맡아하는 가게로 옮겨놓았다.

젊은이가 여러 날 동안 죽지 않고 있으니, 가게에서 일을 보는 사람들

이 불쌍하게 여기고 서로 도와 음식을 먹여주었다. 이렇게 하여 젊은이는 차차 기운을 차렸고 마침내 지팡이를 짚고 일어나 걷게 되었다. 이후로 가게에서 하는 장례 치르는 일을 틈틈이 도와 그 대가를 받아서 생활하기에 이르렀다.

이런 생활을 하는 동안 무심한 세월은 여러 달 흘렀다. 이제 몸은 완전히 회복되어, 늘 장례 치르는 일을 하는 가게 사람들을 따라다니게 되니, 영혼을 위로하기 위해 부르는 애가(哀歌)를 들으면서 자신이 죽지 않고 살아 있음을 한탄하고 눈물을 흘리며 오열했다. 그리고 밤에 숙소에서도 그 애가를 슬프게 흉내 내어 부르면서 혼자 슬퍼하니, 젊은이는 본래 총명한 사람인지라, 어느덧 그 애가에 능통하게 되었고, 마침내 장안에서 아무도 그를 따르지 못하는 절창의 지경에까지 이르렀다.

이전부터 장안에는 동쪽 마을과 서쪽마을에 각기 대규모의 장례 가게가 있어서, 서로 장비와 인원으로 경쟁을 하고 있었다. 그런데 동쪽에 위치한 가게는 장례수레며 시설물이 매우 기이하고 화려하여 다른 가게를 능가하고 있었는데, 다만 운구할 때에 영혼을 위로하는 애가만은 잘 부르는 사람을 확보하지 못해 서쪽 가게에 뒤지고 있었다.

이때 마침 동쪽 가게 주인이 젊은이의 애가가 절묘하다는 소문을 듣고는 2만금이란 막대한 돈을 들여 교섭하여 이 젊은이를 고용하기에 이르렀다. 그리고는 자신의 가게에서 애가를 불러온 나이 많은 사람들을 시켜 남들 몰래 젊은이에게 애가에 대한 훈련을 열심히 시켰고, 여러 달이 지났는데 외부에는 알려지지 않았다.

하루는 동서 두 가게 주인이 만나 서로 의견을 교환하면서,

"우리 두 가게가 각기 가지고 있는 장례 기구들을 천문가에 가져가서 진열해 놓고 그 우열을 비교해 보도록 하자. 그래서 지는 쪽이 5만금의

벌금을 내어 술과 음식을 마련하도록 하면 어떻겠는가?”
하고 제의하여 서로 동의를 하였다. 그리하여 두 가게의 주인은 곧 문서를 작성, 서명해 보증한 다음에 각자의 장비들을 진열하기에 이르렀다.

이 소문이 크게 나니 장안 사람들이 수만 명 모여들었고, 지역 관원이 상부 관청에 아뢰어 마침내 경윤에게도 보고되고 사방의 관리들도 모두 달려와 구경하니 거리에는 다니는 사람이 없을 정도였다.

아침부터 두 가게가 가지고 있는 장비들을 진열해 정오에 이르러 상호 비교하니 운구 수레며 치장하는 기구들이 동쪽 가게가 월등히 우수하여 서쪽 가게에서 이기는 것이 하나도 없어서 서쪽 가게 주인은 부끄러워했다.

이에 서쪽 가게 주인은 평소에 애가만은 항상 동쪽 가게보다 우수했으므로 애가로써 부족함을 보충하고자 했다. 남쪽 모퉁이에 높은 단을 만들어 자리를 마련하자 긴 수염이 난 애가 가인(歌人)이 방울을 들고 여러 사람의 호위를 받으며 나타났다. 그리고 수염과 눈썹을 날리면서 팔을 잡아 이마를 조아리며 단 위에 올라서서는 백마의 노래를 부르는 것이었다.

이 가인은 일찍이 아무도 자기를 따르는 사람이 없었으므로 좌우를 돌아보며 방약무인한 모습을 지으며 노래를 부르니, 듣는 사람들이 모두 찬양하여 환호했고 스스로 독보적인 존재임에 만족하여 자신만만해 했다.

얼마 후, 동쪽 가게의 주인이 북쪽 모퉁이에 역시 높은 단을 설치하고, 검정 건을 쓴 한 소년을 올려 보내는 것이었다. 이 소년은 바로 그 젊은 이로서 대여섯 명이 옆에서 호위하며 단에 오르는데, 단정한 의복에 천천히 아래위를 둘러보면서 목소리를 다듬어 힘들어하는 것 같은 모습을 지어 보였다.

그리고는 상두꾼의 노래인 해로(薤露) 장을 소리 높여 부르는데, 그 소리가 맑고 울리어 멀리 서 있는 나무들을 흔들어 진동시키는 듯했다. 노래

소리가 계속되는 동안 그 애절한 호소력에 듣고 있던 사람들이 한숨짓고 울지 않는 사람이 없으니, 이런 모습을 본 서쪽 가게의 주인은 사람들로부터 비웃음을 당하고 부끄러워하면서 몰래 계약했던 벌금을 내놓고는 사라졌다.

이때였다. 마침 젊은이의 부친도 장안에 올라와 있었는데, 같은 지위에 있는 관원들과 함께 옷을 바꾸어 입고는 신분을 숨긴 채 여기에 구경하러 나왔었다. 젊은이의 부친은 장안으로 올라오면서 늙은 종을 한 사람 데리고 올라왔었는데, 이 늙은 종은 젊은이 유모의 남편이었다. 이 늙은 종이 함께 구경을 하면서, 애가를 부르는 젊은이의 거동과 목소리를 들어보니 틀림없는 자기 상전의 행방불명된 아들인 것 같았다. 그러나 확인을 할 수가 없어서 감히 말을 못하고 눈물만 흘리니, 젊은이의 부친이 보고는 그 까닭을 물었다. 그러자 늙은 종이 아뢰었다.

"저기 애가를 부르는 젊은이를 보니 흡사 어르신의 아드님 같사옵니다."

"뭐라고? 내 아들은 재물을 많이 지니고 장안으로 올라 왔기 때문에 도적들에게 해를 당한 것이 분명하거늘 어찌 여기에서 애가를 부른단 말이냐?"

젊은이의 부친도 이렇게 말하면서 역시 눈물을 흘렸다.

숙소로 돌아온 늙은 종은 혼자 몰래 집을 빠져 나가 동쪽 장례 가게 사람들이 머무는 곳으로 달려 갔다. 그리고 무리들을 붙잡고 앞서 애가를 부른 젊은이가 누구냐고 물으니, 모두들 그 이름을 말하는데 이미 개명을 한 상태라 상전 아들의 이름이 아니어서 무척 놀랐다. 늙은 종은 그래도 의문이 풀리지 않아 서서히 접근하여 살피니, 마침 그 젊은이가 눈길이 마주치는 순간 크게 당황하면서 고개를 돌리고 몸을 피해 사람들 속으로 들어가 숨으려고 했다. 이때 늙은 종은 젊은이의 소매를 잡으며 말했다.

"우리 댁 도련님이 아니신지요?"

이렇게 하여 서로 붙잡고 울다가 젊은이를 말에 태우고 숙소로 돌아왔다.

아들을 본 부친은 꾸짖으면서,

"사내의 뜻이 이것밖에 안되어 우리 가문을 욕되게 했도다. 무슨 면목으로 다시 보겠느냐?"

하면서 이끌고 걸어 나가 곡강 서쪽 은행나무 동산 동쪽에 이르러, 아들의 옷을 벗기고 말채찍으로 수백 대의 매를 쳤다. 젊은이는 그 아픔을 견디지 못하고 쓰러져 기절했는데, 부친은 죽은 아들을 거기에 버려둔 채 숙소로 돌아와 버렸다.

앞서 이 젊은이가 늙은 종을 만나 서로 붙잡고 울고는 함께 어디로 가는 것을 목격한 동사(東肆) 일꾼의 우두머리가 젊은이와 친하게 지내던 사람을 시켜 몰래 따라가 보게 했다. 미행했던 사람이 돌아와 이러한 사실을 그대로 고하자 이야기를 들은 사람들은 모두 슬퍼했고, 우두머리는 두 사람을 시켜 거적을 가지고 가 싸서 묻어주라고 명령했다.

두 사람이 가서 거적으로 봄을 싸려고 하니 가슴이 아직도 따뜻하여 숨이 끊어지지 않은 상태였다. 그래서 젊은이의 몸을 들어 주무르니 얼마 후에 숨을 쉬며 의식이 돌아오는 듯 보였다. 두 사람이 젊은이를 메고 돌아와 갈대 줄기 대롱을 이용해 물을 드리워 입안으로 부어넣으니, 하룻밤이 지나고 젊은이는 깨어났다.

젊은이는 이후 한 달포 지나니 기력을 회복했지만 손과 발을 스스로 들지도 못했고, 또한 부친한테 매 맞은 자리가 모두 부르터서 살이 썩어 심하게 악취를 풍겼다. 이에 가게에서 일하는 무리들이 싫어해 어느날 밤 젊은이를 들어다가 길가에 내다버렸다.

젊은이가 길가에 쓰러져 있으니 길을 가는 사람들이 모두 불쌍하게 여겼고 어떤 사람은 그에게 먹다 남은 음식을 던져주기도 해, 젊은이는 그것으로 연명해 죽지 않았다. 이러고 10여일 지나 막대기를 잡고 일어서게 되었으며, 이후 더럭더럭 기운 누더기를 걸치고 깨어진 그릇을 들고는 마을을 돌면서 문전걸식을 하기에 이르렀다. 가을이 지나고 겨울이 되었는데, 밤에는 남의 집 헛간이나 굴속을 찾아 들어가 잠을 자고 낮에는 이 집 저 집을 돌면서 밥을 빌었다.

이러던 어느 날 아침이었다. 밤부터 많은 눈이 내려 걸음을 옮기기도 어려웠는데, 젊은이는 그래도 허기를 견디지 못하여 내리는 눈을 무릅쓰고 나가서 남의 집 대문에 가서 밥을 빌었다. 그 밥 비는 소리가 처량하여 듣는 사람의 마음을 슬프게 했는데, 워낙 많은 눈이 내리고 있으니 집집마다 대문을 꼭꼭 닫고는 열어놓은 집이 거의 없었다.

그렇게 하여 안읍(安邑) 동문에 이르러서 담장을 끼고 돌아 북쪽으로 향해 7,8번째 집에 이르니 모든 집이 대문을 닫았는데 오직 그 한 집만 대문이 열려 있는 것을 발견했다. 이 집이 바로 기생 이왜의 집이었으나 젊은이는 알 리가 없었다. 그 열려진 대문 앞에 이르러 다급한 목소리로 추워 얼어 죽겠으니 도와달라면서 외치니, 그 목소리가 실로 처절하여, 사람의 간장을 울려 듣고 있을 수 없는 절규였다.

이때 이왜가 방안에서 이 소리를 듣고 시아(侍兒)를 돌아 보며 말하기를,

"저 목소리가 이상하구나. 분명히 전날의 낭군 목소리임을 알아보겠노라."

하면서 걸음을 옮겨 나가, 마른 몸매에 온몸에 난 종기가 헐어 진물이 흐르는 그 형상을 보고는 크게 마음의 충격을 받았다. 젊은이를 바라보며 전날의 낭군님이 아니시냐고 하면서 아는 체하니, 젊은이는 이왜를 보는 순간 울분이 치솟아 말을 하지 못하고 정신 잃은 사람같이 턱만 끄덕이는 것이었다.

이왜는 앞으로 나아가 젊은이의 목을 껴안고 웃옷으로 싸안아 서상(西

廂)으로 들어오며 실성통곡하면서 외쳤다.

 "그대를 하루아침에 이 지경에 이르게 한 것은 나의 죄입니다."
이렇게 말하고 기절했다가 깨어났다. 이런 모습을 본 어미는 크게 놀라며
달려와서는 누구냐고 물었다. 이에 이왜가 전날의 낭군님이라고 대답하니
어미는 다급한 목소리로,

 "멀리 쫓아버리지 않고 어찌하여 이렇게 데리고 들어온단 말이냐?"
하고 나무랐다. 이왜는 곧 몸을 단정히 하고 눈물을 거두고는 말했다.

 "어머니, 그렇지 않습니다. 이 사람은 훌륭한 가문의 자제로서 전날 으
리으리한 수레를 타고 황금 장식을 하고서 우리 집으로 들어왔습니다. 그
랬다가 1년이 채 못 되어 재물을 모두 탕진했으며, 그 뿐만 아니라 계책
을 꾸며 길을 잃게 해 쫓아냈으니 사람의 도리가 아니었습니다. 그리고 의
지를 잃게 하여 인륜의 도리에서 벗어나게 하였고, 하늘이 정한 성품인 부
자의 정리마저 끊어지게 하여 부친이 아들을 죽여 버리게 만들었습니다.
또한 이 같은 곤경에 빠지게 된 것이 모두 이 이왜 때문인 것으로 친하
사람들은 알고 있습니다. 낭군님의 친척들은 지금 조정에 많이들 벼슬해
있어서, 하루아침에 어느 세력 있는 친척이 사실의 본말을 살펴 밝히게 되
면 장차 재앙이 미치게 됩니다. 이렇게 될 때 하늘을 속이고 인간의 도리
를 저버린 그 재앙의 벌은 귀신도 도와주지 않아 이왜가 모두 받게 될 것
입니다. 이왜가 지금까지 살아오는 20년 동안 어머니를 위해 노력하여 번
돈이 1천금은 넘을 것입니다. 지금 어머니 연세 60여 세이니, 원하옵건대
앞으로 20년 동안 먹고 생활할 수 있는 돈을 계산하여 받으시고 저의 몸
을 해방시켜 주소서. 낭군과 함께 어머니가 사는 곳에서 멀지 않은 곳에
생활할 곳을 마련하여 살면서, 아침저녁으로 어머니를 찾아뵙고 보살피며
살아가는 것이 제 소원의 전부이옵니다."

기모 노파는 이왜의 뜻이 굳어 꺾을 수 없음을 헤아리고 있었으므로, 그렇게 하라고 허락했다.

이왜가 가산을 정리하여 노파에게 약속한 돈을 주고 나니 1백금이 남았다. 이왜는 곧 북쪽 모퉁이 네댓 집 지난 곳에 있는 한 작은 집을 세내었다. 그리고 젊은이를 데리고 가서 목욕을 시키고 의복을 갈아 입혔다. 그런 다음 미음을 끓여 서서히 마시게 하면서 그 동안에 굶주렸던 뱃속을 천천히 안정시켰고, 다음에 우유를 먹게 해 창자를 윤택하게 했다.

10여 일 동안 이와 같이 하여 몸의 원기를 회복시킨 다음에 여러 가지 영양이 풍부한 수륙진미의 음식을 먹게 하여 완전한 기운을 차리게 하는 데에 성공했다. 그리고 두건과 신이며 의복을 진기한 것으로 마련해 착용하게 하니, 수개월이 지나지 않아 피부가 윤택해지더니 1년여 경과하면서 완전한 평상인이 되기에 이르렀다.

하루는 이왜가 낭군을 불러 말했다.

"낭군의 몸이 건강해졌고 마음 또한 강장해졌으니, 정신을 안정하여 가만히 깊이 생각해 보십시오. 지난날 학습했던 과거공부의 실력을 다시 되살릴 수가 있을지요?"

이 말에 젊은이는 한참 동안 생각해보고는 대답했다.

"너무나 오랫동안 덮어 두었었기에 10분의 2,3 정도 밖에는 되살릴 수가 없을 것 같구려."

이 말을 들은 이왜는 곧 수레를 내어 나들이를 하자고 했고, 젊은이는 말을 타고 그 뒤를 따랐다. 기정 남쪽 문에 이르니 책을 파는 가게가 즐비해 있는데, 이왜는 젊은이에게 과거공부에 필요한 책을 고르라고 했다. 젊은이가 책을 고르니 그 값이 1백금이나 되었고 이 책들을 사서 말에 싣고는 집으로 돌아왔다.

이왜는 낭군에서 모든 잡념을 털어버리고 밤낮 없이 오직 독서에만 열중하라고 했다. 그리고 항상 낭군 옆에 붙어 앉아 격려하다가 한밤중이 넘어서야 잠자리에 들게 했으며, 낭군이 독서로 피곤해하면 곧 시와 부를 지어 읊게 해 마음의 여유를 갖게 하였다.

이렇게 2년이 지나니 독서는 대성하게 되었고 국내의 전적은 모두 읽지 않은 것이 없었다. 하루는 젊은이가 이왜에게,

"내 이제 과거를 보아 급제를 할 수 있을 것 같소."

라고 말하며 자신감을 내보이니, 이왜는 이렇게 대답했다.

"안 됩니다. 아직 멀었으니 더욱 연마하여 어떤 과거도 정복할 수 있게 해야 합니다."

이러고 1년이 더 지나니 이왜는 젊은이에게 이제 과거에 응시하라고 일렀다. 이에 젊은이는 과거에 응시하여 단번에 갑과로 급제하니, 명성이 예부에 알려졌고 앞서 급제한 선배들이 그의 문장을 보고는 옷깃을 여미고 경의를 표하며 부러워하면서 서로 친분을 가지려고 애쓰는 섯이었나. 이때 이왜는 이렇게 말했다.

"낭군님, 아직 멀었습니다. 이번에 비록 한 번 과거에 급제하여 중조의 좋은 벼슬자리를 얻을 수 있고 천하에서 훌륭한 명성을 독차지하게 되었다고 자부할지 모르지만, 낭군님은 지난날 밑바닥 생활과 좋지 못한 행적을 남겼기 때문에 다른 사람과 비교해서는 안 됩니다. 마땅히 더욱 연마하여 더 많은 실력을 쌓은 다음에 다시 한 번 과거에 응시하여 바야흐로 가히 천하의 모든 재사들과 재주를 겨루어 패권을 차지해야만 합니다."

이 말에 따라 젊은이는 온갖 고난을 무릅쓰고 더욱 노력한 결과 명성이 점점 더 높아졌고, 그 해에 있던 대과 과거에 나아가서, 사방에서 황제의 부름을 받아 모여든 준재들과 실력을 겨루었다. 이때 젊은이는 직언극간

과목에 응시했는데 제일 수석으로 급제하였고, 마침내 성도부참군의 벼슬을 얻으니 삼공 이하 고관들이 모두 그의 친구가 되었다.

젊은이가 장차 관직에 나아가려 하니 이왜는 이렇게 말하는 것이었다.

"지금 낭군께서 본래의 몸을 회복하게 되었으니 이 미천한 몸 이왜가 짐이 되어서는 안 되겠습니다. 그래서 저는 돌아가 노모를 받들며 남은 인생을 살겠습니다. 그러하오니 낭군은 훌륭한 가문의 규수에게 장가들어 조상의 제사를 받들고 스스로의 몸을 더럽힘이 없게 하소서. 부디 힘써 자신의 몸을 보살피시기를 바라면서 저는 이 길로 떠나가옵니다."

이에 젊은이는 울면서,

"그대가 만약에 나를 버린다면 나는 스스로 목을 잘라 목숨을 끊겠나이다."
하면서 매달렸는데, 이왜는 끝까지 사양하고 뜻을 굽히지 않는 것이었다. 젊은이가 힘써 청원하고 간절하게 호소하니, 이왜는 다음과 같은 제의를 했다.

"그렇다면 양자강 건너까지 따라가서 전송을 하겠습니다. 그 대신 검문(劍門)에 이르러서는 이 이왜를 반드시 돌려보내 주셔야 합니다."

젊은이가 허락하여 달포가 지나 검문에 이르렀다. 그런데 검문에서 서로 작별하여 떠나기에 앞서 젊은이에게 관직 취임의 제서(除書)가 도착했다.

그때였다. 젊은이의 부친이 상주자사로 있다가 마침 성도윤 겸 검남채방사 발령을 받고 12일 만에 바로 그곳 검문에 도착하게 되었다. 그래서 젊은이가 우정에서 부친에게 명함을 올리고 알현하니, 처음에 부친은 아들을 알아보지 못했다. 부친은 명함에서 조부의 관직과 성함이 있는 것을 보고는 비로소 아들임을 알고는 크게 놀랐다. 그리고 계단을 올라오라고 명하여 끌어안고 등을 어루만지면서 통곡했다. 한참 후에 부친은,

"우리 부자는 처음으로 돌아간다."

라고 말하고, 지금까지의 내력을 묻는 것이었다.

젊은이가 이와와의 사이에 있었던 일들을 아뢰니 부친은 놀라 기이하게 여기면서 이와가 지금 어디에 있느냐고 물었다. 그래서 젊은이는 자신을 전송하여 여기 검문에까지 왔는데 바로 돌아갈 준비를 하고 있다는 이야기를 아뢰었다. 이에 부친은,

"그건 있을 수 없는 일이다."

라고 말하고, 자신이 타고 온 수레에 아들을 태워 성도로 먼저 보낸 다음, 부친은 검문에서 이와를 머물게 하고는 따로 집을 지어 거처하게 했다. 그런 다음 이튿날 중매를 넣어 이와와 아들 사이의 혼인을 주선하게 하니, 젊은이는 육례를 갖추어 이와를 친영해 정식 부인으로 맞이하기에 이르렀다.

혼례가 이루어진 후, 이와는 집안의 모든 예절을 잘 닦아 부인의 도리를 매우 훌륭하게 다했고, 집안 다스림이 엄정하여 친척들과 지극한 화목을 이루었다.

몇 년 후 젊은이의 부모는 모두 사망하니 지극한 효도를 다했다. 이때 상주가 머물고 있는 의려(倚廬)에 영지(靈芝)가 돋아나는 상서로움이 있었고, 심은 곡식의 줄기 하나에 이삭이 세 개가 달리니, 그가 사는 고을 관장이 신이(神異)로운 일이라고 하여 상부에 이 사실을 보고했다. 또한 하얀 색의 제비 수십 마리가 날아와 집 추녀에 집을 지으니, 천자는 그를 상서롭게 여기고 기리어서 관직의 등급을 높여주었다.

뒤에 상복을 벗으니, 황제는 존경받는 직책에 임명하여 고관자리를 두루 거치도록 하니, 이후 10년 동안 여러 고을의 관장을 역임하였으며, 한편 이와는 견국부인(汧國夫人)으로 봉해지는 영광을 얻게 되었다.

두 사람 사이에는 네 아들이 태어났는데 모두 고관대작의 지위에 올랐

고 가장 낮은 직책의 아들이 태원윤을 역임했다. 형제들이 모두 고관의 집안들과 혼인하여 내외가정 인척들이 크게 융성하니, 장안에서는 아무도 그를 따르지 못했다.

정말 감탄할 만하도다. 창기의 신분을 가졌던 여인이 그 절개와 행실이 이러하니, 비록 옛날의 알려진 열녀인들 이에서 더 나을 수가 없는 일이로다. 어찌 능히 이를 두고 감탄을 하지 않을 수가 있겠는가!

나 백행간(白行簡)의 백조부가 일찍이 진주 목사에서 호부로 전임되어 세 번이나 수륙운사를 맡았었는데, 그 세 번 모두 위의 젊은이와 교대하여 업무를 인계받았으므로 이 일에 대해 자세히 알고 있었다. 정원 중에 내가 농서 이공좌(李公佐)와 더불어 부인들의 절행과 품격에 대해 이야기하다가 마침 견국부인의 이야기를 들려주게 되었다. 이때 이공좌는 손바닥을 부비며 경청하다가 나에게 그 전기를 서술하라고 명하는 것이었다. 내 그래서 붓을 잡고 먹물을 묻혀 간략하게 종이에다 기록해 두기에 이르렀다.

이 시기가 바로 을해(乙亥, 792) 가을 8월이었으니, 태원 백행간은 기록을 마치노라.

곽소옥젼(霍小玉傳)

<해 설>

　이 작품은 당나라 후반기의 사람 장방(蔣防)이 자신과 함께 벼슬했던 이익(李益)의 애정관련 이야기를 소설로 구성한 작품이다. 이익이 나이 20세 때 진사 과거에 급제하고 대과 급제를 위해 상경하여, 곽왕(霍王)의 총비(寵婢)에게서 난 딸 소옥과 인연을 맺었다가 냉정하게 버린다는 비정한 내용으로 되어 있다. 그래서 읽는 사람의 마음을 아프게 하는데, 이 소설은 『태평광기』 권487에 실려 전해지고 있다.

　왕의 딸이면서 절세미인이었지만 비첩의 소생이라는 천한 신분 때문에 버림을 당하고, 죽어서 원귀가 된 소옥은 복수를 하여 이익의 결혼생활을 파탄으로 이끈다는 신괴적(神怪的)인 내용을 담고 있다. 이와 유사한 환경으로 구성된 우리 고소설 <주생전> 결말에서 선화와 주생의 행복한 결합을 허용한 듯하다가 결국 미완으로 처리한 것과 연관지을 수 있겠다.

　이 작품에는 처음에 남자가 결연을 맺는 단계에서 변치 않겠다는 불망기(不忘記)를 써주는데, 그때 사용한 종이가 '오사란지(烏絲欄紙)'였다. 우리 『지봉유설(芝峰類說)』에 이 종이를 언급하고 있는 것으로 보아, 조선시대 학자들이 이 작품에 매우 큰 관심을 가졌었다는 사실을 짐작케 한다.

대력(大歷: 766~779) 연간에 농서 사람 이익(李益)은 나이 20세에 진사 급제했다. 명년에 중앙 관리로 뽑히기 위한 시험에 응시하려고, 여름 6월에 상경하여 장안에 이르러 신창리에 숙소를 정했다. 이생(李生)은 좋은 가문에서 태어났으며 어려서부터 재능이 뛰어나 시문에 남다른 재주를 가져, 당시 아무도 당하지 못한다는 소문이 나니 선배 문인들이 모두 그를 추앙하여 승복했다.

이생은 늘 자신의 시문 능력을 과시하며 좋은 여인을 만나 즐기려는 생각에 널리 이름난 기생을 구하고 있었지만 아직 만나지 못하여 애를 태웠다. 당시 장안에는 포 십일낭(鮑十一娘)이란 중매 노파가 있었는데, 그는 옛날 설씨 성을 가진 부마 집 여종이었다가 10여 년 전에 노복 신분에서 해방되어 양민으로 된 몸이었다. 이 노파는 성품이 편벽하고 말재주가 있어서 고관대작과 부호의 집안에 드나들어 모르는 집안이 없었고, 사람들의 마음을 휘어잡는 술책을 잘 부렸기 때문에, 중매하는 사람들은 그를 우두머리로 추내하여 받들었다.

이생이 이 노파에게 많은 재물을 주고 여인을 구해 달라고 부탁을 하니, 노파는 이생에게 좋은 여자를 소개해 주려고 늘 마음먹고 있었다. 수 개월이 지난 어느날 이생이 숙소 남쪽 정자에서 한가로운 시간을 보내고 있었는데, 정오를 지나 한참 시간이 흘러 해가 서쪽으로 기우려는 무렵이었다. 갑자기 대문을 두드리는 소리가 급하게 나고는,

"포 십일낭이 찾아왔습니다."

라고 외치는 것이었다. 이에 이생이 옷깃을 헤치며 달려 나가 맞이하고 물었다.

"포 어른이 오늘 무슨 일로 갑자기 오셨어요?"

이때 포씨는 웃으면서 다음과 같이 대답하는 것이었다.

"진사 도련님(蘇姑子)³)은 어젯밤 좋은 꿈을 꾸지 않았는지요? 한 선녀가 이 세상으로 귀양을 왔답니다. 이 여인은 재물에는 관심이 없고 다만 멋있는 풍류남아를 사모하고 있으니 이러한 여인에게는 이 십랑 도련님이 꼭 맞는답니다."

이 말을 들은 이생은 놀라면서 몸을 날려 뛸 듯이 기뻐했다. 그리고 포씨의 손을 잡고 사례하면서, 일생 동안 종노릇을 하고 죽음도 꺼리지 않겠다고 말하며 좋아했다.

이어서 그녀의 이름과 사는 곳을 물으니 포씨는 이렇게 자세히 설명했다.

"지난날 곽 지역을 다스리던 곽왕의 딸인데 이름을 소옥이라고 하며, 곽왕이 살아 있을 때는 무척이나 사랑했지요. 소옥의 어미는 이름을 정지(淨持)라 하는데 곽왕이 총애하던 여종이었답니다. 그런데 곽왕이 사망하니 곽왕의 여러 아들들이 소옥을 천한 여종의 몸에서 출생했다고 하여 형제자매로 인정해 주지 않고, 얼마의 재산을 나누어 주면서 왕궁 밖으로 나가 살라고 했으므로 쫓겨나게 된 것입니다. 그래서 그 어미는 집을 마련하여 살면서 성씨를 정씨로 바꾸고 신분을 숨기니 사람들은 아무도 소옥이 곽왕의 딸인 줄을 모르고 있습니다. 소옥은 얼굴이 아름다워 일생 보기 드문 미인이며 태도가 고상하고 뛰어나 모든 면에서 사람들을 압도할 뿐만 아니라, 시서음률에서도 통하지 않는 것이 없답니다. 그런데 어제 나에게 부탁하기를, 품격이 소옥에게 어울리는 좋은 남자를 구해 달라고 하기에, 내가 도련님의 이야기를 들려주니 그 어미 역시 도련님에 대해 알고 있다면서 매우 기뻐했습니다. 그의 집은 승업방 고사곡에 가면 수레가 드나드는 크고 높은 대문이 있는데 바로 그곳입니다. 내가 그 어미와 약속을 해

---

3) 蘇姑子: 姑蘇子를 뒤집어 쓴 것임. 같은 해 진사 급제한 사람들의 모임을 姑蘇會라 일컬음.

놓았으니, 내일 정오에 고사곡 입구로 와서 여종 계자(桂子)를 찾으면 모든 일이 이루어지게 되어 있습니다.”

포씨가 이와 같이 일러주고 떠난 후, 이생은 곧 소옥 만날 준비를 서둘렀다. 먼저 종 추홍(秋鴻)을 시켜 경조참군으로 있는 이성(異姓) 종형 상공(尙公)에게로 가서 청려구(靑驢駒) 나귀와 황금 굴레를 빌려오게 하고, 저녁에는 목욕을 한 다음 좋은 옷을 입어보고 얼굴과 몸치장도 잘 다듬었다. 그러면서 기뻐 뛰면서 어쩔 줄을 몰라 하며 밤새 잠을 이루지 못했다.

날이 밝으니 이생은 얼굴 단장을 하고 두건을 쓴 다음 거울에 얼굴을 비쳐보면서 오직 계획대로 만나지 못하면 어쩌나 하는 생각에 마음을 졸이었다. 이생이 마음을 진정하지 못하고 서성거리는 동안 어언 정오가 되니, 드디어 나귀에 올라타고 재촉하여 몰아 곧바로 승업방으로 향하였다. 그리고 약속한 장소에 다다르니 과연 한 여종이 서서 기다리다가 맞으면서 물었다.

“혹시 이 십랑 도련님이 아니신지요?”

이생이 그렇다고 대답하면서 나귀에서 내리니 여종은 집안으로 안내한 다음에 대문을 굳게 닫아거는 것이었다. 집안에 들어서는 순간, 미리 와 있던 포씨가 안에서 나오며 크게 웃고 맞이하기를,

“어떤 어린 도련님이 급하게 들어오는지요?”

하고 농담을 했다. 이생이 미처 무어라 대꾸도 하지 못하는데, 여종은 곧바로 이끌고 중문 안으로 인도해 들어가는 것이었다. 중문 안에 들어서니 정결한 정원에는 네 그루의 앵두나무가 버티고 서있고, 서북쪽 모퉁이에는 매달린 조롱 안에서 앵무새가 고개를 들고 이생을 보며 소리했다.

“어떤 사람 들어온다. 급히 발 내려라.”

이생은 본래 소심하고 아담한 성품이어서 겁이 많았는데, 불시에 앵무새의 지껄이는 소리를 듣고는 깜짝 놀라면서 움칠하며 걸음을 멈추어 서 있었다.

이러고 있는 동안, 포씨는 소옥의 어미 정지를 이끌고 뜰에 내려와 인사를 시켰고, 이어 이생을 안내해 들어가서 앉히었다. 소옥 어미는 나이가 40여 세쯤 되어보였으며 의젓하고 고와 풍만했으며, 담소할 때의 모습은 매우 아름다웠다. 정지는 마주 앉았다가 입을 열었다.

"평소에 이 십랑의 재능과 풍류를 들어 알고 있었는데, 지금 앞에서 대하니 그 모습이 우아하고 빼어나, 헛되이 명성이 나지 않는다는 사실을 실감하게 됩니다. 나에게는 한 딸이 있어서 비록 교훈을 잘 시키지는 못했지만 얼굴이 그렇게 추하지는 않아 군자의 배필로 손색이 없다고 생각하고 있었습니다. 더구나 여러 번 포 십일낭의 이야기를 들었으니, 지금 바로 딸의 몸을 맡겨 영원히 받들도록 하겠나이다."

이에 이생은 다음과 같이 사례하면서 고마워했다.

"어리석고 못난 이 사람을 뜻하지 않게 돌보아 사위로 맞아주시니 생사(生死) 간 영광이옵니다."

이윽고 술상이 차려지고 소옥을 나오라고 명하니, 방 동쪽 문에서 소옥이 들어왔다. 이생이 일어나 절을 하면서 맞으니, 마치 아름다운 옥의 숲과 구슬로 된 나무들이 서로 빛을 발해 혼란하게 비추면서 사람의 눈을 부시게 하는 것 같았다.

드디어 소옥이 어미의 곁에 자리 잡아 앉으니 어미는 딸을 보고 이르는 것이었다.

"네가 항상 즐겨 읊조리던 시구 말이다. '발을 걷어 올리니 바람이 대나무를 흔들어서(開簾風動竹), 마치 정들었던 사람 오는 것 같은 느낌이로구나(疑是故人來).' 하는 그 시구가 있지 않느냐? 그 시가 바로 여기 앉아 있는 이 십랑이 지은 것이니라. 너 하루 종일 시를 외우며 생각에 잠기곤 하다가 지금 대면해 보게 되니 그 감정 어떠하냐?"

어미의 말을 들은 소옥은 부끄러운 듯 고개를 숙이고 가느다란 목소리로 말했다.

"얼굴을 상대하여 보는 것은 이름만 듣는 것만 못하옵니다. 재주 있는 분이라 어찌 훌륭한 면모를 갖춤이 없겠습니까?"

이 말에 이생은 일어나 절하고,

"낭자는 재능을 흠모하는데 이 못난 사내는 예쁜 얼굴을 중하게 여기는 바입니다. 두 사람이 서로 사랑하여 마주 비추게 되면 재주와 아름다운 얼굴이 겸비하여 좋겠습니다."

라고 농담하니, 모녀가 서로 돌아보며 웃는 것이었다. 그리고 술을 부어 권하여 술잔이 여러 번 돌았다.

이때 이생이 일어나서 소옥에게 노래를 청했다. 그랬더니 소옥은 처음에 사양하다가 어미의 강권에 못 이기어 노래를 하는데, 노래 소리가 청아하고 곡조가 매우 기이했다.

술이 얼근해지니 날이 저물었고 포씨가 이생을 이끌고 서쪽 건물로 안내해 쉬게 했는데, 둘러보니 한적한 정원에 깊숙한 건물들이 드리워진 장막에 싸여 매우 아름다웠다. 곧 포씨는 시비 계자와 완사를 시켜 이생의 신을 벗기고 띠를 풀어 웃옷도 벗기었다.

이윽고 소옥이 들어왔고 마주앉아 이야기를 주고받으니 그 목소리 곱고 정이 넘쳤으며, 옷을 벗을 때의 모습은 그 태도 너무나 아름다웠다. 휘장을 드리우고 두 몸이 이불 속으로 들어가 살결이 서로 닿아 합치니 그 환희는 무엇이라 표현할 길이 없어, 이생은 스스로 무산과 낙포의 선녀를 만나 운우를 즐겼다는 옛이야기가 이보다는 못하였을 것으로 생각되었다.

정열의 감정을 불태운 뒤 밤중에 소옥은 갑자기 눈물을 흘리면서 이생을 돌아보고 말하는 것이었다.

"소녀는 창가(娼家)의 몸이기에 스스로 낭군의 배필이 될 수 없음을 알고 있습니다. 지금 소녀는 예쁜 얼굴때문에 훌륭하신 낭군에게 의탁을 하였습니다만, 하루아침에 소녀의 미모에 싫증을 느껴 애정이 다른 곳으로 옮겨질 때, 소녀는 마치 의탁했던 나무가 잘라진 뒤의 여라(女蘿)처럼 의지할 곳이 없을 것이고, 가을 찬바람에 쓸모없이 던져진 부채의 신세가 될 터이니, 낭군과 지금 지극한 환희를 느끼는 순간 장래의 모습이 떠올라, 모르는 사이에 슬픔이 복받쳐 오릅니다."

이생은 이 말을 듣고 탄식을 금치 못하면서 팔을 뻗어 소옥의 머리를 받쳐 팔베개를 하여 끌어안으면서 가만히 속삭였다.

"내 평생소원을 오늘 얻었거늘 뼈가 부서지고 몸이 가루가 되더라도 맹세코 그대를 버리는 일이 없을 터인데 부인은 어찌 그런 말을 하는 게요? 청하건대 하얀 비단을 주면 거기에 내 맹세의 약속을 써서 주겠나이다."

이에 소옥은 눈물을 거두고 시비 앵도를 시켜 휘장을 걷고 촛불을 밝혀 이생에게 필연을 마련해 드리도록 명했다. 평소 소옥은 음률을 익히는 여가에 시서도 좋아했으므로 항상 붓과 벼루를 상자 속에 준비해 두었었는데, 모두 옛날 부친 곽왕이 살아 있을 때 얻어놓은 왕가의 물건이었다. 그리고 수가 놓인 보자기를 열어 월나라 여인들이 짠, 검정 줄이 쳐진 흰 비단인 '오사란(烏絲欄)'[4] 비단 3척을 꺼내 이생에게 건네주었다.

---

4) 烏絲欄: 검정 줄이 쳐진 종이나 비단 천을 말하는데 주로 애정의 편지를 쓸 때 사용한다. 조선시대 『지봉유설(芝峰類說)』 권19 기용(器用) 항에 오사란지를 설명하면서 '霍生玉傳曰 出烏絲欄素段三尺 授李生' 이라고 인용하고 있다.

이생은 본래 재능이 있고 생각이 깊었으므로 붓을 잡아 산과 강을 두고 맹세하며 해와 달을 가리켜 다짐하면서 변치 않겠다는 굳은 마음을 문장에 담아 나타냈는데, 글귀마다 간절함이 나타나 보는 사람을 감동시켰다. 이생은 이 글을 소옥에게 주면서 상자 속에 잘 간수해두라고 일렀다. 이러고 두 사람은 사랑과 즐거움이 끝이 없어 비취 새가 짝을 이루어 구름 위에서 노니는 것과 다름이 없었다.

이생과 소옥이 이렇게 만나 밤낮으로 즐기는 동안 2년 여의 세월이 흘렀다. 그리고 다음해 봄, 이생은 서판(書判) 과목의 과거 후보에 뽑히어 응시해 급제하고 정현(鄭縣)의 주부 벼슬을 제수 받았다. 4월에 이르러 임지로 떠남에 즈음하여 장안의 친척 친지들이 모여, 이생의 관직 길을 경축하는 전별 잔치가 낙수 강 동쪽에서 베풀어졌다. 이때는 봄꽃도 아직 남아 있었고 또한 초여름의 신록도 무척이나 아름다워 정취를 돋우었다. 하루의 잔치가 끝나고 모였던 손님들이 모두들 술이 얼근하여 흩어지니, 두 사람의 마음속에는 이별을 슬퍼하는 슬픔이 엄습함을 느꼈다.

소옥이 슬픈 모습으로 이생에게 하소연하듯 말하였다.

"낭군의 재능과 명성을 많은 사람들이 경모하는 바이니, 아마도 낭군과 혼인하겠다는 가문 또한 많을 것으로 생각됩니다. 그리고 낭군 집안에는 부모가 계신데 집안을 책임질 종부(宗婦)가 없으니, 아마도 이번에 장안을 떠나면 반드시 아름다운 규수를 맞아 혼인을 하게 될 터인즉, 소녀를 잊지 않겠다고 맹세한 그 약속은 헛된 말이 될 것 같습니다. 그래서 말씀드리옵니다. 소녀 한 가지 작은 소원을 아뢰어 영원히 낭군의 마음에 간직되게 하고자 하옵니다만 들어주실 수가 있을는지요?"

이 말에 이생은 크게 놀라면서 물었다.

"아니 나에게 무슨 잘못이라도 있는지요? 왜 그런 말을 하는지 모르겠구려. 이야기하면 내 반드시 들어서 공경히 받들겠소.”

“예 아뢰리다. 소녀는 지금 나이 18세이고 낭군 연세는 22세이옵니다. 낭군께서 30세가 되어 실가(室家)를 두기까지는 아직 8년이 남았사오니, 그 동안만 소녀와 진진한 애정을 누리고는 이후 고관대작 가문의 규수를 맞아 행복한 가정생활을 영위하셔도 늦지 않다는 생각을 하옵니다. 그때에 소녀는 만족함을 느끼며 이 세상의 인간사를 버리고 머리를 깎고 불제자가 되고자 하옵니다.”

소옥의 말을 들은 이생은 부끄러워하면서 감탄하고 눈물을 흘리면서 붙잡고 이렇게 위로하는 것이었다.

“저 태양을 두고 사생을 함께 하겠다고 맹세한 바 있지요. 그대와 더불어 해로하면서 다만 평소의 먹은 마음을 모두 다하지 못할까 하는 것만이 두려울 따름이며 어찌 감히 그 밖의 문제가 있겠습니까? 진실로 청하노니 아무런 의심도 갖지 말고 몸을 단정히 하여 기다리며 살아주구려. 8월이 되면 반드시 화주에 오게 될 것이니 그때 사람을 시켜 맞이해 가도록 하리다. 다시 만날 날이 멀지 않았으니 기다려주구려.”

이렇게 약속하고 며칠 후에 이생은 작별하여 임지로 떠났다.

이생은 임지에 도임 후 10여일 지나 여가를 얻어 부모께 알현하려고 동도로 내려갔다. 그런데 이때 이생의 모친은 아들이 집에 온다는 연락을 받고는 곧바로 이종사촌 아우 노씨의 딸과 정혼해놓고는 이생을 기다리고 있는 중이었다.

부모를 알현한 이생은 정혼 소식을 듣고 당황했지만 모친이 워낙 엄격했기 때문에 감히 무어라 아뢰지 못하고 어물거리다가 그대로 받아들여 혼인날이 가까워지고 있었다. 그런데 노씨 집안은 이름 있는 갑족이어서 딸을 시집보내면서 체면상 반드시 백만금을 들여놓아야만 행례할 수 있다고 정해놓았기 때문에, 집안이 가난한 이생은 이 돈을 마련하기 위해 백방으로 애써야만 했다. 그래서 친구들에게서 이 돈을 빌린다고 핑계대고는 여름에서 이듬해 가을까지 멀리 강수와 회수를 건너다니면서 친분이 있는 집안으로 돌아다녔다.

이렇게 되니 소옥과의 약속을 지키지 못하게 되었고 돌아와 맞이하겠다던 약속시기를 크게 어기고 말았다. 그래서 이생은 소옥에게 자신의 흔적을 숨겨 연락하지 않으면 단념하리라고 생각하고, 멀리 친구 집을 떠돌면서 자신에 대한 소식이 소옥에게 알려지지 않게 하는 일에 힘을 쏟았다.

소옥은 이생이 돌아오겠다던 시한을 넘긴 후로 염탐하여 소식을 알아보려 했지만 들려오는 소문은 날마다 신빙성이 없는 것들이었다. 그래서 널리 효험이 있다는 무당을 구하여 점을 쳐 보았지만 영영 알 길이 막막할 뿐이어서, 수심이 가슴에 쌓이고 한이 맺히기 시작하여 1년 여를 지나고서는 몸이 쇠약해져 텅 빈 방에 홀로 몸져눕게 되었다. 비록 이생의 소식은 끊어져 알 길이 없었지만 소옥의 그리워하는 얼망은 점점 깊어만 져시 친지들에게 재물을 흩어 이생의 행방을 알아보도록 했다.

찾으려는 노력은 날이 갈수록 간절해졌지만 그만 재물이 바닥나고 말았다. 그래서 가만히 시비를 시켜 상자 속에 넣어두었던 의복과 장식품들을 몰래 내다 팔곤 했는데, 많은 경우 서시(西市)에 있는 전당포 주인 후경선(候景先)에게 물건을 맡겨서 팔아달라고 부탁했다. 하루는 시비 완사를 시켜 자옥(紫玉) 비녀 한 쌍을 후경선의 집으로 가지고 가서 팔아오게 했는데, 완사가 가는 도중에 궁중에서 옥을 다듬던 옥공 노인을 만났다. 옥공이 완사가 가지고 가는 비녀를 보고는 가까이 와서 묻기를,

"이 비녀는 내가 만든 것이다. 전날 곽왕의 어린 딸이 머리를 올릴 나이가 되어가니, 왕이 나를 시켜 이것을 만들게 하고 나에게 수고비로 돈 1

만전을 주어서, 내 항상 잊지 못하고 있다. 너는 누구이며 이 값진 물건을 어디에서 얻었느냐?”

하고 추궁하는 것이었다. 이에 시비 완사가 다음과 같이 설명해주었다.

“내가 섬기는 낭자는 곧 곽왕의 딸입니다. 가정은 파산하고 남자에게서 버림을 당하여, 낭군은 앞서 동도로 떠나간 후 다시는 소식이 돈절하니 슬픈 울화가 가슴에 쌓여 병이 되어 누운 지 2년이 되었습니다. 나에게 이것을 팔아오게 하여 그 돈으로 사람을 사서 낭군의 소식을 알아보려고 하는 것이랍니다.”

이 말을 들은 옥공은 슬퍼하며 눈물을 흘리고,

“존귀한 지위에 있는 사람들의 남녀 관계에 있어서 한번 실수로 절개가 무너지면 하나같이 이 지경이 되는구나. 내 남은 인생 다하여 가는 이 순간에 이 같은 성쇠 무상함을 보니 슬픈 감회를 이기지 못 하겠노라.”

하면서, 완사를 이끌고 연선공주(延先公主) 댁으로 가서 지난날의 이야기를 들려주니, 공주 또한 얘기를 듣고 오랫동안 비탄에 잠겨 슬퍼하다가 돈 12만전을 주는 것이었다.

이때 이생과 정혼한 노씨 딸은 장안에 있었다. 이생은 빙재(聘財) 1백만 전을 가까스로 마련하여 노씨 집안에 들여놓고는 임지인 정현으로 내려갔다. 그리고 그해 12월에 다시 휴가를 얻어 장안으로 올라와 친지의 집으로 들어갔다. 그런 다음 한적한 곳에 숙소를 마련해 숨어 살면서 자신의 소식이 사람들에게 알려지지 못하도록 했다.

그런데, 이생의 고종사촌 아우로 명경과에 급제한 최윤명(崔允明)이란 사람은 인정이 많고 후덕했다. 지난날 이생이 소옥과 함께 즐거운 세월을 보내고 있을 당시 최윤명을 데리고 소옥의 집으로 가서 함께 술을 마시며 즐겁게 놀곤 했으므로, 무관한 사이가 되어 친하게 지냈다. 그래서 최윤명은 전날 이생의 소식을 자주 소옥에게 전해주었으며, 소옥 또한 이를 감사하게 여기고 의복과 생활비 등을 주었으므로, 최윤명은 소옥에게 늘 고마운 감정을 갖고 있었다.

마침 이생이 장안으로 올라와 혼례를 치르고 숨어 지내고 있을 때 최윤명이 이 사실을 알고 소옥에게 알려주게 되었다. 애기를 들은 소옥은 탄식을 하면서 이렇게 서러워했다.

"이 세상 하늘 아래 어찌 이 같은 일이 있단 말인가?"

그리고 소옥은 널리 이생과 친분이 두터운 사람들에게 부탁하여 이생을 집으로 데려와 달라고 간청했다. 그러나 이생은 자신이 스스로 기약을 어긴 허물이 있고, 또한 소옥이 오랫동안 병석에 누워 있다는 사실을 알고는 부끄러워하면서 냉정하게 거절하고 끝까지 소옥을 만나려 하지 않았다. 그리고 새벽에 집을 나가 저녁 늦게 귀가하면서 사람들을 피하려고 애썼다.

소옥은, 이생이 장안에 있으면서 자신을 피한다는 사실을 알고부터는, 밤낮으로 울면서 침식을 완전히 잊었으며 한 번만이라도 만나보고 싶어 하는 그 뜻을 이루지 못하니, 원한과 울분이 복받치어 드러누운 채 몸을 가누지 못했다. 이로부터 장안에는 점점 이러한 사실을 아는 사람들이 늘어났고, 풍류남아들은 소옥의 그 정을 쏟는 정성에 함께 감동했으며, 정의감에 불타는 의협남아들은 모두 이생의 박절한 행동에 노여움을 표시했다.

세월은 흘러 3월이 되었다. 많은 사람들이 봄 꽃놀이를 즐겼고, 이생도 친구 5,6인과 더불어 숭경사로 유람하여 모란꽃을 구경하면서 시를 읊조리며 천천히 걸어 서쪽 복도에 이르렀다. 이생과 같이 놀러간 친구 속에는 장안에 사는 위하경(韋夏卿)이란 절친한 친구도 있었는데, 이생을 돌아보며 이렇게 말했다.

"봄 경치가 매우 좋고 풀과 나무들이 꽃을 피우고 영화를 누리는구나.

그런데 생각해 보면 소옥의 처지가 매우 슬프구려. 원한을 품고 방안에 누워있는데 그대가 기어이 돌아보지 않고 버리니 잔인한 사람이구려. 대장부의 마음으로 이렇게 하는 것은 마땅하지 않으니 그대는 좀 생각해 보는 것이 좋을 것 같구려.”

한탄을 하면서 이렇게 충고하고 있을 때였다. 갑자기 한 건장한 남자가 나타나는데, 이 남자는 가볍게 누런색의 모시옷을 입었고 붉은색 탄을 허리에 차고 있었으며, 얼굴이 잘 생기고 준수한데다가 의복이 경쾌하고 호화로워 호걸남아같이 보였다. 그리고 이 남자는 어린 아이 하나를 거느리고 있었는데, 그 아이는 머리를 깎은 북방 족속의 어린 아이 같았다.

이 남자가 가만히 이생과 친구 위하경의 뒤를 따르다가, 위하경이 충고하는 말을 엿듣고는 갑자기 이생 앞에 나아와 읍하면서 말하는 것이었다.

“공은 혹시 이 십랑이 아니신지요? 저의 집안은 본래 산동에 살았지만 외척으로 인척 관계가 되는 사이입니다. 비록 시와 문장에는 부족한 점이 많지만 마음은 오직 현명한 사람을 존경해, 공의 높은 명성을 앙모하여 항상 만나보기를 생각하고 있었는데, 오늘 요행으로 만나보게 되니 매우 기분이 상쾌합니다. 저의 사는 곳이 여기에서 멀지 않은 곳에 있으며, 역시 집에는 음악이 갖추어져 있어 마음을 즐겁게 하기에 충분하고, 나아가 요염하게 생긴 여자 8,9명과 잘 달리는 말 10여 필이 있어서 오직 공의 욕망을 충족시키기에 부족함이 없사오니 한 번 들려주시기를 간청하옵니다.”

이생과 함께 왔던 친구들이 이 말을 듣고는 서로들 돌아보며 감탄했다.

그래서 이생은 이 남자와 함께 말을 채찍질해 나는 듯이 여러 마을을 돌아 달렸는데, 어느덧 승업방에 이르렀다. 곧 소옥이 살고 있는 지역에 가까이 온 것을 알게 된 이생은 이곳을 지나기 싫어서 문득 어떤 핑계를 대고는 말머리를 돌리려 했다. 이때 남자는 자기의 집이 지척에 있는데 어찌 차마 거절하느냐고 하면서 말을 옆으로 몰아와 이생의 말고삐를 움켜쥐고는 이끌어 앞으로 나아가는 것이었다.

이렇게 승강이를 하는 사이에 어느덧 소옥이 사는 마을인 고사곡에 이르니, 이생이 정신이 황홀해지면서 어찌할 바를 몰라 하면서 채찍을 쳐 급히 돌아가려고 했다. 이때 남자는 급히 노복 수명에게 명하여 이생을 끌어안고 급히 말을 달려 소옥의 집 대문 안으로 들어가서는 대문을 닫아걸라고 명령했다. 그리고 아뢰는 것이었다.

"이 십랑이 여기 도착했나이다."

이 말에 온 집안이 기뻐하는 소리가 문밖에까지 들려나왔다.

앞서 간밤에 소옥이 꿈을 꾸니, 황삼을 입은 남자가 이생을 끌어안고 들어와 자리에 앉히고는 소옥으로 하여금 이생의 신을 벗기라고 하기에, 소옥은 놀라 꿈을 깨었고 모친에게 꿈 얘기를 하면서, 스스로 다음과 같이 꿈 해몽을 하는 것이었다.

"신이란 발과 만나는 물건이니 부부가 다시 만나는 것을 의미합니다. 그리고 신을 벗기는 것은 만났다가 떨어지는 것을 의미하니 영결에 해당합니다. 이 꿈의 징험으로 볼 것 같으면 낭군을 반드시 만나보게 되고 만난 후에는 필경 죽게 될 것 같습니다."

그리고 소옥은 새벽에 모친에게 부탁하여 머리를 빗기고 얼굴을 꾸미게 하니, 모친은 딸이 오래 병으로 누워 있어서 마음속에 의혹과 혼란이 일어난 것이라고 생각하면서 그 꿈을 크게 믿으려 하지 않았다. 그런데 계속 우기면서 조르기에 모친은 할 수없이 억지로 머리를 감겨 빗질을 하고 얼굴에 화장을 해주었다. 이렇게 해 화장이 막 끝나고 나니 과연 이생이 집에 도착했다.

소옥은 오랫동안 힘없이 늘어져 누워 엎치락뒤치락하며 사람을 기다리는 모습을 하고 있었는데, 이생이 왔다는 말을 듣는 순간 흔연히 스스로 일어나 옷을 갈아입고 나가는 것이었다. 그리고 황홀하게 정신을 차리고 이생을 맞아 상견하더니, 얼굴에 노기가 감돌면서 뚫어지게 쳐다보기만 하고 아무 말도 하지 않은 채 여윈 몸뚱이를 이기지 못하는 것 같이 흐늘흐늘했다. 이때 소옥은 다시 소매를 걷으면서 눈을 돌이켜 이생을 돌아보니, 그 모습은 만물이 감동하는 것 같고 보는 사람을 슬프게 해, 앉아 있는 사람들이 모두 한숨만 쉴 뿐 적막이 감돌았다.

얼마 후에 술과 안주 수십 쟁반이 밖에서 들어왔다. 모두 놀라 바라보며 급히 그 연고를 물으니, 이것은 모두 앞서 이생을 데리고 온 그 남자가 마련한 것이라고 했다. 그래서 술상을 차려놓고 자리를 잡고 둘러앉았다. 곧 소옥은 몸을 비스듬히 하고 얼굴을 돌려 눈을 흘겨 이생을 오랫동안 바라보고 있더니, 술잔을 들어 바닥에 부으면서 말했다.

"나는 여자로 태어나 박명하여 이 지경에 이르렀고 그대는 대장부이기에 배반하는 마음이 이와 같으십니다. 아름다운 얼굴에 어린 몸으로 한을 머금고 생명을 마감하니 집에 계시는 자애로운 모친을 봉양하지 못하고 비단 옷과 악기들은 오늘로써 영원히 쉬게 되었습니다. 이 아픔이 황천에까지 사무치는 징험은 모두다 그대가 이루어놓은 결과이니, 그대여, 그대여! 지금 내 영원히 결별을 고합니다. 내 죽은 후에 반드시 모진 원귀가 되어 그대의 처첩들을 하루 종일 편치 못하게 할 것입니다."

이러면서 왼손을 뻗어 이생의 팔을 잡고 오른손에 들려있는 술잔을 집어던지면서 길게 통곡을 하고는 몇 번 크게 소리치고 숨을 거두었다.

소옥 모친은 급히 딸의 시체를 들어 이생의 품안에 안겨주면서 소옥의 이름을 부르라고 했다. 그러나 소옥은 영영 깨어나지 않고 불귀의 객이 되니, 이생은 소옥을 위해 흰옷을 입고 아침저녁으로 곡읍하며 매우 슬퍼했다. 그리고 장례하려는 날 밤, 이생이 보니 휘장 사이에 소옥이 나타나 보이는데 모습이 아름답고 고우며 완연히 평생에 살아 있는 것 같았다. 석류 무늬 치마를 입었고 자주 저고리에 홍록 배자를 입었으며, 몸을 비스듬히 하여 휘장에 의지해 서서 손으로 수가 놓인 띠를 잡아끌며 이생을 보고 이르는 것이었다.

"그대와 서로 영원히 헤어지면서 아직도 정이 남았다는 것을 부끄럽게 여깁니다. 저승에서인들 능히 감탄하지 않으리오."

이 말을 남기고 다시는 보이지 않았다. 이튿날 장안 어숙원(御宿原)에 장례지낸 다음, 이생은 묘소에서 정성을 다해 슬픔을 표하고 돌아갔다.

그 뒤 달포가 지나 이생은 노씨와 혼례를 올렸는데, 괴로운 감정이 떠나지 않아 울적하고 즐거움이 없었다. 5월 달이 되어 여름으로 접어들 때에 이생은 아내 노씨와 함께 임지인 정현으로 돌아갔다.

정현에 이른시 10여 일 지났을 무렵, 이생이 아내 노씨와 더불어 잠자리에 들었는데, 갑자기 휘장 밖에서 고래고래 꾸짖는 소리가 들려왔다. 그래서 이생이 놀라 살펴보니 20여 세 되어 보이는 한 잘 생긴 남자가 아른아른 비치는 장막을 뒤집어쓰고 서서 계속 노씨를 나오라고 부르는 것이었다. 이생이 황급하게 뛰어나가 장막을 휘어잡아 싸서 여러 번 안아 붙잡으려 했지만, 젊은 남자는 순식간에 사라지고 보이지 않았다.

이생은 이로부터 마음 속에 의심과 증오의 감정이 일어 아내 노씨를 여러가지로 시기하기 시작해 부부 사이가 멀어지면서 틈이 생기게 되었다. 그나마 주위에 친분 두터운 사람이 간곡하게 서로 권유해 줌으로써 이생의 마음은 조금 풀렸다.

그리고 10여일 뒤에, 이생이 다시 외출을 했다가 돌아오니 마침 아내 노씨가 침상에서 거문고를 켜고 있었다. 그때 갑자기 문밖에서 아름다운 꽃무늬를 새겨 장식한 작은 상자 하나가 던져지는데, 크기는 두루 사방 한 치 정도였고 속에서 얇은 비단으로 맺어진 동심결(同心結)5)이 노씨의 가슴으로 떨어지는 것이었다. 이생이 상자를 열어보니 그 속에는 상사자(相思子)6) 열매 2개와 고두충(叩頭蟲)7) 하나, 발살자(發殺觜)8) 하나, 여구미(驢駒媚)9) 약간이 들어 있었다.

이생이 이것들을 보는 순간 분통을 터뜨리며 호랑이와 시랑 같은 맹수가 소리치듯 크게 부르짖고 거문고를 뺏어 들고는 그 아내를 내리치며 음행을 실토하라면서 따져 물었다. 그러나 아내 노씨는 어이가 없어 끝내 무어라 자신을 해명하지 못했다.

이후로 왕왕 이생은 아내에게 포악하게 매를 때리기도 하면서 여러가지 지독한 학대를 가했으며, 마침내 어떤 일을 얽어 관청에 고발해 아내를 내쫓아버렸다. 노씨가 쫓겨난 후 이생은 시비 잉첩 등과 잠자리를 함께 하기도 했지만, 문득 시기와 질투심을 발휘했고, 경우에 따라서는 죽여 버리는

---

5) 同心結: 천이나 실을 가지고 고를 내어 중간에 매듭을 굳게 맺어 풀리지 않게 한 것. 곧 굳은 애정의 표시임.
6) 相思子: 일명 홍두(紅豆)라는 나무 이름. 이 나무는 하얀 꽃이 피고 콩알 같은 열매가 맺는데, 이 나무와 열매는 강렬한 애정을 상징하고 있음. 한 여자가 남편이 변방에서 죽으니 이 나무 밑에서 울다가 자신도 역시 남편을 따라 죽었기 때문에 생긴 유래임.
7) 叩頭蟲: 크기와 모양이 콩알과 비슷한데 무어라 소리치면 머리를 조아리는 시늉을 함. 절대 복종을 상징함.
8) 發殺觜: 끝이 뾰족하여 쏘아서 사람을 죽이는데 쓰는 작은 기구. 남편을 죽이는 데에 사용하라는 뜻임.
9) 驢駒媚: 당나귀 새끼가 어미 몸에서 나올 때 미처 땅에 떨어지기 전에 입안을 보면 작은 고기 덩어리 같은 것이 있다고 하는데 이것을 '여구미'라고 함. 부인들이 이것을 띠에 차고 있으면 남자들의 마음을 휘어잡는다는 전설이 있음.

일도 있었다.

이생이 한번은 광릉으로 유람했다가 명성이 높이 나 있는 영 십일낭(營十一娘)이란 여자를 얻어왔다. 이 여인은 얼굴이 잘 생기고 사랑스러웠는데 이생은 늘 상대하여 앉아서는,

"나는 일찍이 어느 곳에서 어떤 여자를 데려왔다가 그 여자가 어떤 죄를 저질러서 내 어떠어떠한 방법으로 죽였다."

라고 말하는 것이었다. 그래서 매일 이런 말을 되풀이하여 자기를 두렵게 여기도록 해 집안을 엄숙하게 만들려고 했다. 그리고 외출을 할 때에는 영 십일낭을 의심하여 침상 위에 앉혀놓고 그 몸 위에 욕조를 뒤집어씌운 다음 주위를 빙 둘러 봉함을 해두는 것이었다. 그래서 외출에서 돌아오면 그 봉함을 자세히 살핀 다음에 욕조를 열었다.

또한 매우 칼날이 예리한 단검을 하나 가지고 있으면서 시비들을 돌아보며 일렀다.

"이 칼은 신주(信州) 갈계(葛溪)의 철로 만들어졌다. 오직 죄지은 사람은 이 칼에 의해 목이 베어질 것이다."

이렇게 이생은 부인을 보기만 하면 문득 시기심을 발동했고 세 번이나 취처를 했지만 모두 처음 경우와 같이 시기하고 질투했다.

앵앵젼(鶯鶯傳)

<해 설>

　　이 작품은 당대 중기를 넘어선 시기에 젊었을 적부터 시인 백거이(白居易)와 많은 시로 창화(唱和)했던 원진(元稹: 779~831)의 작이다. 작품 속의 여주인공 이름을 따서 <앵앵전(鶯鶯傳)>이라 하고 있지만 『이문집(異聞集)』에 실렸을 당시에는 제목이 <회진기(會眞記)>로 되어 있었다.

　　그리고 후대 송(宋) 원(元) 시대로 내려오면서 이 소설의 내용이 희곡으로 많이 각색되면서 그 처음 만난 장소를 따서 <서상기(西廂記)>라 했기 때문에, 뒷날 사람들에게는 <서상기>로 널리 알려져 있다.

　　이 소설은 여주인공 앵앵이 기생이 아닌 규중처녀의 몸으로 장생(張生)의 유혹에 이끌리어 스스로 장생에게 나아와 몸을 바쳐 한동안 사랑을 나누다가, 장생이 떠나 소식을 끊으니 다시 다른 남자와 결혼해 산다는 구성이어서, 우리 조선시대 윤리의식과는 차이를 보이고 있다. 그리고 앵앵이 집 건물 서상(西廂)으로 시비 홍선의 인도를 받아 장생을 만나러 나타나는 그 장면이 매우 극적이어서, 우리 고소설과 설화에 이 아름다운 장면을 더러 인용하고 있다.

　　이 작품은 송대(宋代) 이후로는 『태평광기』 권488에 실려 전해지고 있다.

당나라 정원(貞元: 785~804) 연간에 장씨(張氏) 성을 가진 젊은이가 있어 성품이 온화하고 얼굴이 잘 생겼으며 풍채 또한 늠름했을 뿐만 아니라, 더욱이 마음이 굳고 지조가 있어서 예의에 벗어난 행동은 하는 일이 없었다. 간혹 친구들과 어울려 잔치에 참여해 난잡하게 섞여 놀 때에도, 다른 친구들은 모두 정신을 잃고 몸을 가누지 못하는 흐트러진 행동을 하지만, 장생은 그저 어울리기만 할 뿐 끝까지 혼란한 지경에 이르는 일이 없었다.

장생의 나이 23세에 이르렀는데도 아직까지 한 번도 여색에 접근한 적이 없으니, 그의 친구 한 사람이 어찌 그렇게도 여색에 무심할 수 있느냐고 물었다. 이에 장생은 웃으면서 이렇게 설명했다.

"흔히 여색을 즐긴다는 사람을 보면 진정한 호색자라 할 수 없으니 이들은 음흉한 행동을 하는 자들이다. 나야말로 진정한 호색자이다. 무슨 말인고 하면, 대저 모든 사물에 있어서 가장 최고의 것은 마음속에 깊이 박혀 떠나지 않는 것이니, 이는 냉정하게 맺었던 정을 던저버리는 그런 사람이 아님을 알아야 한다."

이 말을 들은 친구는 고개를 끄덕였다.

얼마 후에 장생은 포(浦) 지방으로 여행하여 십여 리 동쪽에 있는 보구사(普救寺)라는 절에서 묵고 있었다. 이때 마침 최씨(崔氏) 가문의 부인 한 사람이 남편이 사망하여 과부가 된 몸으로, 가족을 거느리고 포 지역에서 나와 장안으로 돌아가다가 역시 이 절에 들러 머물게 되었다.

그런데 부인은 친정이 정(鄭) 지역의 정씨(鄭氏) 가문이었고, 장씨는 본래 정 지역에서 분파되어 나왔으므로, 그 계보를 따져보니 부인은 장생의 이파종모(異派從母)[10]에 해당되었다. 이해, 포 지역을 다스리던 혼감(渾瑊) 장군이 사망하니, 이 지방 사람 정문웅(丁文雄)에 대해 군인들이 평소 나쁜 감정은 품고 있었으므로, 장군의 사망을 계기로 혼란을 틈타 군인들이 포 지역 민간 가정을 습격해 재산을 약탈하는 큰 소요를 일으켰다. 그런데 최씨의 가정은 재산이 많았고 또한 노비도 많이 거느려, 군인들의 약탈 표적이 될 수 있었으므로, 부인은 여행 도중에 혹시 해를 입지나 않을까 두려워하면서 의탁할 바를 알지 못하고 전전긍긍했다.

이때, 장생은 이 지역을 다스리고 있던 장수의 부하들과 평소 친분이 두터웠기 때문에, 관리들에게 부탁하여 부인을 좀 보호해 달라고 요청했다. 그래서 부인은 장생의 노력에 의해 피해를 입지 않고 무사할 수가 있었다. 10여 일 후 천자의 명령을 받은 안렴사 두확(杜確)이 총사령관의 자격으로 파견되어 내려왔고, 군인들에게 엄명을 내려 통제하니 마침내 군인들의 소요는 진정되었다.

부인은 장생의 은덕을 두텁게 생각하고 음식을 마련하여 장생을 초청해 중당에서 대접했다. 그 자리에서 부인은 장생에게 다음과 같은 이야기를 하면서 감사를 표하는 것이었다.

"이 외로운 과부 미망인은 어린 것들을 거느리고 불행히 군사들의 난폭한 행동에 부딪혀 진실로 몸을 보전하기가 어려웠습니다. 내 어린 아들과 연약한 딸은 오로지 그대가 생명을 건져준 것이니, 어찌 가히 보통의 은혜에 비교가 되겠습니까? 지금 아이들로 하여금 형님과 오라비를 받드는 예로 뵙게 하여 그 은혜에 보답이 되기를 바라는 바입니다."

이러면서 그 아들에게 극진한 인사를 드리라고 명하는데, 보니까 아들은 나이 10여 세쯤 되어 보이고 얼굴이 매우 온화하면서 아름다웠다. 이어서 딸에게 명하여,

---

10) 같은 시조에서 분파되어 나온, 촌수가 한 단계 위인 부친 항렬의 여자

"나와서 네 오라비에게 절을 올려라. 오라비는 너를 살려준 분이시니라." 하고 일렀으나. 딸은 몸이 아프다는 핑계를 대면서 나오지를 않았다. 곧 부인은 화를 내면서 소리쳤다.

"장씨 오라비는 너의 생명을 보전해 주셨다. 오라비가 아니었으면 너는 그 군인들에게 잡혀가는 신세가 되었을텐데 무슨 젊은 남녀 사이라고 하여 혐의를 심하게 한단 말이냐?"

이렇게 꾸짖으니 딸은 한참 만에 나왔는데, 평상복에 초라한 모습으로 몸을 꾸미지 않고 땋은 머리가 드리워져 눈썹을 가린 채 양쪽 볼만 불그레할 따름이었다. 그러나 그 얼굴은 너무나 아름다워 특이했고 광채가 빛나는 것 같아 보는 사람을 감동시키는 것이었다.

곧 장생은 보는 순간 놀라면서 예를 표하니 딸은 부인 곁에 다소곳이 앉는 것이었다. 모친의 강요에 의하여 할 수 없이 나온 것이어서 한 곳을 응시하는 그의 눈에는 원망하는 빛이 어리었고 몸을 가누지 못하는 것 같은 모습을 하고 있었다.

장생이 그 나이를 물으니 부인이 이렇게 대답했다.

"지금 황제로 계시는 분이 갑자 7월에 등극하시어 현재 정원 경신 해에 이르고 있으니, 이 아이도 그 해에 해당하여 태어난 지 17년이 되었습니다."

이에 장생이 몇 가지 말로 대화를 해보려고 유도했으나, 딸은 끝내 아무 말도 하지 않고 앉았다가 곧 일어나 자리를 떴다.

장생은 이로부터 마음이 이끌리어 애정을 이루어보려고 했으나 방법을 찾지 못했다. 그런데 최씨 낭자에게는 홍낭(紅娘)이란 여종이 있어서, 장생은 가만히 홍낭에게 서너 번 선물을 주면서 은근히 호감을 갖게 했다. 그리고는 틈을 보아 최씨 낭자에 대해 애정을 품고 있다는 그 마음을 이야기하게 되었다. 그랬더니 홍낭은 크게 놀라 거절하면서 펄쩍 뛰고 달아나 버렸고, 장생은 자신의 행동을 후회했다.

이튿날, 홍낭이 다시 나타나기에 장생은 부끄러워하면서 사과하고 다시는 최씨 낭자에 대한 애정 표시를 입 밖에 내지 못했다. 그랬더니 홍낭이 하루는 이런 말을 했다.

"도련님의 이야기를 우리 낭자에게 감히 말하지 못했으며, 아무에게도 발설하지 않았습니다. 그런데 도련님은 우리 낭자의 인척들을 널리 알고 계시니, 그 분들의 도움을 얻어 정식으로 혼인을 주선해 달라고 하면 되지 않겠습니까?"

이 말에 장생은,

"나는 본래 어릴 때부터 성격이 내성적이어서 혹시 부인들 사이에 있게 될 때면 얼굴을 들어 쳐다보지 못했다네. 나이가 들어도 고쳐지지 않고 마침내 마음을 닫고 있는 상태라네. 지난 날 한번 낭자와 자리를 같이하여 몸 둘 바를 몰라 했는데, 이후 수일 동안 행동을 억제하지 못했고 배부르게 밥 먹는 일도 잊어, 아마도 하루를 넘기기가 어려울까 두렵다네. 그런데 중매를 넣어 정식으로 혼인을 주선한다면 납채 문명 등의 절차로 두서너 달은 걸릴테니, 그 때에는 마른 생선 가게에나 가서 나를 찾아야 할텐데, 너는 어찌 그 당치도 않은 이야기를 한단 말이냐?"

라고 말하며 나무랐다. 이 말을 들은 홍낭은 다시 이런 제의를 했다.

"우리 낭자의 굳은 절개와 자신에 대한 단속은 비록 존귀한 분일지라도 사리에 벗어난 말로써는 범할 수가 없사온데, 천한 하인의 계교로는 설득시키기가 어렵습니다. 하지만 우리 낭자도 시와 문장에 능통하여 때때로 시구를 읊조리곤 하면서 깊은 상념과 그리움에 잠기는 때가 있답니다. 그러니 도련님께서 시험 삼아 애정을 담은 시를 써서 회유하여 낭자의 마음에 혼란을 유도하면 모르겠지만, 그렇지 않고 다른 방법은 없을 것 같습니다."

이 말에 장생은 크게 기뻐하고 곧 춘사(春詞) 시 두 수를 지어 홍낭에게 주었다. 이날 저녁 홍낭은 다시 나타났다. 그리고 비단 천에 적힌 편지를 가지고 와서 장생에게 건네면서,

"우리 최씨 낭자가 전하라고 했습니다."

하고 말했다. 그래서 받아보니 한 편의 시였는데, 그 제목이 '달 밝은 보름날 밤'이라 되어 있고, 내용은 이러했다.

서상(西廂) 아래에서 달빛을 기다리며	待月西廂下
바람을 쏘이려고 문을 반쯤 열었도다.	近風戶半開
담장에 어른거려 움직이는 꽃 그림자를,	拂墻花影動
그리운 임 오신 걸로 의심을 했었지요.	疑是玉人來

이 시를 읽은 장생은 그 속에 숨겨져 있는 뜻(찾아오라는 뜻)을 은근히 이해했다. 이날 밤은 바야흐로 2월14일이었고, 최씨 낭자 집 동쪽에는 살구나무가 한 그루 있어서 이 나무를 타고 올라가면 담장을 넘어 집안으로 뛰어내릴 수가 있었다.

16일 밤, 장생은 그 나무에 사다리를 놓고 올라가서 담장을 넘었다. 살금살금 걸어 서상에 도착하니 문이 반쯤 열려있고 시비 홍낭이 침상에서 잠들어 있기에 장생은 홍낭의 잠을 깨웠다. 홍낭은 놀라 일어나면서,

"낭군께서 어떻게 여기에 이르렀습니까?"

하고 물었다. 이에 장생이 슬쩍 속여 이렇게 일렀다.

"지난 번 낭자의 편지에 나를 이리로 오라고 불렀다네. 얼른 들어가 낭

자에게 알리게."

홍낭이 안으로 들어가더니 얼마 후에 다시 나오면서 숨을 몰아쉬며,

"오고 있어요. 우리 낭자가 지금 오고 있답니다."

하면서 의외라는 듯 연하여 소리를 지르는 것이었다. 이 말에 장생은 기뻐하고 한편으로 놀라면서 속으로 '드디어 성공을 거두었구나!' 하고 긴장감을 감추지 못했다.

이윽고 최씨 낭자가 이르렀는데 보니까 복장을 단정히 하고 엄연한 위엄을 갖추고 있었다. 그리고 장생을 보고는 다음과 같이 크게 꾸짖는 것이었다.

"오라비가 우리 가문을 살려준 은혜는 매우 두텁습니다. 그래서 모친께서 연약한 동생과 어린 소녀를 인사드리게 한 것입니다. 그런데 어찌하여 못난 여종을 시켜 음탕한 글을 전하십니까? 지난날에는 의리를 가지고 난리 통의 어려움을 보호해 주시더니, 끝내는 난잡한 행동으로 소녀의 몸을 요구하니 이는 혼란을 가지고 혼란을 바꾸는 것이어서 그 잘못된 일의 간격이 실로 얼마나 큰 것인지요? 소녀는 오라비의 그 글을 무시하고 가만히 있고자 했으나 그렇게 되면 오라비의 그 간사한 행동을 보호해주는 것이 되어 불의가 되는 것 같고, 모친에게 알려 사실을 밝히려고도 생각해 보았으나 역시 오라비의 전날 은혜를 저버리는 것 같아 좋지 않다고 생각했습니다. 그리고 여종을 시켜 소녀의 이 뜻을 전하려고도 했었지만 소녀의 참된 정성을 올바르게 알려드리지 못할 것 같았습니다. 또한 글로써 소녀의 마음을 알릴까 마음먹기도 했었습니다만 오라비께서 바르게 이해하지 못할까 두려웠습니다. 그래서 시를 통하여 오라비를 이리로 오게 하였으니, 예의에 벗어난 행동이 마음에 부끄럽지 않으십니까? 특별히 원하옵건대 예의에 맞는 행동을 하시어 난행에 해당하는 일은 하지 말아주십시오."

이와 같이 엄숙하게 말한 다음 낭자는 휙 돌아서 가버리는 것이었다. 이에 장생은 정신을 잃고 한참동안 멍하니 서 있다가 다시 담을 넘어 나왔으며 이후로 실의에 빠졌다.

며칠이 지난 어느 밤이었다. 장생이 홀로 잠들어 있는데 갑자기 인기척이 들려 놀라서 잠을 깨니, 마침 홍낭이 이불과 베개를 품에 안고 와서는 장생의 몸을 흔들면서,

"왔어요, 왔어! 무슨 잠만 자고 있습니까?"

하고는 이불을 펴고 베개를 나란히 놓은 다음 돌아가는 것이었다. 이런 모습을 본 장생은 눈을 부비며 어리둥절하여 '이게 꿈인가……' 하고 생각하면서도 단정히 앉아 기다리고 있었다.

그리고 얼마 있으니 홍낭이 최씨 낭자를 받들어 이르렀다. 장생이 살펴보니 낭자는 얼굴을 아름답게 꾸며 교태가 넘쳐흐르는데, 마치 애정에 굶주려 고민하다 지쳐 몸을 제대로 가누지 못하는 듯했고, 전날 밤 그렇게 엄숙하게 오라비의 예의 없음을 꾸짖던 그 단성하고 위엄 있는 모습은 얼굴 어느 구석에서도 찾아볼 수가 없었다.

이날 밤은 18일이었다. 비스듬히 비치는 달빛은 수정처럼 맑아 침상을 비치는데, 낭자의 휘청거리는 몸뚱이를 안고 마음껏 정열을 불태우는 장생은 몸이 공중으로 둥둥 떠올라 마치 신선이 되어 날아가는 것 같은 기분이었으며, 도무지 이 세상 사람이라는 생각이 들지 않았다.

시간은 흘러 먼 산 절간에서 종소리가 들리고 날이 밝으려 하니 시비 홍낭이 낭자더러 돌아가기를 재촉하는 것이었다. 이에 낭자는 안타까워 울부짖으며 몸을 가누지 못하면서 장생의 몸을 안고 몸부림치니, 홍낭이 달려들어 낭자를 껴안고 부축해 황급히 돌아갔다. 그런데 이날 밤 낭자는 끝내 한 마디의 말도 입 밖에 내지 않았다.

낭자가 돌아간 후 장생은 마음을 가다듬고 일어나 앉아 '내 어쩌면 꿈을 꾸고 난 것인가?' 하고 멍하니 있다가 날이 밝으니, 아름다운 분 냄새가 팔에 배였고 향기가 옷에 스몄으며 낭자의 눈물 흔적 또한 생생하게 자리에 배어 있었다.

이후 10여 일 동안 낭자의 소식은 감감했고, 그래서 장생은 낭자 만난 사실을 가지고 '회진시(會眞詩)' 30운을 짓기로 하고 시를 짓고 있는 중에, 마침 낭자의 시비 홍낭이 왔기에 미처 다 짓지 못한 시를 홍낭에게 주어 낭자에게 전하라 했다.

그런 뒤로 낭자는 다시 밤마다 장생에게로 와서 밤을 지내고는 새벽에 돌아가곤 하니, 이른바 '서상(西廂)'이란 장소에서 두 사람은 1개월 여를 이렇게 밤마다 정열을 불태웠다. 이때 장생이 낭자 모친인 정씨 부인에게 이러한 사정을 얘기하고 의견을 물으니 정씨 부인은,

"내가 무어라 어떻게 말할 수가 있겠느냐?"

라고 대답하므로, 장생은 낭자와 사랑의 결실을 맺기로 마음먹었다.

그런데 그때 장생이 마침 장안으로 가게 되어 이별을 할 수밖에 없었다. 그래서 장생은 낭자에게 장차 호합하여 살 것을 약속하고 이별을 고하니, 낭자는 이외에도 이별에 대해 별로 어렵지 않는 것처럼 하면서 다만 슬픈 얼굴빛만 나타내 보이는 것이었다. 장생이 장안으로 떠나기 전 이틀 동안의 밤은 서로 만나지 못하고 장생은 장안으로 향했다.

수개월이 지났다. 장생이 다시 포 지역으로 와서 최씨 낭자를 만나 또 함께 만나 여러 달 동안 사랑을 나누었다. 낭자는 글을 잘 짓고 특히 편지 글에 능했기 때문에 장생이 여러 번 요구했으나 끝내 볼 수가 없었고, 간혹 장생이 애정의 편지를 써서 낭자로 하여금 답장을 짓게 유도하기도 했으나 낭자는 장생의 글을 자세히 읽지도 않았다.

대체로 최씨 낭자의 성품을 보면 어떤 일을 끝까지 추구하여 끝장을 보는 성격이지만 겉으로는 전혀 내색하지 않았고, 말을 하면 아주 조리 있고 눈치 빠르게 잘 했지만 사람들과의 대화는 싫어하고 꺼리었다. 그리고 장생의 뜻을 잘 따르고 극진히 대접하면서도 말로써 기분을 좋게 하려는 노력은 하지 않았다. 때때로 수심에 싸여 깊은 시름에 잠기는 것 같았는데 항상 모르는 체하고 숨기면서, 기뻐함과 화내는 얼굴 표정을 겉으로 나타내지 않았다. 한 번은 낭자가 혼자 밤에 거문고를 켜면서 근심에 쌓여 슬퍼하는 것 같기에 장생이 몰래 듣고는 다시금 거문고 연주를 요청했는데 낭자는 끝끝내 거문고를 연주해 주지 않았다. 이후로 장생은 낭자에 대해 의혹의 마음을 갖게 되었다.

세월이 흘러 장생이 과거 볼 시기가 되어 다시 장안으로 가게 되었는데, 떠나는 전날 밤 장생이 말은 못하고 낭자의 곁에서 근심에 쌓여 한숨만 짓고 탄식하니, 낭자가 이별의 눈치를 채고는 공손한 모습으로 부드럽게 말하는 것이었다.

"처음에 난행으로 농락했으니 마침내 버리는 것은 진실로 마땅히 그러는 것이기에 내 한탄하지는 않겠습니다. 기어이 그대가 난행을 하고는 그대가 또 끝을 맺으니, 그대 은혜에 해당한다고나 할까요. 곧 죽어도 잊지 않겠다던 맹세는 끝나는 것이기에 어찌 이 떠남을 심하게 슬퍼할 필요가 있겠습니까? 그런데 지금 그대 마음이 즐겁지 못하니 다른 무엇으로 위로할 것이 없군요. 그대가 항시 나더러 거문고를 잘 연주한다고 했는데 지난날은 부끄러워 연주를 해드리지 못했습니다. 지금 거문고를 연주하여 정성을 표해드리겠습니다."

장생이 이 말을 듣고 거문고를 연주해 달라고 부탁하니, 낭자는 '예상우의곡(霓裳羽衣曲)' 을 연주하기 시작했다. 그리고 거문고 소리가 점점 슬픈 음으로 변하고 원망하는 듯 혼란스러운 지경에 이르니, 마침내 무슨 곡인지 알 수 없는 곡을 연주하는 것이었다. 듣는 사람이 모두 한숨짓고 탄식을 하니 낭자는 곧 연주를 멈추고 거문고를 던지고는 눈물을 한없이 흘리더니 일어나 달려 모친에게로 가버렸다. 이후 낭자는 다시 나타나지 않았고 날이 밝으니 장생은 곧 장안으로 향해 떠났다.

이듬해 장생은 과거에 급제하지 못하고 장안에 머물러 있으면서 최씨 낭자에게 편지를 보내 자신의 마음을 전달했다. 이에 낭자가 답장을 보냈는데 그 대략적인 내용은 이러했다.

"보내주신 편지의 두터운 애정에 소녀 마음은 희비가 교차됩니다. 아울러 머리 장식하는 화승(花勝) 한 상자와 다섯 치나 되는 입술연지를 보내주셨는데, 비록 머리를 아름답게 꾸미고 입술에 연지를 발라 예쁘게 보이도록 하는 고마운 은혜를 입었지만 다시금 누구를 위하여 얼굴을 꾸미겠습니까? 눈에 보이는 사물들은 회포만 더하여 오직 비탄의 감정만 쌓일 따름입니다. 장안으로 올라가셔서 학업에 종사하시고 출세를 위해 노력하시는 일은 진실로 편안하시기를 바랍니다만, 다만 한스러운 것은 시골구석의 이 못난 인간이 영원히 버림을 당한 일이옵니다. 박복한 운명이 이 같다고 하면 다시금 무슨 말을 하겠습니까? 지난 가을 떠난 후로 항상 뭉클뭉클 떠오르는 것은 무엇인가를 잃은 것 같은 허전함이었고, 여러 사람과 어울리는 속에서 간혹 억지로 이야기를 하며 웃어보려고도 했지만, 한적한 밤중에 홀로 누워 눈물만 흘릴 따름이었습니다. 이에 꿈속에서도 역시 오열의 감정이 솟고 이별의 슬픔을 느낄 때가 많으며, 품속에 안겨 정열을 불태운 일이 평상시 같이 느껴지다가도 그윽한 사랑이 끝나기도 전에 놀라 잠을 깨어 정신을 잃게 한답니다. 비록 이불의 반쪽이 아직도 따뜻하게 느껴지는데 다시금 생각해보니 벌써 멀리 세월이 흘러 어제 같은 이별이 문득 해가 바뀌고 말았습니다. 장안은 행락의 땅이어서 부딪치는 사물마다 마음을 끌어당기는데 어찌도 다행스럽게 이 못난 몸을 잊지 않으셨는지요. 사랑하고 그리워하는 마음 변함이 없어 보잘 것 없는 이 마음 그대를 받들어 모실 길이 없습니다만, 한평생을 함께 하겠다던 맹세는 진실로 변함이 없사옵니다. 앞서 인척간이라는 인연으로 하여 자리를 함께 하였다가 알게 되어 여종의 유인에 의해 사사로운 정을 맺게 되었었지요. 연약한 여자의 마음에 스스로의 몸을 지키지 못하고, 옛날 군자가 거문고로 꾀이던 것 같은 유혹에[11] 끌려서, 못나게도 베틀에서 북을 던져 유혹하는 남자를 물리쳤다는 얘기 같은[12] 용기가 없어 거절하지 못했습니다. 드디어 애정을 나누는 잠자리에 들어서는 의리를 두터이 하고 깊은 애정을 표시해 못난 이 마음을 영원히 끝까지 맡기기로 맹세하였습니다. 어찌 기약했겠습니까? 군자를 보고 정감을 억제치 못해 스스로 남자에게 몸을 던져 맡겨버리는 부끄러움을 이루리라는 것을……. 다시는 분명하게 받들어 모실 수 없게 된 것이 죽을 때까지 영원한 한이 되고 말았으니 한탄을 품은들 무슨 말을 하겠습니까? 하물며 순진한 이 마음속에 깊숙이 배어드니 오히려 죽어서 다시 태어남이 나을 것 같사옵니다. 간혹 뛰어난 선비들이 애정에는 깊이가 없어 작은 것을 버리고 큰 것을 쫓는 경향이 있어서, 앞서 맞이한 배필을 더럽다고 하며 굳게 맹세했던 약속을 속이는 일이 있는데, 이와 같은 일을 당하고 보니 곧 몸이 부스러져 가루가 되어 사라지더라도 일편단심은 없어지지 않사옵니다. 바람에 나부끼고 이슬에 젖으며 공중에 의탁하는 것 같은 이 꺼져가는 인생의 정성을 여기에 담아 모든 말을 다 하였습

---

11) 옛날 漢代 司馬相如가 거문고를 켜서 卓文君을 유혹해 함께 달아났던 故事.
12) 옛날 晉代 謝鯤이 이웃집 처녀를 유혹했는데, 처녀가 베틀에서 북을 던져 사곤의 앞니 2개를 부러뜨 거절했다는 故事.

니다. 편지를 쓰면서 흐느껴 울고 있습니다만, 이 마음을 모두 다 아뢰지 못하옵니다. 부디부디 행복하소서. 여기 소녀가 어릴 때 가지고 놀던 옥가락지 하나 함께 부치오니, 그대의 아랫도리가 쇠약해지는 것에 보충의 효과가 있을 것입니다. 옥이란 굳고 윤택하여 닳아 없어지지 않고 둥근 것은 그 처음과 끝이 없어 끊어지지 않음을 나타내옵니다. 그리고 헝클어진 실 한 타래와 대나무 무늬가 새겨진 차 가는 맷돌 하나도 함께 보냅니다. 이 것들은 보배로운 물건들이 아니지만 다음과 같은 뜻을 담았습니다. 그대는 항상 옥 같이 진실하게 살아달라는 부탁이며 소녀의 뜻은 둥글어 풀어지지 않음을 나타냅니다. 그리고 눈물 흔적이 대나무 무늬에 남아 있고 마음속의 혼란함은 헝클어진 실 뭉치 같사옵니다. 이렇게 물건에 마음을 붙여 보내오니 길이길이 애중하게 간직하소서. 마음은 가까이 있으나 몸은 멀리 떨어져 있어서 만나볼 기약이 없사와 울분이 치밀어서 천리 길에 정신으로 결합을 이루옵니다. 부디 행복하소서. 봄바람 차가우니 억지로라도 식사를 잘 하시기 바라며 말씀을 삼가시고 잘 보전하시며, 이 못난 여자를 생각하여 마음속에 깊은 걱정됨이 없도록 하소서.”

　장생이 이 편지를 친구들에게 보여줌으로써 당시 사람들에게 두 사람의 관계가 널리 알려졌다. 얘기를 들은 친구 양거원(楊巨源)이 시를 잘 지어서 이 일을 가지고 ‘최낭시(崔娘詩)’ 한 편을 이렇게 읊었다.

맑고 잘난 정인은[13]옥과 같지 않아서,	淸潤潘郞玉不如
뜰 가운데 아름다운 풀 눈을 맞아 녹았구나.	中庭蕙草雪銷初
풍류 즐기는 재주꾼들 바람기가 너무 많아,	風流才子多春思

---

13) 潘郞은 옛날 晉代 얼굴이 잘 생긴 潘岳을 뜻하는데, ‘정을 통한 남자’를 일컫는 말로 쓰임.

애끊는 규중처녀의 편지 한 장 슬프도다.　　　　　腸斷蕭娘一紙書

　그리고 하남(河南) 원진(元稹)도 역시 전날 장생이 완성하지 못하고 낭자에게 주었던 그 '회진시' 30운을 계속해 완성시켰다. 다음이 그 '회진시' 30운의 전체 내용이다.

조각달은 발 드리운 창문 안을 비추고,	微月透簾櫳
반딧불 불빛은 공중을 가로지르네.	螢光度碧空
처음엔 먼 하늘에 아득히 날리더니,	遙天初縹緲
점점 낮은 나무숲에 더부룩이 모이도다.	低樹漸葱朧
용은 바람을 일으켜 뜰의 대나무 부치고,	龍吹過庭竹
난새는 노래하여 우물가 오동나무 흔드네.	鸞歌拂井桐
비단 옷자락 엷은 안개 속에 드리우고,	羅綃垂薄霧
허리에 찬 옥가락지 가벼운 바람에 운다.	環珮響輕風
옥황전에 조회 가는 선녀 서왕모를 따르고,	絳節隨金母
운심은 옥동을 받들어서 나아왔도다.	雲心捧玉童
깊은 한밤중에는 사람들의 마음을 태우고,	更深人悄悄
새벽에 만날 때는 궂은 비 뿌리도다.	晨會雨濛濛
주옥으로 장식한 신 무늬가 빛나는데,	珠瑩光文履
밝은 꽃무늬에 은은하게 용을 수놓았도다.	花明隱繡龍
옥비녀는 아름다운 봉의 모습을 새겼고,	瑤釵行綵鳳
비단 치마는 붉은 무지개를 새겼도다.	羅帔掩丹虹
스스로 말하기를 요지연과 낙포 선녀가,	言自瑤華浦
하늘나라 옥황전에 조회 가는 길이라 하네.	將朝碧玉宮
그로 인해 낙성 북쪽에 와 놀게 되었고,	因遊洛城北
우연히 송씨 가의 동편으로 향했다네.	偶向宋家東

희롱하는 그 말을 처음엔 조금 거절타가,	戲調初微拒
마음 약한 그 마음이 은근히 통했다네.	柔情已暗通
머리를 낮추고 아름다운 눈매 움직이며,	低鬟蟬影動
돌아서서 걸으며 꽃잎을 뒤집어썼도다.	回步玉塵蒙
얼굴을 돌리니 아름답고 하얀 모습 비치고,	轉面流花雪
침상에 오르니 비단 같은 몸 안았도다.	登牀抱綺叢
암수 원앙 새 머리를 꼬아 춤추듯 하고,	鴛鴦交頸舞
한 쌍의 비취새 한 우리에서 즐기도다.	翡翠合歡籠
아름답게 꾸민 얼굴 부끄러워 돌리니,	眉黛羞偏聚
붉은 입술 뜨거우며 촉촉하게 젖었구나.	脣朱暖更融
기운이 맑으니 난초 꽃술 향기롭고,	氣淸蘭蘂馥
살갗이 윤택하고 풍만한 살결 옥과 같도다.	膚潤玉肌豐
힘없이 맡겨진 몸 팔 움직임도 어렵고,	無力傭移腕
애정에 겨운 자태 사랑이 전부로다.	多嬌愛斂躬
땀이 흘러 방울방울 구슬 같이 맺히고,	汗流珠點點
머리카락 흩날리어 푸른색 더부룩하다.	髮亂綠葱葱
바야흐로 일천년을 약속하며 즐기는데,	方喜千年會
어느새 날 새는 소리 귓전에 들리도다.	俄聞五夜窮
머물고 싶은 시간 한탄만 더하면서,	留連時有恨
그윽한 정 나누며 못 그쳐 애태우네.	繾綣意難終
온 얼굴엔 슬픈 모습 나타나고,	慢臉含愁態
아름다운 그 맹세 간절하고 간절하네.	芳詞誓素衷
옥가락지 주는 뜻은 운명의 만남 밝힘이니,	贈環明運合
마음과 행동을 같도록 맺어둠이로다.	留結表心同
닭 우는 소리 잦아지니 달빛은 흘러가고,	啼粉流宵鏡
타다 남은 등불은 밤벌레를 멀리 쫓네.	殘燈遠暗蟲

아름다운 달빛은 아직도 왕성한데,	華光猶苒苒
떠오르는 햇빛이 점점 더 밝아오네.	旭日漸曈曈
신선은 말을 달려 낙수로 돌아가고,	乘鶩還歸洛
선녀는 피리 불며 숭산에 오르도다.	吹簫亦上嵩
옷에 묻은 향기는 오히려 냄새 풍기고,	衣香猶染麝
베개에는 아직도 붉은 연지 묻어 남았도다.	枕膩尚殘紅
연못가에는 풀만 우거져 덥혔고,	羃羃臨塘草
물을 보나 산을 보나 생각만 밀려오네.	飄飄思渚蓬
거문고는 소리 내어 나는 학을 원망하고,	素琴鳴怨鶴
맑은 강물에 돌아가는 기러기를 바라보노라.	清漢望歸鴻
바다가 넓으니 진정으로 건너기 어렵고,	海闊誠難渡
하늘이 높으니 날아오르기 어렵도다.	天高不易沖
떠나가는 구름은 머무는 곳이 없고,	行雲無處所
옛 신선 소사는 집안에 머물러 있도다.	簫史在樓中

　장생 친구들이 이야기를 듣고 매우 기이하게 여기었다. 하지만 장생은 최씨 낭자에 대하여 냉담했다. 장생과 특별히 친분이 두터운 원진이 그 이유를 물었더니 장생의 대답은 이러했다.

　"무릇 하늘이 이 세상에 아주 특이한 물건을 만들어 내놓은 것은 그 자신의 몸을 요망하게 하지 않으면 반드시 다른 사람을 요망하게 만든다. 만약에 최씨 낭자로 하여금 부귀의 몸이 되게 하여 귀한 사람의 총애를 받게 하였다면, 구름이나 비로 변하거나 교룡과 이무기로 되지 않았을지 내 그 변화를 알지 못하노라. 옛날 은(殷)나라 끝 임금 주(紂)와 주(周)나라 유왕(幽王)은 백만이나 되는 작은 나라들을 거느리고 그 세력이 매우 컸지만 한 여자가 그를 망하게 하여 많은 군중을 문드러지게 하고 임금 자신의 몸을 죽게 하였다. 그래서 지금까지 이들 임금은 천하의 웃음거리가 되고 있다. 나의 덕망은 요얼(妖孽)들을 다스려 이기는 데에는 부족함이 있어서, 이 때문에 내 차마 못할 행동이었지만 관계를 끊은 것이다.”

이 말을 듣고 있던 사람들이 모두 깊이 감탄했다.

그리고 1년쯤 지나 최씨 낭자는 다른 사람에게 시집을 갔고 장생 역시 다른 여자에게 장가들었다. 그리고 얼마 후에 장생이 마침 최씨 낭자가 살고 있는 지역을 지나다가 그의 남편을 통하여 외사촌 오라비가 만나보았으면 한다는 말을 전했다. 남편이 최씨에게 이 이야기를 전하니 최씨는 끝내 만나보기를 거부했다. 거절을 당한 장생이 원망하는 안색을 표현하니 최씨가 알고서는 시 한 수를 써서 전했는데 이러했다.

이별한 후로부터 수척해지고 모습이 변했으니,	自從消瘦減容光
일만 일천 번을 침상 아래에서 뒹굴고 있답니다.	萬轉千廻懶下床
옆 사람을 위해 부끄러워 일지 않음이 아니고,	不爲旁人羞不起
그대 위해 초췌해져 문득 그대에게 부끄럼이지요.	爲郎憔悴却羞郎

이렇게 끝까지 만나보지 않았다. 며칠 후에 장생이 떠나려 하니 최씨 낭자는 또다시 시 한 수를 지어 사절을 표시했다.

버려두었다가 지금 와서 무엇이라 하느뇨?	棄置今何道
당시에 또한 스스로 친분을 가졌어야지요.	當時且自親
장차 옛날의 마음으로 돌이키려 한다면,	還將舊時意
눈앞에 있는 남편이 가련해진답니다.	憐取眼前人

이렇게 시를 보낸 다음 이후로 사절하고 소식을 끊었다.

당시 사람들은 많이들 장생에 대해, 선(善)을 위해 허물로 보충한 것이라 했다. 나는 평상시 친구들이 모인 자리에서 자주 이 이야기를 꺼내고는, 대저 이 일을 알고 있는 사람은 이런 행동을 하지 못하게 하고, 이런 행동을 하는 사람은 미혹되지 않게 하라고 권고했다.

정원(貞元: 785~804) 9월 집사 이공수(李公垂)가 정안리(靖安里)의 나의 집에서 묵을 때 이 이야기를 들려주었다. 그랬더니 이공수가 매우 기이한 일이라고 일컫기에 드디어 <앵앵가(鶯鶯歌)>라고 이름하고 이를 세상에 전했다. 최씨 낭자의 어릴 때 이름이 앵앵이었으므로, 이공수가 그렇게 편명을 붙여주었다.

비연전(非烟傳)

〈해 설〉

이 작품은 당나라 말엽 사람 황보매(皇甫枚)가 편찬한 『삼수소독(三水小牘)』 속에 들어 있었으며, 현재는 『태평광기』 권491에 실려 전해지고 있다.

공조참군(功曹參軍)이란 높은 지위에 있는 무공업(武公業)에게는 어리고 예쁜 비연(非烟)이란 첩이 있었는데, 담장을 사이에 두고 이웃에 조상(趙象)이란 청년이 살아서 비연과 조상은 담장 구멍을 통해 눈이 맞아 서로 연정을 품는다.

두 사람은 여종을 통해 많은 연시를 주고받다가 마침내 무공업이 숙직으로 집을 비운 사이 비연의 안내로 조상은 담장을 넘어가서 비연을 만나 오랫동안 달아오르고 있던 정열을 불태운다. 이후 두 사람의 월장 애정행각은 한참동안 계속되다가 마침내 남편 무공업에게 발각되어 비연은 기둥에 동여 매인 채 심한 매를 맞고 죽게 된다.

이러한 순애보적인 애정담은 우리나라 <운영전> 등 궁녀계 고소설 작품과 깊은 관계가 있는 것으로 보여 주목을 끈다. 그리고 끝부분에서 비연의 죽음을 조롱한 선비가 재앙을 입는다는 원귀 요소가 결부되어 또 다른 관심을 갖게 한다.

비연전(非烟傳)

<해 설>

　이 작품은 당나라 말엽 사람 황보매(皇甫枚)가 편찬한 『삼수소독(三水小牘)』 속에 들어 있었으며, 현재는 『태평광기』 권491에 실려 전해지고 있다.

　공조참군(功曹參軍)이란 높은 지위에 있는 무공업(武公業)에게는 어리고 예쁜 비연(非烟)이란 첩이 있었는데, 담장을 사이에 두고 이웃에 조상(趙象)이란 청년이 살아서 비연과 조상은 담장 구멍을 통해 눈이 맞아 서로 연정을 품는다.

　두 사람은 여종을 통해 많은 연시를 주고받다가 마침내 무공업이 숙직으로 집을 비운 사이 비연의 안내로 조상은 담장을 넘어가서 비연을 만나 오랫동안 달아오르고 있던 정열을 불태운다. 이후 두 사람의 월장 애정행각은 한참동안 계속되다가 마침내 남편 무공업에게 발각되어 비연은 기둥에 동여 매인 채 심한 매를 맞고 죽게 된다.

　이러한 순애보적인 애정담은 우리나라 <운영전> 등 궁녀계 고소설 작품과 깊은 관계가 있는 것으로 보여 주목을 끈다. 그리고 끝부분에서 비연의 죽음을 조롱한 선비가 재앙을 입는다는 원귀 요소가 결부되어 또 다른 관심을 갖게 한다.

임회(臨淮) 사람 무공업(武公業)은 함통(咸通: 860~873) 연간에 하남부(河南府)의 공조참군(功曹參軍)으로 임명되었다. 그의 사랑하는 첩 비연은 성이 보씨(步氏)였는데 몸이 예쁘고 가냘프게 생겨 마치 비단 옷을 입고 있는 것조차 견디기 힘들어하는 것처럼 가늘어 보였다. 비연은 진(秦)나라 음률에 능통했고 문필을 좋아했으며, 특히 격구(擊甌)를[14] 잘 하여 그 소리는 현악기와 관악기가 서로 어울려 연주하는 것 같은 화음을 이루었다. 그래서 무공업은 보비연을 지극히 사랑했다.

무공업이 사는 집 옆에는 천수(天水) 사람 조씨(趙氏)의 집이 있었는데, 그 또한 대단한 가문이어서 아무도 그의 말을 거역하지 못했다. 그런데 조씨에게는 아들 상(象)이 있어서 얼굴이 잘 생기고 문장이 뛰어났으며 나이는 이제 겨우 약관에 이르렀다. 이때 조씨의 아들 조상이 마침 상례(喪禮)를 치르느라고 집에 와 머무는 동안 하루는 우연히 집 남쪽에 있는 담장 구멍 사이로 옆집의 비연을 목격하게 되었다. 조상은 비연을 보는 순간 그 아름다움에 매혹되어 정신을 잃고 이후로 식음을 전폐하고는 잠도 잘 자지 못했다.

이에 조상은 무공업의 집 대문을 지키는 사람에게 값진 선물을 주면서 자신의 심중을 털어놓고 비연과 어떻게 만날 수 있게 해달라고 간청했다. 이야기를 들은 문지기는 자기는 도저히 할 수 없는 일이라면서 난색을 표하는 것이었다. 이에 조상은 다시 더 많은 선물을 주면서 도와달라고 부탁한 다음, 곧 그 문지기의 아내를 시켜 기회를 엿보아 비연을 만나서 자신의 연모하는 뜻을 이야기하도록 했다.

마침내 이야기를 전해들은 비연은 다만 얼굴에 미소를 띠고 쳐다보고

---

14) 擊甌: 12개의 작은 사기그릇에 각각 물을 서로 다르게 채워 젓가락으로 두드려서 12음을 내어 연주하는 옛날 중국 악기의 일종.

있을 뿐 아무런 대답을 하지 않았다. 문지기 아내로부터 이러한 상황을 전해들은 조상은 마음을 안정할 수가 없어 미칠 것만 같았다. 그래서 조상은 설도전(薛濤牋)을[15] 꺼내 다음과 같은 시를 지었다.

나라를 기울일만한 고운 얼굴 한번 본 후로,   一覩傾城貌

못난 이 마음 오직 스스로 부끄러워하옵니다.   塵心只自猜

신선 되어 날아간 소사(蕭史) 따른 선녀 아니면,   不隨蕭史去

아마도 부처님의 가르침 배우러 온 불제자겠지요.   擬學阿蘭來

조상은 이 시를 잘 봉해서 문지기 처를 시켜 비연에게 전달하니, 비연은 시를 펼쳐본 다음 한숨짓고 한참동안 탄식하더니 입을 열었다.

"나 역시 도련님을 담장 사이로 엿본 뒤로 그 재능과 용모에 큰 호감을 가졌었답니다. 하지만 이 박복한 인생이라, 어떻게 만남을 이룰 수가 없군요."

이렇게 말하는 비연의 마음속에는 남편 무공업이 거칠고 사나워 자기에게 어울리는 배필이 아님을 비난하는 뜻이 담겨 있음을 나타내고 있었다. 곧 비연은 금봉전(金鳳牋) 편지지에 다음과 같은 화답시를 써주면서 조상에게 전하라고 했다.

녹주[16] 참혹함에 짝이 된 여자 어쩔 줄 몰라,   綠慘雙娥不自持

---

15) 薛濤牋: 당나라 때 재색이 뛰어나고 시문에 능했던 장안의 이름난 기생 설도(薛濤)가 만년에 완화계(浣花溪)로 물러나 살면서 소나무 꽃가루를 섞어 만든 붉은색의 작은 종이쪽지.

16) 綠珠: 진대(晉代) 부자 석숭(石崇)에게는 녹주라는 애첩이 있어 매우 아름다웠는데, 손수(孫秀)가 세력을 이용해 녹주를 뺏으려 하니 석숭은 이를 거절했다. 이에 손수는

오로지 맺힌 깊은 한을 새 시에 담습니다.	只緣幽恨在新詩
낭군의 마음 응당 금심[17]의 원한 같으시면,	郎心應似琴心怨
맥맥한 그리운 정 다시 그 누구에게 도모하리.	脉脉春情更擬誰

문지기 처가 전해주는 이 시를 펼쳐본 조상은 서너 번 읊조리더니 손바닥을 부비며, 자신의 희망이 성사되었다고 하면서 기뻐했다. 그리고 섬계 옥엽지(剡溪玉葉紙)를 꺼내 시를 쓰기 시작했다.

아름다운 가인이 좋은 소식 주시니,	珍重佳人贈好音
비단 종이 꽃다운 편지 두 정이 깊습니다.	綵牋芳翰兩情深
종이 얇아 모든 정 나타내지 못해 한스럽고,	薄於蟬翼難供恨
파리머리 같은 조밀한 마음 다 적지 못합니다.	密似蠅頭未寫心
아마도 떨어진 꽃 깊은 골 헤매는 듯하고,	疑是落花迷碧洞
생각만이 가랑비에 깊숙이 옷깃을 적십니다.	只思輕雨灑幽襟
백번이나 소식 기다리고 천번이나 꿈꾸면서,	百回消息千回夢
긴 노래 지어내어 미인의 거문고에 붙입니다.	裁作長謠寄綠琴

이 시를 보내고 10여일이 지나도록 문지기 처는 아무런 소식을 전해주지 않았다. 이에 조상은 혹시 일이 누설되었는가 하는 걱정을 하기도 하고, 혹시 비연이 후회하여 마음이 변했는가 하는 생각도 했다. 그러던 하루 저녁 조상은 마침 훈풍이 불어오는 봄철이라 앞뜰에 홀로 앉아 있으니

사자를 보내 석숭을 잡아가려고 위협하게 되었고, 이때 석숭은 누각에서 녹주에게 이 사실을 알리고 슬퍼했다. 이야기를 들은 녹주는 자신이 죽어 해결하겠다고 말하고 누각에서 몸을 날려 아래로 떨어져 죽었다.
17) 琴心: 거문고 음향에 유혹하는 마음을 실어 보냄. 옛날 한대(漢代) 사마상여(司馬相如)가 거문고로 탁문군(卓文君)을 유혹하던 고사에서 유래함.

저절로 입에서 시가 흘러나왔다.

붉은 꽃 숨은 녹음에서 아지랑이 이는데,	綠暗紅藏起暝煙
홀로 깊은 한 간직하고 뜰 앞에 앉았노라.	獨將幽恨小庭前
가라앉은 이 좋은 밤 누구와 소군대리,	沉沉良夜與誰語
별들 사이 은하수와 중천의 달 뿐이로다.	星隔銀河月半天

이튿날 아침 조상은 일찍 일어나 이 시를 읊조리고 있으니 문득 문지기 처가 나타났다. 그리고 비연의 말을 전하는데, 10여 일 동안 소식 없었던 것은 몸이 조금 불편해서였으니 의아해 하지 말라고 하면서, 얇은 비단을 이어 붙여 만든 향낭(香囊) 주머니를 건네주고, 이어 벽태전(碧苔牋)에 쓴 시를 함께 주는데 다음과 같았다.

힘이 없어 방안에 깊숙이 가두어진 몸,	無力嚴杖倚繡櫳
몰래 비단 폭에 쓰는 시 생각이 무궁하네.	暗題蟬錦思難窮
요즈음 연약한 몸 봄바람에 병 얻으니,	近來嬴得傷春病
버들과 꽃잎처럼 약해 새벽바람 겁납니다.	柳弱花歆怯曉風

조상은 그 비단 주머니를 허리에 차고 작은 종이에 자잘하게 쓴 글씨를 들여다보면서, 또한 비연이 생각에 잠겨 병이 더해질까 걱정되었다. 이에 조상은 오사란(烏絲闌) 종이를 오려 회답의 편지를 다음과 같이 썼다.

"봄날 길고 길어 사람의 마음을 근심에 쌓이게 합니다. 앞서 담장 틈으로 모습을 본 이후로 항상 꿈속에서 그리워하고 있었습니다. 비록 날개가 옷에 돋는다 해도 만나기 난감하여 오로지 한결같은 마음 태양을 두고 맹세하며 주선하기를 결심하고 있던 차에, 봄철을 당하여 깊은 시름에 잠겨 몸이 편치 못하다는 소식을 듣고는 몸 둘 바를 모르겠습니다. 빙설 같은 아름다운 자태가 쇠약해지고 난초와 지초같이 청초한 모습에 근심이 쌓였을 것을 생각하니 걱정되는 마음 극에 달하지만 둥둥 떠서 날아가 보지 못함을 한스럽게 생각합니다. 부디 마음을 너그럽게 가지시어 몸이 초췌해지는 지경에 이르지 않게 하시고, 시를 지으며 홀로 외로워 마시고 오히려 뒤에 만날 날을 기약하시기 바랍니다. 마음이 황홀하여 글로써는 이 마음 모두 나타내지 못하옵니다. 아울러 보잘 것 없는 시 한 편을 지어서 보내주신 아름다운 시를 잇겠습니다."

불편하단 말 들었는데 봄을 당한 까닭이지요,	見說傷情爲見春
비단 주머니로 아름다운 그대 모습 그립니다.	想封蟬錦綠蛾顰
머리 조아려 그대 연경에게 이르노니,	叩頭爲報烟卿道
사람을 수척하게 함온 시 지음이 가장 심하다오.	第一風流最損人

문지기 처는 이 편지를 받아서 급히 비연의 방으로 달려갔다. 비연의 남편 무공업은 관청의 관리로 매여 처리할 업무가 번잡하고 혹간 2,3일에 한 번씩 밤에 숙직을 해야 했으며 어떤 때는 하루 종일 집에 돌아오지 못하는 때도 있었다. 이 날도 마침 남편이 관청에 일이 있어 들어가고 집에 없었기 때문에 비연은 편지를 열어 차근히 읽으면서 깊은 감동을 받았다. 그리고 길게 한숨 쉬고 탄식하기를,

"한 장부의 마음과 한 여인의 심정에 애정이 맺어지고 영혼이 교감되었으니 멀리 있어도 가깝게 느껴지도다."

라고 말하면서 문을 닫고 휘장을 내린 다음 편지를 쓰기 시작했다.

"소녀 몸 불행하여 어릴 때 부모를 여의고 자라, 중간에 든 중매의 속임을 당하여 못난 남자의 배필이 되었습니다. 그래서 매양 달 밝고 맑은 바람이 부는 밤이면 거문고[玉柱]를 퉁기면서 시름을 더하곤 했습니다. 소슬한 가을바람에 날리는 휘장 안에서 또는 긴긴 겨울밤의 등잔불 아래에서 모두 거문고[金徽]에 품은 한을 실어 나타내곤 했답니다. 그러던 차에 어찌 공자께서 문득 아름다운 연락을 해주실 줄 알았겠습니까? 반가운 편지를 펼치며 깊은 생각에 잠겨보고 아름다운 시구에 먼 하늘을 바라보곤 했습니다. 그리고 낙수(洛水)의 물결이 가로막히고 가오(賈午)18)의 집 담장이 높아 넘어가지 못함을 한탄했습니다. 하늘에 길게 뻗은 구름은 진나라의 높은 대에까지는 미치지 못하고, 그리움의 상사몽도 멀리 초나라 산 언저리에서 오락가락 할 뿐, 오직 하늘이 평소의 소원을 이루게 해주고 신의 그윽한 도움이 있기만을 바라고 있었습니다. 단 한번 도련님을 만나보고 인사드리면 아홉 번을 죽어도 여한이 없겠다고 생각해 왔습니다. 여기 아울러 시 한 수에 깊이 박힌 그리움을 붙이어 올리옵니다."

그림 장식한 처마의 제비는 짝지어 잠드는데,	畫簷春燕須同宿
쌍으로 놀던 낙포 원앙새 홀로 날고 있도다.	洛浦雙鴛肯獨飛
길이 도화원의 선녀들 짝을 얻어 살다가,	長恨桃源諸女伴
아름다운 꽃 속에서 낭군 송별 한스럽네.	等閒花裏送郎歸

편지를 봉해 문지기 처에게 주면서 조상에게 전하게 했다. 조상이 이

---

18) 賈午: 진대(晉代) 사람 가충(賈充)의 딸로서 얼굴이 매우 아름다웠음. 한수(韓壽)의 늠름한 풍채를 흠모하여 마침내 몰래 애정을 교환하게 되었는데, 한수가 가오의 집 담장을 넘어 다니면서 그 담장 높음을 한탄했다. 가오가 부친이 황제로부터 하사받은 값진 향을 훔쳐 한수에게 갖다 주니, 부친이 추달하여 그 사실을 알고 혼인시켜주었음.

편지를 열어 사연과 시를 보고는 비연의 마음이 점점 간절해짐을 알고는
어쩔 줄을 몰라 하며 기뻐하고는, 오직 조용한 방에 향불을 피워놓고 경건
하게 좋은 소식이 오기를 빌고 있었다.

하루는 땅거미가 내려깔리려 하는데 문지기 처가 걸음을 재촉해 와서는,

"도련님! 혹시 선녀를 만나보기 원하지 않습니까?"

라고 말하고 절을 하며 웃었다. 이에 조상은 무슨 뜻인지 몰라 물으니 여
인은 비연의 말을 다음과 같이 전하는 것이었다.

"오늘 밤 남편이 숙직을 하는 날이니 좋은 기회라고 할 수 있습니다.
소녀의 집 뒤뜰이 바로 도련님의 집 앞 담장입니다. 그 담을 넘지 않고서
는 아름다운 은혜가 되겠습니까? 오로지 오실 것을 바라며 마음을 가다듬
고 온통 만날 말씀만을 기다리고 있겠습니다."

조상은 밤이 되기를 기다려 곧 사다리를 앞 담장에 걸치고 올라가기 시
작했다. 그랬더니 비연도 담장 아래에 의자를 포개놓게 하였기에 담을 넘
어 내려가니, 비연이 얼굴을 아름답게 꾸미고 좋은 옷을 입고는 꽃나무 아
래에 서 있었다. 두 사람은 절을 한 다음 너무나 기뻐서 아무 말도 하지
못하고 서로 손을 잡고 뒷문을 통해 방안으로 들어갔다. 드디어 두 사람은
등잔불을 치우고 휘장을 친 다음 함께 누워 그 동안 쌓인 그리움을 마음
껏 풀어 몸을 달구었다.

어언 새벽 종소리가 은은하게 울리니, 비연은 다시 담장 아래로 와서
조상을 보내드렸다. 비연은 조상의 손을 잡고,

"오늘의 만남은 오로지 전생의 인연에 의한 것이옵니다. 소녀로 하여금
옥결 같은 굳은 절개가 없는 여자라고 말하지 말아주소서. 이와 같이 방탕
한 행동을 하는 것은 오직 낭군의 바람기로 유혹하는 것에 대해 스스로를
돌아볼 수 없었기 때문이오니, 원하옵건대 깊이 헤아려 주십시오."

하면서 우는 것이었다. 이 말에 조상도 이렇게 위로하고는 담을 넘어 돌아왔다.

"세상에 드문 아름다운 용모에 사람이 따르기 어려운 마음씨마저 나타내 보이십니다. 이미 깊숙한 정을 맹세하고 영원히 서로 사랑하여 즐기면서 받들겠습니다."

이튿날 조상은 문지기 처를 통해 비연에게 시를 보냈다.

십동 삼청 신선의 길 비록 길이 막혔다지만,	十洞三淸雖路沮
서로의 마음 두니 선경인 요대에 오르도다.	有心還得傍瑤臺
좋은 향기 바람일어 깊은 밤 일 생각나니,	瑞香風引思深夜
천중에 올라가 선녀와 노니는 줄 알리로다.	知是蘂宮仙馭來

비연도 이 시를 받아보고는 빙그레 미소 짓고 조상에게 시를 보냈다.

생각함이 너무 깊어 모르고 있었는데,	相思只怕不相識
만나자 마자 곧장 이별 그 또한 슬프구려.	相見還愁却別君
이 몸 변해 학이 될 수 있다고 하면,	願得化爲松下鶴
한 쌍 되어 저 구름 속 날아들기 원합니다.	一雙飛去入行雲

비연은 이 시를 보내면서 또 다음과 같은 말을 조상에게 함께 전해달라고 부탁했다.

"소녀 때문에 자잘한 시만 짓고 허송세월했습니다. 그렇지 않았다면 낭군은 위대한 재능을 발휘하는 작품을 많이 지을 수 있었을 텐데요."

이후로 열흘을 넘기지 않고 항상 뒤뜰에서 한 번씩 만났고, 그래서 은밀한 정감을 서로 펼쳤으며 지난날의 쌓인 회포를 마음껏 토로했다. 그러면서 귀신도 이 비밀을 알지 못하고 천신과 인간이 모두 자신들의 애정행각을 돕는다고 생각하는 것이었다. 더러는 둘이 함께 경치를 바라보며 즐거움에 잠기기도 했고 시를 주고받으며 서로의 애정을 표현하기도 하면서, 자주 왕래하며 즐기는 모습은 글로써 다 나타내지 못할 정도였다.

이렇게 두 사람이 즐기기를 1년여 했는데, 어쩌다 비연이 조그마한 잘못을 저지른 여종을 벌주면서 매를 친 것이 화근이 되었다. 매를 맞은 여종이 원한을 품고 있다가 기회를 보아 바깥주인 무공업에게 두 사람의 관계를 모두 고하게 되었다. 얘기를 들은 무공업은 여종에게 자신이 직접 살피어 확인할 테니 입을 다물라고 당부했다.

다음 숙직 날, 무공업은 거짓으로 이유를 둘러대고 휴가를 얻어 숙직을 면했다. 그리고 저녁 때 평상시와 같이 숙직을 한다며 집을 나가 마을 입구에서 은신해 있다가 통행금지를 알리는 북소리를 듣고는 살살 숨어 집으로 돌아왔다. 그리고 담장을 돌아 집 뒤뜰에 이르니, 바야흐로 비연은 방문에 의지하여 조용히 시를 읊고 있고 조상은 곧 담장에 걸터앉아 비스듬히 비연을 바라보고 있었다. 이에 무공업은 그 분을 참지 못하고 막대기를 들고 내달아 조상을 잡으려고 했다. 이때 놀란 조상이 몸을 빼 도망치는데, 무공업은 뜯어진 옷소매만 붙잡고 조상은 도망을 치고 말았다.

무공업은 곧 방으로 들어가 비연을 불러 추궁하니 비연은 얼굴색이 변하고 목소리가 떨렸지만 사정을 실토하려 들지 않았다. 이에 무공업은 더욱 화를 내고 비연을 기둥에 동여매고 매를 치니 비연의 몸에서는 피가 흘러내렸다. 그래도 비연은,

"내 살아서 사랑하는 사람을 얻었으니 죽어 무슨 한이 있으리오."

라고 말할 뿐이었다.

밤이 깊어지자 무공업은 피로가 겹쳐 깜빡 잠이 들었다. 이때 비연은 그가 평소 사랑하던 여종을 불러 물 한 그릇을 떠오라고 했다. 그리고 여종이 떠온 물을 한 그릇 다 마시고는 그 길로 명이 끊어졌다.

무공업이 언뜻 잠에서 깨어 다시 비연에게 매질을 하려고 보니 비연이 이미 죽었기에, 비연을 풀어서 방안에 눕히고 크게 소리를 질러, 비연이 갑자기 병이 나서 그만 죽고 말았다고 소문을 냈다. 그런 다음 수일 후에 비연의 시체를 북망산에 묻었는데, 사람들은 모두 비연이 강압에 의해 죽은 것을 알고 있었다.

이후 조상은 옷을 다르게 입고 성명을 바꾼 다음, 멀리 도망쳐 강절(江浙) 사이에 가서 숨어 살았다. 그 뒤 최씨(崔氏)와 이씨(李氏) 성을 가진 두 낙양 선비가 비연이 무공업과 놀던 곳을 찾아와서 비연의 사실을 가지고 시를 지었다. 최씨는 시의 끝 구절에,

흡사 전화놀이[19] 하던 사람 술자리 파하고,   恰似傳花人飮散

가장 좋은 꽃송이 하나 빈 상 위에 버려진 듯.   空牀抛下最繁枝

이렇게 지었는데, 이날 밤 비연이 꿈속에 나타나 사례했다.

"제가 비록 생긴 모습이 복숭아꽃이나 오얏꽃에 미치지 못하지만 가엾게 떨어진 것은 꽃잎들보다 더 심한데, 도련님의 아름답게 찬양하는 시를 접하니 부끄러운 마음 금할 수 없습니다."

그런데 이씨가 지은 시의 끝 구절은 이렇게 비연을 비난하는 내용으로

---

19) 傳花: 술자리에서 꽃을 가지고 하던 놀이. 술자리에서 연꽃을 많이 꺾어 화분에 꽂아 놓고 연꽃송이를 차례로 돌려 꽃잎을 하나씩 따게 하여 마지막 잎에 해당된 사람에게 술을 마시게 하는 놀이.

되어 있었다.

아름답고 향기로운 혼백 아직도 남아 있다면,　　　艶魄香魂如有在

오직 응당 누각에서 떨어져 죽은 녹주(綠珠) 보기 부끄럽지요.

　　　　　　　　　　　　　　　還應羞見墜樓人

이날 밤 이씨의 꿈에는 비연이 창을 들고 나타나 말하기를,

"선비들의 행동에는 여러 가지가 있으니, 당신의 행동은 완전무결한지요? 어찌 거만스럽게 한 마디 말로써 꾸짖고 비난하여 괴롭게 합니까? 마땅히 당신을 저승으로 끌고 가서 맞대고 증명하여 보리다."

라고 했는데, 이씨 선비는 며칠 후에 죽었으니 당시 사람들이 기이하게 여기더라.

장한가젼(長恨歌傳)

<해 설>

　<장한전>은 당나라 현종(玄宗)이 양귀비(楊貴妃)를 사랑하여 국사를 그르친 이야기로, 원화(元和: 806〜819) 초에 진홍(陳鴻)이 기술한 역사소설이다. 그런데 진홍과 같은 시대에 살았고 함께 교유했던 백거이(白居易)가 진홍의 전(傳)에 앞서 이 당태종과 양귀비의 관계를 7언시로 나타내어 <장한가(長恨歌)>라고 했다. 그리고 이 시의 내용을 진홍으로 하여금 전(傳)으로 꾸미도록 부탁한 것으로 알려져 있다.

　그래서 후대인들은 진홍의 산문으로 된 전에 운문으로 된 <장한가>를 첨부하여 하나의 작품으로 만들어놓고 이를 <장한가전>이라 불렀다. 하지만 『태평광기』에는 이 백낙천(白樂天)의 운문까지 붙은 <장한가전>을 권486에 싣고는 그 표제를 그냥 <장한전>이라고 해놓았다.

　현종과 양귀비의 일은 널리 알려진 이야기이고, 우리나라 옛날 학자들은 이 이야기를 들어 임금에게 여색에 대한 경계를 일깨우는 글을 많이 쓰고 있다. 그리고 우리 고소설에서도 이 이야기를 빈번하게 끌어오고 있는데, 특히 진홍의 산문으로 된 내용보다는 백낙천의 운문으로 된 시구를 많이 인용하고 있다.

당나라 개원(開元: 713~741) 연간에 나라가 태평하고 사방에 일이 없었다. 현종은 재위하여 세월이 오래 흐르니, 저녁 늦어서야 식사를 하고 밤중까지 관복을 갖추어 입고 있어야 하는 국가 통치에 권태를 느끼기 시작해, 모든 정사를 승상에게 맡기고는 자신은 궁궐 깊숙한 곳에서 잔치하고 음률과 여색을 즐기는 일로 세월을 보내기 시작했다.

앞서 원헌황후(元獻皇后)와 무숙비(武淑妃)가 모두 황제의 총애를 입었으나 차례로 사망하니, 궁중에는 비록 양가자제 여인 1천만에 이르는 수가 있었지만 현종의 마음을 끄는 여인이 없어서, 황제는 외로움을 느끼면서 즐거움을 알지 못했다.

그래서 현종은 매년 10월에 화청궁(華淸宮)에 출행하여 내외 명부(命婦)들을 모두 모이게 하고 황제를 따라 경관을 구경하게 했고, 목욕하는 날 남은 온천수를 내려주어 목욕을 하게 했다. 이때 자연히 여러가지 은총을 베풀기도 했는데, 황제는 이를 통해 바라던 바를 얻은 것 같은 만족을 얻었지만 사실은 좌우 전후를 돌아보고는 곱게 꾸민 수많은 여인들의 얼굴이 모두 예쁘게 보이지 않는다고 생각했다.

그래서 신하인 고력사(高力士)에게 명령하여 궁전 밖으로 나가서 몰래 아름다운 여인을 찾게 하니, 마침 수저(壽邸) 지방에서 홍농(弘農) 직책을 맡고 있는 양현염(楊玄琰)의 딸을 발견했는데, 이미 비녀를 꽂을 나이였다. 이 여인은 머리털이 윤기가 있고 고우며 몸집이 알맞게 생긴데다가 행동 또한 의젓하고 단정하여 마치 한나라 무제(武帝)의 이부인(李夫人) 같았다.

그래서 데리고 와서 황제의 명령으로 따로 온천물을 흐르게 하고 목욕하게 하니, 몸이 약하고 힘이 모자라 흐르는 물에 비단옷을 지탱하지 못하는 것 같았으며, 몸에서 광채가 풍겨 사람을 비추는 것 같으니 황제가 무척 좋아했다.

황제가 이 여인을 만나보는 날 '예상우의곡(霓裳羽衣曲)'을 연주해 인도하게 하였고, 동침을 하는 날에는 금비녀와 자개로 새긴 향 상자를 주어 마음을 안정시켰다. 또 보요(步搖)를 머리에 장식하게 하였으며 금 귀걸이를 늘어뜨리게 했다.

여인이 궁중으로 들어온 이듬해에 귀비(貴妃)로 책봉했고 반의(半衣)의 황후복장을 착용하게 했다. 이로부터 양귀비는 그 얼굴을 다듬어 꾸미고 말을 민첩하게 해 온갖 교태를 부리면서 황제의 마음을 사로잡았으며, 황제 역시 더욱 총애하기에 이르렀다. 이때 성풍구주(省風九州), 이금오악(泥金五嶽), 여산(驪山)의 설야(雪夜), 상양(上陽)의 춘기(春期) 등의 여인이 황제의 출행에 연(輦)을 함께 타고 다녔으며, 한 방에 머물면서 잔치에 참여하는 일도 이들이 독점했고, 황제와 잠자리도 이들만의 독무대였다. 그래서 비록 3부인(夫人), 9빈(嬪), 27세부(世婦), 81어처(御妻) 등과 후궁, 재인(才人), 악부기생들이 많이 있었지만, 황제로 하여금 눈을 돌릴 마음을 갖지 못하게 했다. 이로부터 6궁에서는 다시 황제의 잠자리를 모시는 여인이 없었다.

양귀비는 요염하게 생기고 얼굴이 예뻐서 혼자 이렇게 할 수 있었을 뿐만 아니라, 그 재능과 지혜가 명민하여 아첨을 부려 비위를 잘 맞출 줄 알았고, 황제의 원하는 바를 미리 알아서 행동해 가히 형용할 수 없는 재주를 부렸기 때문이었다.

양귀비의 숙부와 형제들이 모두 높은 벼슬자리에 올라 제후의 작위를 받았고, 자매는 국부인으로 봉해졌다. 그래서 이들은 왕실과 같은 부를 누렸으며 타고 다니는 수레와 저택이 대장공주에 맞서는 정도였는가 하면, 황제의 은택과 세력을 오히려 능가했다. 그래서 이들은 황실의 문을 드나드는 데 있어서 자유로웠기 때문에 장안의 관리들은 곁눈질을 하면서 비난하니, 당시 '딸 낳았다고 슬퍼하지 말고 아들 낳았다고 기뻐하지 말라' 하는 민요가 유행했다. 또한 사람들이,

"남자는 제후가 되지 못하는데 여자는 왕비가 되도다. 그대는 보았느냐 여자는 집안을 일으키는 중요한 역할을 하는 것을."

하고 말하면서 부러워했다.

천보(天寶: 742~755) 말, 양귀비의 오라비 양국충(楊國忠)이 승상 자리를 뺏어 차지하여 나라의 권력을 마음대로 농락하니, 안록산(安綠山)이 반란군을 이끌고 대궐로 향해 진격하면서 양씨들을 토벌하기 위함이라고 명분을 내세웠다. 이에 대궐을 지킬 수가 없어 황제가 몽진 길에 올랐고, 함양(咸陽)으로 나가 마외역(馬嵬驛)에 이르렀을 때, 6군(六軍)의 군사들이 창을 휘두르며 앞으로 나아가지 않고 머물러 배회하기만 했다.

이때 모시고 가는 관리가 황제의 말 앞에 엎드려 아뢰었다.

"나라를 그르친 사람을 죽여 세상 사람들에게 사죄하소서."

그래서 양국충이 이영반수(氂纓盤水)를[20] 받들어 죄를 정하니, 곧 목을 베어 길가에 버렸다. 그랬지만 여전히 군사들의 불만이 해소되지 않아 앞으로 나아가지 않으니 황제가 그 까닭을 물었다. 이에 용감하게 나와 아뢰는 사람이 있었는데,

"청하옵건대 양귀비를 죽여 천하의 노여움을 막으소서."

하고 진언했다. 곧 황제는 면할 수 없음을 알고 차마 양귀비의 죽음을 눈으로 볼 수가 없어서 소매로 얼굴을 가리고는 데리고 가서 처치하라고 했다. 양귀비는 놀라 어쩔 줄 몰라 하며 몸부림을 쳤지만 마침내 하급 군사들[尺組][21]에 의해 죽음을 당했다.

---

20) 氂纓盤水: '白冠氂纓盤水加劍'의 준말. 죄를 지은 관리가 하얀 관에 검정 소꼬리의 갓끈을 달고 쟁반에 물을 담아 그 위에 칼을 얹어서 받들어 죄를 청하는 절차임.

그 후 현종은 성도(成都)에 나가 있었고, 아들 숙종이 영무(靈武)에서 황제의 자리에 오르게 되었다. 이듬해, 난리가 완전히 평정되어 황제가 환도하니 현종을 높이어 태상황으로 삼아, 남궁으로 나가 요양하게 했다.

현종은 다시 남궁에서 서내(西內)로 옮아 거처하게 되었는데, 시대가 바뀌고 하던 일이 없어지니 즐거움은 다하고 슬픔만 엄습했다. 따뜻한 봄날을 맞고 긴긴 겨울밤을 당하며, 연꽃이 만발하는 여름의 연못과 느티나무 잎 지는 가을을 당할 때마다 이원(梨園)의 기생들이 연주하는 '예상우의곡'을 들으며 슬픈 표정을 지으니, 주위에서 모시는 사람들이 한숨짓고 한탄 소리가 절로 나왔다. 3년을 하루같이 양귀비를 생각하여 변함이 없건만, 몽매간에 아무리 찾아보아도 영영 만날 수는 없는 일이었다.

이때 마침, 촉(蜀)으로부터 온 도사가 있어서 현종이 이렇게 양귀비를 잊지 못하고 있다는 사실을 알고, 자기가 도사 이소군(李少君)이 했던 것처럼 저세상에 있는 양귀비의 혼령을 불러보겠다고 자청했다. 이 말에 현종은 크게 기뻐하고 그 신술을 행하라고 명했다.

도사는 곧 자신이 부리는 술을 써서 모든 노력을 다하여 저세상에 가 있는 양귀비를 찾았지만 찾지 못했다. 그래서 다시 자신의 신기(神氣)를 총 동원해 하늘나라로 가서 찾아보고 지옥으로 가서 찾아 헤맸지만 역시 허사였다.

도사는 다시 사방 허공을 두루 돌아 동쪽 끝 천애(天涯) 언덕을 거쳐 봉래산을 오르니 최고봉의 선산(仙山)에 많은 누각들이 죽 이어져 있고, 서상(西廂) 아래에 구리로 만들어진 문이 보였다. 그래서 살펴보니, 동쪽으로 향한 문이 닫혀져 있는데 현판에 '옥비태진원(玉妃太眞院)'이라고 씌어

---

21) 尺組: 하급 관리들이 허리에 차는 실로 짜 만든 짧은 끈. 일종의 하급 관리 상징물.

있었다. 도사가 곧 비녀를 뽑아 그 문을 두드리니, 머리를 두 가닥으로 땋아 늘인 소녀가 대답하고 나왔다.

도사가 머뭇거리다가 말을 하려고 하니 미처 말하기도 전에 소녀는 안으로 들어가 버리고 얼마 후에 한 시녀가 푸른 옷을 입고 나와서는 어디에서 왔느냐고 묻는 것이었다.

도사가 당나라 천자의 사자로서 천자의 명령을 받들어 왔노라고 이야기하니 시녀는,

"옥비께서 방금 잠들었으니 조금 기다려야 합니다."

라고 말하고 들어가 버렸다. 이후 구름만 둥둥 떠 있는 공중에 날은 저물고 문은 굳게 닫혀 쓸쓸한 가운데 아무런 소식이 없었다.

이에 도사가 문 앞에서 숨을 죽이고 단정하게 두 손을 맞잡고 서 있으니, 이윽고 시녀가 다시 나와서는 도사를 맞이해 안으로 안내했다. 안으로 들어가 얼마 있으니까 옥비께서 나오신다는 말을 전했다.

순간 한 사람이 나오는데 보니까 금련(金蓮)으로 장식한 관을 쓰고 자주색 비단옷을 입었으며, 홍옥(紅玉)을 차고 봉을 새긴 신을 신고는 7,8명의 시녀가 옹위하여 나오는 것이었다. 도사를 보고 읍을 한 다음 황제의 안부를 묻고는 다시 천보 14년 이후의 일을 물었다. 도사가 이야기를 모두 들려드리니 슬퍼하면서 시녀에게 명령해 금비녀와 조개로 새긴 향상자를 가지고 오라 하여, 비녀를 반으로 부러뜨려 도사에게 주면서 말했다.

"태상황에게 사례하기 위해 이 물건을 드려 옛날의 다정함을 되새깁니다."

도사가 이야기를 듣고 신물(信物)을 받아 돌아오려고 하면서 약간 미심쩍은 듯한 빛을 나타내 보이니, 옥비가 눈치를 채고는 물었다.

이에 도사가 다시 앞으로 나아가 무릎을 꿇고,

"살아계실 때 다른 사람이 모르는 어떤 일 한 가지를 일러주시면 그것으로 태상황께 징험으로 삼도록 하겠습니다. 그렇지 않으면 금비녀와 향상자를 가지고 옛날 신원평(新垣平)과[22] 같은 속임이라는 의심을 받게 될까 두렵습니다."

옥비는 이 말을 듣고 멍하니 물러나 서서 생각에 잠겼다가 천천히 입을 열었다.

"옛날 천보 10년, 모시고 여산궁(驪山宮)으로 피서를 갔었을 때 마침 추칠월 견우직녀가 상봉하는 날 밤이었습니다. 진인(秦人)들은 이날 밤 비단 포장을 치고 음식을 만들어 차려놓은 다음 뜰에 꽃을 꽂고 향을 피우는 풍습이 있었는데, 이 행사를 걸교(乞巧)라고 했으며 궁중에서는 더욱 숭상하고 있었습니다. 이 날 밤중에 주위의 시위하는 사람들을 모두 동서 건물로 물러나 쉬라고 하고 홀로 황제를 모시고 있었는데, 황제는 내 어깨에 의지하여 서서 하늘을 우러르며 견우직녀의 일에 감격해 하면서, 가만히 맹세하기를 대대로 부부가 되기를 원한다고 했습니다. 그리고 말을 마친 다음 손을 잡고 각기 오열했으니 이 일은 오직 황제만이 알고 있는 일입니다."

이렇게 말한 옥비는 스스로 슬픔에 잠기면서 다시 말을 이었다.

"이 일념으로 인하여 또한 여기에서 오래 있지 않고 하계로 돌아가 후연(後緣)을 맺을 것입니다. 혹은 하늘나라에서 혹은 인간 사람으로 반드시 서로 다시 만나 옛날 같이 좋은 결합을 할 것입니다."

그리고 옥비는, 태상황도 역시 인간에 오래 머물지 않을 것이니 오직 스스로 마음을 편안하게 하고 괴로워하지 말라는 말을 전하라고 했다.

---

22) 新垣平: 한나라 때 도사. 도술을 구사한다고 황제를 속여 상대부에 올랐다가 사기임이 판명되어 죽음을 당했음.

도사가 돌아와 태상황께 옥비 만난 사실을 그대로 아뢰니, 태상황은 오랫동안 생각을 더듬으며 감격에 젖어 탄식하는 것이었다. 나머지의 사실은 모두 국사(國史)에 나타나 있다.

헌종 원화(元和: 806~819) 원년, 주질현위(盩厔縣尉) 백거이(白居易)가 이 일을 노래로 읊었다. 아울러 전수재(前秀才) 진홍이 이 내용을 전으로 꾸몄으니, 백낙천이 지은 노래 앞에 이 전을 얹고 지목하여 <장한가전(長恨歌傳)>이라 한다.

백거이의 노래는 다음과 같다.

> 황제는 여색을 중히 여겨 경국지색 생각한대,
> 경영하기 여러 해에 구해도 얻지 못했도다.
> 양씨 가문에 딸이 있어 처음에는 장성토록,
> 깊은 규중 들어 있어 아는 사람 없었도다.
> 하늘이 낸 고운 얼굴 버릴 수는 없었기에,
> 하루아침 뽑히어서 군왕 곁에 있게 됐네.
> 한 번 웃음 눈 돌릴 때 온갖 아양 일게 되니,
> 육궁의 고운 얼굴 낯을 들지 못하였네.
> 봄날 아직 차가운데 화청지에 목욕시켜,
> 미끄러운 온천수로 엉긴 때를 씻겼더라.
> 시비들 안아 일으킬 때 축 늘어져 교태 일어,
> 처음으로 은택 입기 시작하던 때이로다.
> 구름 같은 머리털 꽃다운 얼굴에 황금 보요 흔들리고,
> 부용 장막 더운 방에 봄의 밤이 새었도다.
> 짧은 봄밤 괴로워서 아침에 늦게 이니,
> 이로부터 군왕도 아침 조회 거두었지.

기쁘게 잔치 모시느라 한가할 틈 없었고,

봄철이라 봄놀이며 밤 모심도 혼자 하네.

궁궐 속 미녀들 삼천에 이르건만,

삼천 궁녀 그 사랑을 그 한 몸이 차지했다.

황금 장식 꾸민 방 교태부려 밤새 모시며,

옥루의 잔치 뒤엔 술 취하여 늘어지네.

형제와 자매들 그 모두 벼슬하니,

가련케도 문중 광영 그 문에서 나오도다.

드디어 이 세상 부모 된 자 마음속에,

아들 낳기 힘 안 쓰고 딸 낳기를 힘쓰게 하네.

여산의 궁궐 높아 맑은 구름 들어오고,

바람 타고 신선 같은 풍악소리 곳곳에서 들리누나.

늘어지는 노래와 춤에 악기 연주 어울리니,

군왕은 하루 종일 보고 보며 부족타 하네.

비고(鞞鼓) 북의 어양곡(漁陽曲) 소리 땅을 울려 진동하고,

놀라게 터지는 건 예상우의곡이더라.

점령된 도성 궁궐 연기에 휩싸이니,

천승만기 몽진 길 서남으로 달려가네.

번화롭던 장안 생활 피난행렬 떠나면서,

도성문밖 1백 여리 서쪽으로 이어졌네.

육군(六軍)의 출행 거부 이를 어찌 하오리오,

곱던 얼굴 몸이 굴러 말 앞에서 죽었구나.

나뒹군 화전 장식 거둘 사람 없었으며,

취교 금작 옥소두가 사방에 흩어졌네.

군왕은 구치 못해 얼굴 가려 피하다가,

돌아보며 피눈물을 서로 함께 흘리도다.

행하는 길 쓸쓸한 바람 누런 먼지 일으켜서,

험한 길 구름다리 돌아 검각(劍閣)에 올랐도다.

아미산 아래에는 사람흔적 끊어졌고,

펄럭이는 깃발에 가려 햇빛마저 흐리구나.

촉강(蜀江)의 맑은 물 푸른 촉산(蜀山) 바라보며,

황제는 아침저녁 그리운 정 못 잊어하네.

행궁에서 보이는 달 슬픈 마음 자아내고,

밤비에 젖은 방울소리 간장을 잘라낸다.

세월 가고 해가 돌아 환도 길에 오르니,

임 가신 곳 이르러 머뭇거려 못 떠나네.

마외역 언덕 아래 진흙 속에 묻힌 임,

옥안은 간곳없고 텅 빈 무덤 슬프도다.

임금과 신하들 돌아보며 눈물로 옷 적시고,

동쪽으로 도성 향해 말 걸음 재촉한다.

돌이오니 옛날 정원 그대로 남아있어,

태액지(太液池) 부용과 미앙궁(未央宮) 버들 변함이 없구나.

그 부용은 임의 얼굴 그 버들은 눈썹 같아,

이를 보고 그 어찌 아니 눈물 흘리리오.

훈풍에 도리화 활짝 핀 봄날 밤이,

어느덧 가을비에 오동잎 지고 있네.

서궁의 남쪽 정원 마른 잔디 많아지고,

뜰에 가득 지는 낙엽 뒹구는 잎 쓸지 않네.

이원 기녀 검었던 머리 백발이 돋아나고,

초방 궁녀 젊던 얼굴 주름살이 보이누나.

궁궐의 저녁하늘 반딧불 날아 슬픔을 자아내니,

외로운 등불 앞에 잠 못 이뤄 심지만 돋우누나.

이 한밤 더디 가서 그렇게도 긴긴 밤을,
은하수 맑은 별빛에 뜬눈으로 날이 새네.
원앙새긴 기왓장은 서리 내려 차가웁고,
비취 이불 써늘한데 누구 함께 잠을 자리.
생사 길 아득하여 이별한 지 해포 되나,
혼백마저 꿈속에도 나타나지 않는구려.
임공(臨邛)에서 도사 한 분 장안을 지나면서,
정성으로 신술 부려 죽은 혼백 부른다네.
임 생각에 골몰하는 군왕에게 제의하니,
은근히 도사 시켜 찾아보라 명령하네.
번개 같이 바람타고 몸을 날려 달려가서,
승천입지 두루 돌아 사방으로 헤맸도다.
하늘나라 끝까지 땅속 황천 다 찾아도,
하늘 땅 그 어디도 망망하여 안 보이네.
바다 속에 선산(仙山) 있단 소식 듣고 찾아가니,
아득한 허공 속에 산이 우뚝 솟았더라.
오색구름 이는 속에 누각들이 영롱하고,
많은 신선 그 속에서 의젓하고 한가롭더라.
신선 중에 그 한 사람 그의 이름 태진으로,
설부화용 그 모습이 분명한 그 분이라.
황금 궁궐 서상에 가 잠긴 문 두드려서,
여아 시켜 시비에게 소식을 전하였다.
한나라 천자 사신 왔다는 말을 듣고,
아름다운 휘장 속에 깊이 든 잠 놀라 깨네.
일어나 옷을 입고 한참동안 배회타가,
구슬 발 은고리가 길게 끌려 열리더라.

미처 잠을 덜 깨어서 운빈은 기우러지고,

화관이 비뚤어진 채 당을 내려 나오더라.

바람결에 나부끼는 신선의 소매 자락,

예상우의 춤을 추는 그 모습과 흡사하네.

적막한 얼굴에 눈물 흘러 난간 적시니,

이화 한 가지에 봄비 내려 방울 맺듯 하는구나.

깊은 정 눈물 뿌려 군왕을 이별한지,

이별 후 그 모습과 그 소식이 아득했네.

소양전 속에서의 깊은 은애 끊어지고,

봉래궁 안에서의 즐기던 날 아득하네.

머리 돌려 아래로 인간 세상 바라보나,

장안 풍경 안 보이고 안개만 자욱하네.

옛날 물건 전하면서 깊은 정 담아 넣어,

전합에 금비녀를 가지고 가라 하네.

부러뜨린 비녀 투막 전합 한 쪽 남겨두니,

황금 비녀 조각나고 전합 무늬 갈라졌네.

황금과 전합 무늬 조개껍질 굳은 마음 흡사하여,

천상에서 인간을 서로 보게 하였도다.

작별에 하신 말씀 은근한 내용이라,

사연 속의 그 맹세 두 사람만 아는 도다.

7월 7일 장생전의 그날 밤 그 때에,

한 밤중 단 둘만이 사사롭게 속삭였도다.

죽어 천상에선 비익조(比翼鳥) 될 것이고,

땅에 살고 있을 때는 연리지(連理枝)[23] 되려 했다.

---

23) 比翼鳥 連理枝: 옛날 송(宋)나라 한빙(韓憑)에 얽힌 고사. 송나라 임금 강왕(康王)이
   신하인 한빙의 처가 예쁘다는 말을 듣고 한빙을 죄를 씌워 구금하고 그 처를 불러들

영원한 하늘과 땅 없어질 때 있더라도,

맹세한 이 원한 이어지고 이어져 끊어질 날 없으리라.

임. 한빙이 자살하니 그 처도 역시 높은 대에서 떨어져 죽음. 사람들이 두 사람 시체를 나란히 묻어주었는데 갑자기 두 무덤에서 나무가 나서 금방 자라 큰 나무가 됨. 그런데 그 나무에는 한 쌍의 원앙새가 앉아 항상 슬피 울었고, 이 원앙새는 한 쌍이 나란하여 한쪽 날개씩이 붙어 있어서 나뭇가지에 앉아 있을 때나 날아다닐 때도 늘 나란히 함께 날게 되어 이 원앙을 '비익조'라 불렀음. 그리고 두 무덤에서 난 나무도 땅속의 뿌리와 땅 위 가지가 서로 연결되어 붙어 있어서 이 나무를 '연리지'라 했음.

유선굴(遊仙窟)

〈해　설〉

　　<유선굴(遊仙窟)>은 당나라 고종(高宗) 조로(調露: 679) 초에 진사급
제하고 이후 오랫동안 관직에 종사한 장문성(張文成)의 작이다. 장문성은
문장이 뛰어나 당대 많은 문인들로부터 칭송을 받았으며, 8번이나 대과
과거를 보아 모두 갑과로 급제하여 사람들을 놀라게 했다.

　　어떤 책에 의하면 칙천황후(則天皇后)가 정권을 잡고 있을 때 "호색
남자 장문성을 만나고 그의 글 유선굴을 얻었다"는 기록이 나타나 있고,
일찍이 장문성이 측천황후를 흠모해 이 소설을 지은 것으로 전해지고 있
다. 이러한 이야기들을 증명하듯 이 소설의 내용은 열렬한 애정 표현으로
가득 차 있으며 매우 아름다운 문장을 구사하고 있다.

　　한편, 당나라 때 병려문(騈儷文)으로 전기(傳奇)를 구성하게 된 것은
이 <유선굴>에서부터 비롯된 것으로 알려져 있어서 매우 중요한 의미를
지니는데, 이 작품은 당나라 때를 지나면서 중국에서는 작품이 산일되어
없어졌다. 그래서 송대(宋代) 초에 모든 소설 설화를 총집하여 엮은 『태
평광기』에도 이 작품은 실리지 못했다. 그런데 일본에서는 이 소설이 판
각을 거듭하면서 전해져, 뒤에 중국에서 이 일본 판본을 가져다가 전파시
키기에 이르렀다.

　　중국 역사서에, 장문성이 살아 있었던 당시 우리나라와 일본 사신들이
중국에 가서 장문성의 글을 많이 사갔다는 기록이 나타나 있는 것으로 보
아, 이 소설은 당시 우리나라와 일본으로 전해진 것 같은데, 우리나라에서
는 후대로 전승된 것이 없다.

　　이 작품은 『태평광기』에 실려 있지 않아 '충주이씨평등각초본(忠州李
氏平等閣鈔本)'으로 되어 있는, 『당인전기소설(唐人傳奇小說)』(臺北　世
界書局　刊, 1972) 소재 분을 대본으로 삼았다.

대저 적석산(積石山)은 금성(金城)의 서남쪽에 위치하고 있으며 황하의 물이 지나는 곳이다. 곧 『서경(書經)』에 이르기를 "황하의 물을 적석산에서 이끌어 용문(龍門)에 이르도록 했다."라고 한 기록이 바로 여기에 해당한다. 내[張文成] 황명을 받들어 견농(汧隴)으로부터 하원(河源)으로 가게 되어, 평탄하지 못한 운명을 개탄하면서 고향을 떠나 아득한 먼 곳으로 가게 된 것을 탄식했다.

그 옛날 10만리 파도를 넘어 서역 월씨국(月氏國)으로 사신 가면서 갖은 고초를 겪은 장건(張騫)24)의 옛 자취를 더듬고, 하(夏)나라 첫 임금 우왕(禹王)이 홍수를 다스리며 오르내렸던 2천여년 전 그 언덕의 흔적들을 둘러보았다. 깎아 두른 깊은 골은 바위 언덕을 정으로 쪼아 뚫어 다듬은 것 같았고, 하늘을 가로지른 높은 봉우리는 산을 칼로 깎아 만들어 세운 듯 기이했다. 싸고도는 안개는 가늘게 피어오르고 냇가의 돌멩이들 하얗게 밝아 빛나니, 이곳은 정녕 하늘나라 영산이요 인간 세상의 기묘한 절경이었다. 지금까지 이러한 절경은 눈으로 보지노 귀로 들어보시도 못한 것이었다.

마침 날은 저물고 갈 길은 먼데 말과 사람이 함께 지쳐 피곤해 했다. 그래서 사방을 살펴 한 곳에 이르니 특별히 산세가 험준하여 예사로운 곳이 아니라는 생각이 들었다. 위를 바라보니 푸른 절벽이 1만 길이나 솟았고 아래를 굽어보니 1천 길이나 되는 곳에 푸른 물이 넘실거렸다. 나이 많은 노인들이 전하는 말에 의하면, 이곳은 '신선굴'인데 사람의 흔적은

24) 張騫: 한(漢) 무제(武帝) 때 북쪽 흉노를 치기 위해, 서역에 있던 월씨국과 연합하려고 흉노의 땅을 지나 사신으로 가다가 흉노에게 잡히어 갖은 고생을 했음. 10여년 후 흉노에서 탈출해 월씨국으로 갔지만 이미 월씨국에서 흉노를 칠 생각이 없어 다시 귀국하는데 또다시 흉노에게 잡히어 1년여 고생했음. 이에 탈출 해 한나라로 돌아왔고, 이후 서역의 지리에 밝아 서역과의 교역을 터는 데에 크게 공헌했음.

없고 오직 산새들만 날아 드나들 수 있을 뿐이요, 늘 향기로운 과일과 아름다운 꽃가지가 있으며 선녀들의 옷과 주석 그릇들만 저절로 물에 떠올라, 이들이 어디에서 오는지를 알지 못한다는 것이었다.

그래서 내 몸을 단정히 하고 마음을 가다듬어 하늘을 우러르고 3일 동안 정성을 쏟아 재계했다. 그리고 작은 배를 내어 타고 가느다란 칡넝쿨을 붙잡아 당기며 물을 거슬러 올라가니 갑자기 몸이 날 것같이 가벼워지고 정신이 몽롱하여 꿈속을 헤매는 것 같았다. 한참 지나니 갑자기 소나무와 잣나무가 울창한 바위 사이 복숭아꽃이 만발한 시냇가에 이르렀는데, 바람을 따라 향기가 진동하고 밝은 빛이 하늘을 환하게 비추는 것이었다.

이때 한 여인이 물가에 앉아 빨래를 하고 있는 것이 보이기에 내 이렇게 물었다.

"이곳에 신선이 사는 동굴 속 집이 있다고 들었기에 찾아와 방문하게 되었습니다. 이곳 산천이 민가로부터 멀리 떨어진 외진 곳에다가 피곤하고 지쳐서 낭자의 집에 의탁해 잠시 머물고 가고자 합니다. 은혜로운 정을 베풀어 소청을 들어 허락해 주시기를 바랍니다."

이 말에 여인은,

"소녀의 집이 누추하고 대접할 음식이 좋지 않아 다만 견디기 어려울 것을 걱정할 따름이지 끝까지 인색하게 거절할 생각은 없사옵니다."
하고 대답하는 것이었다. 그래서 내가 이렇게 말했다.

"이 관리는 길손으로서 보잘 것 없는 행색이옵니다. 다만 비바람과 먼지를 뒤집어쓰지만 않는다면 요행으로 여기겠습니다."

이렇게 하여 나를 대문 옆 초가 정자 안에 머물라고 허락을 하고는 안으로 들어가는 것이었다. 그리고 한참 있으니 그 여인이 다시 나왔기에, 나는 이 집이 누구의 집이냐고 물어보았다. 그랬더니 여인은 최씨(崔氏)

낭자의 집이라고 대답하기에, 나는 다시 최씨 낭자가 어떤 집안의 낭자인지를 물었다. 그랬더니 여인의 설명은 이러했다.

"박릉왕(博陵王)의 후손이요 청하공(淸河公)의 집안 혈족입니다. 반안인(潘安仁)의 생질로 그 용모는 외삼촌 반안인을 꼭 닮았으며, 최계규(崔季珪)의 아우인데 기질은 언니 최계규와 흡사합니다. 꽃 같은 얼굴은 곱고 고와 하늘 위에서도 짝이 없고, 몸은 아름다워 인간 세상에 그 짝 될 사람이 없습니다. 빛나는 얼굴은 야들야들하여 살결이 터지지나 않을까 두렵고, 가늘고 가는 허리는 하늘하늘하여 끊어지지나 않을까 의심스럽지요. 옛날 노래를 잘 불렀던 여인 한아(韓娥)와 시를 잘 지었던 송옥(宋玉)이 보았다면 곧 따르지 못해 근심에 쌓일 것이고, 미녀로 이름이 났던 강수(絳樹)와 아름다워 신녀(神女)로 알려졌던 청금(靑琴)이 온다고 해도 우리 낭자를 대하면 부끄러워 죽음을 택할 것입니다. 천백 가지 아름다운 교태는 어느 순간에도 비교할 방법이 없을 것이며, 연약한 몸매와 가벼운 몸놀림은 아무리 말을 해도 다 나타내지 못할 것이외다."

그때였다. 갑자기 안에서 쟁(箏)을 연주하는 소리가 들려오기에, 내 거기에 맞춰 이렇게 시를 읊었다.

아름다운 얼굴을 스스로 숨기며,	自隱多姿則
사람을 속여 홀로 잠드는구려.	欺他獨自眠
자주자주 부드러운 섬섬옥수 들어올려,	故故將纖手
때때로 자그마한 거문고 줄 희롱하도다.	時時弄小絃
소리를 들어도 기절할 것 같은데,	耳聞猶氣絶
눈으로 직접 보면 가련하게 되리로다.	眼見若爲憐
그대로 인한 아픈 가슴 견디지 못하면,	從渠痛不肯

이 몸 죽어 하늘에서 다시금 찾으리라.　　　　人更別求天

　그리고 얼마 있으니 시비 계심(桂心)을 시켜 말을 전하면서 화답시를 보내왔다.

　　얼굴도 다른 집에 있는 얼굴이 아니며,　　　面非他舍面
　　마음도 자기 집에 있는 마음이로다.　　　　心是自家心
　　하늘에 관계된 일 어느 곳에 있다고,　　　何處關天事
　　고생하며 두루 돌아 찾아 헤맬는지요.　　辛苦漫追尋

　내 이 시를 읽고는 문 안쪽을 향해 머리를 들어보니 문득 십낭(十娘)이 얼굴을 반쯤 내놓고 바라보고 있는 것이었다. 이에 내 즉시 이와 같은 시를 읊었다.

　　웃음을 감추고 이 못난 몸 훔쳐보며,　　斂笑偸殘靨
　　부끄러워 하는 모습 반쪽 얼굴 나타내네.　含羞露半脣
　　한쪽 눈썹 보고도 오히려 못 참겠는데,　一眉猶叵耐
　　두 눈을 다 본다면 이 사람 정녕 기절하리.　雙眼定傷人

　그리고 또 낭자는 여종 계심을 시켜 나의 시에 대한 보답시를 보내왔다.

　　좋은 일도 남의 집의 좋은 일이며,　　　好是他家好
　　사람 역시 마음에 둔 사람 아닌데,　　　人非着意人
　　어찌하여 쓸데없이 서로 희롱 일삼아서,　何須漫相弄
　　그 얼마나 정신만 낭비하게 하는고.　　幾許費精神

나는 밤이 깊도록 잠을 이루지 못하고 왔다 갔다 하며 방황하면서 생각에 잠겼지만, 마음속을 털어놓을 방도가 없었다. 분명히 낭자는 만나려 올 뜻이 있음을 나타내 보였는데 왜 대답이 없는가 하는 생각을 하면서, 드디어 마음속의 뜻을 밝혀 편지를 쓰기로 작정했다.

"내 어려서부터 여자와 음률로 즐기기를 좋아해 진작부터 좋은 상대를 만나고자 흠모하여 풍류 속으로 두루 찾으며 천하를 돌아 헤맸습니다. 촉도(蜀都)에서 거문고를 연주하여 탁문군(卓文君)을 유인하던 사마상여(司馬相如) 같은 방법으로 많은 여인을 만나보았으며, 진루(秦樓)에서 피리를 불어 농옥(弄玉)과 함께 신선이 되어 날아간 소사(蕭史)의 이야기처럼 아름다운 여인들을 자세히 살펴보았습니다. 비록 다시금 여러 가지 값진 선물을 교환했지만 아직까지 마음속에 깊이 간직된 여인이 없으며, 거창하게 혼례식을 올리기도 했지만 어찌 마음에 흡족함이 있었으리요? 지난날 둘이 누워 잠을 잘 땐 항상 그렇게도 밤이 짧더니 오늘밤 홀로 누워 있으니 다시금 밤의 깊을 원망하게 됩니다. 전제(大帝)는 하나로 되어야 할 사람들을 두 시절로 나누어 놓았습니다. 멀리 풍겨오는 향기는 오직 옛날 한수(韓壽)의 고사[25]와 같이 마음을 상하게 하고, 가까이에서 들리는 거문고 소리는 옛날 사마상여(司馬相如)가 거문고로 탁문군(卓文君)을 꾀여내어 마주앉아 바라보는 것같이 느껴집니다. 접때 여종 계심으로부터 십낭에 대한 이야기를 들었습니다. 아름다운 자태는 하늘 위에도 짝이 없고 인간에도 쌍이 없다고 했으며, 늘어진 버들가지처럼 연약한 허리며 가볍게 이는 물결 같은 눈언저리의 아름다움을 이야기했습니다. 겨우 두 볼이 나타나 보였을 때는 어쩌면 이 땅에 꽃이 없음을 의심하였으며, 잠시 두 눈썹을

---

25) 韓壽: 가충(賈充)의 가오(賈午)가 한수의 늠름한 모습을 흠모하여 부친의 값진 향(香)을 훔쳐 정인 한수에게 갖다 준 고사를 인용한 것임.

내보였을 때에는 하늘에 떠 있는 달이 빛을 잃는 것 같음을 느꼈습니다. 옛날 미인으로 알려진 월(越)나라 서시(西施)가 얼굴을 가리고 얼굴 꾸미는 도구들을 불태우게 할 것 같았고, 남국(南國) 미인이 마음이 상하여 거울을 집어던지기를 수천 번 하였을 것으로 생각되었습니다. 낙수(洛水)의 선녀도 서리를 맞아 오직 두꺼운 옷을 입어 몸을 움츠릴 것이며, 무산(巫山)의 선녀도 구름에 싸여 감히 발걸음을 옮기지 못할 것이옵니다. 옛날 자신의 아내를 알아보지 못하고 황금으로 유혹한 추호(秋胡)[26]의 옹졸한 눈을 분하게 여기며, 낙수(洛水)에서 선녀를 만나 구슬을 받아서 손에 쥐고 함께 오다가 손을 펴보니 구슬도 없고 선녀도 간 곳 없었다는 정교보(鄭交甫)의 광기어린 마음은 백옥까지 잃게 된 것을 생각해봅니다. 말단 관리로서 아름다운 경치를 찾아 유람타가 한적한 정자에 들어 묵게 되고, 문득 신선을 만나니 정신이 혼란해짐을 억제할 수가 없습니다. 부용꽃은 골짜기 냇가에 피어 있는데 그 열매는 너무 깊이 박혀 있고, 상사목(相思木)은 산꼭대기에 있어서 서로 그리워함이 너무나 날이 멉니다. 입안에 숯불을 머금지 않았는데 창자는 뜨거워 타는 것만 같고, 칼을 삼킬 생각을 한 적이 없건만 배 속은 칼로 베는 것 같이 아픕니다. 무정한 밝은 달빛만 조금씩 창문으로 비추고 춘풍은 할 일이 많은 듯 휘장을 흔들고 있습니다. 그리움에 근심어린 마음 이것들을 대하고서 장차 어찌 스스로 견디

---

26) 秋胡: 춘추시대 노(魯)나라 관리였던 추호는 결혼 5일 만에 아내를 두고 다른 나라로 벼슬하여 갔다가 5년 만에 귀국하는데, 마침 길가에서 뽕을 따는 여인을 보니 예뻤다. 그래서 황금으로 유혹하니 여인은 뽕을 따 길쌈해 시부모를 봉양하고 멀리 간 남편을 기다리는 것이 자신의 일이라고 하면서 거절했다. 추호가 집에 돌아와 아내를 찾으니 아내가 밖에서 뽕을 따서 지고 들어오는데 보니까 조금 전에 길가에서 자신이 황금으로 유혹하던 그 여인이었다. 곧 추호의 아내는 의리 없는 남편을 나무라고 집을 나가 강물에 몸을 던져 자살했다.

어낸단 말입니까? 끊어지려는 창자를 공중에 달아매고 넘어가려는 이 목숨을 구해 주실 것을 요청하옵니다. 본래 낭자를 보지 않았더라면 스스로 아무 일 없었을 것을 공연히 서로 만났으니 마음속이 혼란스럽습니다. 감히 이 마음속의 생각을 진술했사오니 원하옵건대 소식을 주옵소서. 낭자의 모습을 대하게 된다는 것을 어찌 감히 만분의 일이라도 생각할 수 있겠는지요."

이 편지를 보내니 십낭이 보고는 얼굴색을 고치면서 여종 계심에게 말했다.

"앞서 농담을 하고 서로 희롱한 것이 진실로 사람을 핍박하고자 하는 생각을 일게 한 것이로다."

이때 나는 또다시 시 한 수를 지어 보냈다.

오늘 아침 문득 낭자의 모습 보고,	今朝忽見渠姿首
모르는 사이에 은근히 마음을 품있도다.	不覺慇懃着心口
사람으로 하여금 자주 정녕한 마음 품게 하니,	令人頻作許叮嚀
그대 매우 간절하여 가만있기 어렵도다.	渠家太劇難求守
단정히 앉아 마음을 가다듬어 깨우치나,	端坐剩心驚
수심이 엄습하며 불편한 마음 더하도다.	愁來益不平
보았을 때 반드시 죽음을 보려 한 것 아니나,	看時未必相看死
견디기 어려워 어쩌면 살기를 어렵게 하도다.	難時那許太難生
깊숙한 방안에 입 다물고 앉았으니,	沉吟坐幽室
상사의 정 움직여 병을 이뤄놓는도다.	相思轉成疾
스스로 한하는 건 가고오지 못함이니,	自恨往還疎
그 누가 어울림을 밀접하게 해주리.	誰肯交遊密
밤마다 공연히 잠 못 이루는 마음 알 것이고,	夜夜空知心失眼

아침마다 깊은 잠에 빠짐이 없으리라.	朝朝無便投膠漆
동산 안에 꽃이 피면 사람을 피치 못하고,	園裏華開不避人
규방 안의 숨은 얼굴 나들이를 부끄러워하네.	閨中面子翻羞出
만약에 걸음 앞에 은하수 막혔으면,	如今寸步阻天津
그 곳에 마음 거두고 다시 새것 찾으소서.	伊處留心更覓新
천금 같은 고운 얼굴 영원하다 마소서,	莫言長有千金面
마침내는 일변하여 한낱 먼지로 돌아가리.	終歸變作一抄塵
살아 있는 이 날에 오직 즐거움 누리시고,	生前有日但爲樂
죽은 뒤는 꽃다운 봄 사람에겐 없나이다.	死後無春更著人
다만 한 번 마음먹기 그렇게도 머뭇거려,	祇可倡伴一生意
어찌하여 일생 백년 그 몸을 버리렵니까?	何須負持百年身

그리고 얼마 있다가 앉아서 잠이 들었는데 꿈속에 십낭을 보게 되었다. 그런데 문득 깨니 홀연히 아무 것도 없기에 마음속으로 슬퍼함을 어찌 다 말로써 나타 내리요. 내 그래서 또 시를 읊었다.

꿈속에선 그것을 진실인 줄 알았는데,	夢中疑是實
깨고 보니 홀연히 진실이 아니로다.	覺後忽非眞
진실로 간장이 끊어짐을 느꼈는데,	誠知腸欲斷
어느새 배고픈 귀신 들어와 자리 잡네.	窮鬼故調入

시를 보내놓으니 십낭이 시를 보고는 다 읽지도 않고 모두 불속으로 집 어넣어 태우려 한다는 것이었다. 그래서 내 급히 다시 시를 지어 보냈다.

반드시 시로 인해 생긴 일이 아닐 텐데,	未必由詩得

억지로 시를 가지고 슬픈 마음 갖누나.　　　　　將詩故表憐
들으니 그대 불속에 던져 넣는다고 하니,　　　聞渠擲入火
그렇다면 이 몸도 함께 불에 태워 주시지요.　定是欲相燃

　십낭이 이 시를 읽고는 두려운 표정을 지으며 탄식을 하고는 일어나 거울을 꺼내 얼굴을 꾸미고 농속에서 좋은 옷을 꺼내 입고는 당에서 내려 신을 신었다. 이를 본 내가 다시 시를 지었다.

아름다운 향기는 사방에서 모여들고,　　　　　薰香四面合
풍기는 광채는 양쪽으로 퍼져 흩어지네.　　　　光色兩邊披
둘러쳐진 비단 병풍 활짝 열려지고,　　　　　　錦障劃然卷
드리워진 비단 휘장 반만큼 걷히더니.　　　　　羅帷垂半敧
아름다운 그 얼굴에 고운 화장 올려져서,　　　紅顏雜綠黛
어느 곳 그 모두가 안 어울림 없도다.　　　　　無處不相宜
아름다운 얼굴에는 분을 발라 더욱 좋고,　　　艷色浮粧粉
향기 머금은 입술에는 고운 연지 빛나도다.　　含香亂口脂
매미의 꾸민 머리 이보다 못해 부끄럽고,　　　鬢欺蟬鬢非成鬢
나방이의 고운 눈썹 이에 못 미쳐 웃음 사네.　眉笑蛾眉不是眉
모습을 대하니 너무나 뛰어나서,　　　　　　　見許實娉婷
모든 몸매 갖추어져 빈틈이 없도다.　　　　　　何處不輕盈
수심 먹음은 듯 교태 어린 그 얼굴에,　　　　　可憐嬌裏面
사랑스런 목소리 사람 감동시키도다.　　　　　可愛語中聲
야들야들 그 허리는 가늘고 가늘며,　　　　　　婀娜腰支細細許
함초롬한 그 눈동자 향기 흘러내리는 듯.　　　瞜眄眼子長長馨
옛날의 장인 아이 새겨보려다 못 새겼고,　　　巧兒舊來鑴未得
그림꾼들 맞이하여 그리려다 못 그렸네.　　　　畫匠迎生摸不成

만나보니 서로 사이 아는 사이 아니었고,	相看未相識
나라를 기울이는 경국지색 분명하네.	傾城復傾國
입은 옷 바람결에 날려 울금 향기 풍겨오고,	迎風帔子鬱金香
길게 늘인 치마폭 석류무늬 눈부시네.	照日裙裾石榴色
입 위엔 산호 보석 얹혀 있는 그 모습이요.	口上珊瑚耐拾取
양 볼은 부용꽃 피어 따낼 듯도 해보이네.	頰裏芙蓉堪摘得
이름 듣고 마음속에 미친 마음 일었지만,	聞名腹肚已猖狂
얼굴을 대해 보니 다시 정신 어지럽네.	見面精神更迷惑
애간장이 끊어지는 것만 같아서,	心肝恰欲摧
기뻐 뛰며 주체할 줄 모르도다.	踊躍不能裁
천천히 걷는 걸음 향기 바람 일으키고,	徐行步步香風散
때때로 입을 열어 말을 하려 하는 듯하네.	欲語時時媚子開
보조개는 직녀성이 별을 두고 내려온 듯,	靨疑織女留星去
그 눈썹은 항아가 달을 떠나 온 것 같네.	眉似姮娥送月來
요조한 그 태도 나오면서 교태를 머금으며,	含嬌窈窕迎前出
정숙하게 웃음 참으며 문득 다시 돌아서네.	忍笑婁娛返却廻

이때 문득 다시 돌아서 들어가려하기에 그 모습을 본 나는 급히,

"이미 호의를 베풀어 나와서는 어찌 다시 들어가려 하십니까?"

하고 제지하여 들어가지 못하게 했다. 그러니까 천천히 얼굴을 돌리더니 가만가만 걸어 나왔다. 십낭이 두 손을 모으고 나에게 재배하기에 나도 역시 머리를 낮게 하여 예의를 표했다. 그리고 내 입을 열었다.

"앞서 이곳에 대해 칭송하는 것을 보고 허황되다고 했는데, 이렇게 얼굴을 대하게 될 줄을 누구 알았겠습니까? 마치 신선과 흡사하오니 분명 여기는 신선굴임에 틀림이 없습니다."

이 말에 십낭도 재치 있게 응대했다.

"조금 전 시편들을 보고는 범속이 아니라고 여겼는데, 지금 만나 대면하고 보니 모습이 문장을 능가하옵니다. 그러니 여기에 오셨으니 문장굴이라 해야겠지요."

이에 내가 낭자에게 남편의 성씨와 출신이 어디이며, 지금 남편은 어디에 있느냐고 물어보았다. 그랬더니 십낭의 대답은 이러했다.

"소녀는 청하 최공(淸河崔公)의 말손(末孫)으로서 홍농(弘農) 양부군(楊府君)의 장남에게로 시집을 갔었습니다. 혼례를 마치고 부친을 따라 하서(河西)에 가서 살고 있었는데, 그때 촉생(蜀生)이 못된 생각을 품고 자주 변방 지역을 침범해왔습니다. 그러니까 오라비와 남편이 독서하던 책을 접고 붓을 던지고 전장으로 나갔으며, 이후 두 분은 전사하고 혼백도 돌아오지 못했습니다. 당시 소녀는 나이 17세였고 사망한 남편을 위해 절개를 지키기로 맹세했답니다. 그리고 올케언니도 그때 19세였는데 역시 재혼을 하지 않기로 맹세를 했습니다. 소녀 오라비는 청하 최공의 제5남이었고, 올케언니는 태원공(太原公)의 제3녀로서, 이곳에서 소녀와 함께 별택을 마련하고 산 지 몇 해가 지났습니다. 이곳은 집이 허물어져 황량하고 길이 험악한데 손님께서는 어떻게 찾아오셨는지 알 수가 없습니다그려."

이 설명에 나는 몸을 단정히 하고 대답했다.

"이 말단 관리의 문벌은 남양(南陽)에 속해 있었으며 서악(西鄂)에 살았고, 대대로 옛날 은사(隱士) 황석공(黃石公)의 영이한 술책인 병법을 터득했으며, 곤륜산에서 나오는 신령스러운 물을 끌어들였습니다. 한(漢)나라 시절에는 7엽의 초선관(貂蟬冠)을 쓰는 높은 벼슬을 지냈고 한(韓)나라 때에는 오중경상(五重卿相)의 지위에 올랐으며, 고관대작을 누리는 대대 귀족의 가문으로 고대광실 높은 집에서 예의범절이 엄격한 가문이었습니다. 그런데 이 말단 관리에 이르러 집안의 가통을 잇지 못하고 가업이 기울어졌답니다. 청주자사(淸州刺史) 박망후(博望侯)의 손자로서 광무(廣武) 장군 거록후(鉅鹿侯)의 아들로 태어나, 세속을 면치 못하고 말단 관직에 묻히게 되었습니다. 은둔 생활을 하는 것도 아닌데 위대한 인물과 보잘 것 없는 사람의 사이에서 어정거리고 있으며, 관리의 신분도 서민의 신분도 아닌 어정쩡한 생활로 세상의 물정 속을 돌아다니고 있습니다. 그러다가 잠깐 사신의 임무를 띠고 우연히 이곳에 이르게 되어 마침내 번거로움을 끼치면서 우러러 흠모하게 되었습니다."

이에 십낭은 다시 내가 맡아 일보는 관직을 묻기에 이렇게 대답했다.

"태평시대에 가난하고 천하게 사는 것은 부끄러운 일인데, 전날 빈공과 과거를 보아 갑과로 급제했지요. 그리고 이어 대과를 보아 역시 급제를 했답니다. 이어 관내도(關內道)의 작은 고을 책임자 자리를 제수 받았으며, 하원도(河源道)의 행군총관기실(行軍總管記室) 업무를 관장하기에 이르렀습니다. 이렇게 되니 황제의 명령이 수시로 하달되었고, 그때마다 오로지 황은에 보답하는 것만을 생각하며 아래 관리들을 독려하는 일에 잠시도 편안할 여가가 없었습니다."

이야기를 들은 십낭은, 그렇다면 이곳은 사신의 업무에 관계됨이 없는데 어떻게 서로 만나보게 되었느냐고 따져 물었다. 그래서 나는 이렇게 대답했다.

"서로 알고 있지 않은 일이지만 관심을 가져 찾아오게 된 것입니다. 오늘 이후로는 관직의 일에서 어긋남이 없도록 하겠습니다."

드디어 십낭은 머리를 돌려 여종 계심을 불러서 지시하는 것이었다.

"중당을 깨끗이 치우고 소부(少府)를 편안히 모시도록 하라."

이 말에 나는 머뭇거리다가,

"먼 곳에서 온 길손 지위가 낮고 미천하니 이곳에서 머물러도 만족하나이다. 재능이 옛날의 가의(賈誼)에 미치지 못하는데 어찌 감히 당상으로 오르겠습니까?"

하고 사례했다. 그러니까 십낭의 대답은 이러했다.

"앞서 들으니 평범한 길손이라 이르더니 체면치레를 하며 예의를 갖추니 매우 면전에서 부끄러움을 느낍니다. 소녀의 마음도 서로 합당한 바가 있어서 모름지기 맞이해 접하게 된 것입니다. 이곳은 좁고 누추하여 먼지가 읾을 면치 못합니다. 방으로 들어가는 데에는 사양하는 절차가 필요치 않습니다. 당으로 오르는 것 같이 어찌 진퇴의 인사 예절이 필요하겠습니까?"

이러고 나를 이끌고 중당으로 들어갔다. 이때 아름답게 꾸며진 건물들이 높이 솟아 햇빛을 가리고 구름 위로 뻗어 있어, 조조(曹操)가 건립한 동작대가 새로이 열려지는 같았고 한(漢)나라 궁궐 엉광전이 장자 펼쳐지는 듯하였다. 매화와 계수나무를 그린 들보와 기둥은 깊은 산속 시내에서 물을 마시는 무지개 같았고, 추켜올린 추녀와 무늬를 새긴 기와는 하늘을 떠미는 날쌘 바람 같았다. 수정으로 된 들보 위의 작은 기둥은 하얗게 별이 빛나는 듯했고, 운모로 장식된 창문은 태양이 비치는 것 같이 영롱했다. 긴 복도는 사방으로 통해 대모로 된 서까래가 촘촘했고, 삼중으로 솟은 높은 건물들은 모두 유리기와가 얹어 있었다. 벽은 흰 은으로 장식되어 고기비늘보다도 더 반짝였으며, 계단은 푸른 옥으로 되어 있어 기러기의 치아보다도 더 나란했다. 깊숙하고 높은 건물 안으로 들어가면서 한 걸음 한 걸음 마음속이 울렁거렸고, 기이하고 높은 문과 정원을 보고 또 보면서 몇 번이고 눈을 비비었다.

마침내 십낭은 나를 인도해 당에 오르라 했다. 이에 내 대답하기를,

"손님과 주인 사이에 어찌 선후가 없겠습니까?"

라고 말하고 낭자에게 먼저 오르라고 했다. 그러니까 십낭은 이렇게 응수하는 것이었다.

"남녀의 예절에는 존비의 절차가 있습니다."

이때 나는 머뭇거리면서 물러나,

"잠시 잘못된 점이 있는 것 같습니다. 올케언니에게 연락하는 일을 잊은 것 같습니다."

라고 했다. 그러니까 낭자는, 올케언니가 알고 응당 스스로 올 터인데 그렇게 챙기니 용의주도한 면이 있다고 하면서, 곧 계심을 시켜 연락해 잠시 들르도록 하라고 일렀다.

두 사람이 앉아 이야기를 하고 있으니 잠시 후에 올케언니가 왔다. 아름다운 비단 옷이 펄럭였고 화장을 진하게 하고 있었다. 치마 앞폭에는 사슴 무늬가 뛰어다니는 것 같았고, 머리에 꽂은 비녀는 용이 서리고 있는 듯했으며, 구슬로 장식한 띠를 비춰 웃옷에 둘렀는가하면 금박으로 장식한 빨간 신을 신고 있었다.

내 이를 보고 이렇게 노래로 읊었다.

"기이하고 우아하여 그 모습 참신하고 놀랍도다. 눈썹 사이는 어두운 밤 밝은 달이 솟은 것 같고, 두 볼은 봄철에 온갖 꽃 만발한 것 같음이여. 가는 허리는 애교를 부려 일렁이고 웃음 띤 얼굴엔 잔주름 져 더욱 아름답도다. 진정으로 드물게 보는 기이한 선녀 모습이며 진실로 인간 세상 사람은 아니로다. 자연스러운 그 거동 가히 무엇에 견주어 생각할 수 있으리. 그 능력은 공자들로 하여금 1백 번을 다시 태어나게 할 것이며, 그 재주는 왕손들로 하여금 1천 번을 죽음으로 돌아가게 하리로다. 검은 구름

같은 머리는 양쪽으로 잘 다듬어졌고 백설 같이 하얀 이는 아래위로 분명
하네. 비단 소매 기린 무늬 곱게 짜서 이루었고 허리 두른 치마에는 앵무
새 수놓았네. 부딪치는 모든 것에 마음을 내쏟으니 그 어찌 모두가 아름답
지 않으리오. 하는 처치 지극히 우아하고 묘하며 거동은 애교가 철철 넘치
네. 받드는 사람들 모두 다 빨간 비단 버선 신고 시비들도 다 모두 녹색
꽃신 신었도다. 황금 팔찌에는 황룡이 파고드는 듯하고 백옥 비녀에는 하
얀 제비 날아드는 것 같도다.”

이렇게 서로 인사가 끝나니 올케언니가 말했다.

“소부(少府)께서는 산천을 두루 돌아 험한 길을 지나서 이곳에까지 오
시느라 심신이 많이 피로하지 않으신지요?”

이에 나는 황제의 명령을 받드는 몸이라 어찌 감히 노고를 아끼겠는가
하고 대답했다. 그러니까 올케언니는 십낭을 돌아보고 웃으면서,

“오늘 아침 까마귀 까치 우는 소리가 들리더니 진정 좋은 손님이 찾아
오셨구려.”

라고 농담 비슷하게 말했다. 이에 나 또한 농담으로 받았다.

“어젯밤 눈언저리가 경련을 일으키더니 오늘 아침 아름다운 사람을 보
게 되었도다.”

그리고 함께 당으로 오르니 장식된 구슬과 옥이 사람 마음을 놀라게 하
고 금과 은이 번쩍여 눈을 비추었다. 여러 색채로 된 자리는 은색실로 선
을 둘러 가장자리를 둘렀고, 8척의 상아 침상은 비단 휘장 속에 비단 요
가 얹혀 있는데, 진귀한 조개 등 보물은 함께 우담화(優曇華)27)를 비추고,
마노(瑪瑙) 진주 같은 보석은 먼 서역에서 수입한 끈에 꿰어 빛났다. 무늬

---

27) 優曇華: 3천 년에 한 번 핀다는 꽃, 매우 진귀한 물건을 뜻함.

좋은 모든 잣나무 의자는 표범 머리가 새겨졌고, 난초 모양 등불은 기름을 불태우고 있었다. 여러 악기들이 보기 좋게 북쪽 문 사이에 진열되어 있는가 하면, 술잔들은 남쪽 창 아래에 죽 놓여 있었다.

모두 서로 사양하며 먼저 앉지 않으려 하니 내 이렇게 말을 꺼냈다.

"십낭은 주인이요, 이 낮은 관원은 오늘 손님이니 주인이 먼저 앉기를 바랍니다."

본래 올케언니는 농담을 잘 하는 사람이라, 입을 가리면서 웃고는,

"낭자는 이미 주인마님이 되었고 소부는 주인어른이 되었구려."

하고 농담을 했다. 내 이 말을 받아,

"내 어떻게 감히 그런 입장이 되겠습니까?"

라고 말하며 난처해 하니, 십낭이 나서서 올케언니는 본래 농담을 잘 하니 그렇게 긴장하여 놀랄 필요가 없다면서 변명해 주었다. 이에 내가 말하기를,

"반드시 어쩔 수 없는 일이라면 오직 이 몸으로 그 일을 담당하겠습니다."

라고 하니, 올케언니는 웃으면서 또 농담을 했다.

"장 도령이 이 일을 말리지 못할까 그게 걱정이네요."

함께 있던 사람들이 이 말을 듣고는 모두 한바탕 크게 웃었다. 이어 여종 향아(香兒)를 불러 술을 가져오라 하니 얼마 후에 3되나 들어갈 만한 큰 주발을 가지고 왔다. 금꼭지와 구리 고리가 달린 금잔과 은잔에 이어, 강과 바다에서 나는 고기 요리가 들어오고, 부드러운 죽순이며 버섯 요리 등이 풍성했다. 기이하게 생긴 술병과 술잔들이 놓이는데, 상아와 물소 뿔로 만들어진 술잔이 줄줄이 자리에 놓였고, 술을 떠내는 국자는 거위의 목과 오리 부리 같은 모양을 하고 술 위에 둥실둥실 떠돌아 움직였다.

여종 세신(細辛)을 시켜 술을 떠서 올리라 하니, 아무도 술잔을 먼저 잡지 않으려 사양하는 것이었다. 곧 올케언니가 입을 열었다.

"소부는 문밖에 들었던 천객이니 반드시 술잔을 먼저 받으려 하지 않을 것이네. 낭자가 먼저 술잔을 잡기 바라네."

이렇게 놀리며 십낭에게 술잔을 주니, 십낭은 눈을 흘기며 화를 내는 척하고,

"소부는 이곳에 처음 온 분인데 올케언니는 만나자 마자 계속 농담으로 놀리네 그려."

하면서 못마땅해 했다. 그러니까 올케언니는 다시 말하는 것이었다.

"응, 낭자가 술을 잡고 화를 내서야 되겠는가? 저도 감히 술잔을 먼저 받을 수는 없는 일이지."

이렇게 해 술잔이 나에게로 왔다. 내가 술을 받아서 마시고는 잔을 비우지 않으니 올케언니는 또다시 소리를 버럭 질렀다.

"아니, 왜 잔을 다 비우지 않는 게요?"

이에 내가 본래 주량이 적어 취할까 두려워한다고 설명하니까, 이 말을 들은 올케언니는 막 꾸짖는 것이었다.

"뭐요? 주량이 적다고요? 본래 새신랑은 처갓집의 강아지랍니다. 막 다루어 때려서 죽여도 법에 저촉되지 않아요. 끝까지 다 마시게 할 테니 뭐 이런저런 딴소리 하지 말아요."

이러자 십낭이 올케언니에게 병이 나게 하려느냐고 하면서 말렸다. 그때서야 올케언니는 일어서서 정중히 사과를 하는 것이었다.

"제가 잘못을 저질러 크게 죄를 지었습니다."

이어 올케언니는 고개 돌려 나를 한참 동안 응시하다가 말을 이었다.

"저는 세상 남자들을 많이 관찰했답니다. 그런데 소부공 같은 사람은

없었습니다. 소부공은 이에 신선의 재질을 가지고 있고 범속의 사람이 아닙니다."

이 말에 나는 일어나 사례하면서,

"옛날 탁왕(卓王)의 딸 탁문군(卓文君)은 사마상여(司馬相如)의 거문고 소리를 듣고 그의 기량을 알았으며, 산도(山濤)의 아내는 벽 구멍으로 들여다보고 완적(阮籍)이 훌륭한 현인임을 알았습니다. 진실로 지금의 말씀과 같을 진댄 감히 은덕을 바라겠나이다."

라고 감사를 표했다. 이때 십낭은 시비 녹죽(綠竹)을 불러,

"애야! 비파를 가지고 오렴. 내가 소부공에게 술잔을 올려야겠다."

라고 말했다. 얼마 후 비파를 잡고 켜려고 하는데 미처 소리가 나기 전, 내 다음과 같은 시를 읊었다.

마음은 허황하여 헤아려볼 수 없지만,	心虛不可測
눈은 가늘어서 자세히 속마음 알아보지요.	眼細强關情
몸을 돌이켜 이미 품속에 파고들었건만,	廻身已入抱
애정 호소 목소리는 들리지를 않습니다.	不見有嬌聲

이때 십낭은 서슴없이 내 시에 응하여 이렇게 읊었다.

애끓는 이 간장이 문득 끊어지는구먼,	憐腸忽欲斷
애정 호소 그 눈빛을 먼저 이미 열었도다.	憶眼已先開
그대 아직 의사 표현 한 적이 없는데,	渠未相撩撥
애정 호소 그 목소리 어찌하여 나오리오.	嬌從何處來

내 십낭의 이 시를 보고는 간담이 모두 무너져 내렸다. 일어나 자리 아래로 내려가서 사례하면서 말했다.

"지금껏 오직 낭자의 얼굴만 보았는데 지금 비로소 이 시를 통하여 낭자의 마음을 보았습니다. 반첩여(班婕妤)로 하여금 태후(太后)를 받들게 하여 그 슬픔을 읊은 자도부(自悼賦)28)와, 문장에 능하여 궁중 장서각(藏書閣)으로 불려 들어가 『한서(漢書)』를 끝맺음했던 반소(班昭)29)의 문필이라도 어찌 가히 이 시와 함께 비교하여 논의할 수가 있겠습니까?"

이러면서 벼루와 붓을 청하여 십낭의 시를 써서 소매 속에 넣었다.

이런 모습을 본 십낭은 나를 놀려 다시 말했다.

"소부공은 비단 시를 짓는 능력뿐만 아니라 글씨 또한 능숙하십니다. 붓의 움직임은 푸른 난(鸞)새와 같고 사람은 흰 학과 같소이다."

"십낭은 재능이 뛰어났을 뿐만 아니라 실로 시에도 능하십니다. 그러니 누가 알겠습니까? 아름다운 그 얼굴에 또 고운 목소리가 곁들어 있다는 사실을 말입니다."

십낭의 놀리는 말에 내 이렇게 은근히 목소리로 노래할 것을 청했다. 그랬더니 십낭은,

"소녀 근래 감기기운이 있어서 음성이 변해 좋지 않습니다."

---

28) 班婕妤의 自悼賦: 한(漢) 성제(成帝)의 후궁 반첩여는 현숙했는데 趙飛燕에 의해 참소를 입어 장신궁(長信宮)으로 쫓겨나 태후를 받들면서 스스로 슬픔을 나타내는 시를 지었는데, 세상 사람들이 잘 지었다고 찬양하면서 '자도부'라 했음. '부륜(扶輪)'은 '수레를 민다'는 뜻으로 늙은이를 받든다는 의미임.

29) 班昭: 후한(後漢) 때 반고(班固)가 『한서(漢書)』를 집필하다가 완성하지 못하고 사망하니 황제가 문필에 능한 반고의 누이동생 반소를 궁중 장서각으로 불러들여 『한서』를 완성하게 했음. 이때 황제가 수시로 반소를 불러 황후와 비빈들에게 글을 가르치게 했고, 반소의 남편 성씨가 조씨(曹氏)였으므로 궁중에서 그를 조대가(曹大家)라 불렀음.

하고 애교 있게 응수하는 것이었다. 그래서 나도,

"아, 나도 근래 손에 통증이 있어서 글씨가 제대로 되지 않았습니다 그려."

라고 말을 받았다. 듣고 있던 올케언니가 웃으면서 입을 열었다.

"낭자는 고의로 과장해 말한 것이 아니었는데 장 도령은 다시 거기에 맞추어 응답을 하는구려."

이때 십낭이 올케언니에게 제의했다.

"지금까지 온전히 농담으로 일관했으니 본래부터 순서를 따질 수가 없습니다. 올케언니가 술자리 흥을 돋우는 노래를 한 수 지어 불러주시지요."

"낭자의 말을 따르지요. 곧 낭자부터 노래를 부르도록 하는데, 옛날 이름난 시부(詩賦) 같은 것이 아니고 여기저기 짧은 시구를 따와서 심정을 토로하도록 하되, 만약에 잘 조화를 이루지 못하면 벌을 받도록 하는 것입니다."

이 제의에 맞추어 십낭이 읊기 시작했다.

"정답게 조잘대는 비둘기 황하 가운데의 섬에 있도다. 정숙하고 얌전한 숙녀야 말로 군자의 좋은 짝이지요."30)

다음은 내가 노래했다.

"남산에 키 큰 나무 서있으니 그늘 없어 쉴 수가 없네. 한수(漢水)에 놀러 나온 여인들 있지만 정숙하여 감히 접근할 생각 못하네."

다음은 올케언니의 차례였다.

"나무는 무엇으로 자르는고? 도끼 없으면 자르지 못하지요. 장가드는

---

30) 이하 6개의 시 구절은 모두 『시경(詩經)』에 실려 있는 시편임. 순서대로 명시하면, 周南의 關雎 제1장, 漢廣 제1장, 豳風의 伐柯 제1장, 衛風의 氓 제2장, 제4장, 王風의 大車 제3장.

일은 어찌 해야 하나요? 중매가 있어야만 할 수 있지요.”

올케언니는 더 이어서 노래했다.

“복관의 남편 보이지 않아 눈물 줄줄 흘렸는데, 복관 남편 만나게 되니 웃으며 얘기하네.”

십낭이 이에 이렇게 노래했다.

“여인은 잘못이 없는데 남자가 그 행동을 이중으로 하도다. 말할 수 없는 남자의 행동 그 처리를 이랬다저랬다 하네.”

내가 이 노래에 화답하는 뜻으로 다음과 같이 마무리 노래를 불렀다.

“살아서는 한 집에 살지 못하지만 죽어서는 한 무덤으로 가리라. 나를 두고 믿지 못할진댄 저 밝은 태양을 두고 맹세하리다.”

나의 노래를 듣고 올케언니는,

“장 도령은 마음이 굳어 부르는 노래가 도리를 갖추었도다. 속담에 말하기를 ‘마음을 오로지 집중하면 돌구멍도 뚫는다.’라고 했겠다. 진실로 깊이 생각한다면 어찌 가까워지지 않으리오.”
하고 웃으면서 격려했다.

그때였다. 시비 녹죽이 마침 쟁(箏)을 연주하니 올케언니는 그 쟁에 비유해 시를 지었다.

<table>
<tr><td>본래 고운 얼굴 태어나 길손을 머물게 하니,</td><td>天生素面能留客</td></tr>
<tr><td>뜻을 폄과 정을 둠이 모두 그대에 달렸도다.</td><td>發意關情併在渠</td></tr>
<tr><td>조금 전 말다툼을 나무라지 말아다오,</td><td>莫怪向者頻聲戰</td></tr>
<tr><td>짝 얻음을 보고 문득 마음 속 허전했다네.</td><td>良由得伴乍心虛</td></tr>
</table>

이에 십낭이 말을 받아, 올케언니는 쟁으로 시를 지었으니 자신은 피리

를 가지고 시를 짓겠다고 말하고는 다음 시를 읊었다.

눈 많이 달려 본시 내 그를 사랑했는데,   眼多本自令渠愛

처음부터 입이 적어 늘 침노를 입었도다.   口少元來每被侵

쓸데없는 바람소리 남의 귀를 스치고,   無事風聲徹他耳

사람의 기를 채워 마음 막히게 하도다.   敎人氣滿自塡心

두 여인이 읊는 시를 듣고 나는 이렇게 칭송했다.

"모두 아름답고 좋아 어느 것 하나 마음에 들지 않는 것이 없구려. 이 못난 몸이 이전에 미리 크게 소문난 것을 들은 바로군요."

그리고 얼마 있으니 시비 계심이 술과 음식을 가지고 나왔다. 동해에서 나는 치어(鯔魚) 말림, 서산에서 잡은 봉새 포, 사슴의 꼬리와 혀, 건어와 구운 고기, 기러기 젓 담근 것, 마름으로 담근 김치, 메추리 국과 계피 죽, 곰발바닥과 토끼다리고기, 꿩 꽁무니 살과 이리의 입술 등등, 온갖 맛있는 음식과 조미료는 말로써 다 형언할 수 없었고 아무리 설명해도 끝이 없을 지경이었다.

음식이 차려지자 십낭이 나에게 배가 고플 것이라고 인사말을 했다. 이에 나는,

"낭자를 보고 눈이 풍족해져서 배고픈 것은 느끼지 못했습니다."

하고 농담을 했다. 십낭은 놀리지 말라고 말한 다음, 다시 쌍윷판을 가지고 오라고 하면서 나와 술내기 윷놀이를 하자고 제의했다. 이에 대해 나는 이렇게 말했다.

"이 사람은 술내기는 하지 않겠습니다. 낭자와 함께 잠자리 내기를 하고자 합니다."

"뭐라고요? 잠자리 내기는 어떻게 하는 겁니까?"

십낭의 물음에 나의 대답은 이러했다.

"예, 설명해드리지요. 만약 낭자가 지면 낭자는 이 사람을 안고 하룻밤을 자는 겁니다. 그리고 이 사람이 지면 반대로 이 사람이 낭자를 안고 하룻밤을 자는 겁니다."

내 설명을 들은 낭자는 크게 웃고는,

"그건, '한나라 군사가 나귀를 타고 가면 북쪽오랑캐들은 걸어가고, 북쪽오랑캐가 걸어가면 한나라 군사들은 나귀를 타고 간다'는 말과 같구려. 어느 쪽이 지던 편리할 대로 하는 게로구먼요. 소녀가 놀림을 당할 따름이니, 소부공은 지나치게 영리한 사람입니다 그려."

하고 응수하는 것이었다. 이에 올케언니가 말을 받았다.

"낭자에게 말하리다. 내기를 하여 이기고 지고 할 것 없소이다. 오늘밤은 진정 낭자가 면하기 어려울 것 같소이다."

십낭은 올케의 말에 불쾌하다는 듯,

"올케언니는 때때로 황당한 말을 하십니다. 자꾸만 소부공과 함께 일을 꾸미려 드십니다."

라고 불평을 하는 것 같이 말했다. 그래서 나는 일어나 사례하고, 으레 농담으로 받아들이고 감히 바라는 바가 아니라고 사양하는 말을 했다.

조금 있으니 윷판이 들어왔다. 십낭이 손을 앞으로 뻗어 윷을 던지는데, 눈동자를 부릅뜨고 웃음 지을 때 그 손은 포동포동했다. 한 쌍의 뻗은 팔은 내 간장을 끊어내는 것 같았고, 열 손가락은 내 심장을 찌르는 듯했다. 이런 모습을 보고 내 이렇게 읊었다.

시작할 때 눈동자 샛별 같이 움직이고,   眼似星初轉

눈썹은 기울어지는 달과 같이 예쁘도다.　　　眉如月欲消
처음엔 움츠리며 뒷다리를 눌렀다가,　　　先須捺後脚
그리고 허리 죽 펴 앞으로 힘을 주네.　　　然後勒前腰

나의 시 읊는 것을 듣고 있던 십낭은 이어 이렇게 읊는 것이었다.

허리에 힘을 줄 땐 그 진정 아름답고,　　　勒腰須巧快
뒷다리를 누름은 그 또한 풍류로다.　　　捺脚更風流
다만 두 눈은 실낱같이 작게 뜨고,　　　但令細眼合
던져진 윷가락에 승부 가름 하여보네.　　　人自分輸籌

이러는 사이 여종 금심이 들어왔는데 제법 미색을 갖추고 있었다. 내 옆으로 와서 앉기에 자주 곁눈질을 하여 눈길을 주니 십낭이 자못 불쾌한 표정을 지었다. 이런 모습을 본 올케언니가 크게 화를 내면서 소리 질렀다.

"만족함을 알아야 욕을 당하지 않는 법, 인생이란 유한한 것이로다. 낭자가 눈썹을 찡그리는 것 같으니 장 도령은 마땅히 곁눈질을 하지 말지니라."

"아니 언니도……. 소부와 소녀 사이에 무슨 관계가 있다고 언니는 자꾸만 신경이 쓰이게 하십니까?"

십낭이 올케언니의 소리치는 말에 짐짓 화내는 것처럼 하면서 이렇게 말하니, 올케언니는 다시 이렇게 내뱉었다.

"뭐라고? 낭자가 계속 소부공에게 관심을 보인 것은 그리워하는 정이 서로 통해서가 아니겠어? 그렇지 않다면 왜 아침부터 눈길을 주곤 했겠어?"

"언니는 언니 자신이 은근히 마음에 있어서 그러시지, 소녀가 무슨 눈길을 주곤 했단 말이오?"

"낭자! 뭐라 했어. 정 낭자가 마음에 없다면 내가 차지하겠어. 그래도 좋아?"

"언니는……. 그야 소부공에게 물어봐요. 소녀 역시 알 수 없는 일이랍니다."

이러한 대화가 오가고 이어 올케언니는 이렇게 시를 읊었다.

새롭고 고운 꽃 두 나무에 피었는데,	新華發兩樹
그 향기 퍼져 온 숲을 진동하네.	分香遍一林
바람을 맞아 그 그림자 가벼이 돌아들고,	迎風轉細影
햇빛에 따라 옅은 그늘 움직여 지나가네.	向日動輕陰
호탕한 벌 때때로 숨어 엿보고,	戲蜂時隱見
날던 나비 멀리에서 가만히 찾아드네.	飛蝶遠追尋
잠시 들으매 그 꽃을 따가고자 한다하니,	承聞欲採摘
둘 중 어느 게 군자 마음 감동케 하느뇨?	若箇動君心

이때, 내 성품이 본시 탐욕이 많아 두 꽃을 모두 따가고 싶다고 대답하니, 올케언니는 다시 이렇게 노래했다.

"잠시 나무 그늘 아래 놀다가 멀리 양쪽으로 뻗은 가지에 핀 두 꽃송이 보았노라. 아름다운 꽃송이 햇빛을 받아 함께 번득이는가 하면 바람결에 흩어지는 향기 다투듯 번지누나. 놀기 좋아하는 나비 붉은 꽃술 부여안고, 호탕하게 떠도는 벌 꽃부리 깊은 곳 파고드네. 한 사람이 두 송이 모두 꺾어 가 양쪽 침상에 꽂아두고 즐기려 하네.”

올케언니는 이렇게 노래하고는 말을 이었다.

“장 도령은 지나치게 탐욕이 많도다. 하나의 화살로 두 과녁을 모두 뚫으려 합니다.”

듣고 있던 십낭이 입을 열어,

“세 마리 짐승을 쫓다간 한 마리도 얻지 못하고 두 가지를 찾아 헤매다간 모든 것을 잃게 되지요.”

하고 불만을 토로했다. 이에 대해 올케언니는 다시 말하는 것이었다.

“낭자는 허튼소리 작작해. 토끼가 굴속으로 들어갔는데 사냥개가 깊숙이 돌진했으니 무엇을 하고자 하는지를 알만하지 않은가.”

이 말에 나는 곧 일어나서 다음과 같이 말하며 사례했다.

“물을 얻으려고 했는데 술을 얻는 행운을 맞았다는 이야기는 예부터 전해지고 있습니다. 토끼를 쫓다가 노루를 잡게 되는 일은 본래 소망한 바가 아니었습니다.”

이에 십낭이 말을 받았다.

“올케언니는 무슨 어른인 듯이 이 일들을 억지로 만들려고 하고 있습니다. 소부공은 소녀를 구천하(九泉下)의 사람으로 알고 있는데, 내일 인간세상에 나가서 사람들에게 소녀를 일전의 가치도 없는 인간으로 이야기할 것이 아니겠습니까?”

나는 곧 당황하여,

“아닙니다. 접때 낭자의 얼굴을 보고는 정신을 잃었었는데, 지금 또한 아름다운 이야기를 듣고 보니 간담이 모두 부서지는 것만 같습니다. 어찌 감히 인간세상 사람들에게 퍼뜨려 망령된 일을 했다고 하겠으며, 사람들로부터 이같이 욕을 당하는 일을 어찌 용납하겠습니까? 엎드려 바라옵건대 애정을 모두 쏟아 즐거운 시간을 갖게 되면 죽어도 여한이 없겠습니다.”
라고 진정을 호소했다.

조금 있으니 음식이 들어왔다. 은은한 음식 향기가 방안을 진동하고 형형색색의 빛깔이 아름다웠다. 산해진미가 모두 갖추어졌고 강과 들에서 나는 각종 과일과 채소들이 나열되어 있었다. 용의 간과 봉의 골수 같은 진귀한 육류와 이름 있는 술들이 갖추어져 있었다. 참새 지저귀는 성남 지역 매미 우는 강가의 들판에서 생산된 쌀로 지은 밥, 닭다리에 꿩국, 자라 젓, 메추리 국, 살찐 고기 육회와 잉어회 등이 올라왔고, 거위와 오리 알이 은쟁반에서 빛났으며, 기린고기 포와 표범의 태반이 옥그릇에 가득했다. 하얀 곰 고기, 노란 게장, 그리고 싱싱한 회는 빨강 실고추 고명에 어울려 빛나고, 얼음에 채운 간은 푸른 고추 고명에 어울려 색깔이 아름다웠다. 복숭아, 감자(甘蔗), 대추, 석류, 하동(河東)의 자염(紫鹽), 영남의 단귤(丹橘), 돈황(燉煌)의 사과, 청문(靑門)의 참외, 태곡(太谷) 장공(張公)의 배, 방릉(房陵) 주중(朱仲)의 살구, 신선 동왕공(東王公)의 선계(仙桂), 선녀인 서왕모(西王母)의 신도(神挑), 남연(南燕)에서 나는 후추, 북조(北趙)에서 나는 대추 등등 천만 가지 음식들이 모두 거론할 수 없을 정도였다.

나는 일어나 사례하면서 감사를 표했다.

“이 사람은 부인 낭자와 본시 아는 사이가 아니었고, 공무를 수행하는 과정에서 잠시 서로 만나게 되었는데, 이렇게 진수성찬으로 특별히 후대해 주시니 몸이 부서지고 뼈가 가루로 된다고 해도 갚을 수가 없사옵니다.”

이에 올케언니가 나서서 말을 막으며,

“친분이 두터운 사이에는 사례를 하지 않으며, 사례를 한다는 것은 가까운 사이가 아니라는 뜻이 됩니다. 원하옵건대 장 도령은 체면치레를 하지 마십시오.”

하고 이르는 것이었다. 그래서 나는 다시 사례하기를, 은혜로운 명령을 받들어 감히 사양하지 않겠노라고 대답했다. 이러는 동안 나는 흥분상태로 되면서 안정을 잃고 눈동자를 돌려 두리번거리다가 슬쩍 곁눈질로 십낭을 살펴보았다. 그랬더니 십낭은,

"소부공은 소녀를 쳐다보지 마십시오."

라고 내뱉었고, 이때 올케언니는 서로 기롱한다고 하면서 놀렸다. 나는 마음을 진정시키고 시 한 수를 읊었다.

갑자기 마음속에 애정을 느꼈기에,	忽然心裏愛
모르는 사이에 사랑의 눈길 보냈노라.	不覺眼中憐
두 눈동자 구부러진 점 상관 마소서.	未關雙眼曲
바로 이것이 속마음 치우친 곳이랍니다.	直是寸心偏

십낭이 이에 화답하는 시를 읊는데 이러했다.

눈과 마음은 한 곳에 있지 않아서,	眼心非一處
예부터 마음과 눈 분리되어 있었지요.	心眼舊分離
곧바로 그의 눈을 보게 한다면,	直令渠眼見
누구에게 마음 두는지 알게 되지요.	誰遣報心知

이어 나와 십낭은 다음과 같이 각각 한 수씩의 시를 더 읊었는데, 처음은 내가 읊은 시이고 다음은 십낭의 시이다.

예부터 마음은 눈을 부리는 것이라,	舊來心使眼
마음이 생각하면 눈동자 곧 움직이지요.	心思眼卽傳

마음이 눈을 시켜 보게 함을 말미암아,	由心使眼見
눈 속에는 마음과 함께 역시 사랑 품지요.	眼亦共心憐
눈과 마음이 함께 깊은 상념 잠기면,	眼心俱憶念
마음과 눈동자 하나 되어 찾아 헤매지요.	心眼共追尋
누가 눈동자에 서린 일을 알아 내리요,	誰家解事眼
사랑하는 그 마음 깊이 박힌 내용을.	副著可憐心

이때 올케언니는 재치 있게 마음을 떠보려고 과자 그릇 위를 가리키며,

"내 뜻을 묻겠는데 아무도 저 대추에 관심을 갖지 않겠지요?"

하고 물었다. 그러니까 십낭은 이렇게 말했다.

"소녀는 정말 마음속이 은밀하여 차마 칼을 가지고 배를 잘라 쪼개는 일은 할 수가 없답니다."

이에 내가 말을 받았다.

"평소 은총을 입은 적이 없어서 행원(杏園) 잔치를 생각하며 일생 동안 살구[杏]를 간직하고 있습니다."

그러니까 올케언니는 이때에 그 누구도 차마 과일 쪼개기를 할 수 있는 사람이 있겠느냐면서 망설이었다. 이에 십낭이 제의했다.

"잠시 소부공의 칼을 빌려 배를 쪼개는 것이 좋겠습니다."

이 말에 나는 화제를 돌리려고 칼에 대해 읊었다.

아교 칠을 해 무거움을 스스로 가엾게 여기나,	自憐膠漆重
서로 그리워하는 정은 끝없이 두텁도다.	相思意不窮
하지만 애석한 것은 그 머리 뽀족한 것이,	可惜尖頭物
종일토록 하는 일없이 가죽 속에 박혔음이라.	終日在皮中

내 시를 보고 십낭은 곧 응수해 칼집을 읊는 것이었다.

자주 드나들어 꺼풀이 응당 느슨해졌지만,	數捵皮應緩
빈번하게 문질러서 쾌감은 되레 더해졌도다.	頻磨快轉多
안에 들었던 그 칼 지금 빠져나가 버리고 나면,	渠今拔出後
텅 빈 칼집만 남아 혼자 그 무엇을 어찌 하리요.	空鞘欲何如

나와 십낭의 시를 듣고 있던 올케언니는,

"옳거니, 재미있네. 이제 점점 더욱 깊이 들어가고 있구먼."

하면서, 의미 있는 웃음을 크게 웃었다.

다시 바둑판을 가지고 왔기에 십낭과 내가 바둑을 두어 내가 이겼다. 그랬더니 올케언니가 보고는,

"바둑이란 머리의 지혜에서 나오는 것이니 장 도령은 역시 무한한 능력이 있도다."

라고 말하며 칭찬했다. 그래서 나는 이렇게 응수했다.

"지혜로운 사람도 반드시 한 번 실수할 때가 있고, 어리석은 사람도 역시 한 가지는 얻음이 있는 법입니다. 이제 바둑은 더 이상 두지 않겠습니다."

이 말에 올케언니는 왜 그만 두겠다고 하는지를 물었다. 그 대답을 내 또한 시로 읊었다.

지난 적 그 동안도 속임수 알고 있었지만,	向來知道逕
평생에 차마 나는 속임을 못했도다.	生平不忍欺
오직 바른길만 지켜 가게 하면서,	但令守行跡

어찌 써 바둑을 이길 수가 있으리오.　　　　　　何用數圍碁

　올케언니는 낭자가 바둑에 진 것을 다음과 같이 읊으면서 은근히 눈치를 살폈다.

낭자 성품이 바둑을 매우 좋아하는데,　　　　娘子爲性好圍碁
사람 만나 즐기는 동안 생각이 흩어졌도다.　　逢人劇戲不尋思
기운 끊어지려는데 눈길 먼저 주게 되니,　　氣欲斷絶先挑眼
빨리 끝난 바둑이 오히려 늦게 느껴지는구나.　既得速罷卽須遲

　이때 십낭은 올케언니가 계속 놀리는데 대해 불쾌감을 표시하며 거짓 화를 내는 체하고 얼굴을 굳혀 웃지 않았다. 그래서 내 십낭을 웃기려고 시를 지어 읊으니, 십낭도 곧바로 화답시를 지었다. 내 시와 십낭의 화답시는 다음과 같다.

천금이란 거금이 여기에 있으니,　　　　　　千金此處有
그대의 한번 웃음 기다리고 있노라.　　　　一笑待渠爲
치아의 완전 노출 바라는 바 아니고,　　　　不望全露齒
청허건대 눈웃음만 살짝 웃기 바라노라.　　請爲暫顰眉

내 웃음 두 눈썹은 손님 간담 부서지게 하고,　雙眉碎客膽
내 웃는 두 눈망울 그대 심장 가르리라.　　兩眼判君心
누가 능히 그 값진 한번 웃음에 대해,　　　誰能用一笑
그까짓 1천금으로 사려고 하는지요.　　　賤價買千金

그때 침상 곁에 부서진 다리미 하나가 던져져 있었다. 이 다리미에 눈길이 닿은 십낭이 싱끗 웃으면서 시를 짓는 것이었다.

예전에는 몸뚱이 속이 뜨겁게 달아올라,　　　　　舊來心肚熱
끝없이 강성하게 남을 위해 다리었다.　　　　　無端强熨他
지금은 그 형체 차갑게 식어 있어,　　　　　　卽今形勢冷
그 누가 다시금 갈아서 문질러 데워줄고.　　　誰肯重相磨

낭자 자신의 신세를 한탄하는 것 같아서 내 그 화답시를 이렇게 읊었다.

남아 있는 머리와 얼굴 차갑게 식어 있어,　　　若冷頭面在
한 평생 다리미질 하지 않은 것 같구려.　　　　生平不熨空
지금은 비록 차가워 버림받고 있지만,　　　　　卽今雖冷惡
쇠잔한 구리 덩이라도 찾는 사람 있으리다.　　人自覓殘銅

내 시 읊는 소리를 듣고는 모두들 한바탕 웃었다. 이어 십낭은 시비 향랑을 불러 나를 위해 풍악을 울리게 하니, 각종 금석소관(金石簫管) 악기가 음향을 발하기 시작했다. 시비 소합(蘇合)은 비파를 켜고 녹죽은 필률(篳篥)을 부니 그 소리 신선이 비파를 켜는 것 같았고 옥녀가 생황을 부는 듯했다. 검은 학이 와서 귀를 기우려 거문고소리를 듣고, 잉어가 음악곡조에 응하여 펄쩍펄쩍 뛰어올랐다. 맑은 노래 소리 사방으로 퍼지니 때때로 들보 위에서 먼지가 날리고, 우아한 음악이 쨍쨍 울리니 마침내 먼 하늘에서 눈이 내리는 것처럼 황홀했다. 일시에 입맛을 잃으니 공자가 체

증에 속이 든든하다고 하던 말 같았고, 울려 퍼지는 소리 3일 동안이나 끊이지 않고 계속되었다는 한아(韓娥)의 노래 소리 같기도 했다.

한창 이러할 때 십낭이 입을 열었다.

"소부공의 방문은 드문 일이니 어찌 최고의 음악을 다해야 하지 않겠습니까? 올케언니는 크게 춤에 능하니 한 곡조에 맞추어 춤을 쳐주십시오."

이 말에 올케언니는 또한 사양하지 않았다. 드디어 일어나 천천히 움직이면서 빙빙 돌며 하늘하늘 춤을 추었다. 벌레 같은 표정의 얼굴과 굼실대는 몸놀림은 옛날 초(楚)나라 귀공자들만이 봉해졌던 고을 양성(陽城)과 하채(下蔡) 사람들처럼 투기하고 유혹하는 듯했다. 손을 들어 움직이고 발을 놓아 밟는 동작은 음악에 조화를 이루고, 뒤돌아보았다가 다시 앞을 치어다보는 모습은 음악의 절주를 통달한 것 같이 보여, 마치 서리고 있던 용이 몸을 굽이치는 듯, 들에 나는 따오기 오르락내리락 하는 모습과 흡사했다.

얼굴을 돌리니 곧 햇빛에 비치는 연꽃 그것이요, 몸을 번득이니 곧 바람에 일렁이는 수양버들 그것이었다. 눈썹을 비스듬히 하여 엿보는 모습은 특이한 일 꾸미는 여인으로 보였으며 천천히 걷다가 급하게 걸음을 옮기는 모습은 신기한 것을 찾아 헤매는 모습이었다. 비단 저고리 빛나고 아름다워서 채봉이 구름 속으로 날아오르는 것 같고, 비단 천을 늘어뜨린 소매는 청란(靑鸞)이 물에 비치는 것과 다름없었다. 1천 가지로 부리는 교태에 천상의 별들이 빛을 잃고, 하늘거리는 허리와 팔은 눈 뿌리는 공중으로 나는 낙포 선녀를 부끄럽게 했다. 앞모습 빛을 발하며 뒷모습 요염하고, 만날 듯 말 듯 앞으로 왔다 뒤로 물러가는 모습은 세상에서 듣지도 보지도 못했던 장관이었다.

두 여인이 일어나 함께 춤을 추다가, 나에게도 함께 춤추기를 권했다.

그래서 내가 사양하여 이렇게 말했다.

"창랑(滄浪) 강 맑은 물에 어찌 감히 다른 강의 물을 물이라고 내놓을 수 있으며, 크게 울리는 벽력 소리 앞에 감히 어찌 작은 우레 소리를 내놓겠습니까? 감히 사양할 수 없지만 진정 추하고 못난 모습이 될 것입니다."

그리고 못 이기어 내가 일어나 함께 춤을 추기 시작했다. 이렇게 세 사람이 춤추는 모습을 보고 있던 계심이 머리를 숙이고 킥킥거리며 웃었다. 이에 십낭이 웃는 까닭을 물으니 계심의 대답은 이러했다.

"저희들이 훌륭한 음악을 연주한다는 생각 때문에 웃었나이다."

십낭이 그 말의 뜻을 몰라, 어떤 음악을 훌륭하다고 생각하느냐고 재차 물었다. 그랬더니 계심은 옛말을 끌어와서,

"예, 저희들 음악이 훌륭하지 않다면 어찌 이렇게 '온갖 짐승들이 모두 함께 춤을 춘다(百獸率舞)'는 말에 꼭 맞겠습니까?"

라고 말하고 웃었다. 이에 내가 그 말을 받았다.

"아니로세. '백수솔무'가 아니라 이것은 '봉황이 와서 예의를 표하는 것(鳳凰來儀)'이로다."

이 말에 일시에 폭소가 터졌고, 올케언니는 계심을 보고서,

"악기를 잘못 연주하지 말라, 장 도령이 자꾸만 돌아보게 될 것이로다31)."

라고 농담을 했다. 이에 계심은 또 이 말을 재치 있게 받았다.

---

31) 옛날 삼국시대 오(吳)나라 주유(周瑜)의 고사를 끌어왔음. 주유는 얼굴이 잘 생기고 음악에 조예가 있었는데, 기녀들을 모아놓고 악기 연주를 가르치면 여인들이 그 잘생긴 얼굴 쳐다보느라고 연주에 몰두하지 않음. 그래서 주유는 뒤로 돌아보고 서서 말소리로만 가르쳤는데, 뒤로 돌아서 있어도 여인들의 악기 연주가 틀리는 곳이 있으면 반드시 돌아보고 지적하여 고치도록 했음. 그래서 여인들은 주랑이 돌아볼 때에 그 얼굴을 보려고 일부러 악기를 틀리게 연주했다는 고사(欲得周郎顧 時時誤拂絃).

“노래하는 사람의 괴로움은 사양하지 않습니다만, 다만 음률 속에 담긴 참뜻(애정을 호소하는 뜻)을 알아주는 사람이 없어 그게 슬플 따름입니다.”

이 말에 내가, 길가에서 천하 미인인 서시(西施)를 만난들 어찌 반드시 알아보겠는가 하고 대꾸했다.

춤이 끝날 무렵 나는 심정을 토로했다.

“사방으로 떠돌던 몸 문득 두 선녀를 만났도다. 눈썹 위에는 겨울철에 버들잎 돋아나는 것 같고, 양 볼에는 가뭄에 연꽃이 피는 듯합니다. 그 모습 1천 번을 쳐다보아도 아름답고 1만 번을 바라보아도 너무나 아름답습니다. 오늘밤 만약에 애정을 이루지 못한다면 남은 생명은 황천에서 보내겠소이다.”

이 말에 또 한 번 웃음이 터졌다. 춤이 끝나고 나는 사례의 말을 했다.

“이 사람은 본래 재주 없는 사람으로서 함께 어울리게 하여 풍악을 베풀어준 데 대해 무어라 형언할 수 없어 부끄럽습니다.”

나의 이 말을 받아 십낭은 시를 읊고, 다시 심경을 토로하는 말을 덧붙였다.

마음을 두고 있음은 원앙새처럼 가까운데,	得意似鴛鴦
애정의 벌어짐은 호월 같이 멀리 떨어졌구려.	情乖若胡越
그대를 향한 마음 끝없이 쫓아가 본다면,	不向君邊盡
다시금 어디까지 사이가 멀어질지 알리로다.	更知何處歇

“소녀 등은 모두 가히 거두어 안을 만한 그 무엇이 없는데도 소부공께서는 겨울철에 버들잎이 피고 가뭄에 연꽃이 피어난다고 칭찬을 했으니

이 모두 기롱하는 것으로 생각됩니다.”

이에 나 또한 웃으면서,

“십낭의 얼굴에는 봄이 아니더라도 변화를 일으키며 버들잎이 돋아난답니다.”

하니, 십낭은 더욱 크게 웃고 응수했다.

“소부공의 머릿속에 물이 있으니 어찌 연꽃이 피어나지 않겠습니까?”

나는 십낭의 이 응수에, 그 재치는 특별히 한 편으로 치우쳐 꼭 들어맞는다고 칭찬했다. 그랬더니 십낭은 다시 말을 받았다.

“한 편으로 치우침을 얻었는데 그 편과 함께할 수 없다면 명년에는 어느 곳에 가 있을지 모를 일이지요.”

이때 주위를 살피니 마침 벼루가 침상 옆에 있기에 먹을 갈아 내가 시 한 수를 지어 붓을 잡고 썼다.

털을 뽑아 마음 둔 그 점에 붙이니,	摧毛任便點
애정의 빛이 돌아서 갈고 갈아 연마하네.	愛色轉須磨
그렇게 연마함을 마치기 어려운 것은,	所以硏難竟
내 머릿속 물이 너무나 많은 까닭이로다.	良由水太多

십낭은 옆에 있는 오리 머리 모양을 한 노구[鐎子: 鼎의 일종]를 가리키며 (남성 성기에 비유해)시를 읊는 것이었다.

긴 부리는 음식을 씹어 먹는 것이 아니며,	嘴長非爲嗍
목이 구부러져 기어오르는 일도 못 하도다.	項曲不由攀
오직 다리를 위로 번쩍 추켜올리게 된다면,	但令脚直上

그놈은 스스로 두 눈을 번쩍 뜨겠구먼.　　　　　他自眼雙翻

옆에서 듣고 있던 올케언니가,

"보아하니 매우 지나치게 불손해. 점점 더 깊이 들어가고 있도다."
하고 놀렸다. 이때 또 제비 한 쌍이 들보 사이로 날고 있는 것이 보였다.
내가 그 나는 제비를 보고 이렇게 노래했다.

"쌍을 지어 나는 제비여, 수만 번을 돌아 날고 있음은 길손으로 되어온
사람의 마음속에 일고 있는 고뇌를 확실히 알고 있음이로다."

이 말을 받아 십낭은 이와 같이 노래했다.

"쌍을 지어 나는 제비여, 일마다 풍류 아닌 게 없지만, 사람으로 하여금
짝을 얻게 해놓고는 다시금 서로 요구를 하지 못하고 있도다."

술잔이 돌아 십낭에게로 가니, 내가 술 국자를 가지고 이렇게 읊었다.

"국자 꼬리 움직임은 자못 급한데 그 머리가 낮아 편안하지 못하도다.
그대 술잔을 들어 거기 대고서 술잔에 채워지는 술의 깊이를 마음에 맞게
하소서."

이에 십낭은 술잔을 갖다 대면서,

"처음에는 먼저 입으로 향하였다가 점차 머리를 펴고자 합니다. 그대의
알맞게 맞추는 것에 맞추어 따를테니 적당하게 될 때에 곧 멈추소서."
라고 노래했다. 이 노래를 듣고 나는 감탄하여 흔연히 일어나 이렇게 칭찬
하고 사례했다.

"십낭의 노래는 그 모두 마음속 깊이 파고듭니다. 이는 타고난 재능이
지 배워서 이루어지는 것은 아닌 것으로 생각됩니다."

술이 얼근해지니 올케언니는 이렇게 제의했다.

"장 도령이 처음으로 여기에 와서 깊은 정을 확 펴보지 못했으니, 후원

으로 나가 거닐면서 잠시 회포를 풀어보는 것이 좋겠습니다.”

후원으로 나가니 정원에는 온갖 초목들이 푸른색을 토하여 뽐내고, 여러가지 꽃들이 사방에서 빛나 자주색과 분홍 꽃송이가 탐스러웠다. 솟아오르는 샘물은 바위를 때려 소리를 내고 괴석들은 계단을 이루어 사철 구별 없이 조화를 이루고 있었다. 앵무새 애교를 부리며 때 없이 꽃가지 사이에서 요란하고, 꽃다운 방어는 맑은 연못에서 아름답게 뛰놀고 있었다.

시원한 바람 이는 속에 거위와 오리 이리저리 날아 부용꽃 사이로 오가는 것이었다. 크고 작은 대나무는 위남(渭南)의 대밭처럼 무성하며, 피고 지는 꽃들은 하양(河陽)의 한 고을을 비웃는 듯했다. 청청한 수양버들 가지는 무창(武昌)의 버들보다 더 좋았고 우뚝한 산 버들은 동택(董澤)의 그것보다 더욱 곧았다.

내가 꽃들을 보고 시를 읊었다.

붉은 꽃나무에 바람은 두루 부치고,	風吹遍樹紫
연못가에 가득 찬 꽃들을 햇빛이 비추는도다.	日照滿池丹
이 꽃들을 서로 잠시 꺾어둘 수 있다고 하면,	若爲交暫折
조심스레 가져가 손에 쥐고 보련마는.	擎取掌中看

내 시에 대해 십낭이 답시를 읊는 것이었다.

물에 비친 꽃송이 함께 웃는 것을 알겠고,	映水俱知笑
사람들이 찾아다녀 길 생겨도 꽃들은 말 없지요.	成蹊竟不言
지금에 꽃들은 스스로 행동하지 않으니,	卽今無自在
높고 낮은 가지에서 그대 마음대로 꺾으소서.	高下任渠攀

내가 꽃구경을 하다가 사례하면서 다음과 같이 제의하고 먼저 시를 지었다.

"군자는 허튼 말을 하지 않고 마음과 말이 한결같은 것이랍니다. 낭자의 은혜 매우 깊으니 청하건대 모두들 시 한 수씩을 짓도록 하십시다."

지난 적에 작은 정원 지나왔었는데,	昔時過小苑
오늘 아침 후원에서 즐길 줄이야.	今朝戲後園
두 해에 걸친 매화 두루두루 피어 있고,	兩歲梅花匝
삼춘 당한 수양버들 잎이 무성하구나.	三春柳色繁
물이 맑으니 물고기들 가만히 움직이고,	水明魚影靜
숲이 푸르니 지저귀는 새소리 명랑하도다.	林翠鳥歌喧
어쩌면 여기가 행수령(杏樹嶺)인지,	何須杏樹嶺
아니면 이 분명 도화원(桃花源)이로다.	卽是桃花源

이어서 십낭이 시를 지어 읊었다.

매화 핀 오솔길 도사를 오라 부르고,	梅蹊命道士
복숭아꽃 만발한 시내는 신선을 머물게 하도다.	桃澗佇神仙
옛날의 어린 물고기 큰칼만큼 자랐고,	舊魚成大劍
어린 거북 새끼는 작은 동전만 하도다.	新龜類小錢
물가 언덕엔 오직 수양버들 보이고,	水湄唯見柳
구부러진 연못에는 또한 연꽃이 피어 있구나.	池曲且生蓮
마음에 드는 곳을 알아보고자 하니,	欲知賞心處
복숭아꽃 눈앞에 떨어져 내리누나.	桃花落眼前

그리고 끝으로 올케언니가 읊었다.

<table>
<tr><td>꽃다운 정원 거닐며 사방에 눈을 주며,</td><td>極目遊芳苑</td></tr>
<tr><td>서로 무리지어 꽃과 숲을 대하도다.</td><td>相將對花林</td></tr>
<tr><td>산을 비추는 햇빛에 이슬방울 영롱하고,</td><td>露淨山光出</td></tr>
<tr><td>연못 물 맑으니 나무 그림자 잠겨 보이네.</td><td>池鮮樹影沉</td></tr>
<tr><td>꽃잎은 떨어져 때때로 술잔에 뜨고,</td><td>落花時泛酒</td></tr>
<tr><td>새들의 노래 소리 거문고로 의심되네.</td><td>歌鳥惑鳴琴</td></tr>
<tr><td>때는 벌써 해 저물어 땅거미 내리는데,</td><td>是時日將夕</td></tr>
<tr><td>술독 움켜 안고 나무 밑에 자리 잡네.</td><td>攜樽就樹陰</td></tr>
</table>

이렇게 세 사람이 시를 읊고 있는 동안 나무 위에서 오얏 열매 하나가 내 품안으로 떨어졌다. 그래서 나는 이 오얏 열매를 가지고 노래를 읊었다.

"오얏 나무에게 묻노라. 어쩌면 네 마음 내 마음과 달라서, 응당 주인 손안에 떨어져야 하거늘 뒤집어 이 길손 품안으로 떨어졌단 말이냐?"

올케언니가 대뜸 내 노래를 받아서,

"그렇지 오얏 나무여, 원래 너는 한쪽으로 치우치지 않는 성품이어서, 공교롭게도 낭자의 마음 잘 알아 열매를 군자에게로 던졌구려."

하고 소리 높여 읊으니, 때마침 왕벌 한 마리가 날아와 십낭의 얼굴에 와 앉으려 했다. 이에 십낭은 손으로 벌을 쫓으면서 노래를 지어 읊었다.

"벌에게 묻노라. 너 벌은 그렇게도 무정하여 날아와 사람의 얼굴을 짓밟으니 아마도 사람을 가벼이 여기는 것 같이 생각되는구나."

이에 대해 내가 벌의 입장을 대신해서 화답 노래를 지어 읊었다.

"여러 곳의 꽃다운 나무를 찾아 접촉을 하고, 눈을 크게 뜨고 모든 작은 물건이라도 꽃이라면 찾아 헤맵니다. 향기 나는 곳을 시험 삼아 꽃으로 알고 찾아가 보았더니, 틀림없는 아름다운 한 송이 꽃이었답니다."

이렇게 큰소리로 읊으니, 모든 사람들이 손뼉을 치면서 크게 좋아했다.

그리고 그때 갑자기 꿩 한 마리가 정원으로 날아들었다. 내 급히 활과 화살을 가져오라 해 꿩을 향해 쏘니, 꿩은 화살을 맞고 떨어졌다. 이런 모습을 보고 있던 올케언니가 웃으면서 말했다.

"장 도령은 옛날 삼국시대 위(魏)의 뛰어난 재능을 지닌 조식(曹植)에 비길 정도의 천부적 재능을 가졌다고 생각했는데, 지금 무공을 보니 또한 자남(子南) 지방의 무인들 같습니다. 지금 낭자와 함께 짝이 되면 천하에서는 당할 사람이 없는 오직 두 사람뿐일 것입니다."

이어서 십낭이 내 활솜씨를 읊었다.

대부는 보리밭을 헤매고 다니는데,	大夫巡麥隴
처녀는 뽕나무 밭에 익숙해 있도다.	處子習桑間
만약에 한 화살로 명중하지 못하면,	若非由一箭
누가 능히 얼굴 펴고 좋아하겠는지요.	誰能爲解顏

내가 다시 이 시에 화답시를 지었다.

마음속이 흡족하게 서로 합치되었으니,	心緒恰相當
누가 능히 그 길고 짧음 가려내리요.	誰能護短長
한 침상에 누워 두 사람 사이 좋은 정 없으면,	一床無兩好
반 조각 추한 사람이라 한들 무엇을 혐의하리.	半醜亦何妨

그 순간 올케언니는 나에게, 활을 계속하여 쏘아 맞힐 수 있느냐고 물었다. 그래서 내가 대답하기를, 어떠한 문제라도 상관하지 않는다고 말하면서 화살을 쏘았는데, 세 화살이 쏘아져서 모두 과녁에 명중했다. 이를 보고 있던 사람들이 모두 칭송하고 좋아하니, 십낭이 다시 활쏘기에 관한 시를 읊었다.

평생에 활쏘기를 즐긴다고 하니,	平生好須弩
시위를 당길 때는 곧 머리를 낮게 하소서.	得挽則低頭
들으니 그대 활 잡으면 마음이 쾌하다 하니,	聞君把提快
다시금 화살을 모두 맞히는 행운 잡으소서.	再乞五三籌32)

이에 대해 내가 다시 화답하는 시를 이렇게 읊었다.

몸체 줄기를 움츠리면 온전히 실패를 하고,	縮榦全不到
머리를 추켜들어도 크게 잘못 되지요.	抬頭則大過
배꼽 아래를 잡아당겨 들어가게 할 것 같으면,	若令臍下入
백발도 쏘게 되어 맞추는 수가 많아진다오.	百放故籌多

이러는 동안 해가 서쪽으로 넘어가고 동쪽에 달이 떠올랐다. 올케언니가 이르기를,

"지금까지의 즐거운 이야기들은 모두 좋지 않은 것이 없었습니다. 때가 이미 황혼이 되었으니 또한 방안으로 들어가서 장 도령은 낭자와 함께 편

---

32) 五三: 오성(五星)과 삼성(三星)의 별자리가 합치는 행운. 용과 호가 만나는 진상(進祥)을 뜻함.

히 쉬는 것이 좋겠습니다."

라고 말하니, 십낭도 이렇게 이야기했다.

"인생이 서로 만나게 되면 술자리를 논의하게 됩니다만, 방안은 작고 좁으니 무슨 몸을 바삐 많이 움직이는 일이야 할 수가 있겠습니까?"

곧 올케언니는 나를 인도해 십낭의 침실로 안내했다. 방에 다다르니, 열두 폭 병풍에 화장(畫障) 15장이 펼쳐져 있는데, 양쪽 귀퉁이에는 호화로운 색채의 휘장이 드리워지고 네 모퉁이에는 향낭이 걸려 있었다. 빈낭두구자(檳榔豆蔲子)와 소합녹침향(蘇合綠沉香)이 향기를 뿜고 있고, 깔려있는 자리는 무늬가 아름답고, 놓여 있는 층층 옷장은 문채가 찬란했다.

뒤따라 방안으로 들어가니 이 구석 저 구석에 비단천의 장식이 눈을 부시게 했다. 연꽃이 새겨진 경대와 비취 무늬로 장식된 황금 신이 놓였고, 휘장이 쳐진 침방 입구는 이무기 모양으로 장식되고, 침상 머리에는 옥 사자가 조각되어 있었다. 열 겹 모직 자리엔 말 무늬가 새겨졌고, 8첩 이불에는 원앙이 수 놓여 있는가 하면, 여러 벌의 잠옷이며 특이하게 아름다운 것들이 많았다.

자질은 날 때부터 타고났고 갖추어진 풍류는 본래의 성품인 것 같았다. 홍삼(紅衫)은 작은 팔을 바싹 조였고 녹색 소매는 길어 가는 허리를 치렁치렁 둘러있다. 때때로 비단 천들이 나부끼어 일어나는 먼지는 피워놓은 향불에 휩싸여 함께 타올랐다. 아름다운 자태는 천성으로 풍부한 것이었고 자라면서 몸단속을 잘한 것이었다. 단장하게 웃는 모습은 금비녀 그것이었고 교태 머금을 때는 오색 비단실로 수놓아 꾸민 것과 다름없었다. 실로 "양가(梁家)에서는 머리 빗는 시간이 오래 걸린다고 야단인데 경조(京兆)에서는 굽은 눈썹 그림을 어찌 그리 빨리 하나?" 하고 읊는 것 같았다.

십낭이 뒤처져 한참을 기다려도 나타나지 않기에 내 올케언니에게, 응당 앞서서 맞이해야할 낭자는 어디 가고 보이지 않느냐고 물으니 그 대답은 이러했다.

"여자란 자진하여 스스로 남자에게 몸을 허락하는 것을 부끄럽게 여기는 것이니 차근차근 그가 초청하도록 기다리는 것이 좋습니다."

이러고 있을 때에 십낭이 도착하기에 내가 물었다.

"아침 일찍 자욱한 안개를 헤치고 향기 나는 곳을 따라 꽃을 찾고 있는데 갑자기 광풍을 만나 연꽃들 속에서 그 뿌리를 잃었습니다. 낭자는 어디를 갔다가 이렇게 늦게 어슬렁어슬렁 오십니까?"

이 말에 십낭은 머리를 돌려 바라보며 웃고는,

"직녀성의 선녀가 인간에 내려왔더니 달에서 항아가 기다리고 있어서 잠시 하늘로 올라갔다가 왔는데 소부공은 어찌 그렇게도 애를 태우십니까?"

하고 대답하는 것이었다.

드디어 두 사람은 마주 앉았으나 아직도 서로 접촉이 일어나지 않으니 밤은 깊어져 마음이 조급해졌고 삶과 죽음을 가릴 수가 없었다. 그래서 내가 이렇게 읊었다.

일천 번 볼 때마다 일천 마음 친밀하고,	千看千意密
한 번 바라보면 한 사랑 깊어지네.	一見一憐深
다만 오직 그대 손 잡아보게 된다면,	但當把手子
칼날에 찔린대도 내 마음에 달게 받으리.	寸斬亦甘心

읊는 소리를 들은 십낭은 곧 얼굴을 가리고 돌아섰다. 이에 올케언니가 시를 읊는데,

<table>
<tr><td>각자에게 사건의 해법이 있으니,</td><td>他家解事在</td></tr>
<tr><td>문득 서로들 사이에 화를 내지 말지어다.</td><td>未肯輒相瞋</td></tr>
<tr><td>급히 달려들어 억지로 붙잡을 때,</td><td>徑須剛捉著</td></tr>
<tr><td>거부해도 정신은 결코 잃지 말지어다.</td><td>遮莫造精神</td></tr>
</table>

하고 읊는 것이었다. 그래서 내 달려들어 낭자의 손을 꼭 잡고는 놓아주지 않았다. 그렇게 한 채로 다시 내가 이렇게 읊었다.

<table>
<tr><td>일천 번 생각하면 일천 간장 찢어지고,</td><td>千思千腸烈</td></tr>
<tr><td>한 번 생각할 때마다 한 마음 불이 붙네.</td><td>一念一心焦</td></tr>
<tr><td>만약에 요구함을 얻을 수가 있다면,</td><td>若爲求守得</td></tr>
<tr><td>잠시만 그 예쁜 허리 빌려주기 바라오.</td><td>暫借可憐腰</td></tr>
</table>

낭자는 내 요구를 들어주지 않았다. 이에 나는 잡고 있는 손에 힘을 주어 끌어당기니 낭자도 끌려오지 않으려고 힘을 주어 서로 버티고 있었다. 이때 올케언니가 다시 읊었다.

<table>
<tr><td>조심스레 옷으로 입을 가려 막고는,</td><td>巧將衣障口</td></tr>
<tr><td>옷자락 펼쳐서 몸에 씌워 감싸소서.</td><td>能用被遮身</td></tr>
<tr><td>이러면 마음속에 두고 있음 알 것이니,</td><td>定知心肯在</td></tr>
<tr><td>바야흐로 살며시 맞이함이 좋겠어요.</td><td>方便故邀人</td></tr>
</table>

올케언니의 읊는 시를 들은 낭자는 크게 웃고 허탈감에 빠지는 듯 몸을 돌려 내 품안으로 파고들어 안기었다. 이때 내 마음속에는 미칠 것 같은 전율이 일었고 뜨거운 정열이 끓어올랐다. 이에 나는 다시 이렇게 읊었다.

허리와 팔다리가 함께 힘껏 와 닿으니,　　　腰支一遇勒
내 마음 일백 곳에 깊은 감흥 생깁니다.　　心中百處傷
다만 만약 그대 입술 얻을 수만 있으면,　　但若得口子
그 밖에 다른 일은 바라지를 않겠나이다.　　餘事不承望

나의 이 요청에 낭자는 화를 내면서,

내 손도 그대에게 잡히어 있고,　　　　手子從君把
허리와 사지마저 역시 맡겨졌었는데.　　腰支亦任廻
집안의 모든 것을 당하지 못할 정도로,　人家不中物
점점 더해 사람을 핍박하여 조이는군.　漸漸逼他來

시를 읊은 낭자는 다시 입을 열어,
"비록 강하게 거절한들 또한 입술도 빼앗김을 면치 못할 것 같구려."
하면서 입을 맞추는 것이었다. 이때 낭자의 입술은 촉촉하게 젖어 뜨거웠고 코는 더운 김으로 가득 찼으며, 입안으로 들어온 혀는 꽃다운 향기에 배어 있는 듯하고 볼은 부딪쳐 부서지는 것 같았다. 이런 모습을 보고 있던 올케언니가 시를 읊었다.

스스로 숨겼던 풍류 마침 때 만나니,　　自隱風流到
사람이 보는 앞에서 온갖 방법 드러내네.　人前法用多
그 동안의 행적으론 응당 거절 있으련만,　計時應拒得
거짓인 양 그를 만나 거침없는 행동이네.　佯作不禁他

이때 십낭은 멋쩍어하면서 이렇게 응수했다.

"올케언니는 전날 늘 사람을 놀리더니 오늘은 다른 사람과 싸잡아서 조롱하도다."

그래서 내가 일어나 정중히 자문을 요청하기를,

"낭자와 지금 한 가지 생각하는 일이 있는데 역시 털어놓고 얘기해야 하겠지만 오히려 감히 바로 이야기하기가 쉽지 않습니다. 청하옵건대 올케언니가 좀 처리해 주옵소서."

하고 간청했다. 그랬더니 올케언니는 상관하지 말고 무슨 일이든지 기탄없이 말하라는 것이었다. 이에 내가 용기를 내어 그 내용을 시로 읊었다.

좋다는 약초 다 구하여 두루 먹어보았지만,	藥草俱嘗遍
모두다 하나같이 마땅하지 않았소이다.	並悉不相宜
오직 필요한 것은 한 개의 물건뿐이니,	惟須一箇物
말하지 않더라도 스스로 응당 알고 있으리라.	不道自應知

내 시를 들은 낭자가 이렇게 화답시를 읊었다.

하얀 내 손을 이미 벌써 잡았었고,	素手曾經捉
가늘고 부드러운 허리 그대 또한 안았습니다.	纖腰又被將
그리고 지금 내 입술 빼앗아서 가졌으니,	即今輸口子
그 다음의 남은 일은 쉽게 이룰 수 있겠지요.	餘事可平章

내 이제 모든 일이 이루어졌다고 생각하고, 손을 모아 공손하게 응수했다.

"지금까지의 일로 보아 황공하여 일이 어긋날까 하는 마음에 두려워하고 의혹을 품었었는데, 낭자는 이 길손을 가엾게 여겨 죽은 목숨을 구해 주시니, 백골에 살이 다시 붙고 마른 나무에 다시 꽃이 피는 것 같습니다. 엎드려 머리를 조아리며 은근하게 사죄를 드리는 바입니다."

이때 올케언니가 일어나 사례하면서 말했다.

"내가 일찍이 들으니, 비단 실은 바늘에 꿰면 두 천을 붙여 기워 곱게 바느질할 수 있지만, 바늘에 꿰지 않더라도 동여매어 붙일 수는 있으며, 여자는 중매를 통하면 정식 예를 갖추어 시집을 갈 수 있지만 중매 없이도 친해져 사랑을 맺을 수는 있다고 들었습니다. 내가 지금까지 두 사람의 결연을 위해 모든 마음을 쏟았는데, 이후의 일은 감히 알 수 없어 간여할 바 아니므로 낭자가 알아서 잘 처리하도록 해요. 나는 이제 방으로 가서 잠을 자겠습니다."

이렇게 말하고 물러나 나가는 것이었다.

이미 밤은 깊었다. 마음은 급하고 생각은 은밀해졌으며, 사방의 등불은 밝게 비추고 방안의 양편 촛불은 춤추며 불꽃을 토하고 있었다. 낭자는 곧 계심과 또 다른 시비 작약(芍藥)을 불러, 나의 신을 벗기고 겉옷을 벗겨 접고 복두를 벗겨서는 장속에 넣게 했으며, 띠를 풀어 걸도록 명했다. 그런 뒤에 낭자는 나와 함께 이불을 펴고 비단치마와 홍삼을 벗고 녹색버선도 벗었다.

두 사람이 이불 속으로 드니, 꽃 같은 얼굴이 내 눈에 가득 찼고 향기 풍기어 코를 찔렀다. 심장이 고동쳐 제압할 수가 없었고 정감이 치솟아 주체할 수 없는 지경이었다. 손을 가만히 낭자의 붉은색 속옷 속으로 넣으며 비취비단 이불 속에서 다리를 서로 꼬았다. 두 입술은 맞닿아 뜨거웠고 한 팔로 낭자의 머리 밑에 넣어 팔베개를 하여서 끌어안아 가슴의 유방 사이를 눌러 압박하면서 한 손으로 낭자의 허벅지 위를 살살 문질렀다. 한 번 힘을 줄 때마다 한 가지씩 쾌감을 느끼고 한 번 움직일 때마다 또 다른 감흥을 일으켰다. 코 안이 시큼해지면서 새소리를 내고 가슴 속은 실 가닥 같이 얽히고설키었다. 얼마 동안 계속되어 눈에서는 불꽃이 튀고 귓바퀴가 뜨거워 빨개짐을 느낄 때 맥이 탁 풀리면서 온몸이 나른해지는 것이었다. 실로 만나기도 어렵고 보기도 어려우며 그렇게도 귀하고 중요한 순간임을 직감했다.

얼마 쯤 지나고 다시 서로 몸이 맞닿음을 두세 번 더 했다. 이러는 동안 누가 알았으리. 그 단잠 깨우는 얄미운 새벽까치 울고 무정한 수탉의 날 새기를 재촉하는 울음소리를……. 드디어 두 사람은 옷을 걸치고 마주 앉아 서로 마주 보며 눈물을 쏟았다. 내가 눈물을 씻으며 이런 이야기를 했다.

"한스러운 것은 이별은 쉽고 만나기는 어려우며 떠나는 사람과 남아 있는 사람과의 사이가 너무 멀리 떨어지게 된다는 사실이옵니다. 왕명을 받드는 몸이라 기한이 있어서 오래 머물지 못하옵니다. 늘 한 번 생삭에 깊이 잠길 때면 그 쓰라림이 골수에 사무칠 것이옵니다."

낭자는 내 말을 받아 다음과 같이 말하면서 시를 읊었다.

"소녀 소부공과 더불어 한 평생 함께 살지 못하고 처음 만나 인연을 맺었다가 그 즐거움을 다하지 못한 채 문득 슬픈 이별을 해야 하니, 인생의 만났다가 헤어짐이 어떠한 것인지를 다시금 실감합니다."

본래부터 서로 아는 사이가 아니었는데,	元來不相識
스스로 소문 들어 아는 것으로 판단했지요.	判自斷知聞
하늘의 하는 일은 워낙 엉뚱한 것이 많아서,	天公强多事
시금 보냄이 영원한 이별 될 것 같소이다.	今遣若爲分

내가 여기에 화답시를 읊었다.

근심이 쌓이고 쌓여 간장이 끊어지고,　積愁腸已斷
그리워 바라다가 눈이 응당 뚫어지리.　懸望眼應穿
오늘부터 밤마다 문을 닫지 마소서,　今宵莫閉戶
꿈속에 그대 곁으로 달려오겠나이다.　夢裏向渠邊

얼마 있으니 날이 새어 두 사람은 함께 울면서 마음속이 북받쳐 진정하지 못하니, 곁에서 보고 있는 시비들도 모두 한숨짓고 울어 서로 고개를 들지 못했다. 이때 올케언니가 이렇게 위로했다.

"함께함이 있으면 반드시 떠나감이 있는 것은 옛날부터 그러했고, 즐거움이 다하면 슬픔이 오는 것도 예부터 인생의 예사로운 일입니다. 낭자는 조금씩 마음을 털어버리도록 노력하소서."

내가 옷소매를 가지고 낭자의 눈물을 닦아주니, 낭자는 작별시를 읊는 것이었다.

이별의 때가 되매 마침내 이별을 하니,　別時終是別
봄을 당한 마음도 봄 같지 못하도다.　春心不値春
홀로된 난조 거울 속 그림자 보는 것 부끄럽고,　羞見孤鸞影
말 타고 떠날 때 이는 먼지 보는 것 슬프도다.　悲看一騎塵
푸른 버들 아름다운 색을 열면서 뽐내고,　翠柳開眉色
붉은 복숭아꽃 새 얼굴 어지럽게 내미는 봄철,　紅桃亂臉新
이런 좋은 시절에 그대 옆에 있지 않으니,　此時君不在
교활한 앵무새 놀리는 소리에 못살겠지요.　嬌鶯弄殺人

이어서 올케언니도 작별시를 읊는 것이었다.

이 때 한 번 이별을 하고나면,	此時經一去
몇 년 세월이 가로막힐지 누가 아리요?	誰知隔幾年
쌍을 지어 떠는 오리 이별 슬퍼 길게 울고,	雙鳧傷別緒
홀로 나는 저 학도 이별 슬프다 소리를 하네.	獨鶴慘離絃
술 취한 뒤에는 원망하는 마음 일고,	怨起移醒後
술 취하기 전에는 수심에 떨어지리라.	愁生落醉前
만약에 마음속이 긴밀해질 것 같으면,	若使人心密
자주 다녀 말굽 파임을 아끼지 말지어다.	莫惜馬蹄穿

내가 이제 두 여인의 시에 화답하는 시를 읊었다.

갑자기 이별이란 말을 듣고,	忽然聞道別
근심 쌓여 내 마음 진정키 어렵도다.	愁來不自禁
눈 아래는 일천 줄기 눈물 흐르고,	眼下千行淚
간장은 끊어져 심장에 와 붙도다.	腸懸一寸心
두 칼이 어쩌다가 칼집을 떠나고,	兩劍俄分匣
한 쌍 오리 갑자기 다른 숲에 깃들었네.	雙鳧忽異林
은근하게 조심하여 귀한 몸 아끼어서,	慇懃惜玉體
다른 사람 침범하게 틈을 주지 마옵소서.	勿使外人侵

십낭은 어릴 때 이름이 경영(瓊英)이었다. 그래서 나는 이 이름을 가지고 이렇게 시를 지어 읊었다.

변화[33]의 옥돌 산이 쪼개지지 않았고,	卞和山未斲
씨 뿌려 옥 생산한 양옹[34]이 밭 갈지 않아서,	羊雍地不耕
스스로 옥 없음을 가련하게 여기니,	自憐無玉子
어느 때 '좋은 옥[瓊英]'을 보는 날 있으리.	何日見瓊英

내가 시 읊기를 마치니 십낭이 곧바로 받아서 이렇게 읊었다.

봉새 수놓은 비단 가실 때 드려야 하겠는데,	鳳錦行須贈
베틀의 북 드나드는 소리 끊어진지 오래로다.	龍梭久絶聲
스스로 베틀 없음을 한탄하노니,	自恨無機杼
어느 날 '비단무늬 이룸[文成]'[35]을 보리요.	何日見文成

낭자의 시가 너무나 재치가 있어서 나는 놀라 슬픔을 감추고 웃음을 지었다. 그리고 나는 종 곡금(曲琴)을 불러 상사침(相思枕) 베개를 가지고 오라 해 십낭에게 주면서 기념으로 삼으라 했다. 그리고 이렇게 읊었다.

| 남국에서 야자를 전해왔고, | 南國傳椰子 |

---

33) 卞和: 초(楚)나라 사람으로 산속에서 속에 옥이 든 돌을 얻어 왕에게 바쳤던 고사. 왕의 신하가 감정해보고 옥이 아니라 돌이라고 말해 변화를 벌주었음. 뒤에 그 옥돌을 쪼개어 그 속에서 좋은 옥을 얻었음. 세상 사람들이 그 옥을 '화씨지벽(和氏之璧)'이라 함.

34) 羊雍: 한(漢)나라 때 양공(羊公)이 음료수를 만들어 행인에게 나누어 줌. 한 사람이 받아 마시고 채소 씨를 주면서 심어 가꾸면 옥을 생산할 것이고 미녀도 얻게 된다고 함. 그래서 그것을 심어 옥을 얻고 뒤에 미녀도 얻어 결혼했다는 고사. 양공을 '양옹백(羊雍伯)'이라 불렀음.

35) 文成: 이 글의 작자이며 작품 속의 주인공 이름이 장문성(張文成)이므로 그 이름을 따온 것임.

동쪽 집에서 석류를 얻어 만들었지요.	東家賦石榴
오로지 장차 내 왼팔을 대신하여,	聊將代左腕
긴긴 밤 그대 머리에 베고 자게 하소서.	長夜枕渠頭

상사침을 받은 십낭은 한 켤레의 신을 나에게 선물로 주면서 보답시를 읊는 것이었다.

한 쌍의 물오리 문득 짝을 잃었는데,	雙鳧乍失伴
두 마리 제비는 오히려 서로 붙어 날고 있네.	兩燕還相屬
오로지 소녀의 마음 담아 가지고서,	聊以當兒心
하루 종일 그대 발에 붙이고자 하옵니다.	竟日承君足

나는 다시 곡금을 시켜 양주(揚州)에서 나는 청동경 거울을 가지고 오라 해 십낭에게 선물로 주면서 시를 읊었다.

신선은 바둑 져주기를 좋아하고,	仙人好負局
숨어 사는 은사 조용히 정관함을 자주 하도다.	隱士屢潛觀
물에 비친 마름 광채 사라지고,	映水菱光散
북풍 앞에 대나무 그림자 차가울 때면,	臨風竹影寒
때때로 밝은 달빛 아래 까치 울음 처량하고,	月下時驚鵲
연못가엔 난새가 홀로 춤을 추리라.	池邊獨舞鸞
만약에 어떤 이가 마음 변했다 이르거든,	若道人心變
이것으로 그대는 속마음 비춰 보소서.	從渠照膽看

거울을 받은 십낭은 다시 나에게 쥐고 다니는 부채를 주면서 시를 읊었다.

함께 즐거울 땐 구슬 같은 좋은 물에서 놀고,	合歡遊璧水
마음이 합쳐질 땐 빛나는 궁궐에서 모시리다.	同心侍華闕
서늘한 마음은 아침 바람과 흡사하고,	颯颯似朝風
둥글고 둥근 마음 보름달과 같습니다.	團團如夜月
난새 같은 자태는 안개를 헤치고 일어나며,	鸞姿侵霧起
나는 학 그림자 같이 하늘을 밀고 난답니다.	鶴影排空發
바라노니 그대는 손안에 늘 쥐고 있으면서,	希君掌中握
은혜와 인정이 없어지지 않게 해주소서.	勿使恩情歇

내가 작별 인사를 마치고 사람들을 보내 익주에서 생산되는 새로운 모양의 비단 한 필을 가지고 오게 해 올케언니에게 바로 전했다. 그러면서 이렇게 시를 지어 읊었다.

지금 여기 작은 선물 올리면서,	今留片子信
가히 아름다운 기약을 드리려고 하옵니다.	可以贈佳期
마름하여 8폭 옷 지어 입으시고,	裁爲八幅被
때때로 다시금 한 번씩 생각 잊지 마소서.	時復一相思

이때 올케언니는 곧바로 금비녀를 뽑아 나에게 건네면서 시를 읊었다.

소녀 지금 그대를 이별해 보내면서,	兒今贈君別
마음속 생각건대 다시 만나기 어려울 듯.	情知後會難
이 비녀 마음속에 작다고 여기지 마시고,	莫言釵意小
그대 머리 관에다가 꽂아 두면 하옵니다.	可以掛渠冠

　　나는 다시 활주(滑州)에서 생산된 비단 한 필을 가지고 계심과 향아 등
여러 시비들에게 나누어 갖도록 했다. 그랬더니 계심 등이 각기 몸에 지니
고 있던 은비녀, 금팔찌, 예물, 수건 등을 풀어 나에게 건네면서,

　　"잘 가십시오. 또 혹시 지나치는 날이 있으시면 다시 들려주십시오."
라고 작별인사를 했다. 이어 향아는　시를 지어 읊는데,

대부께서는 발걸음을 끊지 마시고,	大夫存行跡
은근히 자주자주 왕래함을 하옵소서.	慇懃爲數來
떠도는 부평초 같이 되어서,	莫作浮萍草
떠돌아 돌아올 줄 모르는 사람 되지 마소서.	逐浪不知廻

라고 당부하는 내용을 담고 있었다. 내 이에 눈물을 뿌리면서 일렀다.

　　"개와 말이 무식하나 오히려 이별을 슬퍼할 줄 알고, 새와 짐승들이 정
이 없다고 하나 이별을 원망할 줄 알고 있도다. 내 마음이 목석이 아니어
든 어찌 깊은 은혜를 잊겠습니까?"

　　이와 같이 이별을 슬퍼하며 기약하니, 다시 십낭이 시 두 수를 읊어 화
답했다.

다른 사람은 수심이 죽음보단 낫다지만,	他道愁勝死
소녀는 죽음이 수심보다 낫다고 말합니다.	兒言死勝愁
수심 쌓이면 일백 군데 모두 아파 괴로우나,	愁來百處痛
죽어 없어지면 일시에 모두가 끝나고 말지요.	死去一時休

다른 사람은 수심이 죽음보단 낫다지만,	他道愁勝死
소녀는 죽음이 수심보다 낫다고 말합니다.	兒言死勝愁

낮이나 밤이나 그리운 마음에 매달린 채,	日夜懸心憶
몇 년 세월 사이가 벌어질지 알겠습니까?	知隔幾年秋

그리고 다시 나와 십낭은 다음과 같은 시를 각각 지어 서로 주고받으며 슬퍼했다.

이 사람 유유히 떠나 두 하늘로 나뉘어서,	人去悠悠隔兩天
멀고멀어 몇 년이나 걸릴지를 모르노라.	未審迢迢度幾年
비록 몸은 저 멀리 만 리 밖에 있더라도,	縱使身遊萬里外
끝까지 십낭 곁으로 돌아올 뜻 가지리다.	終歸意在十娘邊

하늘 끝 땅 모퉁이 그 어디인 줄 아리요,	天厓地角知何處
좋은 몸 고운 얼굴 다시 뵙기 어렵겠지요.	玉體紅顔難再遇
다만 날개 사람 몸에 돋아날 수 있다면,	但令翅羽爲人生
둘이 만나 높이 떠서 그대 함께 날고 싶소.	會些高飛共君去

나는 십낭의 이 시를 차마 볼 수가 없었고, 급히 십낭의 손을 잡고 작별을 고한 다음 길을 나섰다. 이삼 리 오다가 뒤돌아보니 사람들은 아직도 그 자리에 서서 바라보고 있는 것이었다. 내 점점 멀어지니 소리도 들리지 않고 흔적도 사라져 바라보아도 보이지 않았다.

그곳을 나와 산 입구에 이르러 배를 타고는 지나갔는데, 이후로 밤이면 눈이 말똥말똥하여 잠을 이루지 못했고 마음이 울적하여 안정을 이룰 수 없었다. 원숭이의 울음소리를 들어도 슬픈 한이 복받치고 따오기 울음소리에도 슬픔 마음 돋아났다. 한숨과 탄식이 절로 나오니 천도(天道)와 인정이란 이별이 있으면 반드시 원망이 따르고 원망이 있으면 반드시 가슴에 차여 맺히는 것이 있도다.

지는 해는 어찌 그리도 짧으며 오는 밤은 어찌 그렇게도 긴고? 눈을 들어 아무 것도 보이지 않고 쌍을 지어 놀던 물오리 짝 하나를 잃었도다. 날마다 몸은 수척해져 아침마다 허리띠 헐거워짐을 느꼈도다. 위 입술은 쥐어 터지고 가슴속은 꽉 막혀 답답한 가운데 두 뺨엔 일천 줄기 눈물만 흘러 내리며 간장은 토막토막 잘라지는 듯했다.

단정히 앉아 거문고를 비껴 안고 눈물 흘러 피로 변해 옷깃을 물들이며 일천 가지 생각, 일백 가지 그리움이 교차되어 끓어오르도다. 홀로 눈썹을 찡그린 채 영원히 문을 닫고 아무도 없는 곳에서 무릎을 끌어안고 길이 읊조리기만 하도다.

신선을 바라봄이여, 보이지를 않는구나. 넓은 하늘과 땅이여, 너는 내 마음 알겠지. 신선이 되고자 생각해도 이룰 수가 없으며, 십낭을 아무리 찾아도 소식조차 알 수가 없도다. 이 일을 물어보고자 하면 가슴속만 어지럽고, 이 일을 다시금 보고자 해도 내 마음에 괴로움만 더해지도다.

이혼기(離魂記)

<해 설>

　<이혼기(離魂記)>는 『태평광기』 권358에 왕주(王宙)라는 이름
으로 실려 있는데, 원 작품명은 <이혼기>이다. 이 작품은 당 대력
(大曆) 연간 사람 진현우(陳玄祐)의 작으로, 애정이 지나치게 깊고
강해 부모가 결혼을 반대하자 살아 있는 사람의 영혼이 빠져 나가
결혼하고 보통 사람처럼 활동을 하고 아이 낳고 살다가, 뒤에 돌아
와 집에 남아 있던 육신과 합쳐져 완전한 하나의 사람으로 된다는
이야기이다. 그래서 이 작품은 옛사람들의 영혼관이 반영되어 있다.
　특히 이 작품은 우리나라 사람들의 의식 속에 자리잡고 있는 영
육분리(靈肉分離)의 귀신관(鬼神觀)과도 부합되는 바가 있어서, 죽
은 사람의 혼백과 결연을 맺는 이른 바 명혼(冥婚)관계 소설에 깊
은 영향을 미치고 있다. 실제로 <이생규장전>에서는 후반부의 죽
은 아내 영혼이 나타나는 장면에서, '천녀재반어양간(倩女再返於陽
間)'이라고 이 작품 속의 여주인공 이름을 직접 인용하고 있는 것
으로 보아, 사람들 사이에 널리 알려져 있었음을 알 수 있다.

천수(天授: 690~691) 3년[36] 청하(淸河) 사람 장일(張鎰)은 관직을 맡아 형주(衡州)에 머물었는데, 성품이 검소하고 내성적이어서 친한 친구가 적었다. 장일에게는 아들이 없고 딸 둘을 두었으나 큰딸은 일찍 죽고 작은 딸만 데리고 살고 있었으며, 작은 딸은 이름이 천낭(倩娘)으로 매우 단아하고 예뻤다.

장일은 생질 왕주(王宙)를 함께 데리고 살았는데, 왕주는 태원(太原) 사람이었고 매우 총명한데다가 얼굴 또한 잘 생겨, 장일은 항상 뛰어난 인물이라고 칭찬했다. 그리고 장일은 늘 깊은 생각 없이 농담 비슷하게 이렇게 말했다.

"훗날 내 딸 천낭과 혼인시켜 주겠노라."

이런 이야기를 들으며 자란 왕주와 천낭은 모두 서로 앞으로 부부가 될 것이라고 생각하였고, 점점 장성하는 동안 두 사람은 자나 깨나 마음속에 그리움을 품고 있었다. 하지만 집안사람들은 두 사람이 그렇게 깊이 연모하고 있는 줄은 아무도 알지 못했다.

뒤에, 장일과 같이 관직에 있는 사람 중에 뛰어난 사람이 있어서, 천낭과 혼인을 청해오자 장일은 선뜻 허락하게 되었다. 이때 천낭은 그 이야기를 듣고 깊은 시름에 잠겼으며 왕주 역시 화를 내며 깊이 한탄하기에 이르렀다.

그래서 화가 난 왕주는 꼭 처리해야 할 일이 있다는 핑계를 대고 상경하려 하니, 외삼촌 장일은 말리다가 멈추어 둘 수 없음을 알고 여비를 후하게 주어 가라고 허락했다.

---

36) '天授'는 당 칙천무후(則天武后) 시절 연호로 2년간으로 되어 있는데 '3년'이라 했으니 이듬해(692) 4월까지에 해당됨.

왕주는 마음속에 한을 품고 슬퍼 탄식하면서 작별을 고하고 배에 올랐다. 그리고 하루 종일 배를 저어 해가 질 무렵에, 집에서 몇 리 떨어진 산기슭에 이르렀다. 밤은 깊어 가는데 잠을 이루지 못하고 있는데, 문득 언덕 위에서 한 사람이 급하게 달려오는 소리가 들리더니 배 근처에 와서 멈추는 것이었다.

그래서 왕주가 누구냐고 소리쳐 물으니, 대답을 하는데 곧 천낭이었고 맨발로 걸어서 달려온 것이었다. 왕주는 놀라 기뻐하며 미친 사람같이 날뛰다가 천낭의 손을 잡고 어떻게 쫓아오게 되었는지를 물었다. 그랬더니 천낭은 울면서 이렇게 설명했다.

"그대의 사랑이 이렇게 두터워 항시 서로 정감을 품고 있었는데, 지금 내 사랑하는 마음을 빼앗으려 하고 또한 그대의 깊은 정이 바뀌지 않은 것을 알아, 내 앞으로 그대를 몸 바쳐 받들겠다는 생각에서 도망쳐 이렇게 달려온 것입니다."

이야기를 들은 왕주는 너무나 뜻밖의 일이었으므로 놀라면서도 기뻐 뛰면서 좋아했다. 이에 천낭을 배 안에 숨기고 밤낮으로 속력을 더해 배를 저어 수개월 만에 촉(蜀) 지역에 도착했다. 거기에서 함께 사는 동안 어언 5년이란 세월이 흘렀고, 두 사람 사이에는 아이도 둘이나 태어났다.

그 동안 장일과는 연락이 완전히 끊어지니, 그 아내 천낭은 늘 부모를 생각하면서 울며 이렇게 말했다.

"내가 지난날 그대를 잊을 수가 없어 대의를 저버리고 그대에게로 달려온지 무릇 5년이나 되었습니다. 부모의 은혜를 저버리고 하늘 아래에서 어찌 낯을 들고 혼자 살아가겠습니까?"

이 말을 들은 왕주는,

"여보, 내 장차 돌아가도록 노력하겠으니 너무 괴로워 마시오."

하면서 아내를 위로하고 돌아갈 계획을 세웠다.

부부는 드디어 차비를 차려서 형주로 향해 출발했다. 집 가까운 지점에 이르렀을 때 왕주는 아내와 아이들을 배에 남겨두고 혼자 먼저 장인 장일의 집에 이르러 머리 숙여 지난 일들을 사죄했다.

이야기를 들은 장일은 놀라면서 이렇게 말했다.

"이 사람아, 천낭은 병이 나서 안방에 누워 있은 지 여러 해 되었는데 그 무슨 괴이한 말을 하는고?"

이에 왕주는 천낭이 배 안에서 기다리고 있음을 이야기하니, 장일은 크게 놀라면서 사람을 시켜 가 실제로 확인하라고 했다. 사람이 달려가 보니 정말로 천낭이 배 안에서 밝은 얼굴로 웃으며,

"부친께서는 안녕하십니까?"

하고 안부를 묻는 것이었다. 그래서 심부름 갔던 사람이 달려와 장일에게 그대로 아뢰니, 그때였다. 방안에 누워 있던 딸이 기뻐하며 일어나 얼굴을 꾸미고 옷을 갈아입고는 웃으면서 말없이 걸어 나왔다. 그리고 집으로 돌아온 천낭을 맞이해 기쁜 듯이 끌어안고 붙어서 한 몸이 되는데, 입고 있던 옷이 모두 두 겹으로 겹쳐 있었다.

이후로 장일의 집에서는 그 일이 정당한 일이 아니라 생각하고 숨겼는데, 친척 중에서 몰래 이 사실을 아는 사람이 있었다. 왕주와 천낭은 이후 부부로 40년 동안 살다가 부부가 모두 사망하고, 두 아들은 과거에 급제하여 승위(丞尉) 자리에 올랐다.

이 일은 진현우(陳玄祐)의 <이혼기(離魂記)>에서 나온 것으로, 진현우는 젊었을 때 항상 이 이야기를 들려주었으며, 내용이 조금씩 다르고 또

혹자는 진실이 아니라고 말하기도 했다. 대력 말년 내무(萊蕪) 현령 장중규(張仲規)를 만났을 때 거기에서 그 자세한 내용을 모두 이야기하게 된 것이며, 장일은 장중규의 당숙으로 그 얘기 내용이 매우 자세하였다. 그래서 이 이야기를 기록한 것이다.

제 2 장

별세계(別世界) 소설류

배항전(裵航傳)

보강총백원전(補江總白猿傳)

침중기(枕中記)

남가태수전(南柯太守傳)

유의전(柳毅傳)

이위공정전(李衛公靖傳)

이장무전(李章武傳)

정혼점(定婚店)

　　전기(傳奇)의 3대 분류 중에서 인간세계가 아닌 별세계(別世界)를 이야기로 구성한 작품이 있다. 이 부류의 작품을 흔히 신괴(神怪) 소설이라고 일컫고 있는데, 중국에서는 오랜 예전부터 이런 유형의 설화를 많이 기록해 왔다.

　　이 부류에 속하는 이야기의 내용을 보면, 신선(神仙)세계, 동굴(洞窟)과 괴수(怪獸), 명부(冥府)세계와 귀신, 용과 용궁(龍宮), 그리고 꿈속 등 비인간계의 이야기를 창작 구성하여 작품화한 것이다. 이러한 신괴에 관한 이야기는 그 연원이 매우 오래되었고, 특히 당나라 바로 앞 시기인 육조(六朝) 때에는 이런 이야기를 소재로 하여 약간의 창작성이 발휘된 작품이 많이 등장했다. 그래서 이 육조 때에 많이 이루어진 이런 부류의 설화를 흔히 '지괴(志怪)'라는 이름으로 부르고 있다.

　　그러니까 당나라 때에 들어와서 이 지괴를 이어, 그 소재를 이용해 전기 형태의 소설로 구성한 것이 바로 이 유형의 전기 작품에 해당한다. 이렇게 육조 때의 지괴를 이어 그 소재들이 전기 형태의 소설로 재구성되다보니, 비인간계의 이야기로 된 이들 작품들은 지괴와 전기의 구분이 모호한 작품이 매우 많아 혼란을 초래하고 있는 실정이다.

　　그래서 소설 연구서들에서는 그 작품 시기를 가지고 구분하는 경우가 많다. 육조 때에 이루어진 설화집 속에 들어 있는 것은 지괴라 하고, 당나라 때에 이루어진 작품집 속에 들어 있는 것은 비록 형태가 좀 덜 갖추어졌더라도 소설인 전기로 보는 입장을 취하고 있다. 사실 배형(裵鉶)의 소설집인 『전기(傳奇)』 속에 들어 있는 작품도 육조 때의 『수신기(搜神記)』 속에 있는 지괴와 비슷한 작품이 눈에 띄고 있다.

　　이 유형의 전기와 관련하여 주목할 또 한 가지는, 동굴이라든가 용궁, 명부, 신선, 꿈속 등의 제재는 당나라 전기와 우리 고소설에 공통으로 작품화되어 있는데, 원숭이나 여우와 같은 동물이 둔갑한 여인과 결혼하여 사는 이야기는 중국 전기에는 나타나 있지만 우리나라 고소설에는 전혀 나타나지 않는다는 사실이다.

배항전(裴航傳)

<해 설>

　<배항전(裵航傳)>은 신선 이야기이면서 열렬한 애정을 내용으로 하고 있어서 조선시대 우리나라 지식인들 사이에 널리 알려져 있었다. 특히 이 작품 속의 여성 인물 운영(雲英)은 우리 <운영전>의 이름으로 쓰이고 있고, <만복사저포기>와 <이생규장전>에 각기 '하년배항우운요(何年裵航遇雲翹)' '남교하일우신선(藍橋何日遇神仙)' 등으로 이 작품 속의 인물과 지소 및 사건을 시구에 인용하고 있음은 주목을 요한다. 따라서 이 작품을 이해하지 않고서는 『금오신화』의 위 두 작품 속에 있는 시를 해석할 수가 없다.

　이 배항 이야기는 당나라 함통(咸通: 860～873) 연간에 활동했던 인물 배형(裵鉶)이 찬한 『전기(傳奇)』라는 소설집 속에 들어 있으며, 배형 자신이 이 작품을 지은 것으로 되어 있다. 그리고 우리들이 당나라 때 소설을 '전기'라고 지칭하고 있는데, 이 배형의 소설집 『전기』에서 그 용어가 처음 사용되었고, 이 작품은 '전기'의 대표적인 형태를 유지하고 있기 때문에 특히 관심을 갖게 한다.

　한편 작자 배형은 또 고변(高騈)이 정해(靜海)절도사로서 남쪽 교지(交沚)를 정벌할 당시에 고변의 서기(書記)로 있었으니, 신라 최치원(崔致遠) 역시 이 무렵에 고변의 서기로 있었던 사실을 감안할 때, 배형과 최치원의 친교를 짐작할 수 있어서 두 사람의 소설적인 분위기와 결부하여 매우 흥미 있는 문제라 하겠다.

　이 작품은 『태평광기』 권50에 <배항>이란 제목으로 실려 있는데 관용에 따라 '전'자를 붙였다.

당나라 장경(長慶: 821~824) 연간에 배항이란 젊은이가 있었는데, 과거에 낙방하고 악저(鄂渚) 지방으로 유람하여 옛 친구인 최씨(崔氏) 성을 가진 재상을 방문했다. 마침 최재상이 돈 20만전을 주기에 멀리 장안으로 돌아가기 위해, 큰 배를 하나 세내어 상한(湘漢)에서 배를 띄워 출발했다.

이때 그 배에 번부인(樊夫人) 일행을 함께 태웠는데 부인은 얼굴이 매우 예쁘고 고왔다. 그래서 배항이 부인에게 접근을 해보려고 했지만, 부인은 중간에 시비를 통해 이야기를 전했고 항시 휘장 안에서만 있어서 여러 가지 친절을 베풀어 보아도 만나볼 방법을 찾을 수가 없었다.

그래서 배항은 부인의 시첩(侍妾) 요연(裊烟)에게 뇌물을 주고 다음의 시 한 편을 써서 주어 부인에게 전하도록 부탁했다.

함께 먼 길 길손되어 상사의 정 품어서,	同爲胡越猶懷想
천선을 만났지만 비단 병풍에 가려져 있네.	況遇天仙隔錦屛
만약에 옥경으로 소회하러 가신다면,	儻若玉京朝會去
난학을 따라 함께 청운으로 들기 원합니다.	願隨鸞鶴入靑雲

시를 보내 놓았으나 오랫동안 아무 소식이 없었다. 그래서 배항이 요연에게 추궁하니 요연의 대답은 이러했다.

"낭자가 시를 보고도 못들은 척하니 어떻게 할 수가 있어야지요."

이 말을 들은 배항은 어쩔 수가 없어서 애만 태우다가, 배가 육지에 닿는 때를 이용해 좋은 술과 과일을 구해 와서는 부인에게 드리도록 했다. 이에 부인은 요연을 시켜 배항을 만나보겠다고 연락해왔다.

배항이 부인을 만나니 부인은 휘장을 걷고 얼굴을 보이는데 시원한 광채가 풍기고 얼굴이 꽃같이 아름다웠으며, 나지막한 구름처럼 곱게 꾸민 머리단장에 눈썹은 맑은 달빛 같이 예뻤다. 실로 거동이 세상 바깥의 선녀가 이 세상 사람의 짝이 되었음을 알만 했다.

배항이 그 앞에서 재배하고 읍하면서 한참 동안 놀라는 표정으로 바라보고 있으니 부인이 입을 열었다.

"저는 남편이 한남(漢南)에 있는데 벼슬을 버리고 깊은 산속에서 조용히 살고자 하여, 작별을 고하기 위해 저를 불렀습니다. 슬픔이 지나쳐 정신이 없으며 오직 만날 기한에 미치지 못할까 걱정일 따름이니, 어찌 다시 다른 사람에게 눈을 돌려 정을 나눌 정신적 여유가 있겠습니까? 진정 그렇지 않습니까? 다만 도련님과 배를 함께 타고 강을 건너게 되어 기쁩니다만 정다운 대화를 나누며 즐거운 시간을 가질 생각이 일지 않습니다."

이 말을 들은 배항은 정말 그렇겠다고 대답한 다음 술을 나누어 마시고 돌아왔는데, 부인의 굳은 절조가 얼음과 서릿발 같아서 도저히 접근을 할 수가 없었다.

부인은 그리고 뒤에 요연을 시켜 시 한 수를 보내왔다.

<table>
<tr><td>경장을 마시면 일백 감상이 떠오르지요,</td><td>一飮瓊漿百感生</td></tr>
<tr><td>신선 약 모두 찧고 나면 운영을 만납니다.</td><td>玄霜搗盡見雲英</td></tr>
<tr><td>남교가 다시금 바로 신선굴 그것인데,</td><td>藍橋更是神仙窟</td></tr>
<tr><td>어찌 반드시 고생하며 하늘에 오르리오.</td><td>何必崎嶇上玉淸</td></tr>
</table>

배항이 이 시를 펼쳐보고는 부끄러움을 느꼈고, 또한 시 속의 내용을 알 수가 없어서 애를 태웠다. 이후로 부인은 다시 모습을 나타내지 않았으며 오직 요연을 시켜 안부만 전할 따름이었다. 드디어 배가 양한(襄漢)에 닿으니 부인은 여종을 시켜 짐을 모두 챙기게 하고는 아무런 인사도 없이

배를 내려 떠나가는 것이었다. 그리고 아무도 부인이 간 곳을 아는 사람이 없었다. 배항은 널리 사람들에게 물어 찾아보았지만 부인은 종적을 감추어 그 흔적을 발견할 수가 없었다.

배항은 드디어 장안에 도착하여, 하루는 남교(藍橋) 다리 근처를 지나가는데 문득 심한 갈증을 느꼈다. 그래서 물을 찾아 길 아래 냇가로 내려가니, 매우 낮고 좁은 3,4간 되어 보이는 초가집이 보였다. 그리고 초가에는 한 노파가 모시를 다듬고 있기에 배항은 노파 앞에 나아가 읍하고 물을 요구했다. 이에 노파는 중얼중얼 하더니 안쪽을 향해,

"얘 운영아! 물 한 그릇 가지고 나오너라. 여기 도련님이 물을 마시고 싶어 한다."
라고 소리치는 것이었다.

이때 배항은 앞서 번부인이 준 시 속에 '운영(雲英)'이란 문구가 있었던 것이 떠올라 놀라면서 의아해 했지만, 도무지 자세한 내막을 알 수가 없었다. 이윽고 갈대로 만든 발 아래로 물그릇을 받쳐 는 두 손이 내밀어시기에 배항이 그 그릇을 받아서 물을 마시니, 이는 보통물이 아니고 진정 옥액(玉液)이었다. 그리고 기이한 향기가 엉기어 문밖으로 풍기어 나옴을 느꼈다.

배항이 물을 다 마신 다음 그릇을 돌려주려하니, 문득 발이 걷어지면서 한 여인이 보이는데 아름다운 꽃송이 같은 하얀 얼굴이 탐스럽고, 양 볼이 포동포동하며 머리는 짙은 구름같이 고왔다. 애교 넘치는 모습에 얼굴을 가리고 몸을 숨기는데, 비록 붉은 난초가 그윽한 골짜기에 숨어 있다고 해도 이 운영의 아름다움에는 비교되기에 부족해 보였다.

배항은 운영을 보는 순간 놀라 발을 옮기지 못하고 한참동안 서 있다가 노파를 향해 입을 열었다.

"저의 종과 말이 몹시 지치고 배가 고파 여기에서 좀 쉬어가기를 원하옵니다. 후하게 사례를 하겠사오니 허락해 주시기 바랍니다."

이 말에 노파는 좋을 대로 하라면서 허락하기에, 배항은 거기 냇가에서 쉬면서 종에게 식사를 시키고 말에게 먹이를 먹였다. 그리고 한참 있다가 노파에게 간청했다.

"앞서 낭자를 보니 곱고 아름다워 사람을 놀라게 하고, 용모가 너무 뛰어나 차마 발길이 떨어지지 않아 떠나지 못하고 머물러 서성거렸습니다. 원하옵건대 후한 예물을 올리고 장가들고 싶사오니 허락해 주실 수가 있겠는지요?"

"아, 그 애는 이미 한 사람에게 시집보내기로 했으나 아직 시기가 덜 되어 이러고 있는 중입니다. 지금 내가 늙고 병들어 다만 이 손녀에게 의탁해 사는데, 어제 신선이 와서 영단(靈丹) 한 덩이를 주고 갔습니다. 그런데 옥저구(玉杵臼: 옥 절구)를 구해 그것으로 1백일 동안 그 영단을 찧어서 환약을 만들어 먹어야 승천을 해 끝까지 늙음을 누릴 수가 있답니다. 그대가 만약 내 손녀를 취하고자 할진댄 옥저구를 구해 와야만 내 허락할 수가 있어요. 그렇지 않고는 아무리 값진 황금이나 좋은 비단을 가지고 와도 소용이 없답니다."

배항은 노파의 말을 듣고 절을 올린 다음 사례하고는,

"원하옵건대 1백일을 기약하고 반드시 옥저구를 구해 가지고 오겠습니다. 그 동안 절대로 다른 사람에게 허혼하지 말아주소서."
라고 하면서 간청했다. 그랬더니 노파는 그러겠노라고 약속하기에, 배항은 애를 태우면서 그곳을 떠났다.

배항은 장안에 이르러 어떠한 일에도 관심이 없었고 오로지 방방곡곡 거리를 쏘다니면서 소리를 높여, 옥저구를 가진 사람이 있으면 값을 많이 주고 사겠다고 외치고 다녔다. 그러나 도무지 옥저구를 가지고 있다는 사람이 나타나지 않았다. 그래서 배항은 친구를 만나도 알아보지 못할 정도로 옥저구 구하는 일에만 몰두하니 사람들은 그를 미친 사람이라고 수군거렸다. 수개월 남짓 이렇게 다니다가 하루는 옥을 파는 노인을 만나니 이렇게 일러주는 것이었다.

"근래 괵주(虢州)에서 약국을 하고 있는 변노인(卞老人)이 편지를 보냈는데, 옥저구를 가지고 있으니 팔겠노라고 했어요. 젊은이가 이렇게 간절히 옥저구를 구하고 있으니 내 편지를 써서 젊은이를 그리로 인도해 주도록 하지요."

배항은 노인에게 정중한 감사를 드리고 편지를 받아 변노인을 찾아가니, 과연 옥저구를 가지고 있어서 얻게 되었다. 그런데 변노인은,

"이 옥저구는 2백 꿰미의 돈을 내지 않으면 내줄 수가 없다."

라고 말하는 것이었다.

곧 배항은 가진 돈을 모두 털어 내놓아도 그 돈에 미치지 못했다. 그래서 데리고 온 종과 타고 온 말을 모두 파니 겨우 그 돈을 맞출 수가 있었다. 곧 돈을 건네고 옥저구를 사 가지고는 혼자 걸어서 고생 끝에 남교에 이르렀다.

전날의 노파가 배항을 보고는 크게 웃고 말했다.

"이같이 신용 있는 젊은이가 있단 말인가. 내 어찌 여자 아이를 아껴서 그 노고에 보답을 하지 않을 수 있겠는가?"

그런 다음 노파는 다시 미소를 지으며 말했다.

"하지만 말일세. 다시 나를 위해 1백일 동안 약을 찧어 주어야만 비로소 혼인을 할 수가 있다네."

노파는 옷깃 사이에서 약을 꺼내 주면서 그 옥저구에 넣어 찧으라고 했

다. 이에 배항이 노파의 말에 따라 그 약을 찧기 시작하니, 낮에 해가 지도록 약을 찧으면 밤에는 쉬라고 하면서 그 찧던 약과 절구를 거두어서 방안으로 가지고 들어가는 것이었다. 그리고 가만히 들어보면 밤에도 방안에서 누군가가 그 약을 찧는 소리가 들려왔다.

그래서 배항이 가만히 문틈으로 들여다보면서 살피니, 옥토끼가 있어서 절구를 앞에 놓고 찧고 있었으며, 방안은 밝은 빛이 비치어 머리카락도 분간할 정도로 밝았다.

이렇게 해 배항의 의지는 점점 굳어져 1백일을 채우니 노파는 그 약을 입에 넣어 삼키고는 이렇게 말했다.

"내 동굴 안으로 들어가 인척들에게 고하고 배낭군을 위해 혼인 준비를 갖추라 하겠소."

노파는 배항과 운영을 데리고 깊은 산속으로 들어갔다. 그리고 배항에게,

"여기에서 잠시 기다리기 바라오."

라고 말하고 멀리 사라졌다.

얼마 있으니 여러 종들이 말과 수레를 가지고 나타나서 배항을 맞이해 안으로 들어갔다. 곧 한 커다란 집이 나타나 구름 위로 솟았고 아름다운 구슬로 장식한 대문이 눈을 부시게 했다. 집 안에는 여기저기 휘장과 병풍이 쳐져 있고 값진 구슬과 보석으로 장식되어 지체 높은 귀족들의 가정보다도 호화로웠다.

이윽고 선동(仙童) 시녀들이 배항을 인도해 휘장 안으로 들어가서 준비된 혼례식장에서 예를 마쳤다. 배항이 너무나 감격하여 노파에게 절을 올리고 울면서 감사를 표하니, 노파는 이렇게 말하는 것이었다.

"배낭군은 본래 신선의 바탕이 있었다오. 배진인(裵眞人) 자손으로 타고날 때부터 신선 세계로 들어오게 되어 있었으니 지나치게 이 늙은이에게

감사할 필요가 없다오.”

이어 배항을 인도해 여러 손님들에게 인사 올리게 하는데, 둘러보니까 모두 신선들이었다. 그런데 뒤편에 한 선녀가 있는데 머리를 올려 꾸미고 예의(霓衣)를 입고 있었으며, 소개하기를 배항의 처형이라고 했다. 그래서 배항이 절을 올리니 그 여인은,

“배서방은 나를 알아보지 못하겠는가?”

라고 물었다. 이에 배항이,

“예부터 인척 사이가 아니어서 언제 뵈었는지 깨닫지 못하겠습니다.”

하고 공손하게 대답했다. 그러니까 여인은 다시 이렇게 말했다.

“악저에서 배를 함께 타고 오다가 빙 돌아 양한에서 헤어진 것을 기억하지 못하오?”

이 말에 배항은 크게 놀라고 정성을 쏟아 사례를 올렸다. 뒤에 주위 사람들에게서 들으니 부인은 곧 낭자 운영의 언니로 운요(雲翹) 부인이며 유강(劉綱) 선군(仙君)의 아내라고 했다. 그리고 운요 부인은 지금은 선녀가 되어 옥황상제의 여리(女吏)가 되어 있다는 것이었다.

그리고 노파는 배항에게 아내를 데리고 옥봉동(玉峰洞)으로 들어가도록 해 아름다운 보석으로 장식된 집에서 살게 했다. 이후 강설경영단(絳雪瓊英丹)이란 약을 먹으니 몸이 청허(淸虛)해지고 머리털이 모두 까맣게 되었으며, 신선의 도를 터득해 상선(上仙)의 자리에 오르게 되었다.

태화(太和: 827~835) 연간에 이르러 배항의 친구 노호(盧顥)가 남교 다리 서쪽에서 배항을 만났다. 그래서 그가 신선이 된 내력을 들었으며, 남전(藍田)의 좋은 옥 10근과 자부운단(紫府雲丹) 한 알을 선물로 받고는 종일 이야기를 나누고, 친구들에게 보내는 편지도 전달받았다.

이때 노호가 배항에게 머리를 조아리며,

"형은 이미 득선(得仙)을 했으니 어쩌면 나에게도 그 방법을 가르쳐 줄 수 없겠는가?"

라고 애걸했다. 이때 배항의 대답은 이러했다.

"노자 가로되 '그 마음은 비게 하고 그 배는 채워라'라고 했는데, 오늘 날 사람들은 오히려 마음을 더욱 가득 차게 하니 어찌 득도의 이치를 깨치겠는가?"

이 말을 들은 노호가 멍하게 있으니 배항은 다시 이야기를 이었다.

"마음속에는 망상이 많고 뱃속은 새어나가 정력이 흘러버리니, 곧 허와 실을 가히 알만하지 않느냐? 무릇 인간은 스스로 죽지 않는 방법과 장생 불사의 약을 만들 줄 알고 있는 법이니라. 그리고 그대는 가르치기에 부족함이 있으니 다른 날 다시 이야기하도록 하자구나."

이 말을 들은 노호는 더 이상 요청하지를 못하고 술자리를 파하고는 헤어졌다. 그 뒷날 사람들은 아무도 배항을 만난 사람이 없었다.

보강총백원젼(補江總白猿傳)

<해 설>

　이 작품은 『태평광기』 권444에 <구양흘(歐陽紇)>이란 제목으로 실려 있다. 작자는 알려지지 않았는데 사람들이 구양흘의 아들 구양순(歐陽詢)이 보강총(補江總)에게 의지해 자랐기 때문에 후인들이 그렇게 끌어 붙여 작품 제목으로 삼아서, 정사(正史)인 『당서(唐書)』에 <보강총백원전>이라 표기하여 정식 명칭으로 된 것인데, 실제로 보강총의 작은 아닌 것으로 알려져 있다.

　이 작품은 구양순의 모친이 하얀 원숭이에게 납치되어 원숭이와 잠자리를 하고 돌아와 구양순을 낳으니 흡사 모습이 원숭이 같더라는 내용이다. 구양순의 얼굴이 원숭이를 많이 닮아서 사람들의 놀림을 받고 있던 것을 가지고 어떤 호사가가 작품화한 것으로 보고 있다.

　그리고 이 이야기는 우리나라 임진왜란 직전에 지어진 고소설 <최고운전(崔孤雲傳)>의 구성에 결정적인 영향을 미쳤다. 곧 최고운의 모친이 금돼지에게 납치되어 갔다가 돌아와 최고운을 낳으니 아이의 발가락이 황금색이더라는 첫 부분 구성과 밀접히 상관되어 있다. 그 밖에 괴수에 의해 납치된 여인들을 구출하는 영웅담 고소설과도 비교연구를 필요로 한다.

　나아가, 당대 소설에 원숭이가 변한 여자와 오랫동안 살아 두 아들까지 낳은 이야기로 배형(裴鉶)의 『전기(傳奇)』 속에 실렸던 <손각(孫恪)>이란 작품이 『태평광기』 권445에 실려 있는데, 우리 고소설에서 이런 소재를 수용하고 있지 않아 생략했음을 밝혀둔다.

양(梁)나라 대동(大同: 535~545) 말, 평남장군 인흠(藺欽)을 파견해 남쪽 지방의 적을 정벌하게 하니, 계림(桂林)에 이르러 이사고(李師古)와 진철(陳徹)을 격파했다. 이때 인흠의 별장으로 출전한 구양흘(歐陽紇)이 군사를 이끌고 장락(長樂) 지역에 이르러 여러 고을을 평정하고 더욱 험악한 지역으로 점점 깊이 들어가게 되었다.

그런데 구양흘에게는 피부가 매우 뽀얗고 예쁜 아내가 있어서 함께 데리고 갔었는데, 부하 중 한 사람이 구양흘에게 다음과 같은 말을 했다.

"장군은 어찌하여 아름다운 부인을 데리고 이곳에 오셨습니까? 이 지역 지하 어느 곳에 사람이 있어서 젊은 여인을 보면 모두 훔쳐가니, 아름다운 여인은 더욱 화를 면하기가 어렵습니다. 마땅히 조심하여 잘 보호해야 합니다."

이 말에 구양흘은 매우 의아해 하면서 겁을 내고는, 밤이면 힘센 군사들을 동원해 그 집을 뺑 둘러 지키게 하고, 부인을 밀실 속에 숨겨 문을 단단히 굳게 잠금 다음, 여종 10여 명으로 방밖에 있으면서 잘 살피라 했다.

그날 밤, 음산하게 비가 내려 몹시 어두웠고, 5경쯤 되도록 고요하여 아무 소리도 들리지 않았다. 이때 지키는 사람들이 한 순간 피곤함을 느끼면서 깜박 잠이 들었는데, 갑자기 무엇이 있는 것 같아서 놀라 잠을 깨니 곧 부인은 이미 온데간데 없었다. 대문의 빗장을 여전히 잠겨 있어 어디로 나갔는지조차 알 수가 없었다. 대문을 열고 나가보니 험한 산지라 아득하여 지척을 분간할 수조차 없어, 쫓아가 찾아보는 일도 불가능했고 날이 밝아도 전혀 그 흔적을 찾을 수가 없었다.

구양흘은 크게 분통을 터뜨리고 결코 그냥 돌아가지 않겠다고 맹세했다. 그래서 병이 났다고 핑계를 대고는 군대를 주둔시켜 놓고, 날마다 사방으로 멀리 나가 깊고 험한 곳을 가리지 않고 수색했다. 이미 달포가 지났을 때 갑자기 1백리 밖에서 우묵하게 나 있는 풀숲 위에서 그 아내의 꽃신 한 짝을 발견했다. 비록 비를 맞아 젖어 있었지만 가히 분명하게 아내의 신고 있었던 것임을 알아볼 수가 있었다.

구양흘은 더욱 슬퍼하면서 부인 찾는 일에 한층 더 열을 올렸다. 기운 세고 날쌘 군사 20명을 뽑아 무기를 가지고 마른 양식을 짊어지고는 바위 틈 사이에서 잠을 자며 야식을 하면서 찾아 헤맸다. 그렇게 또 10여 일이 지났을 때, 집에서 약 2백리쯤 떨어진 곳에서 남쪽에 있는 한 산을 바라보니, 울창한 푸른 숲이 죽 둘러 있는 것이 기이하게 보였다.

그 산 아래에 이르니 깊은 냇물이 삥 둘러 흐르기에, 나무를 엮어 걸쳐서 건너갔다. 바위가 절벽을 이룬 곳에 푸른 대나무가 많은 사이로 붉은 비단옷을 입은 여인들이 보이고 웃는 소리도 들렸다. 칡넝쿨을 붙잡고 늘어진 줄기를 끌며 그 위로 오르니, 곧 아름다운 나무들이 줄을 지어 서있고 그 사이에는 좋은 꽃들이 피어 있었다.

그 아래 낮은 곳에는 푸른 풀이 무성하고 풍성해 털자리를 깔아놓은 것 같았고 맑은 기운이 감돌아 아늑하여 아련한 별천지를 이루고 있었다. 동쪽으로 향한 돌문이 있었으며, 부인 수십 명이 아름답고 빛나는 옷을 입고는 즐겁게 놀면서 노래하고 웃으며 그 속으로 드나들었다.

가만히 살피며 접근하니, 부인들이 찾아간 사람들을 발견하고는 모두 우두커니 서서 물끄러미 바라보다가 가까이 가니까 묻는 것이었다.

"무슨 일로 여기에 오셨는지요?"

그래서 구양흘이 사실대로 이야기를 해주었다. 그랬더니 부인들은 서로 돌아보며 다음과 같이 말하고 탄식했다.

"훌륭하신 부인께서는 한 달쯤 전에 여기로 왔지요. 지금 병이 나서 침상에 누워 있으니 마땅히 만나 보도록 해드리지요."

그래서 부인의 안내를 받아 문으로 들어가니 나무로 사립문을 만들어 놓고 있었다. 문안 중간 부분은 넓게 트여 있었으며 방처럼 된 것이 3개가 있었다. 방안 사방에는 벽에 붙여 침상이 놓여 있고 침상에는 모두 비단 이부자리가 깔려 있었다. 그리고 그의 아내는 돌 침상 위에 누워 있는데 여러 겹으로 된 요와 자리를 깔았고 앞에는 좋은 음식이 가득 차려져 있었다.

구양흘이 나아가 아내를 보니, 눈을 돌려 한 번 쳐다보고는 곧 손을 내저으면서 돌아가라고 했다. 이때 여러 부인들이 말했다.

"우리들도 공의 아내처럼 납치되어 왔으며 그 동안 오래된 사람은 10년이나 지났습니다. 여기에 자리 잡고 있는 신령 같은 동물은 힘이 사람을 죽일 수 있어 비록 1백 명의 남자가 무기를 가지고서도 제압할 수가 없습니다. 그가 돌아오기 전에 마땅히 속히 피하는 것이 좋습니다. 다만 좋은 술 2섬과 개 10마리, 그리고 삼[麻] 10근이 있으면 마땅히 우리들과 힘을 합쳐 꾀를 써서 그 짐승을 죽일 수가 있을 것입니다. 이 물건들을 준비해 올 때에는 반드시 정오에 오셔야 하고, 조심하여 늦거나 일찍 오지 않도록 해야 하며 10일 후로 약속을 하도록 하겠습니다."

이렇게 말하면서 속히 돌아가라고 하기에 구양흘은 급히 물러났다.

드디어 좋은 술과 삼과 개를 구해 약속한 날짜에 다시 그곳으로 갔다. 그러니까 부인들은 이렇게 설명했다.

"저 짐승은 술을 좋아해 종종 술에 많이 취하곤 합니다. 그런데 취하면 반드시 자신의 힘을 믿고 우리들로 하여금 이 비단 천으로 침상에 자기의 수족을 묶으라고 한 다음, 한 번 뛰어올라 모두 끊어지게 합니다. 그런데 일찍이 비단 3폭으로 꼬아 묶었더니 힘이 모자라 끊지 못하는 것을 보았습니다. 지금 이 삼을 몰래 비단 속에 숨겨 함께 싸서 그를 묶으면 끊지 못할 것입니다. 그리고 온몸 살갗이 모두 쇠처럼 단단하고 오직 배꼽아래 2,3치 정도를 항상 덮어 싸서 보호하고 있으니, 거기는 반드시 칼날이 들어갈 것입니다.”

그런 다음 곁에 있는 한 바위를 가리키면서,

“이곳이 그의 음식물 보관 창고입니다. 여기에 숨어 있으면서 조용하게 살피고 있으소서. 술은 저 꽃 아래에 놓아두고 개는 이 숲 속에 흩어 두고는, 우리들의 계획이 성공을 거두면 부를 테니 곧 나오소서.”
하고 계획을 얘기했다.

그래서 그 말에 따라 몸을 숨겨 숨을 죽이고 기다렸다. 해질 무렵에 한 필의 비단 같은 것이 저쪽 산으로부터 내려와 관통하여 곧바로 그 안으로 날아들었다. 그리고 얼마 있으니 수염이 아름답고 키가 6척 여 되는 한 장부가 하얀 옷을 입고 지팡이를 끌고 여러 부인들이 옹위한 가운데 나타났다.

널려 있는 개를 보더니 놀라며 바라보다가 몸을 솟구쳐 집어서는 찢어서 씹어 빨아 배부르게 먹는 것이었다. 이때 부인들은 다투어 옥 술잔에 술을 따라 권하니 받아 마시면서 웃고 지껄이며 매우 즐거워했다. 이미 여러 말의 술을 마신 다음 부인들은 그를 부축해 안으로 들어갔다. 그리고 안에서 또 즐겁게 웃는 소리가 들리더니, 얼마 후에 부인이 나와서 부르는 것이었다.

곧 칼을 들고 들어가서 보니까 커다란 흰 원숭이가 침상에 네 발이 묶여 있었다. 사람을 보더니 움칠하면서 몸을 위축시키며 벗어나려고 힘을 썼지만 묶은 것을 자르지 못했고, 바라보는 눈빛이 번갯불 같았다. 사람들이 다투어 칼로 찔렀지만 마치 쇠와 돌에 찌르는 것 같았고, 그 배꼽 아래를 찌르니 칼이 들어가고 피를 물줄기 같이 쏘아냈다.

그때 원숭이는 크게 한탄하여 말하기를,

"이는 하늘이 나를 죽이는 것이로다. 그 어찌 네가 능히 할 수 있는 일이겠느냐? 하지만 네 아내는 이미 임신을 했으니 그 아들은 죽이지 말아다오. 장차 훌륭한 황제를 만나 반드시 그 문벌을 빛나게 할 것이니라."
라고 하더니 이어 숨을 거두었다.

이후 구양흘은 그가 감추어 놓은 물건들을 수색하니 보배로운 기물이 수없이 쌓였고, 각종 음식과 좋은 물품이 탁자 위에 나열되어 있었다. 무릇 인간 세상에서 보배롭게 여기는 물품들은 모두 갖추어져 있지 않은 것이 없었다. 이름난 향 2,3섬이 있는가 하면 보검(寶劍) 한 쌍도 있었다. 그리고 부인들 30여 명은 모두 절색이었으며, 오래된 사람은 10년이나 되었다고 하고, 늙어 얼굴이 쇠퇴해지면 반드시 어디로 데리고 가서 처치했는데, 어떻게 처치하는지는 알지 못한다고 했다.

그리고 어디 가서 물건을 가져오거나 채집해 오는 일은 오직 자기 혼자서 했고, 달리 도와주는 무리는 없었다고 했다. 또 아침에는 세수를 했고 모자를 썼으며, 하얀 흰 비단옷에 하얀 깃을 달아 입었다. 추위와 더위를 몰랐다고 하며 온몸에는 흰털이 2,3치나 나 있었다.

보통 때는 항상 목간(木簡)으로 된 책을 읽었다고 하는데, 그 목간의 글자는 마치 부(符)나 전자(篆字) 같아서 도무지 무슨 글자인지 알 수가 없었으며, 읽기를 마치면 돌층계 아래에 갖다 두었다. 간혹 햇빛이 비치는 대낮에 쌍검을 잡고 춤을 추는데, 온몸을 휘두르는 칼날은 번갯불이 날리는 것 같았으며, 칼이 돌아가는 둥근 원은 보름달과 같았다.

그의 음식은 일정하지 않았고 과일이나 밤을 잘 씹어 먹었으며, 개를 가장 좋아해 씹어서 그 피를 빨아 마시는 것이었다. 해가 돋아 정오를 넘으려 하면 곧 어디론가 휙 살아졌고, 반나절이면 수 천리를 다녀올 수 있었으며 저녁때는 반드시 돌아왔는데, 이것이 그의 평상시 하는 일이었다.

그가 얻고 싶어 하는 것은 즉시 얻지 못하는 것이 없었으며, 밤이면 여러 침상으로 가서 여인들과 희롱을 했으며 하루 밤 사이에 모든 여인들의 침상을 두루 다 돌면서 잠을 자지 않았다. 언어는 분명하고 자세했으며 중국말을 완전히 터득하고 있었다. 그런데 그는 그 모습이 곧 원숭이 무리에 속했다.

금년 나뭇잎이 피는 초봄에 갑자기 슬퍼하면서 말했다.

"내 산신으로부터 고소를 당해 장차 죽을 죄를 얻게 되었다. 그런데 여러 신령들에게 보호를 요청했으니 아마도 면하게 될 것이다."

그랬는데 지난 달과 이번 달에 달무리가 나타나고, 돌계단에 불이 붙어 보관해둔 목간 책들을 불태우는 일이 있었다. 이에 슬퍼하면서 스스로 실망하여 말했다.

"내 이미 나이 1천세나 되도록 자식이 없었는데 지금 자식을 얻게 되었으니 죽을 때에 이른 것 같다."

이러면서 여러 여인들에게 가서 붙잡고 울기를 오래 했다. 그리고 이렇게 말했다.

"이 산은 험하고 높아 일찍이 사람이 이른 적이 없다. 높은 봉우리에 올라가 사방을 바라보아도 결코 나무꾼이 한 사람도 보이지 않았다. 그리고 아래에는 호랑이 같은 괴이한 짐승이 많으니, 지금 능히 여기에 이를 수 있는 사람이 있다면 하늘이 그에게 힘을 빌려준 것이 아니고서는 어찌 되겠는가?"

사방을 둘러본 구양흘은 보옥과 값지고 아름다운 물건들을 거두고, 여러 부인들을 데리고 내려와 부인들을 보내주었는데, 그 집을 알고 있는 부인도 있었다. 구양흘의 아내는 해가 바뀌어 한 아들을 낳았는데 그 모습이 꼭 원숭이를 닮았었다. 뒤에 구양흘이 진(陳)나라 무제(武帝)에 의해 죽임을 당할 때, 평소 보강총(補江總)은 구양흘과 가깝게 지내면서, 그의 아들 구양순(歐陽詢)이 뛰어나게 총명함을 사랑해, 데리고 있으면서 기르고 있었으므로, 이때 죽음을 면했었다. 뒤에 구양순은 자라서 과연 문학과 글씨에 뛰어나 당시 이름이 널리 알려졌다.

침중기(枕中記)

<해 설>

　<침중기(枕中記)>는 당 정원(貞元: 785～804) 연간에 관직에서 활동했던 심기제(沈旣濟)의 작이다. 심기제는 경학(經學)에 해박한 지식을 가지고 있었으며 역사 기록에 밝아 『건중실록(建中實錄)』을 편찬하기도 했다.

　이 작품은 도불(道佛) 사상에 입각하여 창작한 소설로 잠시 잠든 사이의 꿈속에서 고관대작을 지내고 부귀영화를 누리다가 잠을 깬다는 인생 허무의 내용을 담고 있어, 다음 항의 <남가태수전(南柯太守傳)>과 함께 꿈 문학의 쌍벽을 이루는 작품이다. 이 작품은 중국에서도 널리 후대로 전해져 알려지고 있지만 우리나라 옛날 지식인들도 모르는 사람이 없을 정도였다.

　이 작품은 본래 이름이 <침중기>인데 『태평광기』 권82에서는 <여옹(呂翁)>이란 제목으로 실려 있고, 후대로 내려오면서 <한단몽(邯鄲夢)>이란 이름이 더 많이 알려져 있다. 한편 『문원영화(文苑英華)』에도 이 작품이 실렸는데 내용이 『태평광기』 소재분과 표현상 상당한 차이가 있으며, 여기에서는 태평광기본을 대상으로 했다.

　심기제는 이 작품 외에 또 <임씨전(任氏傳)>이라는 소설도 창작하였다. <임씨전>은 독특하게 여우가 아름다운 여인으로 변해 남자와 사랑하여 살다가 사냥개에 의해 물려 본색을 드러내고 죽는다는 내용인데, 우리 고소설에서 이런 유형의 여우 이야기를 전혀 받아들이고 있지 않아 편찬에서 제외했음을 아울러 밝혀 둔다.

　개원(開元) 19년(730) 도사 여옹(呂翁)이 한단(邯鄲) 지역을 지나다가 한 객점으로 들어갔다. 잠잘 자리를 설치하고 보자기를 짊어진 채 앉아 있는데 마침 마을에 사는 소년 노생(盧生)이 몽당 옷을 입고 푸른색 털이 난 망아지를 타고서 농장으로 나가다가 역시 날이 저물어 이 객점으로 들어왔다.

　노생은 여옹 노인과 함께 앉아 웃으면서 즐겁게 이야기를 하다가 한참 만에 자신의 해진 낡은 복장을 돌아보고는 이렇게 한탄하는 것이었다.

　"대장부가 이 세상에 태어나 때를 못 만나 이렇게 구차한 생을 살아갑니다."

　이 말을 들은 노인이 천천히 물었다.

　"아니, 내 젊은이의 얼굴을 보니 매우 윤기가 있고 몸이 떡 벌어진데다 병도 없어 보이며 즐겁게 이야기도 잘 하던데, 그렇게 구차함을 한탄하는 것은 무슨 까닭인가?"

　"어르신, 소인의 이 꼴이야말로 구차한 삶이지요. 무슨 좋은 섬이 있습니까?"

　"젊은이! 그게 좋은 삶이 아니라면 어떻게 살아야 잘 산다는 겐가?"

　노인의 이 물음에 노생은 다음과 같이 자신의 심정을 토로했다.

　"대장부가 마땅히 나라에 공을 세우고 훌륭한 이름을 날리며 장수가 되어 외적을 물리치고 재상의 자리에 올라야 하지요. 그래서 앞에 값진 음식을 차려놓고 싫도록 먹으며, 고운 여인들을 가려 모아 풍악을 울리면서 노래를 듣고, 가문을 더욱 번성하게 하고 집안 살림살이를 풍요롭게 한 연후에라야 가히 뜻에 맞는 생활을 한다고 할 수가 있지요. 소인 학문에 뜻을 두고 육례를 익히어 스스로 오직 이 나이를 당하여는 고관의 자리에 올라 있어야 하는데, 지금 소인의 나이는 이미 아내를 거느리고 살 때가 지났건만 오히려 들에 나가 노동이나 하는 몸이니, 이게 고단한 삶이 아니고 무엇입니까?"

노생이 이야기를 끝내고나니 눈이 감기고 잠을 자고 싶었다. 그런데 이때 객점 주인은 좁쌀을 삶아 밥을 짓는 중이었는데, 노인은 가만히 보따리를 풀어 베개를 내어 노생에게 주면서 말했다.

"젊은이, 이것을 베고 누워 있어보구려. 아마도 영화를 누리고 마음껏 뜻을 펼쳐 보게 될 것이네."

그래서 그 베개를 보니 도자기로 만들어졌고 양쪽에 구멍이 나 있었다. 노생은 곧 머리를 낮게 하고 그것을 베니, 어느덧 어렴풋이 잠이 들면서 그 베개의 양옆에 있는 구멍이 점점 커져 사람이 들어갈 만하게 되었다.

노생이 몸을 일으켜 그 구멍 속으로 들어가니 문득 자신의 집에 이르게 되었고, 이어 청하(淸河) 지역 최씨(崔氏)의 딸에게 장가드니, 여인의 얼굴이 매우 예쁘고 재산이 무척 많았다. 이로부터 좋은 옷을 입고 말을 타고는 종을 거느렸으며 날로 호화롭고 사치스러운 생활을 했다.

이듬해 진사 과거에 갑과로 급제했고 관직을 얻어 교서랑(校書郎)을 제수 받은 다음 응제(應制)에 천거되었다가, 위남(渭南) 현위를 거쳐 감찰어사(監察御使) 기거사인(起居舍人)으로 승진하여 제고(制誥)가 되었다.

3년 후 관리가 되어 나가 동주(同州)의 관장이 되고, 곧 이어 섬주(陝州) 관장을 맡았다. 노생은 토목공사를 좋아해 섬서(陝西)로부터 황하의 80리 물길을 열어 서로 통하지 못했던 길을 통하게 하니, 그 지역민들이 그 은덕을 입게 되어 칭송하면서 송덕비를 세워 찬양했다. 그리고 변주(汴州)와 영남도(嶺南道) 채방사(採訪使)로 옮겼다가 장안으로 전보되어 경조윤(京兆尹)의 자리에 올랐다.

이 무렵, 신무(神武) 황제가 변방 이적(夷狄)을 제압했는데, 토번(吐藩)

의 신낙라(新諾羅)와 용망포(龍莽布)가 과사(瓜沙) 지역을 공격해 와서 함락시켰다. 이때 절도사 왕군착(王君㚟)이 처음으로 관직을 맡아 두려워해 하황(河隍)으로 피신하니 지역민들이 전쟁에 대한 공포를 느꼈다.

이에 황제가 파견할 장수를 생각하다가 노생을 어사중승(御使中丞)에 하서(河西)와 농우(隴右) 절도사를 겸하게 하여 파견하니, 오랑캐 무리를 크게 파하여 7천 급의 포로를 사로잡고 땅 9백리를 개척한 다음, 세 성을 크게 구축하여 변방을 튼튼하게 방비했다. 이때 그 지역민들이 은덕을 입어 감사의 뜻으로 비석을 세워서 그 공적을 기록하였다.

그리고 돌아오니 조정에서는 큰 상을 내리고 대접이 지극히 융숭했다. 이어 어사대부와 이부시랑으로 옮겨지게 되니 사람들의 존경을 받았고 모든 소망이 흡족해졌다.

이렇게 승승장구 출세하니, 당시 재상들이 크게 시기를 하여 참소하는 말들이 나돌았고, 마침내 그 피해를 입어 단주(端州) 자사로 좌천되었다가, 3년 후에 돌아와 호부상시를 제수받있다. 그리고 곧 중서시랑 동중서문하평장사에 오르니, 중령(中令) 자리에 있는 소숭(蕭嵩)과 시중 자리에 있는 배광정(裵光庭)이 뜻을 같이하여 나라의 대권을 장악하고 10년 동안 국가 정책을 수행했다. 그동안 황제와 하루 세 번 접견하여 많은 정책을 건의했고 훌륭한 재상이란 평판을 들었다.

이때, 같은 지위에 있는 재상의 미움을 샀다. 그래서 변방 장수와 연계하여 나라에 반란을 꾀한다는 무고를 당하고 하옥 명령이 내려지니, 옥을 관장하는 관리들이 잡아가기 위해 무리를 이끌고 대문에 이르러 빨리 나오라고 추상같이 독촉하는 것이었다. 이에 노생은 두려워 어쩔 줄을 몰라 하면서 처자를 붙들고 울며 이렇게 하소연했다.

"내 본래 산동에 살아 좋은 토지 몇 마지기면 추위와 배고픔을 면할 수 있었거늘 무엇 때문에 고생하며 관록을 구하여 이 지경을 당했단 말이냐? 짧은 옷을 입고 청구(靑駒)를 타고 한단(邯鄲)의 옛길을 한가로이 다니고 싶지만 불가능한 일이로다.”

이러면서 칼을 뽑아 자결을 하려고 하니 그 아내가 말려 죽음을 면했다. 그리고 죄를 물어 함께 연루되었다는 사람들은 모두 처형을 당했지만, 노생만은 홀로 궁중에서 보호해 주는 사람이 있어서 죽음을 면하고 풀려났다. 이어 환주(驩州) 목사를 제수받아 나갔었다가 몇 년 뒤에 황제가 그 원통하게 무고당한 것을 알고는 다시 기용해 중서령으로 임명하고 조국공(趙國公)에 봉하니, 황제의 은혜가 각별했고 일시에 모든 행운이 다시 갖추어졌다.

노생은 준(僔), 척(偶), 검(儉), 위(位), 의(倚) 등 다섯 아들을 두었는데, 준은 고공원외(考功員外) 자리에 올랐고, 검은 시어사(侍御史)가 되었으며, 위는 태상승(太常丞)이 되었다. 그리고 막내아들 의가 가장 훌륭했으니 나이 24세에 우보궐(右補闕)에 올랐다. 그 아들들이 모두 천하의 명문 집안과 혼인하여 손자 10여 명을 두었다.

노생은 무릇 두 번에 걸친 먼 지방으로의 좌천과 두 번이나 재상 자리에 오르는 등 궁성 안팎으로 출입하며 조정에서 큰 활동을 했다. 30여 년 동안 그 명성이 혁혁했으며 한 시대에 비길 만한 사람이 없을 정도였다.

노생은 말년에 사치스러운 생활을 하면서 즐겁게 놀기를 좋아하여 후정에 아름다운 여인들을 많이 두고 즐겼으며, 전후하여 황제로부터 하사받은 좋은 토지와 큰 저택, 예쁜 여인과 이름난 말들이 수없이 많았다. 뒤에 나이가 점점 많아지니 황제께 상소하여 물러날 것을 아뢰었지만 황제는 허락하지 않았고, 병이 듦에 미치어 궁중으로부터의 위문하는 사람이 길에 줄을 이었고 이름난 의원과 좋은 약이 줄줄이 이르렀다.

거의 임종이 가까워지니 노생은 상소를 올렸다.

"신은 본시 산동 서생으로서 들에서 농사하는 것을 낙으로 삼았습니다. 우연히 황상을 만나는 행운을 얻어 높은 관직을 맡고 은혜를 입음이 지나치고 격려해 주시는 영광을 누렸습니다. 특별히 넓은 사랑을 받아 전쟁에 출전하여 공을 세우고 들어와 재상의 자리에 올라 국가의 중요 업무를 관장하고는, 여러 해를 계속 지내는 동안 성은에 욕됨을 끼치기도 하여 황상의 나라 다스림에 도움이 되지 못하였습니다. 은혜를 등지고 죄를 이루어 얼음을 밟듯 전전긍긍하면서 하루하루 세월을 보내 늙음이 이르는 줄도 알지 못했습니다. 이제 나이 80을 넘었고 지위가 삼공(三公)을 역임하여 정신이 희미해지고 몸도 쇠퇴해져 근근이 병석에서 버티고 있습니다만 거의 명이 다함을 느끼옵니다. 진실로 정성스러운 효험이 없고 정신이 흐림을 아룁니다. 공연히 깊은 은혜만 입어 길이 황상을 떠나고자 하옵니다. 감격스러움과 사모함을 주체할 길 없사옵고 삼가 표를 올려 사례를 드리옵나이다."

이에 황제는 조서를 내려,

"경은 뛰어난 덕망으로 나의 재상이 되었고 변방의 전쟁에 나가서는 튼튼한 방비를 구축했으며 안으로 들어와서도 밝은 정책을 도우면서, 태평세월 24년 동안 경으로부터의 힘입음이 많았도다. 지금 병석에 누웠으나 날마다 나아지고 있다고 하니 어찌 갑자기 물러나서 깊이 침묵을 지키겠는가? 지금 표기대장군 고력사(高力士)를 보내 집으로 가서 병을 문안하게 하겠노라. 병을 치료하는 일에 힘을 쏟아 나를 위해 자애하기 바라노라. 부디 마음을 편안히 하여 잘못됨이 없도록 하여 회복의 기쁜 소식을 기다리노라."

그리고 노생은 이날 밤 사망했다.

곧 노생은 하품을 하며 잠을 깨었다. 주위를 살피니 객점 안에 번듯이 누워 있었고 돌아보니 여옹 노인도 옆에 있었다. 주인이 좁쌀로 짓고 있던 밥도 아직 덜 되었고 주위의 물건들도 그대로였다. 노생은 미끄러지듯 일어나 앉으며 말했다.

"어쩌면 그게 모두 꿈이었단 말입니까?"

이에 노인이 웃으면서,

"이 세상 인간의 일이란 역시 그와 같은 게로다."

라고 말했다. 여옹의 말에 노생도 머리를 끄덕이면서 한참 있다가 이렇게 사례했다.

"대저 인간의 영광과 치욕의 일이며, 이득이 있고 손해를 보고 하는 이치와 죽고 사는 실정을 모두 알았습니다. 이는 선생께서 저의 욕심을 막아주려고 하신 것이니 어찌 감히 받아들이지 않겠습니까?"

이러면서 재배하고 떠나가더라.

남가태수전(南柯太守傳)

<해 설>

　우리들 귀에 익은 고사성어로 '남가일몽(南柯一夢)'이란 말이 있
다. 이 세상 모든 부귀영화도 한 바탕의 꿈과 같다는 뜻으로 쓰는
말인데, 이 작품은 그 고사의 내용을 담고 있다. 이 소설은 당 원화
(元和: 806～820) 연간에 종릉종사(鍾陵從事)를 지낸 이공좌(李公
佐)의 작으로『태평광기』권475에 <순우분(淳于棼)>이란 제목으로
실려 있다.
　이 작품은 <침중기>와 함께 꿈속 이야기를 다룬 소설의 대표적
작품으로 꼽히는데, 우리나라 <구운몽> 등 꿈을 내용으로 하는 고
소설에 큰 영향을 미친 것으로 지적되고 있다. 특히 이 소설은 단순
히 사람이 꿈속에서 부귀영화를 경험한 인간세상의 이야기가 아니라,
꿈속에 개미굴로 들어가 개미나라 왕의 부마가 되어 개미 신부와 사
랑을 하며 부귀영화를 누리는 이야기여서, 동물이나 식물의 정령(精
靈) 관계를 다룬 의인소설(擬人小說)과도 연관을 맺고 있다는 점에
서 또 다른 관심의 대상이 된다.
　꿈 관련 고소설이 몽자 계열과 몽유록 계열이 있는 것처럼 의인
소설도 동식물에 정령이 깃들어 있다고 생각하는 바탕에서 구성된
정령 계열과 순수하게 동식물에 가탁하여 풍자 목적으로 꿈을 이용
한 가탁 계열 작품이 있음을 감안할 때, 이 작품의 더 깊은 연구가
필요할 것으로 생각된다.

동평(東平) 사람 순우분(淳于棼)은 중국 남방 오초(吳楚) 사이를 떠도는 협사(俠士)이다. 그는 술을 좋아하고 기개가 있었으며, 자잘한 일에 얽매이지 않고 많은 재산으로 식객을 거느리고 있었다. 일찍이 무예가 뛰어나 회남군(淮南軍) 비장에 임명되었으나 술에 취해 우두머리에게 거만한 행동을 했기 때문에 쫓겨나서 의기소침하여 방탕한 생활을 하면서 술로 세월을 보냈다.

순우분의 집은 광릉군(廣陵郡) 동쪽 10리쯤 되는 곳에 있었고, 집 남쪽에 오래된 큰 괴목(槐木) 한 그루가 있어서 나무줄기와 가지가 번성하여 넓게 시원한 그늘을 형성하여 좋은 쉼터가 되고 있었다. 마침 순우분이 생일을 맞아 여러 친구들과 함께 그 나무 밑에서 술을 마시고 즐겼다.

이날은 당 정원(貞元) 7년(791) 9월이었으며, 순우분은 너무 취해 병든 사람 같이 정신을 잃으니 친구 두 사람이 같이 앉아 있다가 순우분을 집으로 부축해 가서 동쪽 낭무(廊廡) 아래에 눕히고 이렇게 말했다.

"이 친구, 그대로 푹 잠을 자도록 하라. 우리들은 말에 먹이를 주고 발을 씻으면서 친구가 술이 조금 깨는 것을 보고 돌아갈 생각이다."

이때 순우분은 두건을 벗고 베개를 베고 잠들었는데, 문득 꿈을 꾸는 것 같은 몽롱한 속에서 자주색 옷을 입은 두 사자가 나타나 꿇어앉아 절을 하면서 아뢰었다.

"괴안국(槐安國) 왕이 소신들을 보내 받들어 모시고 오라고 명령하셨습니다."

그래서 순우분은 침상에서 내려와 의복을 갖추어 입고 두 사신을 따라나서 대문에 이르니, 파랗게 칠을 한 작은 수레에 네 마리의 말이 멍에를 하여 기다리고 서 있는 것이 보였고, 좌우 호위하는 사람 7,8인이 붙들어 수레에 태우는 것이었다. 그리고 대문을 나서 그 오래된 괴목 밑둥치에 뚫어진 굴을 향해 달려 사자들이 굴속으로 몰아 들어가는데, 순우분은 이상하게 여겼지만 감히 물어보지는 않았다.

문득 산천과 초목·도로 등 주위 환경이 인간 세상과는 사뭇 달라 보였고, 수십 리를 전진하니 성곽이 나타나고 길에는 사람들과 수레가 계속 다니고 있었다. 이때 순우분을 모시고 가는 호위병들이 벽제소리를 매우 엄하게 질렀고 지나가는 사람들은 그 소리에 모두 길가로 피했다.

이윽고 한 큰 성문을 들어가니 높이 솟은 대문과 이층 누각이 보이는데, 누각 위에는 황금 글씨로 '대괴안국(大槐安國)'이란 현판이 덩그렇게 걸려 있었으며, 문을 지키는 사람들이 달려와 절을 하면서 분주하게 움직이는 것이었다.

문득 말 탄 병사 하나가 달려와 소리치기를,

"대왕께서 부마가 멀리 행차하시니 동화관(東華館)으로 모시라고 했습니다."

라고 하면서 앞을 서서 인도해 갔다.

얼마 후 열려 있는 대문이 나타나고 수레에서 내리게 해 안으로 모셨다. 거기에는 아름답게 채색한 난간과 건물의 조각들이 빛났고 꽃이 피고 열매가 달린 나무들이 정원에 죽 심어져 있었다. 그리고 탁자와 의자며 방석들과 휘장이 아름다웠고 뜰에는 음식이 준비되어 차려져 있었다. 이에 순우분은 마음속으로 매우 기뻤다.

다시 한 사람이 와서 우상(右相)이 곧 도착한다고 전하는 것이었다. 그래서 순우분이 계단을 내려가 기다리니 한 사람이 자주색 옷을 입고 상아홀을 들고 나아와서는 손님 접대의 예의를 갖추어 인사하면서 말했다.

"우리나라가 멀리 외진 곳에 치우쳐 있음에도 불구하고 임금님께서 군자를 맞이해 인척 관계를 맺으려 하십니다."

이에 순우분도 답례를 하며 경의를 표했다.

"소생 미천하고 못난 몸으로 어찌 감히 그런 영광을 바라겠나이까?"

곧 우상은 그를 청하여 궁궐로 나아가는데 1백보쯤 걸어가니 붉은 칠을 한 대문이 있고 칼과 창을 든 군사들이 좌우로 늘어섰으며, 또한 군사 수백 명이 길가에서 벽제소리를 지르고 있었다. 순우분은 평소에 술꾼들과 두루 돌아다니면서 놀았기 때문에, 그 속으로 들어가면서도 마음속에 기쁜 생각이 들었고 무슨 일인지는 물어보지도 않았다.

우상이 그를 인도해 넓은 궁궐로 오르게 했다. 이때 지키는 사람들이 엄숙하여 마치 황제가 있는 궁전 같았다. 거기에는 몸집이 크고 근엄하게 생긴 한 사람이 한가운데 자리에 자리 잡고 앉았는데, 소련복(素練服)을 입고 주화관(朱華冠)을 쓰고 있었다.

순우분은 두려운 생각이 들어 감히 쳐다보지도 못하고 있으니 주위에서 받드는 사람이 절을 올리라고 시켰다. 이 때 왕이 이르는 것이었다.

"앞서 훌륭한 분을 받들어 모시게 했는데 소국을 버리지 않고 차녀 요방(瑤芳)과의 혼사를 허락하시니, 내 딸로 하여금 군자를 받들도록 하겠소."

이 말에 순우분은 다만 엎드려 있을 뿐 감히 무어라 답례의 말을 하지 못했다.

이어 왕이 빈우(賓宇)로 가서 의식을 거행하라고 명령하면서 교지를 내리니, 이 지시에 따라 우상이 인도하여 함께 관사로 돌아왔다.

순우분은 마음속으로 이상한 생각이 들었다. 부친께서는 변방을 지키는 장수로 출전하여 오랑캐의 진영으로 들어가 생사를 알지 못하고 있는데, 앞서 왕이 말하기를 북쪽 변방 민족과 교통을 이루어 부친께 말씀을 드려서 이 일을 수행하는 것이라 했으니, 그 까닭을 알지 못해 궁금하여 마음이 안정되지 않았다.

이날 밤, 폐백을 드리고 의식을 거행하니 제도가 엄숙했다. 기생들이 풍악을 울리고 각종 음식과 등불 등 예물들이 가득하여 모두 갖추어지지 않은 것이 없었다. 여러 여인들이 모였는데, 혹은 화양고(華陽姑)라 부르고 혹은 청계고(淸溪姑)라 부르며, 또는 상선자(上仙子)라 부르는 여인도 있고 하선자(下仙子)라 부르는 여인도 있었다. 그리고 그를 받드는 시종들이 수천 명이나 되고 취봉관(翠鳳冠)을 썼으며 금하피(金霞帔)를 입어 빛나는 문채와 황금 팔찌 등이 바로 쳐다보기 어려울 정도로 눈이 부시었다.

서로들 농담으로 즐기면서 문으로 들락날락하는 동안 다투어 '순우서방' 이라 부르며 희롱을 하는데, 그 태도가 아름다워 요염하고 말씨 또한 재치 있고 정다웠지만 순우분은 아무런 대꾸도 하지 않았다.

이때 한 여자가 그에게 이렇게 말했다.

"지난 상사일(上巳日)에 내 영지부인(靈芝夫人)을 따라 선지사(禪智寺)를 지나다가 천축원(天竺院)에서 우연(右延)이 파라문(婆羅門) 춤을 추는 것을 관람했었는데, 내 여러 여인들과 북쪽 창문의 돌 자리 위에 앉아 있었소. 그때 그대가 소년들과 와서 말에서 내려 구경을 했고, 그대만 혼자 억지로 와서 다정하게 이야기하며 웃고 농담을 했었소. 내 궁영(窮英) 아우와 빨간 수건을 맺어 대나무 가지에 걸었었는데 그대는 그것을 기억하지 못하십니까? 또 7월 16일 내 효감사(孝感寺)에서 상진자(上眞子)를 모시고 계현(契玄) 법사의 관음경 강론하는 것을 청강했는데, 강론하는 그 자리 아래에 내 금봉채(金鳳釵) 두 개를 놓았고, 상진자도 물소 뿔로 만든 합자(合子) 하나를 놓았었소. 그 자리에서 그대도 역시 그 강론하는 곳에 있으면서 법사에게 청하여 비녀와 합자를 보여 달라고 해, 두 번 세 번 감탄하고 오랫동안 신통해 했었소. 그리고 우리들을 돌아보고 사람과 사물이 모두 이 세상의 소유물이 아니라고 말했고, 어떤 이는 우리들의 모여 사는 사람에 대해 물었으며 어떤 사람은 우리들의 사는 마을을 물었지만 내 그때 대답을 하지 않았었죠. 당시 애정 어린 눈길을 보내면서 연연해하던 모습을 그대는 어찌 기억하지 못하십니까?"

이 말에 순우분은,

"마음 속에 간직하고 있으니 잊을 날이 잊겠습니까?"

라고 대답했다. 이때 여러 여인들은 생각지도 않았는데 오늘 그대와 인척 관계를 맺었다고 하면서 기뻐했다. 다시 의복과 관이 매우 거룩한 세 사람이 나아와 절하면서 말하는 것이었다.

"명령을 받들어 부마에게 인사를 드립니다."

그런데 그 중 한 사람은 순우분과 전부터 아는 사이기에 손으로 가리키며 물었다.

"아니, 당신은 풍익(馮翊)에 살던 전자화(田子華)가 아닙니까?"

이 물음에 전자화가 그렇다고 대답하기에, 순우분은 앞으로 나가서 손을 잡고 한참 동안 정다운 이야기를 나누었다. 그리고 순우분이 어떻게 여기에 왔느냐고 물으니, 전자화는 이렇게 대답했다.

"내 사방으로 떠돌아다니다가 우상 무성후(武成侯) 단공(段公)에게서 지식을 획득했으므로 그 인연에 의해 의탁해 있게 되었소."

이 말을 듣고 다시 전자화에게 묻기를,

"들으니 주변(周弁)도 여기에 와 있다는데 알고 있소?"

라고 하니, 자화는 웃으면서 대답했다.

"주생(周生)은 존귀한 분이라, 사예(司隷) 직책을 맡아 있어 권세가 매우 높아요. 그래서 내 자주 그의 보호를 입었다오."

이렇게 한동안 있으니, 부마를 모셔오라는 전갈하는 소리가 들리고, 이어 세 사람이 면복(冕服)과 허리에 차는 칼을 가지고 와서는 옷을 갈아 입혔다. 이러는 모습을 보고 있던 전자화는 다음과 같은 농담을 했다.

"뜻밖에 오늘 어마어마한 예식을 보게 되어 결코 서로 잊지 못하겠소."

이에 아름답게 꾸민 여인들 수십 명이 풍악을 울리면서 춤추고 노래하니 그 곡조가 처량하여 인간 세상에서 들어보지 못한 것이었다. 그리고 수십 명이 촛불을 잡고 인도하였으며, 좌우에는 황금과 비취로 장식된 장막이 아름다운 색채로 영롱하게 빛나 2,3리나 연결되어 있었다. 순우분이 수레 위에 올라 단정하게 앉아 있으니 가슴속이 황홀하여 마음의 안정을 찾지 못하니, 전자화가 자주 우스운 얘기를 들려주며 긴장을 풀어 주었다. 앞서 만났던 여러 여인 고제(姑娣)들도 각기 봉익연(鳳翼輦) 가마를 타고 그 사이를 왕래하는 것이 보였다.

수의궁(修儀宮)이란 현판이 달린 한 문에 이르니 여러 여인들과 부인들이 곁으로 어지럽게 모여들더니 그를 수레에서 내리게 하고 절을 하게 한 다음, 읍을 하면서 오르고 내리라 하는데 모두 인간 세상에서 하는 절차와 같았다.

장막을 걷고 가리개를 치우니 한 여인이 보이는데, 이름을 금지공주(金枝公主)라 했고 나이 14,5세 정도로 틀림없는 선녀 같았다. 그리고 혼례 의식을 거행하니 역시 분명한 절차를 따르는 것이었다. 이후로 순우분은 마음속이 날로 흡족하고 광영이 날마다 왕성했으며, 출입할 때의 수레며 의복, 잔치와 손님을 맞는 일 등이 모두 임금의 버금이었다.

하루는 왕이 명령하여, 그와 여러 각료들이 함께 사냥 도구를 갖추어 나라 서쪽에 있는 영구산(靈龜山)으로 가서 큰 사냥행사를 가졌다. 산과 언덕이 높이 빼어나고 내와 습지가 넓었으며 숲과 나무가 우거져, 각종의 나는 새와 뛰는 짐승이 많이 서식하고 있었다. 그래서 크게 사냥 성과를 거두어 저녁 때 돌아왔다.

순우분이 하루는 왕에게 아뢰었다.

"지난 적에 신이 결연을 맺는 날 대왕께서 신의 부친 명령을 받들었다고 하였나이다. 신의 부친은 변방을 지키는 장수를 보좌하여 전쟁에 나갔다가 불리해 오랑캐 지역으로 빠져들어서 이후 서신이 끊어진 지 17,8년이 지났습니다. 대왕께서 신의 부친 소재를 아시면 신이 한 번 가서 배알하고자 하옵나이다."

이 말에 왕은 급히 이와 같이 일러주었다.

"부친께서는 북쪽 지방을 수호하는 직분을 맡고 있어서 소식만 전해지고 있으니 경은 다만 편지를 써서 소식을 전하고 직접 가서 뵙는 일은 하지 않는 것이 좋으니라."

그래서 순우분은 아내에게 이야기하여 시아버지를 뵙는 예의 절차를 갖추어 편지를 써서 보냈다. 그랬더니 며칠 지나고 답상이 왔기에 순우분이 자세히 편지의 내용을 따져 보니 모두 부친의 옛날 흔적이 나타나 있고, 그리워하는 마음과 가르침 등이 간절한 애정을 담고 있어서 옛날과 다름이 없었다. 그리고 친척들의 생사와 살던 곳의 사정도 물었고, 길이 너무 멀어 아득하게 서로 떨어져 있음을 이야기하고 있는 부분에서는 사연이 슬프고 표현도 매우 애상적이었다. 이어 순우분에게 찾아와 뵐 마음을 갖지 말라고 했고 뒷날 정축(丁丑) 해에 서로 만나게 될 것이라고 적혀 있었다.

이러한 부친의 편지를 읽고 순우분은 슬퍼 오열했으며 그리운 정을 견디기 어려웠다.

뒷날 하루는 아내가 이렇게 이르는 것이었다.

"당신은 어쩌면 관직에 나아가려는 생각을 하지 않습니까?"

"아, 정사(政事)요? 나는 본래 방탕한 생활을 해 정사에 대해 익히지 못했답니다."

아내의 물음에 순우분이 이렇게 대답했다. 그러니까 아내는 다시, 낭군께서 하려고만 한다면 자기가 적극적으로 돕겠노라며 권유하는 것이었다. 이렇게 해 아내는 부왕에게 이 사정을 아뢰었고 며칠 후에 왕은 사위를 불렀다.

"내 남가군(南柯郡)의 정사가 잘 다스려지지 않아 태수를 파직시켰다오. 경의 재능을 빌리고자 하여 태수로 보내고자 하니 딸과 함께 떠나는 것이 좋을 듯하오."

순우분이 공손하게 명령을 받드니, 왕은 관리를 시켜 태수로 부임할 차비를 차리라고 명령했다. 이렇게 해 금옥과 보석, 비단 옷이며 이불, 옷장과 경대 등 가구가 실려 나가고, 남녀 비복들이며 수레와 말들이 뒤따라 넓은 길을 가득 메워 출발하니 왕궁에서는 공주의 일행을 멀리 따라 나가 전송했다. 순우분은 젊어서 협사들과 어울려 놀아 일찍이 관직은 바라지 않았다가 이렇게 태수로 나가니 마음에 기쁨이 넘쳤다.

떠나기에 앞서 순우분은 상소를 올렸다.

"신은 전문 지식이 없는 사람으로 평소에 능력이 부족한 사람입니다. 외람되이 대임을 맡게 되어 반드시 조정의 명령을 패하게 할 것이니, 스스로 슬퍼하는 것은 못난 사람이 높은 자리에 앉아 가만히 앉아서 일을 그르칠까 하는 점입니다. 지금 널리 훌륭한 인재를 구하여 부족함을 돕도록 하고자 합니다. 살펴보건대 사예 직위에 있는 영천 사람 주변은 충성심이 강하고 현명하며 강직하여 법을 집행함에 있어 그릇됨이 없고 보좌를 잘 할 수 있는 인재입니다. 그리고 처사 풍익 사람 전자화는 청렴하고 삼가는 성품에 변화에 통달하여 정사와 교화를 잘 할 수 있는 근원이옵니다. 이 두 사람은 신과 더불어 10년의 지우로서 지식과 재능을 모두 갖추었으니 정사를 맡길 만합니다. 주변으로 남가군의 사헌(司憲) 직을 맡기시고 전자화로 사농(司農)에 임용하시어, 신으로 하여금 정사의 업적이 빛난다는 소문이 들리도록 하고, 나라의 기강이 문란해지지 않게 해 주실 것을 청하옵나이다.”

왕은 이 상소대로 처리하여 보내주었다. 그날 밤, 왕은 부인과 함께 나라의 남쪽으로 나가 전별했는데, 왕은 사위에게 이렇게 당부하는 것이었다.

“큰 고을인 남가군은 토지가 기름지고 뛰어난 인물들이 많아 지혜롭게 정사를 펴지 않으면 잘 다스리기가 어려운 곳이오. 하지만 주변과 전자화가 있으니 경은 그들을 더욱 노력하게 하여 나라의 기대에 부응토록 하시오.”

이때 부인은 또 공주에게 경계하여 당부했다.

“순우서방은 성품이 강하면서 술을 즐기며 나이 또한 어리니, 아내 된 도리로 유순함을 귀하게 여겨야 한다. 네가 잘 받들어야 내게 근심이 없어지느니라. 남가군의 지경이 비록 멀지 않다 하더라도 아침저녁으로 텅 빔이 있을 테니 지금 너를 보내 이별하면 어찌 눈물이 수건을 적시지 않겠느냐?”

순우분은 아내와 함께 머리 숙여 절을 올리고 남쪽으로 떠나니, 수레에 올라서 타고 가며 즐겁게 웃고 환담을 나누었다.

여러 날 만에 남가군에 도착했다. 군에 있는 관리들과 승도며 노인들, 음악을 연주하는 악사들과 호위해 지키는 군인들이 각종 기구를 가지고 나와 다투어 맞이했다. 사람들이 길을 메워 외치고 풍류소리 울리어 10여리에 이어졌으며, 성곽 위의 장식과 높은 건물들이 빽빽하여 아름다웠다.

큰 성문을 들어가니 문에 역시 커다란 방이 붙었는데 황금으로 '남가군성(南柯郡城)'이라 써 붙였고, 붉은 칠을 한 건물과 장식된 문들은 깊이 죽 늘어서 아련해 보였다. 태수가 수레에서 내려 부임해 풍속을 살피고 백성들의 고통을 치유하면서, 정사는 주변과 전자화에게 맡기니 남가군은 아무 일 없이 잘 다스려졌다.

태수가 남가군을 다스린 지 20년, 풍속과 교화가 널리 펼쳐져 백성들은 그 업적을 찬양해 노래하면서 공덕비를 세우고 산 사람의 사당도 지었다. 이렇게 되니 왕은 매우 애중하게 여기고 식읍(食邑)과 작위를 내려 벼슬이 재상의 자리에 올랐다. 주변과 전자화도 모두 정치를 잘 한다는 소문이 퍼져서 직위를 높여 고관 자리에 오르게 했다. 태수는 5남 2녀를 두어 아들들은 문음(門蔭)에 의해 관직에 나아갔고, 딸은 역시 왕족과 혼인하여 영광이 빛나 세상에 드러나니, 한 시대의 융성함이 대를 이어 비교될 사람이 없었다.

이 해에 단라국(檀蘿國)이 침범해 오니, 왕은 태수에게 장수를 단련시키고 군사들을 가르쳐 정벌하라고 명령했다. 이에 주변에게 명령하여 병사 3만을 거느리고 나가 요대성(瑤臺城)에서 적의 무리를 막으라고 했다. 그런데 주변은 강하고 용기가 있어 적을 가볍게 여기고 경솔하게 진격했다가 패해서, 주변 혼자 말을 타고 옷을 벗고 도망해 숨었다가 밤에 성으로 돌아왔다. 이때 적들은 주변의 군사들이 가지고 나갔던 수레와 병기 등 물자를 거두어 돌아갔다. 그래서 태수는 주변을 가두고 벌 줄 것을 요청했는데 왕은 모두 놓아주고 용서했다.

이 달에 사헌 주변이 등에 종기가 나서 사망했고, 태수의 아내 공주도 병에 걸려 10여일 뒤에 사망했다. 이에 순우분은 태수의 직에서 물러나 호상해 본국으로 돌아갈 것을 요청하니 왕은 허락하고, 임시로 사농 전자화에게 남가군 태수의 업무를 대행하게 했다.

순우분이 슬퍼하면서 발인하여 위의를 갖추고 귀국길에 오르니, 남가군의 남녀가 나와 부르짖으며 소리쳤고 관리들과 백성들이 음식을 내와 대접하는가 하면, 상여에 올라 길을 막는 자 그 수를 헤아릴 수가 없었다. 드디어 나라에 도착하니 왕과 부인이 소복을 하고 교외에 나와서 곡을 하고 상여가 도착하기를 기다렸다. 공주의 시호를 '순의공주(順儀公主)'라 하고, 여러 가지 의장(儀仗)과 우보(羽葆), 고취(鼓吹) 등 장례 기구를 갖추어 나라 동쪽 10리에 있는 반용강(盤龍岡)에 장사지냈다.

이 달에, 지난 번 사망한 사헌 주변의 아들 주영신(周榮信)이 역시 호상하여 나라로 돌아왔다. 순우분은 오랫동안 지방 태수로 나가 있었지만 중앙의 조정과 긴밀한 관계를 가졌었기 때문에 귀족 가문 호족들과 사이 좋게 지내고 있었다. 태수 직을 파하고 돌아온 순우분은 자주 바깥출입을 하여 친구들과 교유하면서 권위와 복록이 날로 왕성해지니, 왕은 속으로 그를 의심하여 꺼리는 마음을 갖기 시작했다.

이때 나라 안 어떤 사람이 상소를 했다.

"하늘의 별자리가 변화를 일으켜 보이면 나라에 큰 공포가 있습니다. 예컨대 도읍이 옮겨지거나 종묘사직이 붕괴되기도 합니다. 그 재앙의 시작은 타성(他姓)으로부터 일어나며 사건은 결국 나라가 멸망하는 것으로 귀결됩니다."

당시에 순우분이 사치스럽게 사람들을 만나 참람한 행동을 한다는 여론에 호응하여 올린 상소였다. 이에 왕은 마침내 순우분의 시위(侍衛) 직분을 박탈하고 외부인과의 접촉을 금지하여 사저에만 틀어박혀 있으라고 명령했다. 이렇게 되니 순우분은 태수로 오랜 동안 나가 있었지만 정사에 실패한 것이 없음을 믿고 자신을 헐뜯는 유언비어가 자기를 망쳤다고 원망하면서 애를 태우고 괴로워했다.

왕이 역시 이 사실을 알고 순우분에게 명령했다.

"20여 년 동안 인척이 되었다가 불행히도 내 딸이 요절하여 군자와 더불어 해로할 수가 없게 되었으니 매우 쓰리고 아픈 일이로다."

이때 부인은 손자들은 머물러 두면 자신이 기르겠다고 하니, 이어 왕은 이런 말을 했다.

"경은 집을 떠난 지 오래 되었으니 잠시 고향으로 돌아가 친척들을 만나보도록 하시오. 여러 손자들은 여기 머물러 두어 걱정하지 않아도 되오. 3년 후에 내 다시 맞이하도록 하겠소."

이 말을 들은 순우분은 여기가 자신의 집인데 어디로 돌아가느냐고 불편한 심기를 드러냈다. 그러니까 왕은 웃으면서 타이르듯 일렀다.

"아니오. 경은 본래 인간 사람이지 않은가? 경의 집은 여기가 아니라오."

이 순간 순우분은 갑자기 혼수상태에 빠지고 오랫동안 몽롱해지더니 바야흐로 정신이 돌아 예전의 일을 깨닫게 되었다. 드디어 눈물을 흘리면서 돌아가기를 청하니, 왕은 주위를 돌아보며 그를 보내주라 했다.

곧 순우분은 재배하고 떠나니, 다시 앞서의 자주색 옷을 입은 두 사자가 뒤따르는 것이었다. 대문 밖에 이르니 타고 왔던 수레가 보이는데 매우 작았고, 좌우에서 받들고 왔던 호위해온 종들이 한 사람도 보이지 않아, 마음속으로 이렇게 변했나 하고 크게 탄식했다.

순우분이 수레에 올라 몇 리쯤 와서 다시 큰 성곽을 나오는데, 완연히 옛날 동쪽으로 왔던 길이었고, 산천이며 들판이 의연히 옛날과 같았다. 보내주는 두 사자도 매우 위세가 없어 보여 순우분은 마음속으로 화가 치밀었다. 이에 순우분은 두 사자에게 물었다.

"내가 살던 광릉군(廣陵郡)에는 언제쯤 도착하느냐?"

두 사자는 태연하게 노래를 부르며 한참 동안 있다가, 조금 있으면 도착한다고 말했다.

얼마 후 한 굴을 빠져나오니 고향 마을이 보이는데 지난날과 다름없었고, 순우분은 스스로 슬픔이 복받쳐 자신도 모르게 눈물이 줄줄 흘러내렸다. 두 사자가 순우분을 인도해 수레에서 내리게 했고, 문으로 들어가 스스로 계단을 오르니 자신의 몸이 집 동쪽 낭무(廊廡) 아래에 번듯이 누워 있었다.

순우분은 매우 놀랍고 두려워 감히 앞으로 가까이 가지 못하고 주저하니, 두 사자가 그의 성명을 크게 몇 번 부르는 것이었다. 그 순간 순우분은 드디어 깨어나서 처음과 같은 사람으로 되었다. 집에서 일하고 있는 어린 종을 보니 비를 가지고 뜰을 쓸고 있었고, 함께 왔던 두 사자는 자리에서 훌쩍 뛰어내려 가버렸으며, 지는 해는 아직 담장을 넘지 않았는데 먹다 남은 술녹은 그대로 농쪽 장 아래에 놓여 있었다. 꿈속의 잠시 동안이 일생을 모두 다 산 것이었다.

순우분은 깊은 생각에 잠겨 한참 동안 탄식하다가 마침내 두 친구를 불러 이 이야기를 들려주었다. 이야기를 들은 두 친구는 크게 놀랐다. 그리고 순우분과 함께 밖으로 나가 괴목 아래의 굴을 찾았다. 순우분이 거기를 가리키면서 이르기를,

"이게 바로 놀랍게도 꿈속에 내가 들어갔던 곳이라네."

하고 말하니, 두 친구는 아마도 호리(狐狸)나 나무귀신에 의해 홀린 것이라 했다.

그래서 종을 시켜 도끼를 가지고와 괴목의 불룩 튀어나온 혹을 자르고 밑둥치를 쪼개 헤쳐 굴의 근원을 찾아보라 했다. 곧 옆으로 한 길쯤 파헤

치니 큰 굴이 있는데, 아래 부분이 확 트여 명랑했고 하나의 자리를 펴놓을 만하였으며, 위쪽에 흙이 쌓여 있어 성곽의 대(臺)와 전각(殿閣) 같이 보였다.

그 속에는 2,3섬[斛] 정도의 개미들이 숨어 있었으며 가운데에 작은 누각 같은 것이 있고 그 색깔이 붉은데, 두 마리의 큰 개미가 거기 자리하고 있었다. 이들 큰 개미는 날개가 하얗고 머리는 붉은 색이었으며 길이가 3치 정도나 되었다. 그리고 주위에 또 다른 큰 개미 수십 마리가 그를 보호하고 있어 다른 개미들이 감히 가까이 할 수 없었다. 이가 곧 왕이었고 괴안국의 도읍지로 생각되었다.

또한 한 굴을 살피니 곧바로 남쪽으로 뻗었는데 가히 4길[丈]은 될 만하고 완전한 네모를 이루고 있었다. 역시 거기에도 토성과 작은 누각들이 있고 많은 개미가 그 속에 살고 있었는데, 곧 순우분이 다스렸던 남가군이었다.

그리고 한 굴은 서쪽으로 2길 정도 떨어진 곳에 돌멩이들이 울퉁불퉁하여 휑하게 거칠었고 골짜기처럼 파여 이상했는데, 그 속에 썩은 거북 껍데기가 있어 크기가 말[斗] 만했다. 거기에는 오랫동안 비를 맞고 흙이 쌓여서 작은 풀들이 나 덮여 우묵하고 컴컴하여 음산했다. 이곳이 바로 순우분이 사냥하러 나갔던 영구산이었다.

또 다른 하나의 굴을 살피니 동쪽으로 한 길쯤 떨어진 곳에 오래된 나무뿌리가 얼기설기 서리어 있어 마치 용이 서리고 있는 모습 같았다. 그 속에 흙이 한 자쯤 쌓여 있어 여기가 곧 순우분의 아내를 장례지낸 반용강의 무덤 그것이었다. 순우분은 지난 일들을 생각하고 마음속에 깊은 감동을 느끼며, 개미굴을 헤쳐 살펴 모두 꿈속의 일과 부합됨을 실감했다. 그래서 두 친구들이 그 굴을 훼손해 버릴까 두려워하여, 종에게 급히 흙을 덮어 본래대로 해두라고 일렀다.

이날 밤은 비바람이 몹시 불었다. 아침에 나가 그 굴을 살펴보니 개미들이 모두 사라지고 어디로 갔는지 알 수 없었다. 앞서 꿈속에서 상소한 사람이 '나라에 크게 두려운 일이 생길 것이니 예컨대 도읍을 옮기는 일 같은 것'이라고 했던 그 말의 징험이었다.

다시 꿈속에서 단라국의 침범에 관한 사실이 생각나 역시 두 친구를 불러 밖으로 찾아 나섰다. 집 동쪽으로 1리쯤 되는 곳에 오랫동안 물이 마른 시내가 있는데 그 옆에 커다란 박달나무 한 그루가 서있어서 칡넝쿨에 덮여 아래로 햇빛이 들지 못할 정도였다. 그 옆에 작은 굴이 있기에 살피니 역시 많은 개미가 그 속에 모여 숨어 있었다. 아마도 단라국이란 여기가 틀림없는 것으로 생각되었다.

아, 기이하도다! 개미의 영이함도 오히려 가히 이렇게 무궁한데 하물며 산속과 바다 밑에 살고 있는 큰 생령(生靈)들의 변화는 어떠하겠는가? 당시 순우분의 술친구 주변과 전자화는 모두 육합현(六合縣)에 살고 있었고, 순우분이 이들 친구를 못 만나본 지가 열흘쯤 되었다. 순우분은 가동(家僮)을 시켜 급히 가서 살펴보고 오라고 했는데, 주변은 갑자기 병이 나서 이미 사망했었고 전자화도 또한 병을 얻어 자리에 누워 있다는 것이었다.

순우분은 남가군 태수가 되어 영화를 누린 일이 허황된 것임을 생각하고 인간의 일생이란 잠시 동안임을 깊이 깨달아, 이후 도문(道門)에 마음을 쏟아서 술과 여색을 끊었다. 그는 이렇게 3년이 지나 정축(丁丑) 해에 집에서 숨을 거두니 이때 나이 47세였고, 꿈속에서 부친의 편지에 나타나 있던 바와 같이 타고난 생명의 한계에 부합되었다.

이공좌(李公佐)는 정원(貞元) 18년(802) 8월 오(吳)로부터 낙(洛) 지역으로 가면서 잠시 회포(淮浦)에 배를 대고 머물었을 때, 우연히 순우분에 대한 이야기를 접하고 그 유적지를 두 번 세 번 반복하여 순방해 보니 모든 것이 사실과 부합되었다. 그래서 이 일을 기록해 전(傳)으로 만들어 호사자(好事者)에게 도움을 주려고 한 것이다.

비록 이 일은 신비스러운 이야기로 허황된 것 같지만 부당하게 자리를 차자하고 억지로 인생을 사는 사람들에게 경계가 되었으면 하는 바람이다. 뒷날의 군자들이여, 남가태수의 이야기가 우연한 일이라고 생각하고, 명성과 고관직을 얻었다고 이 하늘 아래 땅 위에서 교만하게 굴지 말지어다.

전 화주(華州) 참군 이조(李肇)가 이 이야기를 찬양해 가로되,

"존귀하기가 최고의 벼슬자리에 올라 있고 권세가 나라를 기울일 만한 그런 사람들을 진리를 깨달은 사람의 눈으로 보면 개미들이 모여 우글대는 것과 무엇이 다르랴?"
라고 말했다.

유의젼(柳毅傳)

〈해 설〉

　이 작품은 너무나 많이 알려져 있는 용궁 관련 이야기이다. 우리 나라 설화나 고소설에도 용궁 관련 이야기가 소재로 많이 등장하는 데, 특히 사람이 용왕에게 어떤 도움을 주어서 용의 딸을 아내로 삼는다는 이야기는 옛날 설화의 여러 편에 등장하고 있다. 그리고 특히 고소설 <구운몽>에서 이 용녀 소재가 이용되고 있는데, 여기 <유의전>에서 영향을 입은 흔적이 뚜렷하며, 문헌설화에는 이 이야기를 우리나라 이야기로 꾸며 나타내 놓은 것이 있어서 관심의 대상이 된다.

　사람들은 용왕을 받들어 섬기는 대상으로 여기고 있다. 그래서 용왕에게 제사를 지내면서 도와달라고 빈다. 그런데 또 한편으로는 사람이 용왕의 어려운 점이나 그 가족을 도와주어 용궁으로 초대되고 용왕으로부터 큰 대접을 받는다는 이야기가 있는 것은 언뜻 생각하면 이해하기 어려운 면이 있다. 여기에는 어떤 인물의 영웅성을 부각시키기 위한 한 장치로 이용되고 있다는 사실에 주목하게 된다.

　이 작품은 당 정원(貞元) 원화(元和) 연간(768～820) 사람 이조성(李朝成)에 의해 창작되었고, 뒤에 『태평광기』 권419에 실려 전해지고 있는데, 당나라 말기에는 이 작품을 바탕으로 하여 또 다른 소설 <영응전(靈應傳)>이 지어지기도 했다.

당 의봉(儀鳳: 676~678) 연간에 유의(柳毅)라는 선비가 있어서 과거를 보아 낙방하고 상(湘) 지역으로 돌아가려고 했다. 그런데 고향 사람 한 분이 경양(涇陽)에 와 있었기 때문에 가서 고별인사를 해야겠다고 생각하고 길을 나섰다. 6,7리쯤 가니 갑자기 새들이 날면서 말이 놀라 급히 길 왼쪽으로 달아나 다시 6,7리쯤 가더니 서는 것이었다.

이때 한 부인이 길가에서 양을 치고 있는 것이 눈에 띄기에 유의가 이상하게 여기고 바라보니 부인은 얼굴 바탕이 아름답고 고왔다. 하지만 부인의 얼굴에는 근심이 서려 있고 치장이 초라해 보이고 우두커니 서서 머뭇거리며 무엇인가를 기다리는 모습이었다. 그래서 유의가 다가가서 물었다.

"그대는 무슨 일이 있기에 스스로 이렇게 괴로워합니까?"

부인은 처음에는 괴로워하면서 사양하더니 마침내 눈물을 흘리며 대답했다.

"이 못난 여자는 불행하여 오늘 어르신으로부터 부끄러움을 당했습니다. 그렇지만 원한이 살과 뼈에 사무치는데 역시 어찌 부끄럽다고 피할 수 있겠습니까? 한 마디 말씀을 들려드리겠습니다. 저는 동정호(洞庭湖) 용왕의 딸로서 부모께서 경천(涇川) 용왕의 차자에게 시집을 보냈습니다. 그런데 남편은 방탕한 생활을 즐겨 여종에게 유혹을 당해 날마다 저를 싫어하고 구박했습니다. 그래서 시부모에게 호소하였지만 시부모님도 그 아들을 사랑해 제지하지를 않았고, 제가 자주 호소하게 되니 또한 시부모님으로부터도 미움을 당했고, 마침내 시부모님이 저를 꾸짖어 쫓아내 이 지경에 이르렀습니다."

이렇게 말하면서 한탄하고 눈물을 흘리며 슬퍼 어쩔 줄을 몰라 했다. 그리고 또 말을 이었다.

“동정호가 여기에서 얼마나 먼지 그 거리를 알 수가 없습니다. 먼 하늘만 막막하고 아무런 연락도 통하지 않으며 모든 것이 끊어져 이 슬픔을 친정에 알릴 길이 없습니다. 들으니 그대가 오(吳) 지역으로 돌아갈 것이라 하니, 어쩌면 몰래 동정호에 연락하여 혹시 편지를 아랫사람에게 전해 주는 일이 가능하실지 모르겠사옵니다.”

“알았습니다. 내 의기 남아로서 그대의 이야기를 들으니 기운과 피가 막 끓어오르고 날개가 없어 날아가지 못함을 한스럽게 생각합니다. 이런 일을 어찌 된다 안 된다하고 논의하겠습니까? 하지만 동정호는 깊은 물입니다. 내 이 세상 사람으로 어찌 물속에 뜻을 전달할 수가 있겠는지요? 오직 각기 살고 있는 길이 달라 서로 왔다 갔다 하지를 못하니, 정성어린 부탁을 이루어 드리지 못해 간절한 소원이 어긋날까 두렵습니다. 그대가 전달할 수 있는 무슨 방도가 있으면 나를 인도해 주소서.”

유의는 피가 끓는 듯 의기 남아답게 뜻을 밝히니, 여인은 슬피 울면서 또한 사례하면서 이렇게 말했다.

“무거운 은혜에 대해서는 다시 말하지 않겠습니다. 소식만 전하게 된다면 비록 죽는 한이 있더라도 반드시 사례를 하겠습니다. 그대가 허락해 주지 않았으면 어찌 감히 말씀 드리겠습니까만 이미 허락을 하고 물으시니 말씀 드립니다. 곧 동정호의 용궁은 당나라의 도성과 조금도 다르지 않습니다.”

이 말을 듣고 유의는 다시 그 방법을 물었다. 그러니까 부인은 다시 설명하는 것이었다.

“동정호의 남쪽에 큰 귤나무가 있으니 그 고을 사람들은 이 나무를 사귤(社橘)이라 부르고 있습니다. 그대가 허리의 띠를 풀어서 다른 것으로 묶은 다음 그 나무를 세 번 두드리면 어떤 응답이 있을 것입니다. 그런 다음에는 일어나는 상황에 따르면 아무런 장애가 없을 것입니다. 그대는 글로 써서 생각을 서술하는 것 외에 모든 마음속에 있는 이야기를 그대로 말로 하더라도 아무 문제가 없고 차질이 없을 것입니다.”

유의는 일러주는 대로 잘 하겠노라고 약속했다.

부인은 저고리 사이에서 편지를 꺼내 재배하고 건네면서 동쪽을 바라보고 흐느끼며 감정을 억제하지 못하는 것 같았다. 유의는 그를 위해 매우 깊이 통분해 하면서 편지를 받아 주머니 속에 넣었다. 그리고 유의는 부인이 치고 있는 양을 보고 궁금해 다시 물었다.

“내 그대가 왜 양을 치고 있는지를 모르겠습니다. 신령 세계에서도 짐승을 잡아 음식 만드는 일을 하는지요?”

“아, 아닙니다. 이것들은 양이 아니고 우공(雨工)들입니다.”

“우공이라니요. 우공이 무엇입니까?”

“예, 우공은 우레와 천둥번개를 일으키는 무리입니다.”

유의는 이 말을 듣고 자세히 놀아보면서 살피니, 곧 모두 고개를 늘고 두리번거리며 성난 걸음걸이로 걸으면서 입을 놀리는 모습이 매우 이상했지만, 크기며 털과 뿔은 양과 다르지 않았다. 이어 유의가 다시 말했다.

“내 심부름꾼이 되지만 뒷날 동정호로 돌아가서 만나면 나를 피하지나 마십시오.”

“무슨 말씀을……. 오히려 피하지 않는 것에서 그치지 않고 마땅히 친척이 되겠습니다.”

말을 마치고 작별하여 동쪽으로 떠나면서 수십 보를 지나지 않아 돌아보니 여인과 양은 모두 사라지고 없었다.

그날 저녁, 마을에 도착하여 친구를 만난 다음, 작별을 하고 길을 떠나 달포쯤 걸려 고향 집으로 돌아왔다. 그리고 동정호를 방문하여 남쪽으로 가보니 과연 귤나무가 있었다. 곧 띠를 바꾸어 띠고 나무를 향해 세 번 두드리고 서 있으니, 얼마 후에 한 무부(武夫)가 파도를 헤치고 나오더니 재배하고 물었다.

"존귀하신 손님께서는 어디에서 오셨습니까?"

유의는 그 자세한 내막을 말하지 않고 다만 빨리 가서 대왕을 뵈어야 한다고 이르니, 무부는 물을 들어 올려 길을 가리키며 유의를 이끌고 나아가면서 말했다.

"눈을 감고 있으면 잠시 후에 곧 도착하게 됩니다."

유의가 그 말대로 눈을 감고 있으니 드디어 궁궐에 도착했다. 눈을 뜨고 바라보니 건물들이 서로 마주보며 서 있는데 문들이 천만 개나 되었고, 진귀한 풀과 나무가 수없이 많이 나 있었다. 무부가 유의를 큰 건물 모퉁이에 서있게 하고는,

"손님께서는 여기에 서서 기다려야 합니다."
라고 이르는 것이었다.

그래서 유의가 그러겠노라 하면서 이곳이 어디냐고 물으니 무부는 영허전(靈虛殿)이라고 대답했다. 거기에 서서 주위를 살펴보니 인간 세상의 진귀한 보물들이 모두 다 있었다. 기둥은 하얀 옥으로 되었고 섬돌은 푸른 옥으로 이루어졌으며, 마루는 산호로 만들어졌고 발은 수정으로 되어 있었다. 비취색 문틀은 유리로 조각을 했으며 붉은 기둥들은 호박으로 장식되어서 기이하고 아름다운 모습들이 깊숙하여 말로써 다 형언할 수 없었다.

그런데 오랜 시간이 지나도 왕이 나타나지 않기에 유의는 무부에게 동정군(洞庭君)은 지금 어디에 있느냐고 물었다. 그랬더니 무부는,

"우리 임금님이 현주각(玄珠閣)으로 납시어 태양(太陽)도사와 대경(大經)을 강론하고 계시니 조금만 기다리면 마칠 것입니다."

라고 대답했다. 이에 유의가 그 '대경'이란 게 무엇이냐고 물으니까 무부의 대답은 이러했다.

"우리 임금님은 용(龍)입니다. 용은 물에 의하여 신령의 위치에 오르기 때문에 물 한 방울을 들어 올리면 한 골짜기를 다 덮게 됩니다. 그리고 도사는 사람인데 사람은 불로써 신성의 위치에 있으므로 한 등불로 아방궁(阿房宮)을 불태울 수가 있는 것입니다. 하지만 영이한 운용방법이 같지 않아 그윽한 조화를 부림이 서로 차이가 있습니다. 태양도사는 사람의 이치에 정통하여 우리 임금님이 초청해 강론을 듣는 것이랍니다."

이야기를 마치니 궁궐 문이 열리고 햇빛이 구름을 따라 모여들더니 한 사람이 나타나는데 자주색 옷을 입고 푸른 옥을 잡고 있었다. 무부는 '우리 임금님이시다' 라고 말하고 뛰어 내달아 앞으로 나아가 고하는 것이었다. 이때 왕은 유의를 바라보더니,

"아니, 저 분은 어쩌면 인간세상 사람이 아니냐?"

하고 물었다. 그래서 유의가 그렇다고 대답하고는 절을 하니 왕도 역시 절을 했다.

왕은 유의를 영허각 아래에 앉으라고 명하고,

"용궁은 깊숙한 곳이라 과인은 무엇을 잘 모릅니다. 그대는 천릿길을 멀다 않고 오셨으니 무슨 할 일이 있으신지요?"

하고 인사를 겸하여 물었다. 곧 유의는 이렇게 오게 된 이유를 설명했다.

"이 사람 유의는 대왕과 한 고을 사람입니다. 초(楚) 지역에서 자라 진(秦) 지방으로 학문을 닦으러 갔었습니다. 그랬는데 이번 과거에 낙방하고 틈을 내어 경수의 오른쪽 언덕으로 말을 몰아 여행하면서, 대왕의 사랑하는 딸을 만나니 들에서 양을 치고 있으면서 비바람에 얼굴이 거칠어져 차마 볼 수가 없었습니다. 그래서 이 사람이 물어보았더니 이야기하기를, 남

편으로부터 구박을 받고 시부모도 생각해 주지 않아 그 지경에 이르렀다고 하면서 슬퍼하며 눈물을 줄줄 흘리고 있어서 사람의 마음을 슬프게 했습니다. 그러면서 편지를 부탁하기에 이 사람이 허락하고 지금 이렇게 오게 된 것입니다.”

이러면서 편지를 내어 왕에게 건넸다.

동정군이 편지를 다 읽고는 소매로 얼굴을 가리고 울면서 말했다.

“이 늙은 것의 죄입니다. 능히 소식을 알아보고 잘 살피지 못하고 벙어리와 장님처럼 앉아 있다가 규중의 어리고 약한 딸에게 먼 곳에서 해를 당하게 했습니다. 공께서는 인간세상 사람인데도 능히 위급함을 알아 이 늙은이에게 은혜를 입히었으니 어찌 감히 그 은덕을 저버리겠습니까?”

이야기를 마치고 다시 오랫동안 슬퍼하니 주위에서 모시는 이들도 모두 눈물을 흘렸다. 이때 한 관원이 임금 가까이에 서 있었는데, 임금은 글을 써서 주면서 궁 안으로 전달하라고 했다. 얼마 있으니 궁 안에서 모두 통곡하는 소리가 들려오는 것이었다. 이때 왕은 놀라면서 주위 사람을 시켜,

“급히 들어가서 궁 안에 알려 우는 소리를 크게 내지 못하게 하라. 전당(錢塘)이 알까 두렵도다.”

라고 말했다. 이에 유의가 전당이 누구냐고 물으니, 왕은 자기의 사랑하는 동생으로서 전날 전당 호수의 장이었는데 지금은 물러나 쉬고 있다는 것이었다. 이에 유의는 더욱 의문이 생겨, 왜 그가 알면 안 되느냐고 물었더니 왕은 이렇게 설명했다.

“아우의 용기가 너무 지나쳐서입니다. 옛날 요(堯) 임금 시절 9년 동안 홍수가 계속된 적이 있지요. 이는 내 동생이 한 번 화를 낸 까닭이었습니다. 근래 옥황상제의 미움을 사서 다섯 산으로 막아 구금했다가, 상제께서 과인이 오랫동안 조그마한 덕을 세상에 끼친 점을 감안하시어, 마침내 동

기의 죄를 너그럽게 줄여 여기에 머물러 꼼짝 말고 매어 있게 처치하셨습니다. 그래서 전당 지역 사람들이 날마다 와서 문안을 드리고 있습니다."

왕의 이야기가 미처 다 끝나기도 전에 문득 큰소리가 들렸다. 하늘이 쪼개지고 땅이 갈라지는 듯했으며, 궁전이 일렁일렁 흔들리는가 하면 구름과 연기가 솟아 끓어올랐다. 얼마 후에 붉은 용이 나타나는데 길이가 1천여 척이나 되고, 눈에는 번갯불이 쏘이고 붉은 혀를 내두르는데 비늘은 붉고 갈퀴는 불꽃같았다. 그리고 목에는 쇠사슬이 매여 있고 이 쇠사슬은 옥으로 된 기둥을 감아서 끌고 있었다. 1천 1만 우뢰와 번개가 그 몸을 둘러 울리고 진눈개비와 비와 우박이 한꺼번에 쏟아지더니 곧장 푸른 하늘로 몸을 휘둘러 날아올랐다.

유의가 놀라 땅에 엎어지니 왕이 친히 일어나 붙잡으면서,

"두려워하지 마십시오. 진실로 아무런 해가 없습니다."

라고 말했다. 유의는 한잠 만에 차차 진정되어 안정을 되찾은 다음, 여기를 얼른 떠나 그가 다시 오는 것을 피해 돌아가고 싶다는 뜻을 고했다. 그랬더니 왕은,

"반드시 그럴 필요가 없습니다. 그가 떠날 때는 그랬지만 돌아올 때는 결코 그렇지 않습니다. 조금이나마 따뜻한 대접을 해드리고 싶습니다."

라고 말하고는, 술자리를 마련하고 술잔을 들어 권하면서 다정한 이야기를 나누었다.

조금 있으니 아름다운 바람과 상서로운 구름이 은은하게 조화를 이루더니 여러 깃발이 영롱하게 빛나고 풍악소리가 그 뒤를 따르면서, 1천만의 아름다운 비단옷을 입은 여인들이 웃으며 즐거워했다. 그 뒤에는 천연한 미모에, 빛나는 구슬로 온몸을 치장하고 비단옷을 갖추어 입은 한 사람이

들어오는데 자세히 살펴보니 앞서 편지를 전해달라고 하던 그 여인이었다. 그런데 여인은 기뻐하면서도 슬픈 표정을 지으며 눈물을 계속 흘리고 있었다. 조금 있으니 붉은 연기가 그의 왼편으로 덮고 자주색 김이 그 오른편으로 퍼지더니 향기가 일면서 궁 안으로 들어갔다.

이때 왕은 웃으면서, 경수에 구금되었던 사람이 이르렀다고 말하고, 잠시 궁 안으로 들어가겠다고 했다. 얼마 후 들으니 고생한 것을 원망하는 소리가 한 동안 들리더니, 한참 만에 왕이 다시 나와 유의와 함께 식사를 했다.

이때 키가 크고 기개가 펄펄 넘치는 한 사람이 자주색 옷을 입고 푸른 옥을 손에 쥐고 들어와 왕의 곁에 앉았다. 왕이 유의에게 이 사람이 바로 아우 전당군이라고 소개했다. 이에 유의가 일어나 달려 나가 절을 올리니 전당군도 역시 극진히 맞으면서 예를 표하고 유의를 향해 이렇게 말했다.

"조카딸아이가 불행하여 완악한 남편의 욕을 당했는데 명민한 군자의 신의(信義) 발현에 힘입어 멀리 가서 원통함을 해결할 수가 있었습니다. 그렇지 않았더라면 조카는 경양 언덕의 한줌 흙이 되고 말았을 것입니다. 아름다운 은덕 가슴에 새겨 말로써는 다 할 수가 없습니다."

이 말에 유의는 겸손하게 물러서며 사례하고 몸을 굽히며 어물어물할 따름이었다. 그리고 전당은 형을 돌아보며 고했다.

"앞서 아침 진시(辰時)에 이 곳 영허각을 출발하여 사시(巳時)에 경양에 도착했고, 오시(午時)에 저들의 처치를 마쳤습니다. 그런데 곧장 여기로 돌아오지 못하고 늦은 것은, 중간에 구천(九天)으로 달려가 상제께 경양 처치 사실을 고하고 왔기 때문입니다. 상제께서는 그 원통한 사실을 아시고 제가 처치한 잘못을 용서하시면서 면전에서 견책하는 것으로 죄를 면해 주셨습니다. 그런데 강한 성격 탓으로 격정이 치솟아 기다릴 겨를도 없이 궁중을 소란하게 하여 손님을 겁에 질리게 한 것에 대해 부끄럽고 송구스러워 몸 둘 바를 알지 못하겠습니다."

이러면서 물러나며 재배를 올렸다.

왕이 그에게 죽인 사람이 얼마나 되느냐고 물으니 전당은 6십만이라고 대답했고, 왕이 다시 농토를 얼마나 손상시켰느냐고 물으니 8백리라고 했다. 이어 왕은 그렇다면 그 무정한 사위 그 사람은 어디에 있느냐고 물으니 전당은 잡아먹어 버렸다고 대답하는 것이었다. 이때 왕은 타이르듯 이렇게 일렀다.

"완악한 그 사람의 나쁜 마음은 진실로 참을 수가 없는 일이지만, 네 행동 또한 지나치게 조급한 것이었다. 상제께서 위대하신 성심(聖心)으로 그 지극한 원통함을 이해해 주셨지만, 그렇지 않았다면 내 어떻게 사죄해야 했을지 모를 일이로다. 이후로는 그와 같은 행동을 다시 해서는 안 되느니라."

전당은 왕의 말에 다시금 재배를 올렸다. 그리고 이날 밤은 유의를 응광전(凝光殿)에서 잠자게 했다.

이튿날, 왕은 응벽궁(凝碧宮)에서 유의에게 잔치를 베풀어주었다. 왕의 친구와 친척들이 모이고 널리 풍악이 펼쳐지는데 모두 좋은 술을 마시며 맛있고 정결한 음식에 잠기었다. 처음에 피리를 불고 북을 울리는 풍악이 시작되는데 여러 깃발과 칼과 창을 든 사람 1만인이 오른편에서 춤을 추는 것이었다. 그 중에 있던 한 사람이 앞으로 나오며,

"이것은 '전당파진악(錢塘破陣樂)'입니다."

하고 외쳤다. 깃발과 창들의 웅장한 기운이 한데 어울려 사납고 두렵게 느껴지니 앉아 보는 사람들의 모발이 모두 쭈뼛하게 일어섰다.

다시 이번에는 금석사죽(金石絲竹)의 여러 악기를 든 사람들이 비단옷

을 입고 아름다운 보석으로 치장하여 등장했다. 1천 여인들이 그 왼편에서 춤을 추는데, 그 중에서 한 여인이 앞으로 나오며 외쳤다.

"이것은 '귀주환궁악(貴主還宮樂)'이 옵니다."

맑은 음악 소리가 울려 퍼져 호소하는 듯 추모하는 듯하니, 앉아서 듣는 좌객들이 눈물 쏟아짐을 스스로 느끼지 못하는 것 같았다.

두 가지 음악이 끝나니 용왕은 크게 기뻐하고 비단을 내려 춤춘 여인들에게 나누어 주었다. 그런 뒤에는 자리를 조밀하게 앉아 술을 마음껏 권하며 즐거움이 극치에 달했다. 술이 얼근하게 취하니 동정군이 이에 자리를 치면서 다음과 같이 노래했다.

"넓은 하늘 창창하고 대지는 아득하도다. 사람들 각기 뜻을 품고 있음이여, 어찌 가히 헤아려볼 수 있으리오. 여우와 쥐 같은 무리여, 박사(薄社: 殷나라 수도)의 담장 구멍에 의지해 있었도다. 우뢰와 번개 한 번 휘두름이여, 그 누가 감당하리요. 진인(眞人)의 두터운 신의를 입음이여, 내 핏줄로 하여금 고향으로 돌아올 수 있게 하였도다. 모두들 부끄러움을 말함이여, 어느 때 그 은혜 잊으리오."

동정군의 노래가 끝나니 전당군도 재배하고 노래를 지어 불렀다.

"상천(上天)의 명에 따름이여, 생사의 길이 정해져 있도다. 이쪽은 그 아내 되기에 합당하지 못했고, 저쪽은 남편 되기에 합당하지 못했도다. 마음속 고달픔이여, 경수의 모퉁이에 있으면서 바람과 서릿발 얼굴에 가득, 함이여 눈비가 옷 속을 파고들었도다. 훌륭한 분 힘을 입음이여, 편지 한 장 전하여왔도다. 골육으로 하여금 처음 같은 가정 갖게 하였으니, 영원히 값진 그 마음을 어느 때고 간직하리라."

전당군의 노래가 끝나니 동정군이 함께 일어나서 유의에게 술잔을 올렸다. 유의는 조심스럽게 걸어 나가 술잔을 받아 마시고, 다시 술 두 잔을 쳐서 동정군과 전당군에게 드렸다. 그리고 유의도 다음과 같은 노래를 지어 불렀다.

"푸른 구름 유유히 떠감이여, 경수는 동쪽으로 흐르고 있었도다. 미인의 슬퍼함이여, 비 오듯 눈물 쏟아 고운 얼굴 적셨도다. 편지 한 장 멀리 전달함이여, 그것으로 왕의 근심 덜었도다. 슬픔과 원통함 모두 씻음이여, 돌아와 편히 쉬도다. 다정하게 환대함 입음이여, 좋은 음식 감사하도다. 고향 집 적막함이여, 오래 머물기 어렵도다. 장차 떠남을 아뢰고자 함이여, 다정한 정 슬프도다."

유의의 노래가 끝나니 모두 만세를 불렀다. 동정군이 푸른 옥으로 된 상자를 내놓고 거기에 개수서(開水犀: 물이 나오게 하는 물소 뿔)를 담았고, 전당군은 붉은 호박 쟁반을 내놓고 거기에 조야기(照夜璣: 밤에 빛을 내는 야광주)를 담았다. 그리고 모두들 일어나 각기 유의에게 선물을 주었고, 유의는 사례하면서 받았다. 그런 뒤에 궁 안의 여인들이 모두 비단과 구슬 같은 보석을 유의가 앉아있는 쪽으로 던지니 이것늘이 높이 쌓여 빛났고, 얼마 후에는 앞뒤로 더욱 쌓여서 유의의 몸을 묻어버리니, 유의는 사방을 두리번거리면서 웃고 부끄러워 어쩔 줄 몰라 했다.

술이 얼근하고 기쁨이 극도에 달하니 유의는 자리를 뜨겠다고 말하고 다시 응광전으로 가서 잠을 잤다. 이튿날 또 청광전(淸光殿)에서 유의에게 잔치를 베풀었는데, 이때 전당군이 술에 취한 다음 얼굴빛을 고치더니 거만하게 걸터앉으며 유의를 향해 말했다.

"강한 돌은 깨어질지언정 굽어지지는 않고 정의에 불타는 선비는 가히 죽을지언정 수모를 당하지 않는다는 말을 듣지 않았습니까? 제가 가슴속 깊이 있는 충정을 유공에게 진술하고자 합니다. 이에 동의해 주시면 함께 하늘에 올라 살 수가 있지만 만일에 허락하지 않으시면 함께 흙더미 속에 있게 될 것입니다. 그대는 어떻게 생각하십니까?"

그래서 유의는 무슨 말인지 들어보겠으니 얘기해보라고 했다. 그랬더니 전당의 말은 이러했다.

"앞서 경양의 처인 내 조카는 곧 동정군의 사랑하는 딸입니다. 맑은 성품에 아름다운 바탕을 가지고 있어서 우리 친척 9족이 모두 소중히 여기고 있습니다. 불행히도 나쁜 사람에게서 욕을 당했지만 지금은 관계가 끊어졌습니다. 장차 높으신 뜻에 의탁하여 대대로 친척 관계를 요구하고자 합니다. 은혜를 입은 사람에게 그 은혜를 돌릴 바를 알게 하시고 사랑을 품은 사람에게 의탁할 바를 알게 해주시는 것이 어찌 군자의 변함없는 도리가 아니겠습니까? 어떻게 생각하시는지요."

유의는 고개를 숙이고 가만히 있다가 흔연히 웃으면서 입을 열었다.

"진실로 전당군께서 이같이 자잘하게 곤란을 끼칠 줄은 몰랐습니다. 유의 처음에 듣건대 구주를 짓누르고 오악을 가슴에 안으며 분노를 발산한다고 들었습니다. 그리고 다시 쇠사슬을 끊고 옥기둥을 끌면서 위급한 곤란을 구제하러 가는 것을 보았습니다. 그때 유의는 강하고 결단력 있으며 명쾌하고 정직하여 전당군과 같은 사람은 없다고 생각했습니다. 그래서 침범하는 사람은 그 죽음을 면치 못할 것이고, 감정을 품게 하는 자 그 삶을 영위하지 못할 것이라고 생각하면서, 바로 진정 대장부의 의지라고 여겼습니다. 그런데 어찌하여 풍악이 울리고 친한 손님과 화목을 이루는 이 자리에서 그 올바른 길을 생각지 않고 사람에게 위협을 가하려 하십니까? 이것이 어찌 내 소망에 부합하겠습니까? 만약 공을 넓은 바다 파도 속에서나 깊은 산골짜기에서 만나, 비늘과 수염으로 내리치고 비바람으로 뒤집어씌워 장차 이 유의를 핍박하여 죽게 한다고 해도 유의는 한갓 짐승으로 보면서 역시 무슨 한을 남기지 않을 것입니다. 지금 몸에 의관을 갖추고 앉아 예의에 맞는 이야기를 하며 오륜의 본질에 충실하고 백행의 깊은 의미를 몸에 지니면서, 비록 세상의 어진 호걸들도 이같이 하는 자 없을 터인데 하물며 강하(江河)의 신령들이 할 행동입니까? 육중한 몸과 사나운 성품으로 술기운을 빌리어 장차 사람을 핍박하려 하니 어찌 정직한 행동에 가깝다 하겠습니까? 또한 유의의 바탕이 왕의 한 비늘 사이에 감출만한 것이지만, 감히 불복하는 마음은 왕의 그 올바르지 못한 기개를 이기는 것이오니 오직 왕은 생각해 하십시오.”

전당은 이 말에 한참 동안 가만히 있다가 사례하면서 말했다.

“과인은 궁중의 방안에서 자라 정론(正論)을 들어보지 못했습니다. 앞서 이야기를 경망스럽게 하여 고명한 분에게 당돌한 행동을 하게 되었습니다. 물러나 스스로 돌아보아 반성하니 매우 크게 질책을 받아 마땅합니다. 바라건대 군자는 이 때문에 사이가 벌어지는 일이 없으면 좋겠습니다.”

그날 밤 다시 즐거운 잔지가 열려 그 화목함이 전과 다름없었다. 유의와 전당은 드디어 마음을 터놓는 친구사이가 되었다. 이튿날 유의가 돌아감을 사례하니 동정군의 부인이 별도로 잠경전(潛景殿)에서 유의에게 잔치를 열었다. 남녀종들이 모두 나와 참여했고, 부인이 울면서 유의에게 말했다.

“내 핏줄이 군자의 깊은 은혜를 입었는데 감사의 마음을 다 펼쳐드리지 못한 채 이별에 이르게 됨을 한스럽게 여깁니다.”

이렇게 사례하면서 전 경양의 여인(부인의 딸)을 나오라고 해 유의에게 절을 하여 감사를 표하게 했다. 그런 다음 부인은 또,

“오늘 이렇게 헤어진 후 어쩌면 다시 서로 만날 날이 있겠는지요?”

라고 말했다. 유의는 앞서 비록 전당의 요청을 승낙하지 않았었지만 이 자

리를 당하여 여인을 보니 오직 한탄하는 마음이 가슴을 메웠다.

잔치가 파하고 작별을 고하니 온 궁궐 안이 슬픔에 잠겼다. 선물로 받은 값진 보물들은 기이하여 가히 모두 말할 수가 없었다. 유의는 이에 다시 길을 따라 강가로 나왔고, 10여 명의 사람들이 짐을 지고 따라와 그 집에 이르러 내려놓고 떠나갔다.

유의는 보물을 가지고 광릉(廣陵)의 보석 상점에 가서 파니 1백분의 1도 덜 팔아서 재산이 1조에 이르렀다. 그래서 회서(淮西) 지방의 부자 사람들이 모두 그에게 미치지 못한다고 하며 부러워했다. 유의는 드디어 장씨(張氏) 성을 가진 여인에게 장가들었으나 곧 사망하고, 또한 한씨(韓氏) 여인을 아내로 맞았다. 그런데 몇 달 지나니 갑자기 한씨 또한 사망하는 것이었다. 그런 다음 집을 금릉(金陵)으로 옮겨 살았는데, 항상 홀아비로서 외로워 정감이 일 때가 많았고, 혹간 새로운 배필을 중매하려는 사람도 있었다.

한 중매가 와서 이렇게 고하는 것이었다.

"노씨(盧氏) 여인이 있는데 범양(范陽) 사람입니다. 여인의 부친 이름은 호(浩)이고 일찍이 의리가 굳은 청류(淸流) 재상을 지낸 다음, 지금은 늙어 선도(仙道)를 좋아해 홀로 깊은 산속으로 떠돌아다녀 간 곳을 알지 못합니다. 모친은 정씨(鄭氏)로, 작년에 딸 노씨를 청하(淸河) 장씨(張氏)에게 시집보냈는데, 불행히도 남편 장씨가 일찍이 사망하게 되었습니다. 그래서 모친은 그 어린 딸이 홀로 된 것을 가엾게 여기고, 또 그의 명석하고 아름다움을 아깝게 여겨, 덕망 높은 사람을 가리어 짝을 지어주고자 하는 것입니다. 모르겠습니다만 뜻이 어떠하신지요?"

이에 유의는 좋다고 허락하고 날을 받아 혼례를 올렸다. 이에 남녀 두 성이 함께 호족(豪族)이어서 여러 가지 갖추어진 예물이 풍성하니, 금릉의 인사들이 크게 우러러보지 않는 사람이 없었다.

한 달쯤 지나 유의가 일이 있어서 늦게 집으로 돌아와서 그 아내를 보니, 옛날의 용녀와 아주 닮은 것 같았지만 좀 더 예쁘게 보였다. 그래서 유의가 옛날의 일을 아내에게 이야기하니, 아내는 웃으면서,

"인간 세상에 어찌 그 같은 일이 있겠습니까?"

라고 말하며 부정했다.

1년쯤 지나 아내가 한 아들을 낳으니 유의는 더욱더 아끼고 중히 여기는 것이었다. 그리고 아들 낳은 지 1개월쯤 지나서, 아내는 옷을 갈아입고 치장을 곱게 한 다음 친척들을 불러 모임을 가진 자리에서 웃으며 남편에게 이야기했다.

"그대는 옛날의 나를 기억하지 못하십니까?"

이에 유의는 옛날 동정군에게 딸의 편지를 전해준 사실을 지금도 기억하고 있노라고 했다. 이때 아내는 다시 남편에게 말했다.

"내가 바로 동정군의 딸입니다. 경전(涇川)에서의 원통한 일을 그대가 친정에 알려지게 하였으므로, 그대의 은혜를 가슴에 품고 반드시 보답을 하겠다는 굳은 맹세를 하였습니다. 그런데 전당 숙부의 혼사 논의에 그대가 따르지 않으니 마침내 일이 어긋나고 말았고, 헤어져 각기 다른 곳에 살아서 서로 소식을 알지 못했던 것입니다. 그러던 중 부모는 나를 탁금(濯錦)의 작은 아들에게 재가를 시키고자 하는데, 나는 오직 마음속의 굳은 맹세를 바꿀 수가 없어 괴로웠습니다. 그렇다고 부모님의 명령 또한 거역하기가 어려웠습니다. 이미 그대에게서는 거절을 당해 작별하여 만날 기약이 없었으며, 당초의 원통함을 비록 부모에게 고했지만, 보답을 맹세했던 그 뜻은 이루기가 어려웠습니다. 다시 그대에게로 달려가 아뢰고 싶었지만 마침 그대는 장씨에게 장가들었다가 또 한씨에게 장가를 들어 있었

습니다. 괴로운 나날을 보내고 있는데 장씨와 한씨가 이어 사망하고 그대는 마침 여기에 와서 자리 잡고 살게 되었습니다. 그때 저의 부모는 제가 그대의 은혜에 보답하겠다는 뜻을 이룰 수 있게 된 것을 기뻐했습니다. 오늘날 그대를 받들어 모시게 되어 함께 한 평생을 잘 살다가 마치면 죽어도 한이 없겠습니다.”

이렇게 오열하며 눈물을 줄줄 흘리고는 다시 유의에게 이런 이야기를 했다.

“처음에 이야기하지 않은 것은 그대가 여색을 중히 여기는 생각이 없음을 알아서였고, 지금 이렇게 이야기하는 것은 그대가 나에 대한 애정의 뜻이 깊음을 알았기 때문입니다. 그리고 여성의 운명은 비박하여 남편으로부터 확고하게 두텁고 영원한 마음을 얻기란 쉽지 않습니다. 그래서 그대가 자식을 크게 사랑하고 있는 그 마음을 인연하여 서로 함께 삶을 의탁하려는 것입니다. 그대의 마음이 어떠한지를 알지 못하여 근심과 두려움이 마음속에 함께 쌓여 능히 스스로 헤아리지 못하고 있습니다. 그대가 앞서 편지를 전달할 당시 웃으면서 저에게 이르기를 ‘뒷날 동정호로 돌아가게 되면 서로 피하지나 말라’고 한 것이, 진실로 알지 못하겠습니다만 이때를 당하여 생각해보면 그대가 어쩌면 오늘의 일을 염두에 둔 것이 아니었는지요? 그 뒤 숙부님이 그대에게 인연을 요청하였을 때에 그대는 굳게 허락을 하지 않았습니다. 그대는 진실로 마음에 없었던 것인지요? 그렇지 않으면 분한 마음에 그랬는지요? 그대는 이야기를 들려주시기 바랍니다.”

아내의 간곡한 이야기에 유의는 감동을 느끼고 말했다.

“그대 이야기와 같습니다. 내가 처음에 그대를 장경(長涇)의 모퉁이에서 보았을 때 억눌러 초췌한 모습에 진실로 마음이 아팠습니다. 그랬지만 내 마음속에 스스로 약속한 바는 그대의 원통함을 전달하겠다는 것 이외에는 다른 생각을 갖지 않았습니다. 서로 피하지 말아달라고 한 말은 우연한 의미 없는 말이었으며 어떤 특별한 생각이 없었습니다. 그리고 전당이 나를 핍박했을 당시는 오직 이치상 정직하지 못한 점이 있고 사람의 화를 돋우는 것이었습니다. 대저 애초에는 정의로운 행동으로서 그 뜻대로 행동했다가 어찌 그 조카사위를 죽이고 아내를 뺏어 다른 사람에게 줄 수 있단 말입니까? 이것이 내가 생각하는 첫째의 거절 이유였습니다. 그리고 평소에 진리를 고수하여 내 의지를 숭상하는 것을 선으로 여겼는데 어찌 자기를 굽히고 남에게 복종하는 일이 있겠는가 하는 것이 둘째 이유였습니다. 또한 마음속에 간직하고 있는 소신을 펴서 복잡한 문제에 대응하여 오직 정직한 것을 바탕으로 도모하려 했고, 위해를 피하려는 마음을 갖지 않았습니다. 그랬지만 이별하는 그날 그대의 의연한 모습을 보고는 마음속으로 무척 한탄했습니다만, 끝까지 인사에 속박 당해 사과를 하지 못했습니다. 아, 오늘 그대 노씨가 바로 그이로구려! 또한 인간이 되어 집에서 함께 살고 있으니, 곧 내 비로소 마음속에 의혹을 품음이 없도다. 지금부터 이후로 영원히 즐겁게 아름다움을 받들어서 마음속에 조그마한 염려도 두지 마소서.”

남편의 말을 들은 아내는 깊은 감동을 느끼고 한참 오랜 기쁨의 울음을 그치지 않았다. 한참 후에 아내는 입을 열었다.

“사람이 아니고 동물이라고 하여 무심하다고 하지 마십시오. 진실로 마땅히 보답을 알 따름입니다. 대저 용은 수명이 1만세라고 하니 지금 그대와 그것을 함께할 것입니다. 그리고 물과 땅으로 다니지 않는 곳이 없으니 그대는 그것을 망령된 것이라 여기지 마십시오.”

이 말을 들은 유의는 매우 좋다고 하면서,

“나는 나라에서 벼슬하여 사신으로 다니는 그런 것을 알지 못합니다.

신선이 되는 약을 구해 먹을 것입니다."

그리고 유의는 아내와 함께 동정호로 가서 근친했는데, 도착하니 손님 맞이의 의식이 매우 성대하여 모두 기술하기가 어려웠다. 뒤에 유의는 40여 년 동안 남해에서 사는 동안, 그 저택과 거마 등 살림살이가 값지고 아름다워서, 비록 후백(侯伯)의 지위에 있는 사람일지라도 이보다 더하지 못했다. 그래서 유의의 친척들이 많은 혜택을 입었다. 또한 유의는 나이가 많아지면서도 얼굴과 모습이 조금도 변하자 않으니 남해 사람들이 기이하게 여겨 놀라지 않는 사람이 없었다.

개원(開元: 713~741) 연간에 현종(玄宗) 황제가 신선의 일에 관심을 많이 가져 도술 가진 사람을 샅샅이 찾았으므로, 유의는 불안을 느껴 아내와 함께 동정호로 들어가 10여년을 살게 되니 그의 종적을 아는 사람이 없었다. 개원 말에 이르러 유의의 외사촌 아우 설하(薛嘏)가 경기령(京畿令)이 되었다가 좌천되어 동남 지역으로 관직을 얻어 나갔다. 그래서 동정호를 지나면서 맑은 대낮에 멀리 바라보니 문득 푸른 산이 아련히 물결 속에서 솟아오르는 것이었다. 뱃사람들이 모두 옆으로 서서 바라보면서,

"저기에는 본래 산이 없는 곳인데 아마도 물속 괴물인 것 같습니다."
라고 말하고, 가리키며 돌아보는 사이에 그 솟은 산이 배에 가까이 와 닿았다. 이에 색채로 아름답게 꾸민 배가 산에서 달려 와서는 설하를 찾아 물으면서 한 사람이,

"저기 유공께서 와 기다리십니다."
하고 아뢰었다.

그래서 설하는 문득 기억이 나서 곧장 재촉해 산 아래에 이르러 옷자락을 걷고는 산으로 빨리 올라갔다. 산에는 궁궐이 있어서 세상의 것과 같았으며, 보니까 유의가 궁실 안에 서 있고 앞에는 풍악 울리는 사람이 나열

해 있는가 하면 뒤에는 치장을 곱게 한 여인들이 늘어서 있었다. 놓여 있는 물건들과 그릇들도 인간 세상 것보다 훨씬 더 좋았다.

이야기를 해보니 유의는 얘기의 조리가 더욱 현묘했고 얼굴 또한 젊었다. 처음에 섬돌에서 설하를 만나 손을 잡고,

"이별한 지가 얼마 되지 않았는데 머리가 이미 누렇게 변했구먼."

이라고 말하니, 설하는 웃으면서 이렇게 대꾸했다.

"형님은 신선이 되고 아우는 마른 해골이 되니 정말 운명인가 봅니다."

이에 유의는 환약 50알을 내어 설하에게 주면서 일렀다.

"이 약 한 알은 1년의 수명을 연장할 뿐이다. 햇수가 다 차면 다시 오도록 하라. 인간 세상에 오래 살면서 스스로 고생할 필요가 없느니라."

즐거운 만남이 끝나고 설하는 작별인사를 한 다음 떠나왔으며, 이로부터 이후로 유의는 마침내 종적이 묘연했다. 설하는 항상 이 일을 세상 사람들에게 이야기했고, 4기(紀: 1기는 12년임)에 미치어 설하 역시 간 곳을 알시 못했다.

농서(隴西) 사람 이조위(李朝威)가 서술하면서 탄식해 가로되,

"5충(五蟲)[37]의 우두머리에 해당하는 동물은 반드시 정령이 있기 마련으로 특별히 여기에서 그것을 보노라. 따지고 보면 인간은 '나충(裸蟲)'에 해당하고, 또 다른 면에서 보면 용과 같은 인충(鱗蟲)에 해당한다고도 볼 수 있다. 동정호의 용왕은 마음이 넓고 정직함을 포용하고 전당강(錢塘江)의 용왕은 빠르고 성품이 날카로우니, 마땅히 계승됨이 있을 것이니라. 설하는 이 사실을 시로 읊기만 하고 기록으로 남기지 않은 채 홀로 유의가

---

37) 五蟲: 사람을 제외한 모든 동물을 뜻함. 鱗蟲~비늘이 있는 물고기, 毛蟲~털이 있는 짐승, 羽蟲~날개가 있는 새, 介蟲~딱딱한 껍질에 싸인 동물, 裸蟲~지렁이 같이 알몸이 노출되어 밋밋한 동물.

있는 선경(仙境)으로 가까이 가버렸다. 내 이 사실을 의롭게 생각하고 여기에 글로 써서 남기노라.

이위공정전(李衛公靖傳)

<해 설>

  이 작품은 당나라 초기 장군 이정(李靖)의 젊은 시절 이야기를 허구 사실로 구성한 소설이다. 이정은 고조(高祖) 황제 때 행군총관(行軍總管)에 임명되어 군사를 이끌고 나라 기틀을 세우는 데에 큰 공을 세웠고, 이어 태종 황제 때에도 형부상서가 되어 외적을 정벌하는 일에 온몸을 바쳐 위국공(衛國公)에 봉해졌다. 이렇게 이정은 무인으로서는 크게 명성을 떨쳤지만 승상(丞相)의 자리에 오르지 못한 것을 후인들은 아쉽게 여겼는데, 이 작품에 그런 내용이 반영되어 있다.

  한편 중국이나 우리나라 사람들의 마음속에는 용(龍)이 비를 내린다는 의식이 강하게 자리 잡고 있다. 이러한 의식을 토대로 용이 비를 내리는 방법에 대해 구체적으로 표현하고 있어서 많은 사람들의 관심을 끈 작품이다.

  특히 벼농사를 주로 하는 우리나라 사람들은 물이 고인 못이나 웅덩이의 용이 그 지역의 비 내리는 일을 담당한다고 생각해 왔는데, 이 작품이 이와 같은 지룡(池龍) 사상을 뒷받침해 준다는 점에서 우리나라 사람들의 호응을 많이 받아왔다. 우리나라 설화나 소설에도 비 내리는 이야기가 많이 나타나 있는데, 이 이야기가 큰 영향을 끼치고 있다는 점에서 주목해야 할 작품이다.

  태화(太和) 개성(開成) 연간(827~840) 사람 이복언(李復言)이 창작하여 그가 엮은 『속현괴록(續玄怪錄)』에 실었던 것을 뒤에 『태평광기』 권418에 다시 실어 전해지고 있다.

당나라 위국공(衛國公) 이정(李靖)은 출세하기 전 젊은 시절에 늘 영산 (靈山) 속에 들어가서 사냥을 했다. 그가 산 속에서 식사를 할 때에는 시 골 노인이 있어 그의 사람됨을 기이하게 여기고 많은 반찬을 마련해 주곤 했는데 세월이 지나면서 더욱 가까운 사이가 되었다.

하루는 많은 사슴을 만나 이들을 쫓아 산속으로 깊이 들어가 날이 어두 워졌다. 그래서 사슴 쫓는 일을 그만 두고 돌아가려 해도 너무 깊은 산속 으로 들어왔기 때문에 불가능하게 되었다. 얼마 지나니 주위가 깜깜해져서 길을 잃었고 어디가 어디인지를 알 수 없어 갈 길을 찾지 못하고 슬퍼하 며 발길 닿는 대로 걸으니 그 고통이 매우 심했다.

그때 아련히 저쪽에 불빛이 비치기에 급히 말을 달려 그곳으로 나아갔 다. 거기에 이르니 붉은 칠을 한 대문이 높다랗게 서 있는 큰 저택이 있 었고 담장과 건물이 매우 으리으리했다. 대문 앞에 서서 한참 동안 대문을 두드리니 한 사람이 나와서 연유를 묻는 것이었다.

이에 이정은 산 속에서 길을 잃었다고 말하고 하룻밤 묵고 갈 것을 요 청했다. 그랬더니 그 사람이 말하기를,

"도련님들이 모두 나가고 태부인 혼자 계시기 때문에 자고 가는 것은 불가능합니다."

라고 말하며 거절하는 것이었다. 그래서 이정은 들어가서 태부인에게 시험 삼아 한번 여쭈어 봐 달라고 사정했다. 그랬더니 그 사람은 안으로 들어가 고한 다음 다시 나와서 말했다.

"부인께서는 처음에 허락하지 않으려고 하시다가, 사방이 깜깜하게 어둡 고 또한 손님께서 길을 잃었다고 하니 불가불 자고 가게 할 수밖에 도리 가 없다고 하셨습니다."

그리고 이정을 안내해 청사 안으로 들어갔다. 한참 있으니 심부름하는

여종이 나오더니,

"부인께서 나오십니다."

라고 말했는데, 이어 한 부인이 나왔다. 부인은 나이 50세쯤 되어 보이고, 파란 치마에 하얀 저고리를 입고 있었으며, 정신이 맑고 청아해 마치 사대부 가문의 안방마님 같았다.

이정이 앞으로 나아가서 절을 올리니 부인도 답배를 하면서 이런 이야기를 했다.

"우리 아이들이 모두 밖으로 나가 집에 없어 손님을 유숙시키기에 합당하지 않습니다. 하지만 지금 하늘이 새까맣게 어둡고 돌아가는 길을 또 잃었다고 하니, 만약에 자고 가는 것을 허락하지 않는다고 하면 어디로 보낼 곳이 없을 것 같아 허락했습니다. 하지만 여기는 산야 지역이라, 우리 아들이 혹시 밤에 도착하면 소란해질 터이니 두려워하지나 마십시오."

이정은 식사 대접을 받았는데 매우 정결하고 좋았으며 특히 생선 반찬이 많았다. 식사를 마치고 나니 부인은 안채로 들어가고, 심부름하는 여종 두 사람이 침상에 요를 깔고 이불을 준비하는데 모두 향기를 품기고 우아했으며 매우 잘 어울렸다. 여종들은 그렇게 준비하고는 문을 닫아걸고 들어갔다.

이정은 혼자 생각에, 멀리 외진 산야에서 밤에 집에 도착하며 시끄럽게 한다는 그 아들이 무엇인지 몰라 궁금했다. 그래서 잠을 이루지 못하고 단정하게 앉아 무슨 소리가 나는지를 듣고 있었다. 그런데 밤중에 대문을 두드리는 소리가 매우 급하게 들려 왔다.

그래서 들으니 한 사람이 무엇을 전달하면서 말하기를,

"천부(天符: 하늘의 명령서)입니다. 대낭자(大郞子: 큰아들)에게 알려 지금 즉시 비를 내리되, 이 산 주위 7리에 5경까지 흡족한 비를 내려야 하며, 결코 시간이 늦어서도 안 되며 사납게 내리거나 지나치게 내리지 않도록 해야 합니다.”

라고 이르니, 집안의 한 사람이 대답을 하고 그 천부를 받아 안으로 들어갔다.

그리고 안에서 부인의 목소리가 들렸다.

“두 아들 모두 아직 돌아오지 않았는데 비를 내리라는 천부가 도착했으니, 진실로 설명하여 양해를 구할 수도 없고 시기를 어기면 문책을 당하게 될텐데 이를 어쩐담. 비록 사정을 보고해 본다고 해도 이미 때가 늦었도다. 그리고 집안 종들은 이 일을 맡아 하지 못하는 원칙이 있으니 이를 어찌해야 마땅할까?”

이때 한 작은 여종이 아뢰었다.

“마침 청사에서 묵고 있는 손님을 보니 보통 사람이 아니었습니다. 어찌 그 손님에게 부탁해 보시지 않으시렵니까?”

이 말을 들은 부인은 기뻐하면서, 직접 청사로 와 문을 두드리며 말했다.

“낭군께서는 잠을 깨지 않았습니까? 잠시 나와 만나보기를 청합니다.”

이정은 대답을 하고 나가 뜰에 내려 만나 보았다. 이에 부인이 다음과 같이 일렀다.

“여기는 사람의 집이 아니고 곧 용궁입니다. 저의 장남은 동해로 혼례 때문에 갔고 작은 아들은 누이동생을 보내주러 갔습니다. 그런데 지금 하늘 명령을 받았기에 바로 비를 내려야 합니다. 두 아들이 간 곳을 계산하면 합하여 1만 리가 넘는 곳입니다. 그러니 연락을 하려고 해도 시간 안에 미치기가 어렵고 대신 비를 내릴 사람을 구하기도 어렵습니다. 잠시 동안만 수고를 좀 끼치면 어떻겠는지요?”

부인의 말에 이정은 이렇게 물었다.

"이 사람은 세속 사람이라 구름을 탈 수가 없으니 어찌 비를 내릴 수가 있겠습니까? 방법을 가르쳐 주시면 명령을 따르겠습니다."

"아, 그것은 내가 하는 말에 따르면 불가능한 일이 아닙니다."

부인은 이같이 말한 다음, 일꾼을 시켜 청총마(青驄馬)에 배띠를 매고 몰고 오라고 명령했다. 그리고 또 우기(雨器: 비 내리는 그릇)를 가지고 오라고 하니, 조그마한 하나의 병을 가지고 왔는데 그것을 말안장 앞에 달아매라고 했다.

이렇게 준비한 다음 부인은 이정에게 다음과 같이 주의를 시켰다.

"지금 말을 타면 절대로 말을 몰아 달리게 하지 말고 말이 가는 대로 가만히 두시오. 말이 멀리 날아올라 굽을 치면서 소리 내어 울거들랑 이 병속의 물을 한 방울만 찍어내어 말 갈퀴 위에 뿌리면 말이 알아서 비를 내립니다. 그런데 절대로 물을 한 방울 이상 더 많이 뿌리면 안 됩니다."

이정은 부인이 이르는 말을 듣고 말에 오르니, 말은 둥둥 떠서 공중으로 날아올랐다. 그러는 동안 발이 점점 높아져 느끼지 못하게 빨리 달리는 것에[38] 놀랐고, 어느덧 모르는 사이 구름 위에 올라 있었다. 내려다보니 바람이 세게 불어 화살 같았으며 천둥과 번개가 발아래에서 번쩍번쩍 일고 있었다.

이때 말이 굽을 치고 소리 내어 울기에 이정은 부인이 시키는 대로 말 갈퀴 위에 물방울을 한 방울 떨어뜨리니, 얼마 후에 번개가 멎고 구름이 걷히었다.

그래서 이정은 자기가 살던 마을을 내려다보면서 이런 생각을 했다.

"내가 이 마을을 소란스럽게 한 적이 많아, 그 사람들에게 은덕을 끼쳐

---

38) 『태평광기』에는 '은질(隱疾)'로 나타나 있으나, 송(宋) 臨安書棚 본에는 '온질(穩疾)'로 되어 있음. 두 경우 모두 '느끼지 못하게 가만히 잘 달린다'고 해석하면 됨.

주고 싶어도 그 보답할 방법이 없었다. 지금 날씨가 오랫동안 가물어 곡식이 타들어가고 있는데, 지금 비를 내리는 일이 내 손에 달려 있거늘, 어찌 내 인색하게 해서야 되겠는고? 정말 그 물 한 방울로는 결코 해갈이 되지 않았을 것이다."

이런 생각을 하면서 물 20방울을 연속으로 말 갈퀴 위에 뿌렸다. 그리고는 얼마 후에 비가 개기에 말을 타고 돌아왔다.

궁에 도착하니 부인이 청사에 주저앉아 울면서 말했다.

"어찌하여 그렇게도 심한 잘못을 저지릅니까? 본래 약속이 물 한 방울이었는데 어찌하여 마음대로 20자[尺]의 비를 내리게 했단 말입니까? 그 물 한 방울이면 곧 사람이 사는 세상에서는 땅위에 1자의 비가 내리는 것입니다. 그 마을은 밤중에 평지에 사람 키 두 길이나 되는 비가 내렸으니 어찌 살아남은 사람이 있겠습니까? 나는 방금 하늘로부터 문책을 받아 매 80대를 맞았습니다. 내 등을 보십시오. 피가 온통 범벅이 되어 있습니다. 그리고 또 내 아들들이 연좌되어 벌을 받게 될 것은 어떻게 하겠습니까?"

이에 이정은 부끄럽고 두려워 무어라 대답을 하지 못했다.

부인은 다시 이야기했다.

"낭군은 세상 사람이기에 구름 끼고 비오고 하는 변화를 모르니 진실로 감히 원한을 품을 수가 없습니다. 다만 두려운 것은 조금 후에 용을 거느리는 책임자가 내려와서 낭군을 찾게 되면 놀라 겁을 먹을까 하는 점입니다. 그러니 속히 여기를 떠나는 것이 좋습니다. 그런데 수고를 끼쳐 번거롭게 해드리고 무슨 보답을 할 것이 없습니다. 산속이라 물건은 없고 다만 두 종이 있으니 받들어 드리겠습니다. 두 종을 모두 데리고 가도 좋고 둘 중 하나만 데리고 가도 좋습니다. 마음 내키는 대로 하십시오."

이러면서 두 종을 나오라고 명령했다. 그러니까 한 종은 동쪽 낭하(廊

下)에서 나오는데 모습과 표정이 부드럽고 즐거워 온화하였으며, 한 종은 서쪽 낭하에서 나오는데 화를 내는 것 같은 분한 표정을 짓고 얼굴을 잔뜩 찡그리어 버티고 서는 것이었다.

두 종을 번갈아 본 이정은 속으로 이런 생각을 했다.

"나는 평소 사냥꾼으로서 싸움하는 일과 사나운 행동을 해왔다. 그러니 지금 두 종 중 하나만 데리고 가되, 저 웃고 있는 부드러운 종을 데리고 가면 사람들이 나를 겁쟁이라고 할 것이 아닌가?"

이렇게 중얼거리면서 부인에게 말했다.

"감히 두 종을 어찌 모두 데리고 가겠습니까? 부인께서 이미 주신다고 하시니 저 화난 모습의 사나운 종을 데리고 가겠습니다."

이정의 말에 부인은 미소를 지으면서, 마음에 내키는 대로 데리고 가면 된다고 말했다.

드디어 이정은 부인에게 읍을 하고 작별했다. 이때 종도 뒤따라 나섰는데, 대문을 나와 몇 걸음 걸은 다음 뒤돌아보니 집이 온 데 간 데 없었고, 종을 돌아보며 물으려 하니 종 또한 종적을 감추고 없었다.

그래서 이정은 혼자 길을 찾아 집으로 돌아왔다. 날이 밝은 뒤에 그 마을을 바라보니까 물이 온통 가득 차 있고, 오로지 큰 나무들만 그 끝이 나타나 있을 뿐 사람들은 보이지 않았다.

그리고 뒷날, 이정은 마침내 병권(兵權)을 잡아 도적의 침입을 평정하고 그 공이 천하를 덮었다. 그러나 마침내 승상의 자리에 오르지 못했으니, 어쩌면 그때 두 종을 다 데리고 오지 못해 그런 것이 아니겠는가? 세상 사람들 이야기에 의하면 관동 지방에서는 재상을 내고 관서 지방에서는 장수를 낸다고 하는데, 그 어찌 동서 방향을 가지고 이야기한 것이겠느냐? 부인이 종이라 말한 바의 것은 역시 '아래[下]'를 상징한 것이니, 그때 이

정이 두 종을 모두 데리고 나왔으면 곧 장수와 승상 자리를 다 차지했을
것이로다.

이장무전(李章武傳)

<해 설>

　이 작품은 당 정원(貞元) 10년(794)에 과거에 급제한 이경량(李景亮)이 뒤에 지은 소설로, 『태평광기』 권340에 실려 전해지고 있다.

　당나라 시대 소설들이 대부분 그렇지만, 이 작품 역시 남성의 유혹에 의해 결연이 맺어지고, 그 다음 이별하여 남성은 잊어버리고 있는데, 여성 쪽에서는 깊은 애정을 품어 상심 끝에 병들어 죽는다는 내용이 전반부의 이야기이다.

　그리고 후반부는 남성이 생각이 나 여성을 찾아갔을 때, 죽은 여인의 혼령이 나타나 산 사람과 다름없이 교환하면서 뜨거운 정감을 불태운 다음, 돌아갈 때에는 값진 보물을 선물로 주고 간다는 내용이다. 그런데 헤어진 다음, 다시 이튿날 공중에서 소리하여 작별인사를 하는 것으로 끝맺고 있다.

　이와 같이 죽은 사람의 혼백과 애정을 나누는 명혼(冥婚) 이야기는 우리나라 설화나 소설에도 많이 나타나고 있어서 비교 연구를 필수로 한다. 우리나라의 대표적인 명혼 관련 소설인 <이생규장전>을 이 작품과 비교 고찰해 보면 양 작품 속에는 공통 소재를 많이 가지고 있어서 관심을 끌게 한다.

　아울러 당나라 소설 전기(傳奇)보다 앞선 시기의 지괴(志怪) 설화에도 이와 같은 명혼 소재가 많이 나타나 있어서, 그 소재의 이행(移行)에 대해서도 관심을 가져야 한다.

이장무의 자는 비경(飛卿)이며 그 선조는 중산(中山) 사람이다. 그는 자라면서 명민하고 해박한 지식을 갖추었으며, 어떤 일이든 완벽하게 잘 처리했고 문장과 시에 능했는가 하면 모든 면에서 출중했다. 그리고 비록 도가(道家) 사상에 깊이 빠져 스스로 고상하게 처신했지만 사람들을 피해 고고하게 행동함을 싫어했고, 용모가 단정하고 아름다웠으며 온화한 기풍을 지니고 있었다.

청하(淸河)에 사는 친구 최신(崔信)과는 우정이 두터웠는데, 최신 역시 뛰어난 선비여서 많은 골동품을 수집해 있으면서, 이장무가 그런 계통에 밝았으므로 늘 방문해 물건들을 감정하고 담론했다. 그래서 모두 그윽한 깊은 이치에 통달했고 사물의 근원을 깊이 파고들어 밝혔기 때문에 사람들은 그를 장화(張華)에 비교하기도 했다.

정원(貞元) 3년(787), 최신이 화주(華州) 별가(別駕)에 임명되어 부임하니 이장무가 그를 방문하러 장안(長安)을 떠났다. 며칠 걸려 화주에 도착해 지자거리 북편을 지나다가 문득 한 부인을 보니 매우 예쁘고 고왔다. 그래서 친구 최신에게 거짓으로 속여 이렇게 편지를 썼다.

"갑자기 다른 데 있는 친구와 의논할 일이 생겨 자네를 만날 수 없게 되었네."

그리고는 그 부인의 집으로 가서 세를 내고 방을 빌려 거처했는데, 그 집 주인은 왕씨 노인이었고 부인은 그 자부(子婦)였다. 그 집에 머무는 동안 이장무는 곧 그 부인과 사사로운 정을 맺어 깊은 사랑에 빠졌다. 한 달 남짓 사는 동안 집을 빌린 값이 3만여 전이었는데, 부인이 이장무에게 음식 대접한 비용은 그 2배나 될 정도로 두 사람 사이는 열정이 깊어져 날이 갈수록 더욱 간절했다.

이럴 즈음, 어떤 일이 생겨 이장무가 장안으로 돌아가야 했기 때문에 부득이 슬픈 이별을 하지 않으면 안 되었다. 이장무는 원앙새 한 쌍이 목을 서로 꼬고 있는 그림을 수놓은 비단 한 필을 부인에게 주면서 이렇게 시를 읊었다.

원앙을 수놓은 비단이여,	鴛鴦綺
수천 가닥 실로 맺어졌음을 알 것이로다.	知結幾千絲
이별 후에 서로 목을 꼬던 일 생각하면서,	別後尋交頸
응당 같이 있던 때를 그리며 상심하리로다.	應傷未別時

곧 부인도 백옥 지환(指環)을 선물로 주면서 답시를 읊는 것이었다.

지환을 문지르며 깊은 생각 잠길 때에,	捻指環相思
뱅글뱅글 돌고 돌아 그리움도 거듭하리.	見環重相憶
바라건대 그대는 길이 쥐고 놀리면서,	願君永持翫
돌리고 또 돌리어 끝남이 없기 바랍니다.	循環無終極

이장무에게는 종이 있어서 이름이 양과(楊果)였다. 부인은 돈 1천 냥을 내어 그에게 주면서, 주인을 잘 공경해 받드는 것을 칭찬하고 권장했다.

이장무는 그 부인을 이별하고 돌아와 장안에 거처하면서 7,8년이란 세월이 흐르는 동안 부인과는 서로 아무런 연락도 취하지 않았다. 정원 11년(795) 친구 장원종(張元宗)이 하규현(下邽縣)에 머물고 있었다. 그래서 이장무는 또한 장안을 떠나 장원종을 만나보고 싶은 생각에 길을 나섰는데, 문득 지난날 왕씨 노인의 자부와 깊은 애정에 빠졌던 일이 떠올랐다.

그래서 수레를 돌려서 위수(渭水)를 건너 찾아갔다. 해가 진 뒤에 화주에 도착해 왕씨 집으로 가서 묵을 생각으로 그 집 대문에 이르니, 곧 조용하고 사람 흔적이 없으며 다만 바깥채에 손님이 묵는 침상만 놓여 있을 따름이었다. 이장무는 의아해 하면서, 시골로 내려가 손님 받는 업을 폐하고 농사를 짓는지도 모른다는 생각을 해보고, 또 혹시 친척들의 모임에 참가했다가 미처 돌아오지 못했는가 하는 생각도 해보았다. 그러면서 대문간에 조금 쉬었다가 다른 여점을 찾아보아야겠다는 생각을 했다.

이러고 있을 무렵 동편 이웃에 사는 부인이 보이기에 가까이 가서 물어보았다. 그랬더니 이웃부인의 대답은 이러했다.

"왕씨 노인은 모든 영업을 버리고 집을 나가 어디론가 사라졌으며 그 자부는 사망한 지 이미 2년이나 되었습니다."

이 말을 들은 이장무는 그 이웃부인을 붙잡고 더 자세한 이야기를 듣는 동안, 이웃부인은 이렇게 자기 소개를 했다.

"제 성은 양씨(楊氏)이며 형제 중 여섯째이고 이 이웃에 사는 사람의 치입니다."

그리고 이장무에게 성씨를 묻기에 자세히 일러주니, 이웃부인은 또 이렇게 물었다.

"그렇다면 혹시 접때 양과라는 종을 함께 데리고 있지 않았습니까?"

이 물음에 이장무가 그렇다고 대답하니, 곧 눈물을 흘리면서 다음과 같은 자세한 내막을 알려주었다.

즉, 자기는 여기로 시집와 5년 동안 이웃해 살면서 왕씨 자부와 매우 친하게 지냈다고 했다. 그래서 한 번은 왕씨 자부가 자신의 심경을 다음과 같이 하소연하더라고 전했다.

"우리 남편의 집은 여관과 같아서 많은 남자들을 볼 수가 있었습니다. 그 들락거리면서 호감을 표현하는 남자들은 하나같이 재산을 모두 바치겠다고 하고 달콤한 말과 굳은 약속을 하곤 했지만 마음을 감동시키지는 못했습니다. 그런데 몇 년 전 이십팔낭(李十八郎)이 우리 집에 방을 빌리러 왔을 때 내 그를 처음 보고는 스스로 마음을 빼앗겨 정신을 잃고 말았답니다. 뒤에 드디어 그와 사사로운 정을 맺어 잠자리를 모셨고 실로 한없는 환희와 애정을 맛보게 하는 은혜를 입었습니다만, 지금은 헤어진 지 여러 해가 지났습니다. 그를 사모하는 마음은 하루 종일 밥을 먹지 못하게 했고 밤새도록 잠을 이루지 못하게 했습니다. 이전부터 우리 집안사람들에게는 정을 의탁할 곳이 없었으며, 저 남편이라는 사람은 동서 사방으로 돌아다녀 만날 때가 없었습니다. 이러한 괴로움에서 벗어나는 길은 다시 뛰어난 사람을 만나는 일이라고 생각하고 그런 사람을 찾으려고 원했습니다. 그래서 만약에 이 희망이 어긋나지 않으면 서로 의탁해 받들면서 함께 깊은 속마음을 토로하고 싶었습니다. 그런데 다만 이십팔낭의 종인 양과 그 사람만이 이에 부응했습니다.”

이렇게 왕씨 자부가 하던 말을 전한 이웃부인은 한참 동안 슬퍼하다가 다시 말을 이었다. 곧 노인 자부는 그렇게 2,3년 뒤에 병을 얻어 죽었고, 임종에 임박하여 다음과 같이 당부를 하더라는 것이었다.

“내 본래 가난하고 미천한 가문에 태어나서 일찍이 외람되게 군자의 두터운 사랑을 받아, 잊지 못하고 항상 마음속으로 깊이 생각하다가 오래 쌓여 병이 되어서는 이제 더 이상 살 수가 없게 되었음을 느낍니다. 이웃에서 가까이 지내던 부인에게 내 한 가지 간곡한 부탁을 드리려고 합니다. 만일에 그 분이 여기로 오는 날이 있으면 구천(九泉)에서 머금고 있는 원한과 천고에까지 사무치는 이별의 한탄을 풀어보고 싶어 하는 이 소원을 꼭 알려주기 바랍니다. 그래서 여기로 오시면 어디로 가지 마시고 머물러 계시다가 내 영혼이라도 함께 옛정을 되새겨 열정을 다시 불태우기를 바

란다는 뜻을 꼭 전해주십시오.”

이 이야기를 들은 이장무는 이웃부인에게 부탁하여 안방 문을 좀 열어 달라고 했다. 그리고 자기를 따라온 아랫사람에게 땔나무와 음식물을 사오라고 시켰다. 이렇게 하여 잠을 잘 자리를 준비하고 있는데, 갑자기 방안에서 어떤 여자가 나오더니 비를 가지고 뜰을 쓸기 시작했다. 그런데 이웃부인도 그 여인을 알지 못한다고 하기에 이장무가 이상하게 생각하고 어디에서 왔느냐고 물었다.

그랬더니 여자는 이 집에 살고 있는 사람이라고만 대답하기에, 이장무는 다시 그 여자를 붙잡고 다그쳐 물었다. 그때야 여자는 천천히 이렇게 대답하는 것이었다.

“왕씨 노인의 사망한 자부가 낭군의 깊은 애정과 은혜를 잊지 못하고 혼백이 나타나 뵈려고 하는데, 혹시 낭군께서 두렵게 여겨 놀랄까 하여 미리 나가 만나보라고 시켰습니다.”

이에 이장무가 아무런 문제가 없다고 말하고 나와도 좋다면서,

“이 이장무가 여기에 온 것도 그러기를 원하고 온 것입니다. 비록 이승과 저승의 길이 달라 사람들이 꺼리는 일이지만, 그리워하는 애정이 지극하니 실로 무엇을 의심하겠습니까?”

하고 일러주었다. 이 말이 끝나자 비를 잡고 있던 여인은 슬그머니 돌아서 문에 그림자만 비치더니 곧 사라져 흔적이 없었다.

얼마 후에 이장무는 음식을 차려놓고 혼령을 불러 제사를 지낸 다음, 제사음식을 먹고는 잠자리에 들었다. 밤 2경쯤 되니 침상 동남쪽에 놓인 등불이 갑자기 2,3번 깜박이기 시작했다. 그래서 이장무는 어떤 변화를 직감하고 등불을 담 뒤로 옮겨 집 동남 모퉁이에 두라고 시켰다.

그러자 집 북쪽 모퉁이에서 귀뚜라미 울음소리 같은 소리가 들리고 사

람이 나타나더니 점점 가까이 왔다. 5,6보까지 오니 그 형상을 알아볼 수 있었고, 입고 있는 옷을 보고는 곧 이집 주인의 자부임을 알았다. 용모나 모습이 옛날과 다름없었지만, 다만 거동이 약간 조급해 보였고 말씨가 가볍고 맑아진 것 같았다.

이장무가 침상에서 내려가 맞이해 끌어안고 손을 잡으니 그 사랑함은 살아 있을 때와 다름이 없었다. 이때 자부는 감격해 하면서,
"저승에 가 있은 이래로 친척들은 모두 잊어버렸지만 다만 군자를 생각하는 마음은 살아 있을 때와 조금도 다름이 없었답니다."
라고 말하는 것이었다.

이장무는 노인의 자부와 이불 속에서 깊은 정열을 불태우는 동안 그 환열이 옛날 그때보다 두 배로 높았고, 두 사람의 즐거움도 살아 있을 때와 조금도 다르지 않았다. 다만 자부는 사람을 시켜 자주 샛별이 돋는지를 살펴보라고 했다. 만약 샛별이 돋으면 돌아가야 하고 오래 머물 수 없다는 것이었다. 그리고 여러 번 애정을 교환하는 동안 사이사이에 간절하게 이웃부인 양씨를 가지 말고 있어달라고 부탁하면서,
"이 사람이 아니었으면 저승에 있는 내 원한을 누가 전달할 수 있었겠습니까?"
하고 말했다.

5경이 되니까 한 사람이 와서 돌아갈 때가 되었다고 이르니, 자부는 울면서 침상에서 내려가 이장무와 함께 팔을 끼고 밖으로 나갔다. 그리고 하늘의 은하수를 바라보며 흐느끼고 슬피 울어 한탄했다. 그리고 곧장 방으로 들어와 치마끈을 풀어 비단 주머니를 열어 한 물건을 꺼내 주는 것이었다. 그런데 그 물건은 색이 감벽(紺碧) 색이고 질이 단단하고 조밀했으며, 옥과 비슷했지만 차가운 느낌이 들었고 나뭇잎 같이 생겨 이장무도 알

지 못했다.

자부는 이렇게 말했다.

"이것은 이른바 '말갈보(靺鞨寶)'라는 겁니다. 곤륜산의 현포(玄圃)에서 난다고 하지만 거기에서도 얻어 보기 어려운 것입니다. 제가 근래 서악(西岳)에서 옥경(玉京) 부인과 더불어 놀았을 때, 이것이 여러 보석들과 함께 있기에 좋아해서 물어보았습니다. 그랬더니 부인이 빌려 주면서 말하기를, '동천의 여러 신선들이 매양 이 보석 하나를 얻으면 모두 영광으로 생각한다.' 라고 말했습니다. 낭군께서는 신선의 도를 신봉하므로 안목이 있을 것으로 생각되어 드리는 것이오니 항상 보배로 지니십시오. 이것은 인간이 가지고 있는 물건이 아닙니다."

이러면서 자부는 시를 읊었다.

은하수가 이미 비스듬히 기우니,	河漢已傾斜
정신과 영혼이 멀리 날아가려 하는도다.	神魂欲超越
원하옵건대 낭군이여 다시 돌아 안아주소서,	願郎更廻抱
저 하늘이 끝나도록 이제부터 영결이옵니다.	終天從此訣

이장무는 백옥으로 된 비녀를 자부에게 건네면서 답시를 지어 읊었다.

이제 곧 나누이면 이승과 저승 막혀지니,	分從幽顯隔
어찌하면 만날 기약 있음을 이르리오.	豈謂有佳期
이 어찌 이별인사 두 번 거듭 나누는고?	寧辭重重別
가는 곳 알지 못하니 한탄만 할 뿐이로다.	所嘆去何之

그리고 서로 붙잡고 울었다. 얼마 후 두 사람은 다시 다음과 같이 시를
주고받았는데, 자부가 먼저 읊으니 이장무가 이어 화답시를 읊었다.

옛날 이별할 땐 훗날 기약 마음속 간직했는데,　　昔辭懷後會

지금의 우리 이별 생과 사로 갈리는구나.　　今別便終天

새로 이는 이 슬픔과 옛날의 그 원한이,　　新悲與舊恨

천고에 끝이 없는 황천길로 막혔도다.　　千古閉窮泉

훗날 만날 그 기약 묘연하여 바라기 어려우나,　　後期杳無約

전날의 그 원한은 서로 만나 찾을 수 있었도다.　　前恨已相尋

이별하는 이 길은 오고감을 못 믿으니,　　別路無行信

무엇으로 마음을 실어 전달할 수 있으리오.　　何因得寄心

이와 같이 간절하게 서로의 정을 나타내 이별을 마쳤다. 드디어 자부는
집 서북 모퉁이로 가서 몇 걸음 걷다가 다시 돌아보고 눈물을 씻으며,
　"낭군이시여, 버리지 마시고 저승에 있는 이 사람을 생각해 주소서."
라고 말하고 오열하면서 서 있었다. 그러다가 날이 새려는 것을 깨닫고는
급히 달려 모퉁이에 이르더니 곧 사라지고 보이지 않았다. 텅 빈 집안에는
적막만이 감돌았고 차가운 등잔불만 가물거릴 뿐이었다.
　이장무는 곧 행장을 수습해 하규 지역을 떠나 장안의 무정보(武定堡)로
돌아오게 되었다. 이때 하규 군관(郡官)과 장원종이 술을 가지고 와서 전
별 잔치를 베풀어 주었는데, 술이 얼근하여 이장무는 깊은 그리움에 잠겨
곧 왕씨 자부의 일을 가지고 시를 읊었다.

강물은 서쪽으로 돌아가지 않고 달만 둥글어,	水不西歸月暫圓
사람의 슬픔 자아내는 옛 성 가에 있도다.	令人惆悵古城邊
쓸쓸하게 내일 아침 길 나누어 떠나가면,	蕭條明早分岐路
그 언제 어느 해에 다시 만날 줄을 알리오?	知更相逢何歲年

이장무는 읊기를 다하고 군관과 작별을 고한 다음 홀로 걸어 몇 리를 왔다. 그리고 또 혼자 슬피 시를 읊었다. 이때 갑자기 공중에서 탄식하는 소리가 들리는데 그 소리가 매우 처량하고 슬펐다. 그래서 가만히 귀를 기울이고 들으니 곧 왕씨 노인의 자부였다. 공중에서 스스로 이르는데,

"명부(冥府)에서는 각기 맡은 직분이 있습니다. 지금 여기에서 작별하면 다시 만날 날이 없기에 낭군께서 깊은 그리움에 빠져 있는 것을 알고 저승 관리의 문책을 무릅쓰고 멀리 와서 전송을 하오니, 여러 가지로 살펴 잘 보전하소서."

이장무는 이 소리를 듣고 더욱 그리움에 빠져들었다. 이장무가 장안에 도착하여 함께 도교를 신봉하는 친구인 농서(隴西) 사람 이조(李助)를 만나 이 이야기를 들려주었다. 그랬더니 이조도 역시 왕씨 노인 자부의 그 정성에 감동하여 시를 지었다.

칼을 가는 숫돌 멀리 넓은 바다에 빠졌고,	石沉遼海濶
칼은 멀리 떠나 초나라 하늘가에 있도다.	劍別楚天長
칼과 숫돌 서로 만날 날 언제인지 모르니,	會合知無日
떠나 있는 애타는 마음 석양에 가득 찼네.	離心滿夕陽

이장무가 동평(東平)의 승상부 일을 마치고 한가함을 이용해 옥공(玉工)

을 불러 왕씨 노인 자부에게서 얻은 말갈보를 보였다. 그랬더니 옥공은 알지 못했으며 조각할 수도 없다고 했다. 뒤에 대량(大梁)으로 사신 가서 또한 옥공을 불러 보였더니 옥공은 어설프게나마 알아보고, 그 생긴 모양에 따라 해(檞) 나무 잎 모양으로 조각을 해 주었다.

또 뒤에 사신으로 상경했을 때 늘 이것을 품속에 품고 있었는데, 저자 동쪽 거리에서 우연히 한 호승(胡僧)을 만나니 갑자기 말 앞으로 달려와 머리를 조아리며,

"그대는 보옥을 품속에 지니고 있습니다. 한 번 보기를 요청합니다."

라고 말했다. 그래서 호승을 조용한 곳으로 데리고 가서 보여주니, 호승은 한참 동안 가지고 만지면서 말했다,

"이것은 하늘에 있는 중요한 물건으로 인간이 가질 수 있는 물건이 아닙니다."

이장무는 뒤에 자주 화주로 왕래하면서, 왕씨 자부와 친했던 이웃부인 양육낭(楊六娘)의 집을 방문하여 머물면서 환담했고, 지금까지 계속 왕래하고 있다.

정혼점（定婚店）

<해   설>

　이 작품은 당 태화(太和) 개성(開成) 연간(827～840) 사람 이복언(李復言)이 편찬한 『續玄怪錄(속현괴록)』에 실렸던 것으로, 이복언의 창작으로 알려져 있으며 『태평광기』 권159에 실려 전해지고 있다.

　이 이야기는 세상에 널리 알려져 있는데, 우리의 남녀 혼인이 달빛 아래의 노인에 의해 반드시 만나야 할 인연으로 성립된다는 숙연관(宿緣觀)을 심어주는 내용으로서, 우리 <열녀춘향수절가>에서도 이도령의 권주가에 '월로(月老)의 우리 연분(緣分) 삼생가약(三生佳約) 맺은 연분'하고 인용한 것을 볼 수 있다.

　옛날부터 혼인은 혈연관계의 결합이 아니고 약속에 의한 결합이기 때문에, 함께 살아야 한다는 마음가짐이 없으면 파탄에 이른다고 보아왔다. 그래서 혼인에 의한 결합은 다른 남남끼리의 결합과는 달리 혈연관계는 아니지만 어떤 숙연에 관계되어 있어서 반드시 만나야 할 사람끼리 만났다는 관념을 깊게 하여, 한 평생 해로할 결심을 굳게 다지도록 할 필요가 있어서 작품이 형성된 것이다.

두릉(杜陵) 사람 위고(韋固)는 소년 때 고아가 되어 일찍이 아내를 맞아야 하겠다는 생각을 가졌다. 그런데 여러 계통으로 혼처를 구해보았지만 혼인이 성립되지 않았다.

정관(貞觀) 2년(628)[39], 위고는 청하(淸河) 지방으로 유람하여 송성(宋城) 남쪽에 있는 여점(旅店)으로 들어갔다. 그런데 거기에서 한 손님을 만나니, 곧 앞서 청하 지역 사마(司馬) 자리에 있는 반방(潘昉)의 딸과 혼사를 논의하다가 결말을 보지 못했던 중매꾼이었다. 이 사람이 말하기를,

"내일 새벽에 이 여점 서쪽에 있는 용흥사(龍興寺) 절문 앞에서 만나 반방 딸과의 혼사를 다시 의논해 보기로 합시다."
하고 약속하는 것이었다.

그래서 위고는 혼처를 구하는 일이 시급했기 때문에 새벽 일찍 약속한 장소로 나갔다. 아직도 서쪽 하늘에는 둥근달이 빛을 발하고 있는데 절문 앞에 이르니, 한 노인이 비단 보자기를 계단 위에 놓고 거기에 의지하여 앉아 달빛에 비춰 책을 들여다보고 있었다.

노인을 본 위고는 호기심에서 가까이 가 그가 보고 있는 책을 엿보니, 그 책에 써진 글자가 모두 이상하여 읽을 수가 없었다. 이에 위고는 노인에게 물었다.

"노인장께서 보고 계신 책이 무슨 책입니까? 소인 위고는 어릴 때부터 열심히 독서하여 책에 써진 글자치고 모르는 글자가 없습니다. 서역 지방의 범서(梵書) 글자까지 역시 모두 읽을 줄 아는데, 오직 노인장께서 보고 계신 그 책의 글자만은 읽을 수가 없으니 그게 무슨 책입니까?"

이 말을 들은 노인은 씽긋이 웃으면서 이렇게 대답하는 것이었다.

---

39) 『태평광기』에는 '정관 2년'이지만, 송(宋) 임안서붕(臨安書棚) 본 『속현괴록』에는 '원화(元和) 2년(807)으로 되어 있음.

"아, 당연하지. 이것은 인간 세상의 책이 아닌데 그대가 무슨 재주로 읽을 수 있겠는가?"

"노인장, 인간 세상의 책이 아니라니요. 그렇다면 그건 대체 무슨 책이란 말입니까?"

"응, 이것은 말일세. 저 세상인 명부(冥府)의 책이라네."

"아니 노인장이 저 세상 사람이라면 어찌 여기 이 세상에 나와 있습니까?"

위고가 의아해 하면서 물으니, 노인은 다음과 같이 설명하여 다시 대화가 이어졌다.

"젊은이가 아침 일찍부터 여기에 온 것도 사실 나와 관계있는 일이 아니면 오지 않았을 것일세. 무릇 저 세상의 명부 관리들은 모두 살아 있는 인간의 일을 한 가지씩 책임지고 있으니, 인간의 일을 책임지고서 어찌 인간들 속으로 나다니지 않을 수 있겠는가? 지금 길거리에서 걸어 다니는 사람들 속에는 사람과 귀신이 반반 정도 섞여 있는데 다만 사람들이 보지 못하고 있을 따름이라네."

"노인장! 그렇다면 노인장은 인간의 어떤 일을 맡아보고 있는지요?"

"응 나 말인가? 나는 인간의 혼인 장부를 맡아보고 있다네."

이 말에 위고는 눈이 번쩍 뜨이었다. 그래서 기뻐하며 이렇게 간절하게 물었다.

"노인장! 마침 잘 되었습니다. 이 사람 위고는 어려서 고아가 되어 진작부터 빨리 장가들어 많은 자식을 낳아 가정을 넓히려고 소원한 것이 벌써 10년이나 되었습니다. 그 동안 다방면으로 혼처를 구했지만 끝까지 뜻을 이루지 못했고, 지금 어떤 사람과 여기에서 만나 반사마(潘司馬) 딸과의 혼사를 논의하기로 했는데 이번에는 성사가 될 수 있겠는지요?"

그러나 노인은 위고를 힐끗 쳐다본 다음 이런 대답을 하는 것이었다.

"안 돼. 어림없어. 젊은이의 아내 될 여인은 지금 나이 3세라네. 그 아이 나이 17세가 되어야 젊은이 집으로 시집오게 되어 있단 말이야."

이 말에 실망한 위고는 노인의 보따리를 가리키며 그 속에 무엇이 들어 있느냐고 물었다. 그랬더니 노인의 대답은 이러했다.

"이 속에는 온통 빨간색 노끈이 들어 있지. 이 노끈은 부부의 발목을 묶어두는 끈이라네. 아이가 나서 앉을 만큼 자라면 곧 내가 몰래 가서 앞으로 부부가 될 두 사람의 발목에 이 끈으로 연결하여 매 두는 것이라네. 그렇게 해놓으면 비록 두 집안이 원수가 되어 있건, 빈천의 신분 차이가 크게 나건, 먼 곳으로 벼슬하여 나가 있건, 나라가 서로 달라 국경이 막혀 있건 상관없이 이 노끈이 한번 매어지면 혼인하지 않고서는 벗어날 길이 없단 말이야. 젊은이의 발목에도 이미 그 3세 여아와 이미 내가 끈을 매 놓았으니, 다른 곳에서 아무리 구해 봐도 무슨 소용이 있겠는가? 차근히 기다리게나."

"노인장, 그렇다면 이 위고의 처가 될 그 여아는 지금 어디에 살고 있으며, 그 집은 무엇을 하는 집안입니까?"

"음, 궁금하겠지. 저 여점 북쪽에서 채소 장사를 하고 있는 노파의 딸이라네."

"그렇다면 이 위고가 가서 한 번 만나볼 수도 있는지요?"

"암, 볼 수가 있지. 진씨(陳氏) 노파가 그 아이를 안고 여점 근처로 와서 채소를 팔고 있을테니 나를 따라가면 마땅히 내 젊은이에게 보여줄 수가 있어."

이렇게 이야기를 나누고 있는 동안 이미 날이 훤하게 밝았고, 노인은 책을 덮고 보따리를 어깨에 걸치고는 자리를 뜨는 것이었다.

　그래서 위고는 급히 노인을 쫓아가서 여점 북쪽에 있는 채소 파는 저자로 들어갔다. 저자에서 보니 한 애꾸눈 노파가 세 살 박이 딸아이를 안고 와서 채소를 팔고 있는데, 아이는 헌 누더기에 얼굴에 때가 묻어 있어 매우 더럽고 추해 보였다. 노인은 이 아이를 가리키며,

　"저게 바로 젊은이의 아내가 될 아이라네."

라고 말했다. 위고는 이 말을 듣는 순간 화를 내면서 소리를 버럭 질렀다.

　"저 아이를 죽여 버리면 될 게 아니오?"

　"젊은이! 그 무슨 소리를 하나? 죽이다니. 저 아이는 타고난 천명이 마땅히 나라의 대록(大祿)을 받아먹게 되어 있어. 그리고 나중에 아들로 인해 황상으로부터 식읍(食邑)을 하사받게 되어 있으니 어떻게 죽인단 말인가?"

　이러고 노인은 곧 자취를 감추어 버렸다.

　그리고 돌아온 위고는 작은 칼을 한 자루 준비해 숫돌에 잘 갈았다. 그리고 자기를 모시는 종에게 이렇게 말했다.

　"너는 평소 나를 위해 일을 잘 해왔다. 그런데 지금 또 나를 위해 채소 장사 노파가 안고 있는 아이를 죽여준다면 너에게 돈 1만전을 주겠노라."

　종이 그렇게 하겠다고 승낙하기에 칼을 건네주었다. 이튿날 종은 칼을 소매 속에 숨기고 채소 시장으로 가서, 여러 사람 속에 섞이어 있다가 아이를 향해 힘껏 찌르고는 달아났다. 그래서 저자 안은 온통 소란해지고 웅성거렸지만, 종은 숨어서 달아나 잡히지 않고 무사했다.

　위고가 종을 만나 칼로 찌른 것이 잘 적중했느냐고 물으니 종은 이렇게 말했다.

　"처음에 아이의 심장을 향해 힘껏 찔렀는데 그만 실수하여 겨우 아이의 눈썹 사이를 찌르고 말았습니다."

이런 일이 있은 후, 위고는 계속해 혼처를 구했지만 끝까지 성혼하지 못했다. 그리고 14년이 지나, 위고는 부친의 음보(蔭補)로 상주(相州)에 주둔한 군대의 참모가 되었다. 이때 자사(刺史)로 와 있던 왕태(王泰)가 위고에게 사호(司戶) 관직을 통괄하게 하여 죄인 다스리는 일을 전담하게 하니, 위고는 그 업무를 완벽하게 잘 처리했으므로 자사 왕태는 위고를 매우 능력 있다고 칭찬하고, 사위로 삼아서 딸을 시집보내 주었다.

위고는 나이 많아 비로소 장가를 들어 그 아내를 맞으니 나이 17,8세 정도로 얼굴이 매우 아름답고 고와, 위고의 마음은 흡족함이 극에 달했다. 그런데 아내는 늘 그 눈썹 사이에 꽃무늬가 새겨진 납작한 보석을 하나 붙이고 있으면서, 목욕을 할 때며 방안에서 한가롭게 쉬고 있을 때에도 항상 그것을 붙이고 있으면서 잠시도 떼지 않았다.

1년쯤 지나 위고는 아내에게 그것을 왜 붙이고 있느냐고 캐물었다. 그랬더니 아내는 눈물을 흘리면서 이렇게 실토했다.

"저는 군수의 조카이고 그의 친 딸이 아닙니다. 지난 옛날 부친께서 일찍이 송성(宋城)의 성주가 되었을 때 그 관직에 계시는 동안에 사망하셨습니다. 그때 저는 강보에 싸인 어린 아이였는데, 모친과 언니가 또한 이어 사망했습니다. 그래서 오직 송성의 남쪽에 농장이 하나 남아 있어서, 유모 진씨가 저를 데리고 거기에 살면서 여점 근처에 가서 채소를 팔아 아침저녁 식사를 마련했습니다. 그런데 유모 진씨는 어린 저를 가엾게 생각하고 잠시도 차마 홀로 떼어놓지 않고 안고 다녔습니다. 제 나이 세 살쯤 되었을 때였습니다. 유모가 저를 안고 저자에 갔는데 어떤 미친 도적이 저의 눈썹 사이를 칼로 찔렀으며, 그 칼의 상처 흔적이 지금껏 남아 있어서 이렇게 꽃무늬를 붙이게 되었고, 이와 같이 붙이고 있은 지 7,8년이나 지났습니다. 한편 숙부께서 노룡(盧龍) 지방 자사가 되어 부임하게 되었을 때 저는 숙부의 곁에서 살게 되었고, 그래서 숙부께서는 저를 친딸이라 말하고 그대에게 시집을 보낸 것입니다.”

이 이야기를 들은 위고는 탄식을 하고는,

“혹시 그 유모 노파가 애꾸눈이 아니었는지요?

하고 물었다. 그랬더니 아내는 의아해 하며 놀라면서 되묻는 것이었다.

“그렇습니다만, 낭군께서 그 사실을 어떻게 알고 계십니까?”

이에 위고는 웃으면서,

“그때 당신을 찌른 사람은 바로 나랍니다.”

라고 말하고, 신기한 일이라고 하며 감탄을 금치 못했다. 이어 위고는 지난날의 일을 모두 아내에게 들려주었고, 이후 두 부부 사이의 존경과 애정이 더욱 극진해졌다.

뒤에 위고는 아들 곤(鯤)을 낳았는데, 이 아들이 자라서 안문(雁門) 태수가 되었고, 위고 아내는 아들로 인해 태원군태부인(太原郡太夫人)에 봉해졌으니, 전정(前定)으로 정해진 운수를 바꿀 수 없음을 절실히 느꼈다. 송성 성주가 위고의 이야기를 듣고는 그 여점을 이름 붙여 ‘정혼점’이라 했다.

제 3 장

호협(豪俠) 소설류

곤륜노전(崑崙奴傳)

무쌍전(無雙傳)

홍선전(紅綫傳)

섭은낭전(聶隱娘傳)

사소아전(謝小娥傳)

전기(傳奇)의 3대 분류 중에서 호협(豪俠)에 관한 내용을 다룬 작품이 있다. 이 유형의 이야기는 우리 보통 인간이 미치지 못하는 어떤 초능력이나 비술(秘術)을 행사하는 것을 내용으로 하고 있다. 대체로 불의(不義)에 속하는 쪽에서 큰 세력을 가지고 힘이 약한 선량(善良)한 쪽에 위협을 가할 때, 사회 정의를 위해 불의 쪽을 제압해야 할 필요성을 절감하게 된다.

이 경우에 초능력이나 비술을 가진 사람이 나타나 숨기고 있던 힘을 발휘해 불의 쪽에 대해 압력을 가하는 형태가 이 부류의 표준형이다. 그리고 이 부류의 특징은 비술을 지닌 인간은 처음에 일반적으로 낮은 신분, 예를 들면 노비의 신분으로 등장해 괄시받는 것으로 설정되어 있다.

이 유형은 신선사상에서 발전된 도술과 깊은 관계를 맺고 있으며, 우리나라 고소설에도 많이 받아들여져 군담소설에서 널리 이용되는 모습을 보여주고 있다. 그리고 이 유형 이야기의 주인공으로 여성을 등장시켜 놓은 것이 많은데, 우리나라 여성 영웅계열 고소설과 깊은 관계가 있다. 사실 이 당나라 때의 여성 호협 소재를 우리 <구운몽>에 이용하면서, 사람 죽이는 일만 익힌 중국의 여성 검객을, 비술은 익히되 잔인한 행동을 하지 않도록 바꾸어 놓은 김만중(金萬重)의 구성 의도는 여러 모로 깊이 연구되어야 할 과제이다.

이 유형의 이야기는 인간 능력을 벗어나 어떤 제삼의 초능력에 의지한다는 점이 핵심이다. 그래서 작품을 통한 대리만족적인 정신 위안의 의미와, 교훈적인 의도성이 강하게 반영되어 있으며 현실성이 떨어진다는 문제가 있다.

곤륜노젼(崑崙奴傳)

<해 설>

　이 작품은 중국에서도 역대로 널리 관심의 대상이 되었었고, 우리 조선시대 지식인들도 모르는 사람이 없을 정도로 많이 알려진 작품이다. 그리고 이 이야기는 <운영전> 등의 궁녀 계열 소설 구성에 결정적으로 자료를 제공하고 있는 것으로 보여 주목의 대상이 되는데, 또한 상전집 도련님의 애정행각을 돕는 종의 모습을 동시에 그리고 있어서, 후대 소설 속의 방자 소재와도 결코 무관하지 않은 것으로 생각된다.

　이 소설 역시 당대(唐代) 배형(裵鉶)이 편찬한 『전기(傳奇)』 속에 들어 있는 작품으로 『태평광기』 권194에 실려 전하고 있다. 배형이 찬한 『전기』 속에는 30편의 소설 작품이 실려 있었던 것으로 알려져 있는데 4,5편 외에는 작자가 알려지지 않아, 나머지 작품들은 거의 배형이 구성해 창작한 것으로 추정하고 있다. 그래서 이 작품은 배형이 창작한 것으로 보고 있다.

당 대력(大歷: 766~779) 연간 사람 최씨(崔氏) 선비는 그 부친이 높은 벼슬자리에 있었으며, 당시 크게 세력을 떨치던 훈신 일품(一品: 곧 품계가 일품에 오른 높은 벼슬자리)과 친분이 두터웠다. 당시 최생은 임금을 호위하는 금위(禁衛)의 직책에 있었는데, 하루는 그 부친이 일품의 병문안을 다녀오라고 명했다.

최생은 나이가 어리고 얼굴이 관옥 같이 고왔으며, 성품이 고결하고 행동거지가 의젓했을 뿐만 아니라 말소리 또한 청아했다. 일품 집에 도착하니 일품은 기첩들을 명하여 발을 걷고 방안으로 맞이해 들이게 했다. 최생이 절을 올리고 부친의 문안을 전하니 일품은 기뻐하면서 매우 깊은 애정을 표하며 자리를 주어 앉으라고 하고는 함께 이야기를 나누는 것이었다.

이때 일품에게는 기첩이 세 사람 있었는데 모두 절색이었고 그 자리에 와서 앞에 앉았다. 그리고 황금 그릇에 담가놓은 복숭아를 떠내어 단 우유에 적시어 내놓았는데, 이때 일품은 붉은 비단옷을 입은 기생에게 그 한 그릇을 받들어 최생에게 권하라고 명했다. 그러나 최생은 아직 나이가 어려 기생들을 보고는 부끄러워 앞에서 얼굴이 빨개지면서 그것을 먹지 못하고 가만히 있었다.

그러니까 일품은 붉은 옷 입은 기생, 곧 홍초기(紅綃妓)를 시켜 숟가락으로 떠서 최생의 입에 넣어드리라고 하니, 최생은 할 수 없이 그 기생이 숟가락으로 떠 넣어주는 것을 받아먹었다. 이때 기생은 최생과 얼굴을 마주하면서 야릇한 웃음을 띠며 애정의 눈길을 보내는 것이었다.

시간이 지나 최생이 일어나 인사를 드리고 떠나려 하니 일품이 말하기를,

"젊은이는 한가한 시간이 나면 꼭 다시 방문해 이 늙은이의 무료함을 달래주기 바라오."

라고 당부하면서, 홍초기를 시켜 집밖에까지 전송하라고 했다. 최생이 집을 나오면서 뒤를 돌아보니 홍초기는 서서 신호를 하는데, 세 손가락을 세워 보이고, 이어 손바닥을 세 번 뒤집어 보이며, 그리고 가슴 앞에 걸린 작은 거울을 가리켜 보이면서 기억하라고 이르는 것이었다. 그리고는 다시는 아무 말도 하지 않았다.

집으로 돌아온 최생은 부친께 일품의 안부를 전하고 공부방으로 돌아오니, 그 기생이 눈앞에 어른거려 정신이 혼미해지고 아무 생각이 없으며 말이 없고 힘이 빠지면서 깊은 생각에 잠겨 식사를 제대로 하지 못했다. 그리고 오직 다음과 같은 시를 읊조릴 따름이었다.

잘못 봉래산에 올라 정상에서 놀았는데,	誤到蓬山頂上遊
귀걸이같이 예쁜 여인 눈동자 샛별 같도다.	明璫玉女動星眸
붉은 대문 반만 닫힌 깊은 궁궐의 저 달은,	朱扉半掩深宮月
근심 쌓인 희고 고운 몸 비추고 있으리라.	應照璃芝雪艷愁

그러나 주위에서는 아무도 그 속마음을 아는 사람이 없었다.

이때, 최생 집에는 곤륜산(崑崙山)에서 왔다는 종 마륵(磨勒)이 있었는데, 최생의 근심에 싸인 모습을 보고 물어서 이런 이야기가 오갔다.

"도련님은 마음속에 무슨 일이 있어서 이와 같이 끊임없이 한을 품으시는지요. 어찌 이 늙은 종에게 말해보시지 않으렵니까?"

"아니다. 너 같은 종이 무엇을 안다고 내 마음속에 숨겨진 일을 물어보느냐?"

"아 도련님, 다만 말씀만 해보십시오. 소인이 도련님을 위해 풀어서 어떠한 문제라도 반드시 해결해 드리겠습니다."

이 말을 들은 최생은 놀라며 기이하게 여기고 그 내용을 이야기했다. 그랬더니 마륵은,

"아 도련님, 그런 일은 아무 것도 아닙니다. 왜 진작 말씀을 하시지 않고 혼자 괴로워하고 있었습니까?"

그래서 최생은 또 홍초기가 은어로 신호하던 내용을 일러주었다. 애기를 들은 마륵은 이렇게 설명했다.

"그까짓 일이 무슨 풀기 어려운 일입니까? 세 손가락을 세워 보인 것은 일품 댁에 기생의 방이 열 개가 있는데 이 기생은 세 번째 방에 거처하고 있다는 뜻이며, 손바닥을 세 번 뒤집은 것은 그 손가락 수가 15가 되니 15일 날을 의미합니다. 그리고 가슴 앞 거울을 들어 보인 것은 15일 밤 달이 그 거울 같이 둥그렇다는 뜻이니, 15일에 도련님이 찾아오기를 기다리고 있겠다는 뜻입니다."

최생은 이 말을 듣고 기뻐 어쩔 줄을 몰랐다. 그리고 다시 마륵에게 묻기를,

"그렇다면 어떤 계책을 써서 내 소원을 풀어줄 수 있겠느냐?"
하고 간청했다. 마륵은 웃으면서 이렇게 설명했다.

"오는 밤이 바로 보름입니다. 청하옵건대 짙은 푸른색 비단 두 필만 마련해 주십시오. 도련님을 위해 몸에 짝 달라붙는 옷을 기워 입어야 합니다. 그리고 일품 댁에는 무서운 사냥개가 기생들의 방을 지키고 있어서 낯선 사람이 들어가면 물어서 죽이기 때문에 아무도 들어갈 수가 없답니다. 그 개는 귀신 같이 영리하고 용맹이 호랑이 같은데 곧 조주(曹州) 맹해(孟海)의 사냥개로, 세상에서 이 늙은 종이 아니고서는 아무도 이 개를 죽일 수가 없습니다. 오늘밤에 도련님을 위해 그 개를 때려죽이겠습니다."

마륵은 곧 많은 술과 고기를 먹어 힘을 올리더니 3경이 되니까 끝이

날카로운 막대기를 가지고 나가는 것이었다. 그리고 식경(食頃)쯤 지나 돌아와서는 개가 이미 죽었으니 더 이상 장애는 없다고 말했다.

이날 밤 밤중이 되니, 마륵은 최생과 함께 푸른 옷을 입고 나가 최생을 업고 일품 댁의 열 겹이나 되는 담을 훌쩍 뛰어넘어 기생들 방이 있는 곳으로 갔다. 그리고 셋째 방 문 앞에 이르니 비단으로 장식된 출입문이 잠기지 않았고, 등잔불 불빛이 희미하게 비치고 있는 가운데 그 빨간 비단옷 입은 기생이 긴 한숨을 쉬면서 앉아 기다리고 있는 모습이 보였다. 기생은 비취 귀고리를 드리운 양쪽 볼이 불그레하게 피어올라, 옥이 이보다 아름답지 못하다고 한탄하는 것 같고, 구슬이 빛을 잃어 슬퍼하는 것 같았다. 그리고 혼자 이런 시를 읊조리고 있었다.

깊은 동방 꾀꼬리 울음 거문고에 한을 싣고,	深洞鶯啼恨阮郎
꽃 아래 몰래 와서 귀고리 옥 풀어 놓도다.	偸來花下解珠璫
푸른 구름 바람에 날리듯 소식이 돈절하여,	碧雲飄斷音書絶
허공 속 옥피리 봉황곡에 수심을 실어보네.	空依玉簫愁鳳凰

사방에서 지키던 사람들은 모두 잠들고 주위가 조용한데 최생이 천천히 드리워진 발을 걷고 안으로 들어갔다. 이때 한참 동안 바라보고 있던 기녀는 최생임을 확인하고는 아래로 뛰어 내려와 최생의 손을 잡으면서 반겼다.

"도련님의 영오함을 알아 반드시 해석할 줄 알고 수화(手話)를 했었습니다. 그런데 도련님은 어떤 신통한 술을 가졌었기에 여기까지 올 수가 있었습니까?"

곧 최생은 마륵의 계책에 의해 업고 들어왔노라고 설명하니 기생은 놀

라면서,

"그 마륵이 지금 어디 있습니까?"

하고 물었다. 그래서 최생이 문밖에 기다리고 있다고 알려주니, 기생은 나가서 마륵을 불러들여 앉히고 금잔에 술을 부어 권하는 것이었다.

그런 다음 기생은 최생에게 이렇게 아뢰었다.

"저의 집은 본래 삭방(朔方)에서 부자로 살았는데 주인께서 그곳에 주둔하실 때 부친을 핍박하여 기첩으로 삼아서 지금까지 스스로 죽지 못하고 이렇게 갇히어 살고 있습니다. 얼굴에 아름답게 화장을 하고 있지만 마음속은 울분이 맺혀 있으며, 좋은 그릇에 맛있는 냄새가 풍기는 값진 음식을 먹고 치장된 방에서 비단옷을 입은 채 호화로운 장식 속에서 비취 이불로 잠을 자지만, 이런 것들은 모두 원하는 바가 아니고 감옥 속에 갇힌 것 같은 생활이 싫을 따름입니다. 도련님을 호위하는 분께서는 이미 그만한 신술을 지니고 있으니 이 감옥을 벗어나게 함에 무슨 어려움이 있겠습니까? 소원을 이루게 되면 비록 죽는다 해도 후회하지 않겠으며, 청하옵건대 종이 되어 받들어 모시겠사옵니다. 그런데 도련님의 높으신 뜻이 어떠하신지 그것 또한 궁금합니다."

이 말에 최생이 슬픈 표정을 지으면서 말을 하지 못하니 마륵이 입을 열었다.

"낭자의 마음이 이렇게 굳으니 이 또한 어려운 일이 아닙니다."

이렇게 말하니 기생은 너무나 기뻐했다. 곧 마륵은 먼저 기생의 짐과 쓰던 물건들을 날라다 놓아야 한다고 요청하고, 세 번에 걸쳐 담을 넘어 왕래하면서 짐을 모두 밖으로 내다 옮겼다. 그런 다음에 곧 날이 샌다고 말하고는 최생과 기생을 함께 업고 날아서 열 겹의 높은 담을 넘는 것이었다. 이러는 동안 일품 댁에서 지키는 사람들은 잠을 깨는 사람이 없었고, 최생은 집으로 돌아와 기생을 공부방에 숨겼다.

아침이 되었다. 일품 집에서는 비로소 이런 일이 있었던 사실을 알았고, 또한 그 사나운 사냥개가 죽은 것을 보고는 크게 놀라 일품은 소리쳤다.

"우리 집 담장은 매우 높고 깊으며 빗장과 자물쇠가 모두 튼튼하게 잠겨 있다. 그런데 마치 날아다니는 것 같이 그 종적이 묘연하니, 이는 필시 협사(俠士)가 데리고 간 것임에 틀림없는 것 같은데, 어떠한 소문도 들은 바 없으니 큰 재앙이로다."

어언 세월이 흘러 홍초기가 최생 집에서 숨어 산 지도 2년이 지났다.

하루는 따뜻한 봄날 기생은 오랜만에 최생과 함께 작은 수레를 타고 곡강(曲江)으로 꽃구경을 나갔다. 그런데 불행히도 일품 집 사람이 몰래 기생을 보고는 알아보고 달려와 일품에게 고했다. 일품은 이상하게 생각하고 최생을 불러 묻게 되었고, 최생은 일의 중대함을 느끼고 두려워 감히 숨기지 못하고 그 사정을 자세히 설명하여, 모두 곤륜노 마륵이 업어 나른 것이라고 실토했다.

이야기를 들은 일품은 긴 한숨을 내쉬면서 말했다.

"이 여자는 큰 죄를 지었지만, 내가 아끼는 젊은이가 데리고 가서 산 지 해를 넘기게 되었으니 내 시비를 묻지 못하겠노라. 하지만 내 천하 사람들의 재앙만은 반드시 제거해야 하겠다."

이와 같이 말해 최생을 용서하고, 군사 50명을 시켜 무기를 가지고 최생의 집을 둘러싸서 종 마륵을 사로잡으라고 명령했다.

이때 마륵은 작은 칼 한 자루만 지니고 껑충 뛰어 날아서 높은 담 위로 올라 순식간에 나는 듯이 달아나는데, 마치 사나운 매가 나는 것 같이 빨랐다. 집을 포위했던 군사들이 일제히 활을 쏘니 화살이 비 오듯 했지만 하나도 몸에 맞지 않았고, 잠깐 사이에 흔적이 묘연해지니 최생 집안사람들도 크게 놀랐다.

이후로 일품은 두려운 생각이 들어 매일 밤 많은 일꾼들을 시켜 무기를 가지고 엄중하게 집을 지키게 했지만, 이후 아무 일 없어 1년여 만에 그쳤다.

뒤에 10여 년 세월이 흐른 어느 날, 최생 집안사람이 낙양(洛陽)에서 저자거리를 지나면서 보니, 마륵이 거기에서 약을 팔고 있었다. 그런데 얼굴이 조금도 변하지 않고 옛날 그대로 젊은 모습이었다.

무쌍전(無雙傳)

<해   설>

　　<무쌍전(無雙傳)>은 매우 독특한 구성으로 되어 있다. 내외종간인 왕선객(王仙客)과 무쌍이 어릴 때 정혼한 상태에서 반란군의 난리를 만나 서로 헤어지게 되고, 그래서 무쌍이 궁중으로 잡혀 들어갔었는데 왕선객의 끈질긴 노력으로 그를 구출해 내어 결혼해 부부 해로한다는 내용이다. 이렇게 궁중으로 들어간 여인과 다시 인연을 맺는 구성은 우리의 <구운몽> 등에 어떤 영향을 끼치지 않았나 하는 생각을 갖게 한다. 그리고 말미에 무쌍을 궁중으로부터 구출해 내는 과정이 약간의 신이성이 결부된 독특한 구성을 하고 있어서 주목을 끄는데, 한 쌍의 애정 결실을 위해 이렇게 많은 사람이 희생을 하는 문제는 우리나라에서는 기술된 예가 없어서 두고두고 평가가 엇갈릴 것으로 생각한다.

　　이 작품은 『태평광기』 권486에 실려 있고 당대 후기 함통(咸通: 860～873) 연간에 살았던 설조(薛調)의 작품으로 되어 있는데, 실존 인물의 이야기에서 제재를 취하여 많은 허구 사실을 개입시켜 구성한 창작소설로 알려져 있다.

당(唐) 사람 왕선객(王仙客)은 건중(建中: 780~783) 시절 조정 신하인 유진(劉震)의 생질이다. 왕선객은 일찍이 부친을 여의고 모친과 함께 장안의 외가로 올라와서 살았는데, 외삼촌 유진에게는 이름이 무쌍인 딸이 있어서 왕선객보다 두서너 살 아래였고 모두 어렸기 때문에 둘은 서로 어울려 장난하면서 놀았다. 그리고 유진의 처, 곧 왕선객의 외숙모인 무쌍 모친은 왕선객을 부를 때 항상 '왕서방[王郎子]'이라고 사위 부르듯 불렀다.

이러기를 여러 해 지나는 동안 유진은 과부인 누나를 극진히 받들었고 생질 왕선객에 대해서도 잘 보살펴주었다. 그랬는데 하루는 왕선객의 모친이 병들어 위독한 지경에 놓였다. 왕선객 모친은 아우 유진을 불러 말하기를,

"내 하나뿐인 아들을 사랑함은 네가 잘 알 것이다. 이 아이가 혼인하여 사는 것을 보지 못하고 죽는 것이 나의 한이로다. 무쌍이 단정하고 고우며 총명하여 내 깊이 생각하고 있있으니 뒷닐 다른 곳으로 시집보내시 말고 내 아들 선객과 짝을 지어 줄 것을 부탁한다. 네가 이것을 약속해 준다면 내 지금 눈을 감아도 한이 없겠노라."

하고 말하며 슬퍼했다. 이에 유진은,

"누이는 마땅히 스스로 안정할 생각만 하시고 다른 걱정으로 몸을 어렵게 하지 마십시오."

라고 위로했는데, 누이는 끝내 그 길로 세상을 뜨고 말았다.

이에 왕선객은 호상하여 고향인 양등(襄鄧)으로 돌아가 장례를 마치고 삼년상을 끝내었다. 그리고 생각하니 부모를 여윈 혈혈단신의 신세가 가엾게 느껴졌고, 이제 혼인을 하여 자식을 낳아야 하겠다는 생각이 무겁게 머리를 눌렀다. 그러면서 무쌍이 지금 장성했으니 외삼촌이 아무리 벼슬이

높고 출세한 집안일지라도 옛날의 약속을 저버리겠느냐는 생각에 집안을 정리하여 돈을 마련하고 챙겨서 장안으로 다시 올라왔다.

이때 외삼촌 유진은 상서 자리에 있으면서 조용사(租庸使)의 직분을 맡고 있어서 그 세력이 대단했으며 집을 찾아오는 관리들이 대문을 메우는 것이었다. 시골에서 올라온 왕선객이 외삼촌에게 인사를 올리니 외삼촌은 왕선객을 공부방에 거처하게 하고 여러 아들들과 어울려 함께 학업을 닦게 했다. 그리고 생질로서의 보살핌을 옛날과 다름없이 해주었는데 다만 무쌍과의 혼사 문제만은 입 밖에 내는 일이 없었다. 이에 왕선객은 애를 태우며 창틈으로 무쌍의 모습을 몰래 엿보면 자질이 아름답고 고와 마치 선녀처럼 보였으며, 혼인의 일이 잘못될까를 걱정하여 마음을 진정할 수가 없었다.

그래서 왕선객은 고향에서 올라올 때 집안을 정리하여 가지고 온 물품들을 팔아서 돈 수백만전을 마련했다. 이 돈으로 외삼촌과 외숙모의 주위에서 보살펴드리는 일꾼들과 밖에서 일하는 종들에 이르기까지 후하게 선물을 했다. 그리고 많은 음식을 마련하여 중문 안에 음식상을 차리고 함께 거처하면서 독서하는 외사촌 형제들을 잘 접대했다.

한편 외숙모의 생일을 당해 물소 뿔로 아름답게 조각하여 신기하게 만든 머리 장신구를 사서 생일 선물로 드리니, 외숙모는 매우 기뻐했다. 이렇게 또 10여 일이 지나 왕선객은 집에서 일보는 노파를 외숙모에게 보내어 무쌍과의 혼인 문제에 대해 물어보도록 했다. 그랬더니 외숙모는,

"나도 두 사람이 혼인하는 것을 원하고 있는 바이다. 곧 그 일을 의논해 보겠노라."

하고 대답하는 것이었다.

그리고 며칠 지나 한 심부름하는 여동이 왕선객에게 이렇게 알려주었다.

"안방마님께서 무쌍과의 혼사 문제를 바깥어른에게 얘기 드리니 바깥어른께서는, '이전부터 이 문제는 아직 결정을 지은 적이 없으니 좀 두고 봅시다.' 하고 얼버무려 버렸습니다. 그러니 도련님과 무쌍과의 혼사는 아마도 틀린 것 같습니다."

이 말을 들은 왕선객은 외삼촌이 자신을 버리는 것이 아닌가 하는 생각에 심기가 불편하여 이날 밤 한잠도 못자고 날이 밝았다. 그러나 왕선객은 외삼촌 내외를 받들어 섬기는 일을 게을리 하지 않았다.

어느 날, 외삼촌 유진은 새벽에 조정으로 급히 달려 나갔는데 해가 뜰 무렵에 이르러 갑자기 말을 달려 집으로 들어왔다. 그리고는 땀을 뻘뻘 흘리고 숨을 몰아쉬며 '대문 닫아걸어라' 하는 말만 연발했다. 그래서 온 집안이 까닭을 몰라 놀라고 있는데, 한참 만에 입을 열었다.

"경원(涇原) 지역의 병사들이 반란을 일으켰다. 요령언(姚令言)이 군사를 이끌고 함원전(含元殿)으로 들어와서 점령했고 천자는 궁중 정원 북문을 통해 탈출했는데, 백관들은 천자를 따라 나가 모두 천자와 함께 있다. 나는 아내와 딸이 걱정되어 부서를 이탈하여 돌아왔다."

이렇게 말하면서 다시 왕선객을 불러서는,

"나와 함께 집안일을 처리해야 하겠다. 내 무쌍을 너와 혼인시켜 주겠다."

라고 말하는 것이었다. 왕선객이 이 말을 듣고는 놀라 기뻐하면서 절을 올리고 감사를 표했다. 이때 외삼촌은 금은 비단 등 값진 물품 20여 바리를 꾸려 말에 실어주면서 타일렀다.

"너는 얼른 옷을 바꾸어 입고 이 물자 실은 말들을 인도해 성문을 빠져 나가서 멀리 떨어진 곳에 있는 객점을 찾아 안전하게 지키고 있이라. 나는 너의 외숙모와 무쌍을 데리고 계하문(啓夏門)을 나가 너를 뒤따르겠다."

이 말에 따라 왕선객은 짐을 실은 일행을 인솔하여 성문을 나와서 해가 질 무렵에 이르러 성 밖에 있는 한 객점에 들어 기다리고 있었다. 그러나 오랫동안 기다렸지만 외삼촌은 오지 않았고 성문은 한낮이 지나면서 닫혀 출입할 수가 없었으며 인적이 묘연했다.

그래서 말을 타고 등불을 밝히고는 성 밖을 돌아 계하문에 이르니 역시 성문이 닫혀 있었고, 하얀 막대기를 든 사람들이 문을 지키면서 여기저기 앉거나 서 있었다. 왕선객이 말에서 내려 천천히 다가가 물었다.

"성 안에 무슨 일이 있기에 이러하십니까?"

그리고 이어 묻기를,

"오늘 어떤 사람이 이 문으로 나가는 것을 보셨습니까?"

하고 슬쩍 말을 걸었다. 그랬더니 문을 지키는 사람이 다음과 같이 일러 주었다.

"아, 주태위(朱太尉)가 천자 자리에 앉았지요. 오늘 오후에 중대(重戴)를40) 쓴 고관 한 사람이 부인들 4,5명을 거느리고 이 문으로 나가려 했지요. 그런데 그 사람이 조용사 유 상서란 사실을 모두 알고 있어서 성문을 지키는 책임자가 감히 내보낼 수가 없어 멈추어 두고 있었는데, 밤이 가까워졌을 무렵 추격해 온 군사들에 의해 잡혀 북쪽으로 끌려갔답니다."

왕선객은 이 말을 듣고 실성통곡했다. 그리고 짐을 맡겨놓은 객점으로 돌아와 있으니 밤 삼경이 가까워졌을 때 성문이 활짝 열리고 횃불이 대낮 같이 밝아지더니 병사들이 칼날을 번득이며 몰려나오는데 소리치기를,

"사형집행관들이 나와서 성 밖에 숨어 있는 조정 관리들을 수색한다."

하고 외치는 것이었다. 이에 놀란 왕선객은 짐들을 객점에 버려둔 채 도망

---

40) 관의 모자 위에 사각 모양으로 된 것을 얹고 2개의 자주색 술을 늘어뜨린 것.

을 쳐, 그 길로 고향인 양양(襄陽)으로 돌아갔다. 그리고 왕선객은 시골에서 3년 동안을 살았다.

뒤에 장안이 다시 수복되어 안정되고 나라 안이 무사하다는 말을 듣고 왕선객은 외삼촌의 소식을 알아보려고 상경했다. 신창리 남쪽 거리에서 말을 세우고 방황하고 있노라니 문득 한 사람이 말 앞에 나아와 인사를 올리기에 자세히 보니 곧 옛날 집에서 부리던 종 새홍(塞鴻)이었다. 새홍은 본래 왕선객의 집에서 태어난 종이었는데, 부친 사망 후에 함께 외삼촌 집으로 왔었고 외삼촌이 항상 그의 힘을 좋게 여겨 머물러 두고 부리었다.

왕선객은 새홍의 손을 잡고 눈물을 흘리면서 외삼촌과 외숙모의 안부를 물었다. 그랬더니 새홍은 모두 흥화리 옛집에 잘 살고 있다고 대답하는 것이었다. 이에 왕선객은 너무 기뻐 좋아하면서,

"내 지금 바로 그 곳으로 달려가겠노라."

하고 말하고 말을 몰려 했다. 이때 새홍은 다시 이런 말을 했다.

"소인은 이미 종의 신분에서 벗어나 양민이 되어 객호(客戶)에[41] 작은 집을 한 채 마련해 살고 있습니다. 오늘은 이미 날이 저물었으니 도련님께서는 객호의 소인 집으로 가서 하룻밤을 지내고 내일 아침 일찍 소인이 모셔다 드리겠습니다."

이러면서 인도하기에 왕선객은 그의 집으로 가니 음식을 마련하여 잘 대접하는 것이었다. 그리고 밤중에 새홍은 사람들에게서 들었다면서 다음과 같이 일러주었다.

"유상서 어른은 전날 반란군에게 잡혀가서 반란군이 임명하는 관직을 맡았었기 때문에 뒤에 수복된 후에 부인과 함께 처형을 당해 돌아가셨고,

---

41) 다른 지역에서 새로 전입한 사람들이 모여 사는 마을.

무쌍은 액정비가 되어 궁중으로 끌려 들어갔다고 하옵니다.”

이야기를 들은 왕선객은 원통함을 이기지 못하여 소리쳐 통곡하니 그 소리가 이웃 사람들을 감동시키었다. 그리고 다시 새홍을 돌아보며,

“이 세상이 넓고 넓건만 동서남북에 눈을 들어 찾아봐도 친척이라고는 없으니 이 몸을 어디에다 의탁하겠느냐?”

하면서 슬퍼하다가, 그렇다면 옛날 외갓집 사람들 중 지금 살고 있는 사람이 누가 있느냐고 물었다. 그랬더니 새홍은 이렇게 알려 주었다.

“오직 무쌍의 몸종으로 있던 채빈(採蘋)만이 살아있어서 금오장군 왕수중(王遂中)의 집에 머물고 있습니다.”

이에 왕선객은 무쌍은 만나볼 기약이 없으니 채빈이라도 만날 수 있으면 죽어도 한이 없겠다고 말하면서, 왕수중의 집으로 찾아가 자기 소개서를 들이고, 한 집안 조카의 예의를 갖추어서 만나 뵈었다. 그리고 채빈과의 관계를 자세히 고하고 많은 값을 치를테니 채빈을 데려가게 해달라고 간청했다. 내용의 전말을 들은 왕수중은 깊이 감동하면서 그렇게 하라고 허락해주었다.

이후로 왕선객은 집을 한 채 세내어 새홍과 채빈을 데리고 함께 살았다. 이렇게 사는 동안 새홍은 자주 왕선객에게,

“도련님은 나이 점점 들어가니 관직을 구하여 살아갈 궁리를 해야 하는데, 어찌 늘 슬픔에 잠겨 허송세월만 하고 계십니까?”

하고 충고했다. 그래서 왕선객은 이 말에 감화되어 왕수중을 찾아가서 간곡하게 부탁을 드리니 왕수중은 그를 경조윤으로 있는 이재운(李齊運)에게 추천해 주었고, 그래서 이제운은 왕선객을 진출시켜 부평윤(富平尹)의 자리에 오르게 했으며, 장락역(長樂驛)의 책임자도 겸하도록 하였다.

이렇게 여러 달 세월이 흘렀다. 하루는 급한 연락이 왔는데, 궁중 사자

가 궁중 여인 30여 명을 거느리고 원릉(園陵)에 참배하러 가니 청소를 잘하고 준비를 갖추라는 내용이었다. 그래서 이 일행이 도착하여 장락역에서 숙박을 하게 되었고, 천으로 덮어 꾸민 수레 열 대가 와서 궁녀들이 내려 숙소를 정하였다.

이에 왕선객은 좋은 기회라고 생각하고 새홍에게 일렀다.

"내 들으니 궁녀들은 액정비 속에서 뽑아 들인다고 들었다. 그렇게 하는 것은 액정비 중에는 의관자제들이 많기 때문이라고 한다. 혹시 무쌍이 궁녀로 뽑혀 저 속에 있을지도 모르는 일이니 나를 위해 좀 자세히 관찰해 줄 수 있겠느냐?"

이 말을 들은 새홍은 궁녀가 수천 명이나 되는데 어찌 무쌍이 그 속에 있겠느냐고 말하면서 관심을 갖지 않았다. 그래서 왕선객은 다시 새홍에게,

"사람의 일이란 모르는 것이니 네가 한 번 가서 살펴봐다오."

라고 말하고, 새홍을 역의 관리인 것처럼 꾸며 궁녀들이 유숙하는 방의 문 앞 발 밖에서 차를 나리도록 했다. 왕성객은 새홍에게 돈 3천전을 주면서 이렇게 당부했다.

"차 다리는 기구에서 잠시도 떠나지 말고 꼭 지키고 있으면서 살피다가 혹시라도 무쌍이 눈에 띄면 곧장 와서 알려다오."

새홍이 대답을 하고 가서 발 밖에서 차를 다리는데 궁녀들은 안에 있어서 도무지 얼굴을 볼 수가 없었고, 다만 밤이 되니 서로들 떠드는 소리만 들려올 뿐이었다. 그런데 밤이 깊어 모두 잠들어 조용해졌는데 새홍이 그릇을 씻느라고 불을 켜고 있으니 문득 안쪽에서 부르는'소리가 들리었다.

"새홍! 새홍! 너 내가 여기 있다는 사실을 깨달아 알고 있었느냐? 낭군님은 건강하게 잘 계시냐?"

말을 마치자 흐느껴 우는데 무쌍이었다. 이에 새홍이 가만히 전했다.

"도련님은 지금 이 역의 책임자로 근무하고 있답니다. 오늘 혹시 낭자가 궁녀들 속에 있을까 하여 새홍을 시켜 문안 인사를 올리라 했습니다."

"알았노라. 내 오래 얘기할 수가 없으니 내일 내가 떠나고 난 뒤에 동북쪽 건물 방안 벽장문 속에 자주색 이불이 있을테니 그 속에서 편지를 꺼내 낭군에게 전해다오."

무쌍은 이 말을 남기고 사라졌다. 그랬는데 갑자기 안쪽에서 시끄럽게 떠드는 소리가 나더니, 궁녀 한 사람이 배가 아프다고 하면서 궁중 사신이 급히 탕약을 찾는 것이었다. 이는 무쌍이 편지를 쓰기 위해 조용한 곳으로 몸을 피하기 위한 한 술책이었다.

새홍이 이 사실을 급히 왕선객에게 알리니 왕선객은 놀라면서 한 번 볼 수 없겠느냐고 하며 한탄했다. 이에 새홍이 한 꾀를 일러주었다.

"지금 위교(渭橋) 다리를 수리하고 있습니다. 도련님께서 그 다리를 다스리는 관리로 위장을 하여 다리를 지키면서 궁녀들이 탄 수레가 지나갈 때에 수레들에서 가까이 붙어서 있으면 아마도 무쌍이 눈치를 채고 수레 창문의 발을 걷고 내다볼테니 잠시 볼 수가 있을 것입니다."

이튿날 왕선객이 그 말에 따라 변장을 하고 기다리고 있으니 세 번째 수레가 지나가면서 과연 발을 걷고 내다보는데 정말 무쌍이었다. 무쌍의 얼굴을 본 왕선객은 슬픈 감정이 북받치고 그리움이 간절하여 그 마음을 진정할 수가 없었다.

그리고 새홍이 벽장문 안의 이불 속에서 편지를 찾아내 가지고 왔다. 편지는 5폭의 화전지에 적혀 있는데 무쌍의 글씨가 선명하고 사연이 구구절절 애절했으며 내용이 너무나도 극진하여 가슴을 울렸다. 왕선객이 편지를 보면서 한을 머금고 눈물을 비 오듯 쏟았는데, 그렇게 영원히 이별하고 말았다.

그런데 무쌍의 편지 끝에 다음과 같은 내용이 덧붙여져 있었다.

"늘 칙사에게서 듣고 있었습니다. 부평현 고압아(古押衙)에 생각이 깊은 사람이 있다고 하는데 혹시 구제해 줄 수가 있을지 모르겠습니다."

그래서 왕선객은 상부에 보고하여 장락역 책임자의 임무를 면해 달라고 간청해 부평현윤의 본 관직으로 복귀했다. 그런 다음 고압아로 가서 노인을 찾으니 마침 시골집에 살고 있기에, 방문하여 극진히 인사를 드렸다. 노인은 누가 와서 소원하는 바를 말하면 반드시 전력을 기울여 이루게 해 주는 그런 사람이었다.

왕선객은 이때부터 1년여 동안 이 노인에게 비단과 보배로운 옥을 구해 많이 선물로 바치면서 섬겼는데, 정작 어떤 부탁의 말은 입 밖에 내지도 않았다. 이러는 동안에 어느덧 왕선객은 부평현윤의 임기가 다 차서 떠나게 되었다. 하루는 관청 청사에 한가로이 앉아 있으니 그 노인이 찾아왔다. 그리고 왕선객에게 이렇게 말하는 것이었다.

"보살 것 없는 이 부부(武夫) 나이 많고 늙어서 아무데도 쓸 곳이 없습니다. 도련님이 나에게 정성을 다해 섬기는 것을 보면서 도련님의 마음속을 살피니 아마도 이 늙은이에게 무엇인가를 부탁할 일이 있는 것 같이 느껴집니다. 이 늙은이는 마음속에 깊은 뜻을 간직하고 있습니다. 낭군의 그 깊은 은혜에 몸이 가루가 되는 한이 있더라도 보답하기를 원하옵니다."

이에 왕선객은 일어나 절을 올리고 무쌍을 구출하고자 하는 마음을 실토했다. 이야기를 들은 노인은 하늘을 쳐다보고 손으로 머리 뒤를 서너 번 두드리더니 입을 열었다.

"이 일은 대단히 어려운 일입니다. 하지만 도련님과 함께 이루어질 수 있도록 시도해 보겠으니 당장 이루어질 것으로는 바라지 마십시오."

"오직 살아있는 동안에 만날 수만 있다면 어찌 감히 빠르고 늦음을 가리겠습니까?”

왕선객은 노인의 말에 이렇게 이야기하고 서로 헤어졌다.

이후 반년여 동안 노인은 아무런 소식이 없었다. 그러던 어느 날 노인이 사람을 시켜 편지를 보내왔는데,

“모산(茅山)으로 심부름 갔던 사자(使者)가 돌아왔으니 이리로 오시오.” 하고 적혀 있었다. 그래서 왕선객이 말을 달려 찾아가 만나 인사를 드리니 노인은 아무 말도 하지 않았다. 한참 만에 노인은 이불에 덮여 있는 것을 열어 보이는데 모산으로 심부름 갔던 사자였고, 노인은 죽였다고 말하고는 다시 덮는 것이었다.

그리고 노인은 차를 한 잔 마시고는 밤이 깊어지니 왕선객을 보고 입을 열었다.

“집에 혹시 여자로서 무쌍을 알아볼 수 있는 사람이 있습니까?”

이 물음에 왕선객은 옛날 무쌍의 몸종 채빈이 있다고 말하고, 급히 집으로 달려가서 채빈을 데리고 와 노인 앞에 앉히었다. 노인이 채빈의 얼굴을 자세히 살피더니 웃음을 띠고 기쁜 표정을 지으면서,

“됐습니다. 이 여인을 나에게 한 보름 동안 머물게 하고는 도련님은 돌아가십시오.”

라고 말하고 왕선객을 돌려보냈다.

왕선객이 집으로 돌아와 여러 날을 기다리고 있으니 하루는 소문이 들리는데, 한 원릉 소속 궁녀가 역적모의에 가담하여 사형을 당했다는 것이었다. 그래서 왕선객은 잔뜩 의심이 들고 기이하게 생각되어 새홍을 시켜 좀 자세히 알아보라 했더니, 과연 무쌍이 바로 사형을 당한 궁녀라고 했다. 이에 왕선객이 소리 내어 통곡하고, 그 노인이 구출해 나오기를 고대하고 있었는데 지금 죽었으니 어쩔 수가 없게 되었다고 하면서 눈물을 흘

리고 탄식하며 어쩔 줄을 몰라 했다.

이날 밤 자정이 가까웠을 무렵, 문득 문을 두드리는 소리가 급하게 나기에 내다보니 곧 그 노인이 대로 만든 커다란 상자를 메고 들어왔다. 그리고 내려놓으면서 이르기를,

"여기에 무쌍이 들어 있답니다. 무쌍은 지금 죽었지만 가슴에 온기가 있어 후일 다시 살아날 것입니다. 가만히 안정을 시키고 탕약을 조금씩 입으로 떠 넣도록 하시오."

이 말에 따라 왕선객은 무쌍의 몸을 안고 혼자 방안으로 들어가 지키고 있었다. 그랬더니 새벽이 되니까 무쌍의 몸 전체가 더워지면서 깨어나더니 왕선객을 보는 순간 외마디 소리를 질러 통곡하고는 다시 기절하는 것이었다. 그래서 탕약을 드리우며 가료를 하니 낮을 지나 밤이 되어서야 완전히 깨어났다.

이때 노인은 새홍을 시켜 집 뒤 후원에 땅을 파서 구덩이를 만들게 했다. 그리고 구덩이가 깊어지니 노인은 칼을 뽑는 순간 새홍의 목이 구덩이 안으로 떨어졌다. 이를 본 왕선객이 크게 놀라니 노인은 다음과 같은 이야기를 했다.

"도련님은 놀라지 마십시오. 오늘 도련님의 은혜를 충분히 갚은 것 같습니다. 전날 모산(茅山)에는 약술(藥術)을 잘 구사하는 도사가 있다는 말을 들었는데, 그 도사의 약을 먹으면 곧 죽었다가 3일 후에 다시 깨어난다고 했습니다. 그래서 내가 사자를 보내 그 약 한 알을 구해왔던 것입니다. 그리고 무쌍의 몸종 채빈을 궁중 사자로 가장하여 궁중으로 잠입시켜, 무쌍이 반역 음모에 가담되었다고 하면서 불러내 형벌을 집행하면서 이약을 먹고 자진해 목숨을 끊으라고 명령한 것입니다. 그래서 죽은 무쌍의

시신이 능 근처에 이르렀을 때 친척이라고 하면서 접근하여 비단 1백 필을 주고 시체를 사왔습니다. 이 과정에서 국가의 연락을 맡은 관리들에게도 많은 뇌물을 바쳐 소문이 나지 않게 하였으며, 모산으로 심부름 갔던 사자는 물론 궁중에서 시체를 운반해온 사람들까지 모두 야외에서 처치하여 죽여 흔적을 없앴습니다. 이제 이 늙은 몸도 도련님을 위해 자살을 하겠으니 이후 도련님은 여기에서 살지 말고 떠나십시오. 대문 밖에는 짐꾼 10명과 말 5필, 비단 2백 필이 준비되어 있습니다. 새벽에 무쌍과 함께 이곳을 떠나 성명을 바꾸고 종적을 감춰 재앙을 당하지 않게 하십시오."

말을 마친 노인이 곧 칼을 뽑기에 왕선객이 말리려는 순간 이미 노인의 목이 구덩이 속으로 떨어졌다. 그래서 왕선객은 새홍과 노인의 시체를 묻은 다음, 새벽에 날이 밝기 전에 집을 떠나 촉(蜀) 지역을 거쳐 저궁(渚宮)에 이르러 몸을 숨기고 살았다. 그런 다음 얼마 후에 장안 소식을 듣지 못해 답답하여 다시 가족을 거느리고 고향인 양등(襄鄧)으로 옮아가 무쌍과 함께 아들딸 많이 낳고 한평생을 해로했다.

아아! 인생의 만나고 헤어짐은 빈번한 일이로되 왕선객과 무쌍 같은 경우는 매우 드문 일로서, 고금을 통하여 이런 일은 있지 않았다. 무쌍이 난리를 만나 가정이 적몰되어 궁녀로 들어가고, 왕선객의 구출하려는 노력은 목숨을 걸었도다. 마침내 그 노인을 만나 기이한 방법을 통하여 무쌍을 구출했고, 이 과정에서 원통하게 목숨을 바친 자 10여 명에 달하였다. 어려움을 무릅쓰고 도피 생활을 하다가 고향으로 돌아가게 되었고, 그래서 50여 년 동안 부부 생활을 하였으니 어쩌면 이렇게도 기이한 일이 다 있는고?

홍선전(紅綫傳)

<해 설>

　이 작품은 당 함통(咸通: 860～873) 연간에 한림학사 원교(袁
郊)가 편찬한 『감택요(甘澤謠)』 속에 들어 있었는데 『태평광기』
권195에 다시 수록되어 전해지고 있다. 후대 전적에는 이 작품을
양거원(楊巨源)의 작이라고 나타내 놓은 곳이 있는데 원교의 작
으로 보아야 한다는 주장과 양립하고 있다.

　이 소설은 특이하게 여성 자객이 등장하고 있다. 남자들이 초
능력을 발휘하는 협사(俠士) 이야기는 매우 흔하지만 여성들의 초
능력 발휘담, 곧 여협(女俠)소설은 그리 흔하지 않은 편이다. 우
리나라 고소설에 도술을 행사하는 내용으로 <박씨전>이 있지만
소설 속의 박씨는 집안에서 도술을 행사할 뿐 직접 나가서 활동
을 하지 않는다는 점에서 본격적인 여협소설로 보기에는 부족한
면이 있다.

　우리나라 고소설 중 <구운몽>의 심요연 이야기에 여협 소재
가 삽입되어 있다. 이 홍선 이야기는 이 <구운몽>의 심요연 구
성에 상당한 영향을 미치고 있음을 알 수 있다.

당 노주(潞州) 절도사 설숭(薛嵩) 집 여종 홍선(紅綫)은 완함(阮咸: 거문고와 유사한 악기)을 잘 연주하고 또한 경사(經史)에도 능통했다. 그래서 설숭은 홍선에게 외부로 나가는 문서를 맡아보게 하여 내기실(內記室)이라 이름 붙였다.

하루는 군(軍) 안에서 큰 잔치가 벌어졌는데 홍선이 설숭에게 이르기를,

"갈고(羯鼓) 북소리가 매우 슬프게 들립니다. 아마도 그 북을 치는 사람에게 무슨 일이 있는 것 같습니다."

라고 아뢰는 것이었다. 설숭도 평소 음률에 밝은 사람이었으므로 들어보고는,

"네 말이 맞다."

고 말한 다음, 그 북 치는 사람을 불러 물어보았다. 그랬더니 그 사람의 대답은 이러했다.

"소인의 아내가 지난밤에 죽었습니다만 감히 휴가를 구하지 못했습니다."

그래서 설숭은 그 사람을 급히 집으로 돌아가라 했다.

당시, 지덕(至德: 756~757) 이후로 양하(兩河) 지역이 소란하여 황제는 금양(洺陽)에 진을 설치하고 설숭을 진장으로 임명하여 튼튼하게 방비해 산동 지역을 제압하라고 명령했다. 그런데 전쟁을 치러 많은 사람들이 희생을 당했고 또 처음 진을 설치하였는지라 안정이 덜 되어서, 조정에서는 설숭에게 명령하기를, 딸을 위박(魏博) 절도사 전승사(田承嗣)의 아들과 혼인시켜 사돈 관계를 맺고, 또 설숭의 아들은 활박(滑亳) 절도사 영호장(令狐章) 딸과 결혼하여 역시 인척 관계를 맺어서, 3진이 서로 인척이 되어 자주 사신을 왕래하게 하여 친분을 유지하도록 했다.

이래서 3진 사이에 황제의 명령대로 인척 관계가 맺어졌는데, 위박 절도사 전승사는 일찍이 폐병을 앓아 병이 점점 심해지니 늘 이런 말을 했다.

"내가 진을 산동 지역으로 옮겨 그 시원한 공기를 마시면 내 목숨을 수

년간은 더 연장시킬 수가 있을 것이다."

이러면서 전승사는 설숭의 진을 쳐서 합병하여 자신이 함께 다스릴 생각을 하게 되었다.

이에 군사들 중에서 무용(武勇)이 다른 사람보다 10배 정도 뛰어난 군사 3천명을 뽑아 외택남(外宅男)이란 이름을 붙여 특별 훈련을 시키면서, 잘 먹이고 후하게 대접해 양성했다. 그리고 밤마다 3백 명씩을 동원해 자신이 잠자는 저택을 지키게 하고는, 기회를 보아 좋은 날을 가리어서 설숭이 다스리는 노주(潞州)를 공격해 취하려고 노리고 있었다.

설숭이 이 소식을 듣고 자신의 군사는 그를 당할 수가 없었기 때문에 밤낮으로 걱정하여 혼자 중얼거리면서도 무슨 방책을 강구할 수가 없었다. 하루 밤에는 성문이 닫힐 무렵 설숭은 잠이 오지 않아 지팡이를 짚고 뜰을 거닐면서 근심에 싸여 있었는데, 이때 홍선도 함께 따르고 있었다. 얼마 후 뒤따르던 홍선이 아뢰는 것이었다.

"성주께서는 한 달 동안이나 침식을 잊으시고 깊은 시름에 쌓이시니, 아마도 이웃 지역의 문제로 그러시는 것 같습니다."

이 말을 들은 설숭은 하늘을 쳐다보면서 지나가는 말처럼 대답했다.

"나의 걱정은 우리 지역의 안위에 관한 중대 문제이니 네가 염려할 바가 아니니라."

그러니까 홍선은 다시 아뢰었다.

"소인 비록 미천한 몸이지만 역시 성주님의 근심을 해결할 수가 있사옵니다."

설숭은 홍선의 이 기이한 말을 듣고 정신이 번쩍 들어,

"음, 네가 이인이란 사실을 내 미처 모르고 있었구나. 내가 암매하였도다."

라고 말하고, 전승사의 계략을 설명한 다음 이렇게 이야기했다.

"내 조부의 유업을 이어받고 국가의 큰 은혜를 입어 이 땅을 지키고 있는데, 하루아침에 강토를 잃으면 곧 수백 년 이어온 공훈이 물거품이 되는 것이로다."

이에 홍선이 아뢰었다.

"이 일은 쉽게 해결할 수가 있으니, 성주께서는 걱정을 놓으시기 바랍니다. 잠시 소인을 위박성에 다녀올 수 있도록 허락해 주시면 그 형세를 살피고, 그 쪽의 허실도 탐지해 보겠습니다. 지금 밤이 1경이니 소인이 지금 떠나면 위박성으로 가서 살펴보고 2경쯤에는 충분히 돌아와 보고를 올릴 수가 있을 것입니다. 청하옵건대 성주께서는 먼저 내일 일찍 위박성으로 보낼 사신과 말을 준비하도록 해주시고, 안부 편지만 마련해 두시기 바랍니다. 나머지 일은 소인이 돌아옴을 기다리소서."

"아니, 그렇게 하여 일이 만약 잘못 되는 날에는 도리어 재앙을 더 빨리 부르는 결과가 되지 않겠느냐? 그때는 또 어떻게 하겠느냐?"

"성주어르신, 소인의 가는 일은 반드시 성공을 거두게 됩니다."

홍선은 곧 방으로 들어가서 행장을 차리었다. 머리를 빗어 묶어 오만(烏蠻)의 상투를 만들어 참새를 조각한 황금 비녀를 꽂았다. 그리고 자주색 수를 놓은 짧은 겉옷을 입고는 가벼운 신발에 푸른색 끈을 매었으며, 가슴에는 용의 무늬가 새겨진 비수를 차고 이마에는 태을신(太乙神)의 이름을 붙였다. 이렇게 하여 앞에 나아와 재배하고 돌아섰는데 문득 그 순간 흔적이 없었다.

설숭은 이에 방으로 돌아와 문을 닫고 촛불을 등지고 꼿꼿하게 앉아 술을 마셨다. 설숭은 평상시에 술을 불과 두세 잔밖에 마시지 못했지만, 이 날은 10여 잔을 마셔도 취하지 않았다. 이윽고 새벽 피리소리가 바람결에 들리더니 나뭇잎이 앞에 떨어지기에 놀라 일어나 물으니 곧 홍선이 돌아왔다고 했다.

설숭이 기뻐하며 위로하고 일이 잘 되었느냐고 물으니 홍선은 결코 명령을 욕되게 하지 않았다고 대답하는 것이었다. 그래서 혹시 그쪽 사람들을 죽이지 않았느냐고 물으니 홍선은 이렇게 대답했다.

"결코 그런 일은 없사옵고 다만 그쪽 성주의 머리맡에 놓여 있는 황금 상자를 증표로 가지고 왔을 따름입니다."

그리고 홍선은 그쪽에 갔던 일을 자세히 설명했다.

"소인은 한밤중 되기 2각 전에 위박성에 도착하여 여러 문을 거쳐 성주의 침소까지 접근해, 특별히 뽑은 외탁남들의 머무는 숙소에 이르렀는데, 그들은 우레 같은 코고는 소리를 내면서 자고 있었습니다. 그리고 침소를 지키는 군사들이 뜰에서 서로 소리를 지르고 바람을 일으키며 걷고 있는 모습도 보았습니다. 이어 왼쪽에 있는 문을 열고 성주의 침실 휘장 안으로 들어가니 거기에는 전서방 부친(곧 전승사)께서 다리를 꼬아 세우고 깊은 잠에 빠졌었는데, 무늬가 새겨진 물소 뿔 베개를 베고 있었으며 상투는 노란 비단 천으로 싸여 있었습니다. 그런데 베개 머리에 별이 새겨진 칼이 한 자루 있었고 칼 앞에는 뚜껑이 열린 황금 상자가 놓였으며, 상자 안에는 생년월일의 사주와 북두칠성 이름이 써져 있는데 그 위에는 좋은 향과 아름다운 구슬이 어지럽게 덮여 있었습니다. 그러하니 궁성에서 위엄을 떨치는 것은 사람이 깨어 있으면서 정신이 맑을 때이고, 침실에 들어 깊은 잠에 빠지니 그 목숨이 소인 손에 달려 있음을 깨닫지 못하고 있었습니다. 어쩌면 잡았다 놓아주었다 하는 수고를 하는 것은 오직 마음의 상처만 더하는 것으로 생각되었습니다. 그때는 횃불에 연기만 희미하게 피어오르고 향로의 향불은 거의 꺼져가고 있었으며, 모시는 사람들은 사방으로 누워 병기들이 이리저리 널려 있었습니다. 어떤 사람은 머리가 병풍에 부딪치며 코를 골면서 머리를 숙이는 사람도 있었으며, 또 어떤 사람은 손에 긴 천을 잡고 자면서 죽 펼치는 사람도 있었습니다. 소인이 이에 그 잠든 무리들의 비녀와 귀고리를 뽑아버리기도 하고, 그 저고리와 치마를 동여매기도 했지만 모두들 병자처럼 정신없이 자면서 잠을 깨지 않았습니다. 그래서 소인은 그 머리맡의 황금 상자를 들고 나왔습니다. 곧 위박성 서쪽 문을 통해 2백리쯤 오니 동대(銅臺)가 높이 걸려 보였고, 장수(漳水)가 동쪽으로 흐르고 있었으며, 새벽 닭 우는 소리가 들리면서 지는 달은 숲에 걸려 보였습니다. 흥분하여 달려가 기쁜 마음으로 돌아오면서 행역의 수고도 잊었으며, 은덕을 갚는다는 생각에 돌아와 의지할 것만을 바랐습니다. 밤을 알리는 북이 세 번 울리는 동안 7백리를 갔다가 돌아왔으며, 위태로운 나라에 한 번 들어갔다가 5,6개의 성을 거쳐 지나오는 동안 성주님의 근심을 덜어드리겠다고 바라는 마음 간절하여 그 고생한 이야기를 감히 올리었나이다.”

설숭은 홍선의 이야기를 듣고 노고를 치하한 다음, 새벽에 사신을 파견하여 위박성으로 보내면서 이렇게 편지를 썼다.

“어젯밤 한 손님이 위성(魏城)으로부터 오면서 원수(元帥)의 침상 머리에 놓였던 황금 상자 하나를 가지고 왔습니다. 감히 여기에 오래 머물러 둘 수가 없어 급히 싸서 이렇게 보내옵니다.”

사신이 쉬지 않고 급히 위박성으로 달려가서 밤중에 도착했다. 군사들이 사신을 수색하여 황금 상자를 발견하고는 군중이 온통 크게 의아해 했다. 사신이 채찍을 휘두르며 위박성의 군사들을 밀치고 들어가니, 아무런 연락도 없이 때가 아닌데 나타난 사신을 보고, 전승사는 급히 뛰어 나와 맞았다. 곧 사신이 황금 상자와 편지를 올리니, 전승사는 상자를 받는 순간 놀라 기절하고 말았다.

이어 사신을 안내하여 집안에 머물게 하고는 잘 접대하면서 많은 선물을 주는 것이었다. 이튿날 전승사는 사신을 돌려보내면서 비단 3백 필과 좋은 말 2백 필, 그리고 여러 가지 보물을 함께 실어 보내면서 설숭에게 이렇게 전했다.

"이 사람의 머리와 목이 은혜로운 덕분에 살아 있게 되었습니다. 잘못을 알아서 스스로 일신(一新)하여 다시는 인척 관계를 손상하려 하지 않을 것이며, 오로지 가르침을 받들어 인척 관계를 논의하면서, 정성껏 뒷바라지를 하고 계속 앞에서 이끌도록 하겠습니다. 이곳에 설치한 외택남들은 본래 다른 외부 도적을 방비하려는 것이었고 또한 다른 뜻이 없었습니다. 이후 모두 그 무장을 해제하고 시골로 농사를 짓게 돌려보내겠습니다."

이렇게 하여 1,2개월 안에 하북과 하남은 사신이 오가고 화평을 이루게 되었다.

어느 날 갑자기 홍선은 설숭 앞에 나아와 떠나겠다고 했다. 이에 설숭이 놀라면서,

"너는 우리 집에서 태어나 여기가 네 집인데 지금 어디로 가겠다는 게냐? 또한 내 너에게 의지해 있는데 어찌 떠남을 허락하겠느냐?"

하고 난색을 표했다. 그러니까 홍선은 이렇게 말하며 사정했다.

"소인은 전생에 남자였습니다. 강호(江湖) 사이로 떠돌며 신농씨의 의약 서적을 읽어 세상 사람들의 병을 구제하고 다녔습니다. 그랬는데 마을에 아이를 잉태한 부인이 갑자기 뱃속에 벌레로 인해 응혈이 생겨 낙태를 시켜야 하겠기에, 소인이 원화주(芫花酒)를 먹여 애기를 내리는 과정에서, 불행히도 부인과 뱃속의 쌍둥이 아이가 함께 죽었습니다. 그래서 소인은 갑자기 세 목숨을 죽이게 되니 하늘이 소인을 벌주어 죽여서 여자로 태어

나게 했을 뿐만 아니라, 몸을 천한 신분으로 만들어 기품을 낮게 하여 고생을 시켰던 것이었습니다. 다행히도 성주님의 가정에 태어나 19년을 사는 동안 은혜를 입어, 몸에는 입기 싫을 만큼 비단 옷을 입었고, 맛있는 음식을 모두 먹었으며 사랑도 많이 받아 영화를 실컷 누렸습니다. 하물며 나라 안 화평의 극치를 이루어 경사가 끝없었으니, 이는 곧 하늘에 죄지은 사람으로서 이치상 마땅히 끝나는 지점에 도달했다고 생각합니다. 지난 번 위박 지역에 갔다 와서 은혜 또한 갚게 되었으며, 지금 두 지역이 각기 그 영토를 보전하고 백성들이 목숨을 안전하게 하여 살고 있습니다. 그리고 나라를 어지럽히는 신하로 하여금 두려움을 알게 했고, 열사들이 안전을 도모하고 있으니 한 여자의 몸으로서 그 공적 또한 적지 않다고 하겠습니다. 이제 진실로 그 옛날의 죄를 사하고 본체를 회복하여 이 세상에서 형적을 감추어 숨어서 물외(物外)로 나아가 살아 마음을 맑게 하여 장생불사를 이루고자 하옵니다.”

설숭이 이야기를 다 듣고는 자신이 1천금을 내어 깊은 산속에서 살 곳을 마련해 주겠다고 제의하니 홍선은 다시 이렇게 말했다.

“모든 것은 내세(來世)에 관계된 일이어서 이 세상에서 마음대로 도모할 수가 없습니다.”

이에 설숭은 더 이상 머물게 할 수 없음을 알고 널리 사람을 모아 전별잔치를 베풀었다. 밤에 많은 손님이 방안에 모였고 설숭이 홍선에게 술을 권하면서 노래를 불렀다. 그리고 초청된 손님 중 냉조양(冷朝陽)에게 노래를 지어달라고 부탁하니 그는 이렇게 읊었다.

마름 캐는 노래 소리 목난 배를 원망하고,	採菱歌怨木蘭舟
손님 전송하는 높은 누각엔 영혼이 닳는구나.	送客魂消百尺樓

낙수 선녀가 안개 타고 돌아감과 흡사하니,　　　還似洛妃乘霧去
끝없는 푸른 하늘에 강물만 절로 흐르누나.　　　碧天無際水空流

　노래가 끝나니 설숭은 슬픔을 이기지 못했고, 홍선도 절을 하면서 한없이 울었다. 그리고 홍선은 거짓 취하여 자리를 피하는 것 같이 하고는 드디어 사라져 간 곳을 알 수 없더라.

섭은낭전(聶隱娘傳)

<해 설>

　이 작품은 『태평광기』 권194에 실려 전하는데 역시 배형(裵
鉶)의 『전기(傳奇)』 속에 실렸던 소설이다. 앞의 홍선 이야기와
함께 대표적인 여협소설로서 우리 <구운몽>의 심요연 소재에
결정적으로 영향을 미치고 있다. 이 작품에서의 섭은낭과 <구운
몽>에서의 심요연을 비교해 보면 여성관의 차이가 뚜렷하여 중
국과 우리의 의식 차이를 가늠해 볼 수 있는 자료가 된다는 점
에서도 관심의 대상이 된다.

　조선시대 후기 여장군계 소설이 몇 편 등장하는데, 이들 작품
속에는 여성의 활동 능력이 남성을 압도하는 경우를 많이 나타
내 놓고 있다. 그러면서도 그 여성이 남자의 아내라는 위치 때문
에 고민하는 내용이 나타나 있는 것은 아마도 <구운몽>에서 심
요연을 표현하고 있는 것에서 영향을 입었을 것으로 생각된다.
이런 면에서 섭은낭과 심요연의 구성을 비교해 보는 것은 매우
중요한 의미를 지닌다.

섭은낭은 당 정원(貞元: 785~804) 연간 위박(魏博) 대장군 섭봉(聶鋒)의 딸이다. 나이 바야흐로 10세 때였는데, 한 여승이 섭봉의 집으로 동냥을 와서 은낭을 보고는 기뻐하며 말했다.

"관장님께 여쭈옵니다. 소승이 이 딸아이를 데리고 가서 가르치고 싶습니다."

이 말을 들은 섭봉은 크게 화를 내고 여승을 꾸짖으니 여승은 다시 말하는 것이었다.

"나리께서 쇠로 만든 궤 속에 이 아이를 넣어 숨겨놓는다 하더라도 역시 꼭 뺏어갈 것입니다."

이날 밤 과연 은낭은 어디론가 사라지고 말았다. 그래서 섭봉은 크게 놀라 사람을 시켜 찾아보게 하였으나 끝내 흔적도 발견할 수가 없었고, 섭봉은 아내와 함께 늘 딸을 생각하며 마주 보고 눈물만 흘릴 따름이었다.

어언 5년이란 세월이 흘렀다. 여승이 다시 찾아와서 은낭을 돌려보내주면서 이렇게 고했다.

"이제 가르치는 일이 끝났습니다. 딸아이를 거두어 주소서."

이렇게 말한 여승은 그 순간에 자취를 감추고 보이지 않았다. 그래서 온 집안이 기뻐하면서 딸에게 무엇을 배웠는지를 물으니 딸은,

"처음에 다만 경문을 읽고 주문을 외우게 했을 뿐 다른 것은 배운 게 없습니다."

라고 대답했다. 그러나 섭봉은 믿기지 않아 다시 간곡하게 물으니 은낭은 이런 말을 했다.

"설사 제가 진실을 얘기하더라도 부친께서는 믿지 않으실테니 어떻게 진실을 아뢰겠습니까? 그저 모른 체하소서."

이에 섭봉은 어찌 되었건 진실을 말해보라고 간곡하게 설득하니, 은낭

이 설명을 하는데 다음과 같은 기이한 내용이었다.

은낭이 처음에 여승에게 이끌리어 얼마나 먼 거리인지를 알 수 없는 어떤 곳으로 갔는데, 날이 밝을 무렵 큰 바위 밑 굴속으로 수십 보를 들어가니 주위에 사람이라곤 보이지 않고 원숭이만 많이 보였으며 소나무 숲이 우거져 얽힌 깊은 굴속이었다. 거기에는 이미 두 여자아이가 있었는데 둘 다 10세 정도였으며, 모두 총명하고 아름답게 생겼고 음식을 먹지 않았다. 그리고 이 아이들은 가파른 절벽을 나는 듯이 걸어 오르는데 원숭이가 나무에 오르는 것 같아 미끄러지는 일이 없었다.

여승은 은낭에게 약 한 알을 주고 겸하여 보검 한 자루를 주면서 항상 간직하라고 했는데, 그 칼의 길이는 2자쯤 되고 예리하여 머리털을 뽑아 불어서 날려 자르면 잘라졌다. 이미 와 있던 두 여자를 따라 언덕 기어오르기를 훈련했고, 그러는 동안 점점 몸이 가벼워져 바람에 날리는 것 같이 느껴졌다.

1년 후, 원숭이를 칼로 찌르면 모두 잡을 수 있었고 이어 호랑이와 표범도 찔러 그 머리를 베어 돌아왔다. 그리고 3년이 지나니 능히 날 수가 있었으며, 공중을 날고 있는 매를 칼로 찔러 잡으라 했는데 한 번도 실수한 적이 없었다. 세월이 지남에 따라 칼날의 길이를 점차 5치씩 줄이었고, 나는 새 가까이 접근해도 새들이 가까이 가는 것을 눈치채지 못했다.

4년에 이르니 스님은 두 여자를 굴을 지키게 하고는, 은낭 자기만 데리고 어디인지 알 수 없는 어떤 도시로 나갔다. 거기에서 한 사람을 가리키며 그 사람의 죄를 일일이 열거하면서 이렇게 지시했다.

"나를 위해 저 사람의 머리를 잘라오되 아무도 알지 못하게 하라."

그래서 은낭은 칼을 던져 그 사람의 가슴을 똑바로 맞히어 나는 새처럼 빨리 처치할 수가 있었다. 그 다음 여승은 은낭에게 양의 뿔로 만든 비수를 주는데 칼날 넓이가 3치 정도였고, 이 칼로 대낮에 도시에서 스님이 지목하는 사람을 처치하여 아무도 알지 못하게 할 수 있었다. 뿐만 아니라, 그 죽인 사람의 머리를 자루에 넣어 집에 돌아와서 여승에게 주면, 무슨 약을 발라서 물로 만들어버리는 것이었다.

5년이 되니 또한 이렇게 말했다.

"어느 높은 벼슬아치가 무고한 사람을 몇 사람 해쳤으니 밤에 그 사람의 방에 들어가서 머리를 잘라 가지고 오라."

이 지시에 따라 은낭은 비수를 품고 그 집 방으로 들어가는데 좁은 문틈으로 들어가니 전혀 걸리는 것이 없었고, 들보 위에 숨어 있다가 밤이 된 뒤에 그의 머리를 잘라 돌아왔다. 이때 여승은 너무 늦게 왔다고 크게 화를 내는 것이었다. 이에 은낭은 늦게 온 이유를 이렇게 설명해 드렸다.

"들보 위에서 내려다보고 있으니 그 사람 앞에서 어린 아이가 재롱을 부리며 놀고 있는데 차마 빨리 손을 쓸 수가 없었습니다."

은낭의 말을 들은 여승은 크게 꾸짖으면서, 이후에는 그런 경우에 그 어린 아이부터 먼저 죽이고 다음에 그 사람의 머리를 자르라고 일렀다. 그래서 은낭이 절을 하며 사례하니 여승은 다시 이런 말을 했다.

"내 너를 위해 너의 머리 골을 열고 비수를 감추어 둘테니 전혀 아픔을 느끼지 않을 것이며 사용할 필요가 있으면 뽑아내어 쓸 수가 있느니라."

그러면서 여승은 다시,

"너는 이제 술이 모두 완성되었으니 집으로 돌아가도 좋다."

라고 말하고 보내주면서, 20년 후에 다시 한 번 만날 날이 있을 것이라고 말했다는 것이었다. 딸의 이야기를 다 들은 부친 섭봉은 크게 놀라고 두려워했다.

이러고 뒤에 밤이면 은낭은 갑자기 어디론가 사라졌다가 새벽에 돌아오는 것이었다. 그랬지만 부친은 감히 어디를 갔다 오느냐고 물어보지 않았으며, 이후로 부친은 딸에게 깊은 애정 또한 쏟지 않았다.

하루는 문득 거울을 수리하는 소년이 대문에 이르니 은낭은 기쁜 듯이 말했다.

"이 사람이 바로 나의 남편감입니다."

그래서 부친은 감히 딸의 말을 따르지 않을 수 없어 그와 혼인시켜 주었다. 그런데 사위는 오직 잘 보이지 않는 거울을 갈아서 맑게 하는 재주만 있을 뿐 다른 일은 잘 하는 일이 없었다. 그랬지만 은낭의 부친 섭봉은 사위에게 음식과 옷을 풍부하게 갖추어 주고, 잘 대하면서 사랑채에 거처하게 해주었다.

몇 년이 지났다. 부친 섭봉이 사망하니, 위(魏) 지역 관장이 은낭의 신이함을 약간 알고는 금백서(金帛署)를 관장하는 좌우관리로 임명해 주었다.

이러고 또 수년이 지나 원화(元和: 806~820) 연간에 이르러 위 지역 관장과 진허(陳許) 절도사 유창예(劉昌裔) 사이에 알력이 생겼다. 이때 위 관장은 은낭을 시켜서 진허 절도사 유창예의 머리를 잘라오라고 명령하는 것이었다.

은낭이 명령을 받들어 관장에게 인사를 드리고 부부가 함께 유창예가 자리 잡고 있는 허(許) 지역으로 가니, 절도사 유창예는 신점(神占)을 잘 쳤기 때문에, 점을 쳐서 은낭 부부가 올 줄을 미리 알고 있었다. 그래서 부하 장수를 불러 다음과 같이 지시해 놓았다.

"내일 아침 일찍 성 북쪽에 가 기다리고 있으면 한 쌍의 부부가 나타나는데, 남편은 흰 나귀를 타고 있을 것이고 부인은 검정 나귀를 타고 올 것이다. 그때 성문에 이르면 까치가 남편의 앞에서 지저길 테고, 그러면 남편은 까치를 향해 활로 탄을 쏘지만 맞히지를 못하고 이어 아내가 남편이 가진 탄을 뺏어 던져 단번에 까치를 맞춰 죽일 것이다. 그러면 보고 있다가 그 앞에 나아가 읍하고, '절도사 어른께서 만나보고자 하여 멀리 나와 맞이하려고 기다리고 있습니다.' 라고 정중히 말하고 안내해 모시고 오도록 하라."

그래서 유창예의 부하 장수는 명령에 따라 성북에 가서 기다리고 있으니, 과연 절도사가 한 말과 꼭 같기에, 나아가 절하고 그대로 아뢰었다.

유창예 부하 장수의 이야기를 들은 은낭 부부는 감탄을 하고 말했다.

"유 절도사는 과연 신인입니다. 그렇지 않으면 어찌 우리들이 올 것을 꿰뚫어볼 수가 있었겠습니까? 유공을 만나보기로 하겠습니다."

이렇게 해 유 절도사가 은낭 부부를 만나 노고를 위로하니 은낭 부부는 절을 올리면서,

"유공을 해치라는 명령을 받고 왔습니다. 1만 번 죽을 죄를 지었습니다." 하고 사죄했다. 이에 유절도사는 다음과 같이 말하면서 위로하는 것이었다.

"그렇지 않습니다. 사람은 각기 그가 섬기는 주인을 위하고 명령을 받드는 것은 인지상정입니다. 저쪽 위 지역이나 우리 허 지역이나 그 무엇이 다를 것이 있겠습니까? 진실로 이곳에 머물러 있으면서 아무런 의혹도 품지 마십시오."

이 말에 은낭은 마음속에 있는 진심을 아뢰었다.

"유공께서는 주위에 인물이 없습니다. 저희가 저쪽 위를 버리고 이곳으로 와 유공의 명령에 복종하겠나이다."

은낭이 이렇게 유창예에게 충성을 맹세한 것은 위 지역 관장이 유 절도사에게 미치지 못함을 알았기 때문이었다.

이에 유 절도사는 은낭 부부에게 필요한 것이 무엇이냐고 물으니, 은낭은 매일 필요한 돈 2백문이면 충분하다고 대답했다. 그래서 유 절도사는

그 소원대로 들어주었다.

그리고 얼마 후 은낭 부부가 타고 온 희고 검은 두 마리의 나귀가 보이지 않았다. 그래서 유 절도사가 사람을 시켜 찾아보게 했지만 종적이 묘연했다. 그랬는데 뒤에 삼베 자루를 가만히 살피니, 그 속에 두 장의 종이에 각각 백 흑 두 마리의 나귀가 그려진 것이 들어 있음을 발견했다.

한 달포 지났는데 은낭이 유 절도사에게 아뢰었다.

"위 지역 관장이 우리들을 보내놓고 행방을 알지 못해 반드시 사람을 시켜 뒤쫓아 오게 할 것입니다. 그러니 오늘 밤 머리털을 잘라 붉은 비단에 매어 위 지역 관장 베개 앞에 놓아두어, 저희들이 돌아갈 의사가 없음을 알리겠사오니 허락해 주소서."

유 절도사가 이를 허락하니 은낭은 갑자기 사라졌다가 4경쯤 되어 돌아와서는 아뢰었다.

"그 증표를 놓아두고 왔습니다. 이제 내일 밤 반드시 정정아(精精兒)를 보내 저를 죽이고 유공의 머리도 베어가려 할 것입니다. 하지만 그때 여러 가지 계책으로 그를 죽일 수가 있으니 걱정은 하지 마소서."

이야기를 들은 유 절도사는 역시 배포가 크고 활달했기 때문에 두려워하는 빛이 없었다.

이날 밤, 유 절도사가 촛불을 밝히고 앉아 있으니 밤중이 지나면서 과연 빨갛고 하얀 두 깃발이 날아 들어오더니 침상의 네 모서리에 연결되어 앉는 것이었다. 그리고 한참 있으니 한 사람이 공중으로부터 내동댕이쳐지는데, 보니까 머리와 몸뚱이가 따로 떨어져 죽어 있었다. 그리고 얼마 후 은낭이 나타나서 정정아가 죽었다고 말하고, 끌어내 당 아래로 내치고는 약을 뿌려 물로 만들어버리는데 머리털도 하나 남지 않았다.

그리고 은낭은 다시 유 절도사에게 아뢰었다.

"다음날 밤은 묘수공공아(妙手空空兒)를 시켜 계속하여 해치러 올 것입니다. 그런데 지금 올 이 공공아의 신술은 아주 신묘하여 사람이 능히 그 운용술을 엿볼 수가 없고, 귀신도 그 흔적을 뒤밟을 수가 없습니다. 공공아는 허공을 따라 저승으로 들어가고 형체를 숨겨 그림자마저 없애기 때문에, 은낭의 재주로서는 그 경지에 도달할 수가 없습니다. 그래서 유공의 복록(福祿)에 연계를 지어 처치해야만 합니다. 유공께서는 목에 우전(于闐)에서 나는 옥을 두르시고 이불을 감고 계시기 바랍니다. 그때 제가 작은 벌레인 멸몽(蠛蠓)으로 변해 유공의 뱃속으로 들어가 숨어 있다가 사정을 살피겠습니다. 그 방법 밖에는 공공아를 피할 다른 방도는 없사옵니다."

유 절도사는 이날 밤, 은낭의 말에 따라 밤 삼경이 되도록 눈을 감고 잠을 자지 않고 기다렸다. 그러니까 과연 이마에서 쇳소리 같은, 매우 강하게 울리는 소리가 나더니 얼마 후에 은낭이 입안으로부터 튀어 나오는 것이었다. 그리고 은낭은 이렇게 하례했다.

"이제 유공께서는 무사하십니다. 저 공공아는 사나운 매 같아서 한 번 공격을 해 적중시키지 못하면 곧장 날아 멀리 달아납니다. 그가 공격해 맞히지 못했다는 수치심으로 인해 겨우 1경이 미처 지나지 않아 1천리 밖으로 날아 가버립니다."

유 절도사는 은낭의 이야기를 듣고 목에 둘렀던 옥을 살펴보니, 과연 비수에 찍힌 흔적이 있는데 2,3푼 깊이로 폭 파여 있었다. 이로부터 유공은 은낭을 매우 후하게 대접했다.

원화 8년(813), 유 절도사는 진허 절도사 임기를 마치고 황성으로 올라가게 되었다. 이때 은낭은 유 절도사를 따라 상경하기를 원치 않고, 다만 이렇게 아뢰었다.

"지금부터 산수를 찾고 신선을 만날 것입니다. 다만 한 가지 소망은 소첩의 남편에게 하나의 작은 관직을 맡겨 주시기 바라옵니다.”

유 절도사는 이 은낭의 부탁을 들어주었고, 이후 은낭은 어디로 갔는지 흔적을 알 수가 없었다.

뒷날, 유 절도사가 통군(統軍) 벼슬에 있다가 사망하니, 그때 은낭이 역시 나귀를 타고 오직 한번 경사에 나타나 유 절도사의 관 앞에서 통곡을 하고 떠났다. 그리고 개성 해(開成 1년: 836)에 유 절도사의 아들 유종(劉縱)이 능주(陵州) 자사를 제수받아 촉(蜀)으로 통하는 잔도(棧道: 구름다리)에서 은낭을 만났다. 이때 은낭은 얼굴이 옛날과 조금도 다름이 없었으며 서로 만나 매우 반가워했고 역시 옛날처럼 하얀 나귀를 타고 있었다.

이때 은낭은 유종에게 이렇게 일렀다.

“도련님에게 큰 재앙이 닥치고 있으니 여기에 오래 머무는 것은 좋지 않습니다.”

이와 같이 말하고, 환약 한 알을 내주면서 유종에게 삼키라고 했다. 그리고 다시 이렇게 당부했다.

“내년에 급히 관직을 버리고 여기를 떠나야만 그 재앙에서 벗어날 수가 있습니다. 내가 준 약은 오직 1년 동안의 재앙만 면하는 효력이 있을 뿐입니다. 명심하소서.”

이 말을 들은 유종은 특별히 믿으려 하지 않았고, 비단을 선물로 주니 은낭은 받지를 않았으며 오직 술만 잔뜩 취하여 헤어졌다. 그리고 1년 뒤에 유종은 결코 관직을 버리지 않았는데, 과연 능주에서 사망했다. 그 뒤로는 아무도 은낭을 다시 본 사람이 없었다.

사소아전(謝小娥傳)

<해 설>

　이 작품은 당 원화(元和: 806∼820) 연간에 종릉종사(鍾陵
從事)를 지낸 이공좌(李公佐)의 작으로, 『태평광기』 권491에
실려 전해지고 있다. 이 소설의 내용은 여자의 몸으로 갖은 고
생을 하며 부친과 남편을 죽인 범인을 찾아 원수를 갚으려고
끈질기게 노력하는 여인의 강인함을 그리고 있어서, 많은 사람
에게 감동을 준다는 평을 받고 있다.

　당시 있었던 실화를 제재로 하였기 때문에 비현실적인 내용
이 거의 없는데, 다만 죽은 혼령이 나타나 범인의 이름을 파자
(破字)로 일러 주고, 그것을 지혜 있는 사람이 풀어주어 문제를
해결한다는 방법은 우리 고소설과 문헌설화에 많이 등장하는
소재이므로, 이 작품과의 연관성을 배제할 수 없다.

　그 밖에 실제로 작품 내용을 우리 고소설에서 인용하고 있는
것은 보이지 않지만, 신소설에서는 이 작품 전체의 내용을 그
대로 빌려와 다시 우리의 실정에 맞게 꾸민 작품이 있어서, 비
교 고찰이 필요하다.

소아(小娥)는 성이 사씨(謝氏)이고 예장(豫章) 사람이며 장사꾼의 딸이다. 태어나서 8세에 모친을 잃었고 역양(歷陽)의 협사인 단거정(段居貞)에게 시집갔었다. 단거정은 용기가 있고 의리를 중히 여겼으며 세상을 떠돌며 의협심을 발휘하는 호걸들과 어울려 놀았다.

소아의 부친은 많은 재산을 비축하고 있었지만 장사하는 사람들에게는 이름을 숨기고 항상 사위 단거정과 함께 강호(江湖) 사이를 배를 타고 왕래하며 장사를 했는데, 소아의 나이 14세가 되었을 때에 혼인을 했다.

그랬는데 배를 타고 가다가 도적을 만나 소아의 부친과 남편은 도적에 의해 죽임을 당했고, 금과 비단 등 재물은 모두 약탈당했으며, 단거정의 형과 아우며 또 부친의 생질 등이 모두 강물에 빠져 죽었다.

그때 소아도 물에 빠져 가슴을 다치고 다리가 부러져 물속에서 표류하다가 지나가는 배에 의해 건져져서 하룻밤이 지나서야 겨우 살아났다. 이후 소아는 떠돌면서 걸식을 했고 상원현(上元縣)에 이르러 묘과사(妙果寺)의 여승 정오(淨悟)에게 의지하게 되었다.

처음에 부친이 사망하고 나서 소아의 꿈에 부친이 나타나 현몽하기를,

"나를 죽인 사람은 '거중후 문동초(車中猴門東草)'이니라."

하고 알려주었다. 그리고 수일 후에 다시 꿈에 남편이 나타나서 다음과 같이 현몽했다.

"나를 죽인 사람은 '화중주 일일부(禾中走一日夫)'이다."

소아가 이 말을 스스로 풀지 못하고 항시 써서 지니고 다니면서 널리 지혜 있는 사람을 만나 도움을 입어 풀어보려고 했지만 해를 넘기면서도 풀지 못했다.

원화 8년(813) 봄, 내[작자 李公佐]가 강시종사(江西從事)에서 물러나 배를 타고 동쪽으로 내려가 건업(建業)에 배를 대고 와관사(瓦官寺)에 들

렸는데, 제물(齊物)이란 이름을 가진 스님이 있어서 어진 선비를 존중하고 학문을 숭상했으므로 나와 친분이 두터웠다.

내가 방문하니 제물 스님은 나에게 고하기를,

"소아라는 이름을 가진 과부가 한 사람 있어 늘 절에 들러서는 12자로 된 미어(謎語)를 보이면서 풀어 달라 하는데 도무지 풀 수가 있어야지." 라고 말했다.

그래서 내가 제물 스님에게 그것을 종이에 써보라고 한 다음, 이 12글자를 중얼거리면서 난간에 의지해 공중을 향하고는 깊은 생각에 잠겼다. 그 결과 드디어 나는 좌객들이 잠들기 전에 그 뜻을 알아내는 데에 성공했다.

곧 심부름하는 아이를 시켜 소아를 불러오라고 하니, 얼마 후에 소아는 내 앞에 이르렀다. 그래서 내 그 12글자에 대한 내력을 물으니, 소아는 한참 동안 오열하다가 이야기를 하는 것이었다.

"제 부친과 남편이 함께 도적에 의해 죽임을 당했습니다. 그리고 뒤에 꿈에 부친께서 나타나시어 '나를 죽인 사람은 거중후 문동초'라 하셨고, 뒷날 또한 꿈에 남편이 나타나 '나를 죽인 자는 화중주 일일부'라 했습니다. 그런데 세월이 오래 흐르도록 이 뜻을 아는 사람이 없었습니다."

이야기를 다 들은 뒤에 내 이렇게 설명했다.

"그렇다고 한다면 내가 자세히 풀어줄 수가 있노라. 너의 부친을 죽인 사람은 '신란(申蘭)'이고 네 남편을 죽인 사람은 '신춘(申春)'이니라. '車中猴'는 수레 가운데 원숭이가 들어 있다 했으니 '수레거(車)'자에 아래 위 '한 일(一)'자를 하나씩 제거하면 가운데 남는 것은 원숭이를 뜻하는 '납 신(申)'자가 된다. 그리고 '門東草'는 세 글자를 합쳐 한 글자를 만들 때 '草＝艹'아래 '門'을 놓고 '門' 안에 '東'을 넣으면 '蘭'자가 되니 곧

‘申蘭’이라는 이름을 가진 사람을 뜻하게 되는 것이다. 그리고 ‘禾中走’도 벼를 심은 밭을 달린다는 뜻이니 밭을 뜻하는 ‘田’자를 아래위로 달려 길게 뻗히면 꼭지가 뻗어나가 역시 ‘申’자가 되고, ‘一日夫’는 세 글자를 합쳐 한 자를 만들 때, ‘夫’자 위에 ‘一’을 얹고 아래에 ‘日’을 놓으면 ‘春’자가 되니 곧 ‘申春’이란 사람 이름이 된다. 그러니 네 부친을 살해한 사람은 ‘신란’이고 네 남편을 죽인 사람은 ‘신춘’임에 틀림없느니라.”

소아는 통곡재배하고는 ‘신란’ ‘신춘’ 넉 자를 써서 옷 속에 간직하면서, 이 두 도적을 찾아 반드시 그 원수를 갚겠다고 굳게 맹세하는 것이었다. 그리고 소아는 나에게 감사를 표하면서 내 성씨와 관직이며 집안을 묻고 눈물을 흘리면서 물러갔다.

이후로 소아는 남자의 옷으로 바꾸어 입어 남자로 변장하고, 강호 사이에서 삯을 받고 일하는 일꾼으로 위장했다. 그리고 1년여 동안 여러 곳을 돌아 심양군(潯陽郡)에 이르니 마침 대나무로 된 문 위에 종이로 써 붙였는데, ‘일꾼 구함’이라고 쓴 것이 눈에 띄었다. 곧 소아가 그 집으로 가서 일을 하겠다고 지원하고 안으로 들어가 보니, 뜻밖에도 그 주인 이름이 ‘신란’이었다.

신란은 소아를 보더니 자기 집에서 부리겠다고 하기에, 소아는 울분을 참고 억지로 부드러운 표정을 지으며 비위를 잘 맞추었다. 그러니까 신란은 소아를 곁에 두고 매우 좋아하면서, 금과 비단 등 물건의 출입 숫자를 계산하는 일을 모두 소아에게 맡기는 것이었다.

이와 같이 2년 동안 살았는데, 그 동안 아무도 소아가 여자라는 사실을 알지 못했다. 앞서 신란은 소아 집안의 금은보석과 비단, 의복과 기구 등을 모두 약탈했기 때문에, 그 물자들이 모두 그 집에 있었고, 소아는 늘 이 옛 물건들을 만지며 한참 동안씩 몰래 눈물을 흘리곤 했다.

　신란과 신춘은 종형제 간이었다. 이때 신춘은 일가가 함께 큰 강의 북쪽에 위치한 독수포(獨樹浦)라는 곳에 살고 있으면서 신란 집에 자주 드나들며 친밀하게 지냈고, 신란과 신춘이 함께 나가서는 달포씩 지나서 돌아오는데, 올 때마다 많은 재물을 탈취해 오는 것이었다. 이렇게 신란이 집을 비울 때는 늘 소아와 신란의 처, 그리고 그 집안사람들이 집에 머물면서 함께 집을 지키도록 했으며, 신란의 처는 소아에게 음식과 의복 등을 매우 풍성하게 공급해 주었다.

　어느 하루, 신춘이 문어 안주와 술을 가지고 신란의 집으로 와서 술자리를 마련하려고 준비하는 것이었다. 이때 소아는 가만히 탄식하며 속으로 이렇게 속삭였다.

　"이공좌 그 어른 영리하고 지감이 있어 모든 것이 꿈에 현몽했던 것과 일치하니, 이는 하늘이 그 마음을 열어 뜻을 이루게 함이로다."

　이날 밤, 신란과 신춘은 술자리를 베풀어서 여러 도적들을 불러 많이 참석했다. 오랜 시간 술을 마셔 술에 많이 취하니 다른 도적들은 돌아가고, 신춘은 취해 내실에서 잠들고 신란은 뜰에 그대로 노숙을 하는 것이었다. 이에 소아가 가만히 내실로 가서 신춘을 안에 두고는 밖에서 문을 잠갔다. 그런 다음 칼을 뽑아들고 뜰로 나가 신란의 머리를 잘랐다.

　그런 다음 소리를 질러 이웃 사람들을 불렀다. 이때 모여든 마을 사람들이 신춘은 방안에 갇히어 있고 신란은 밖에서 죽어 있는 것을 목격했다. 이렇게 해 관아에 알려 도적질한 재물을 거두니 그 수가 1천만에 이르렀고, 소아가 신란의 집에서 사는 동안 신란 신춘 두 도적과 함께 행동하는 도적 10여명의 이름도 기억하고 있었으므로, 이들을 모두 잡아 처형했다.

　이때 심양 태수로 있던 장공(張公)이 소아의 절행을 가상히 여겨 그 사건의 전모를 기록하여 정표(旌表)를 내려주도록 상주했고, 그래서 소아는 살인죄를 면했다.

이때는 원화 12년 여름이었다. 소아는 부친과 남편의 복수를 마치고 고향으로 돌아가 친척들을 뵈었다. 그때 마을에 사는 호족들이 다투어 혼인할 것을 제의하니 소아는 맹세코 재가를 하지 않겠다고 했다.

소아는 드디어 머리를 깎고 갈포 옷을 걸치고 도를 닦으러 우두산(牛頭山)으로 들어갔다. 그리하여 큰스님 장(蔣) 율사에게 나아가 사사했으며, 그의 뜻이 굳고 고행하여 비가 오나 서리가 내리나 꾸준히 노력해 몸을 아끼지 않았다. 이듬해 원화 13년 4월, 소아는 비로소 사주(泗州) 개원사(開元寺)에서 구족계(具足戒)를 받았고, 끝까지 소아라는 이름으로 법호로 삼아 그 근본을 잊지 않았다.

이해 여름, 내 처음으로 장안으로 돌아오면서 오는 길에 사주에 배를 대고 선의사(善義寺)에 들러, 대덕니(大德尼) 영조(令操)를 뵈니, 새로 계를 받은 스님이 수십 명이나 눈에 띄었다. 머리를 깨끗하게 깎고 새 배자를 입었으며 의젓한 거동과 모습으로 스님의 주위에 모시고 앉아 있었다. 그 중 한 여승이 스님에게 물었다.

"혹시 저 손님이 어쩌면 홍주 이 판관 이십삼낭이 아니신지요?"

이에 스님이 그렇다고 대답하니 여승은,

"저로 하여금 집안의 원수를 갚게 해 주었으며 원통하고 수치스러운 것을 씻게 해 주신 것은 모두 판관의 은덕이었습니다."

라고 하면서, 나를 돌아보고 슬피 우는 것이었다. 그러나 내 까닭을 알지 못하고 그 연유를 물으니 소아는 이렇게 대답했다.

"제 이름은 소아로 전날의 걸식 과부입니다. 판관께서 그때 신란 신춘 두 도적의 이름을 분별해 주신 것을 어찌 기억하지 못하시는지요?"

이 말을 듣고 나는 처음에 몰랐는데 이제야 알겠노라고 대답했다. 소아는 당시 신란 신춘 두 사람 이름을 적어 기억했다가 부친과 남편의 원수를 갚아, 부족하나마 뜻을 이룬 사실과 시종일관 고생하며 견디어 낸 일들을 이야기해 주었다. 그리고 소아는 또 이렇게 말했다.

"판관의 은혜에 대한 보답은 멀지 않을 것입니다."

어찌 오직 그러한가! 아아 감격스럽도다. 내 두 도적의 이름을 밝혀 주었고 소아는 끝까지 부친과 남편의 원수와 원통함을 갚았으니, 귀신의 도는 암매하지 않고 환하게 모든 선악을 알고 있도다. 소아의 아름다운 용모와 깊이 있는 말씨, 손이 닳고 발이 터지도록 맹세하여 진리를 추구하였도다. 여기 스스로 불도에 입문하여 몸에는 부드러운 비단옷을 입지 않고 부엌에는 맛있는 음식이 없으며 불교의 계율과 참선의 원리가 아니면 입에 올리지 않는도다. 그리고 며칠 후 우두산으로 돌아간다고 고했고, 내 또한 회수(淮水)에 편주를 띄워 남쪽 지방으로 떠돌았으니, 그 뒤로 내 다시는 소아를 만나지 못했도다.

군자 이르기를,

"굳은 맹세 변하지 않고 부친과 남편의 원수를 갚았으니 이것은 절개요, 남의 집 일꾼으로 잡일을 하면서도 사람들이 여자인 줄 몰랐으니 이는 정절이로다. 여자의 행실이란 오직 정(貞)과 절(節)을 시종일관 온전하게 지키는 것일 따름이라. 소아 같은 여인은 족히 천하의 도리를 거슬리고 윤리를 어지럽히는 자에게 깨우침이 될 만하고, 충분히 천하의 정부와 효부의 절개를 이에서 본다고 하겠노라."

내 지난 일을 자세히 기록하여 숨겨진 사실을 밝히고, 신비스런 하늘의 응징 사실을 사람들 마음에 명심시키려 하노라. 착한 행실을 알고 있으면서 기록하지 않으면 성인께서 『춘추(春秋)』를 지으신 뜻에 어긋나도다. 그래서 소아의 사실을 전하여 그 아름다움을 널리 나타내려 한 것이로다.

原　文

1. 李娃傳

2. 霍小玉傳

3. 鶯鶯傳

4. 非烟傳

5. 長恨歌傳

6. 遊仙窟

7. 離魂記

8. 裴航傳

9. 補江總白猿傳

10. 枕中記

11. 南柯太守傳

12. 柳毅傳

13. 李衛公靖傳

14. 李章武傳

15. 定婚店

16. 崑崙奴傳

17. 無雙傳

18. 紅綫傳

19. 聶隱娘傳

20. 謝小娥傳

1. 李娃傳（一名　汧國夫人傳）

　　汧國夫人李娃　長安之娼女也. 節行瓌奇　有足稱者　故監察御史白行簡　爲傳述. 天寶中　有常州刺史滎陽公者　略其名氏不書　時望甚崇　家徒甚殷　知命之年　有一子　始弱冠矣. 雋朗有詞藻　迥然不羣　深爲時輩推伏　其父愛而器之曰「此吾家千里駒也」. 應鄉試　秀才擧　將行　乃盛其服玩車馬之飾　計其京師薪儲之費　謂之曰「吾觀爾之才　當一戰而霸　今備二載之用　且豊爾之給　將爲其志也」. 生亦自負　視上第如指掌.

　　自毘陵發　月餘抵長安　居于布政里. 嘗遊東市還　至平康東門入　將訪友于西南　至鳴珂曲　見一宅　門庭不甚廣　而室宇嚴邃　闔一扉　有娃　方凭一雙鬟青衣立　妖姿與妙　絶代未有. 生忽見之　不覺停驂　久之　徘徊不能去. 乃詐墜鞭于地　候其從者勅取之　累眄于娃　娃回眸應睇　情甚相慕竟不敢措辭而去. 生自爾意若有失　乃密徵其友　遊長安之熟者　以訊之. 友曰「此俠邪女李氏宅也」. 曰「娃可求乎」. 對曰「李氏頗贍　前與通之者　多貴戚豪族　所得甚廣　非累萬金　不能動其志也」. 生曰「苟患其不諧雖百萬何惜」.

　　他日　乃潔其衣服　盛賓從而往　叩其門　俄有侍兒起扃. 生曰「此誰之第耶」. 侍兒不答　馳走大呼曰「前時遺策郎也」. 娃大悅曰「爾姑止之吾當整粧易服而出」. 生聞之私喜. 乃引至蕭墻間　見一姥　垂白上僂　卽娃母也. 生跪拜前致詞曰「聞茲地有隙院　願稅以居　信乎」. 母曰「懼其賤陋湫隘　不足以辱長者所處　安敢言直耶」. 延生于遲賓之館. 館宇甚麗與生偶坐　因曰「某有女嬌小　技藝薄劣　欣見賓客　願將見之」. 乃命娃出明眸皓腕　擧步艷冶. 生遽驚起　不敢仰視　與之拜畢　敍寒燠　觸類妍媚

目所未睹. 復坐 烹茶斟酒 器用甚潔.

久之 日暮 鼓聲四動 姥訪其居遠近 生紿之曰 「在延平門外數里」. 冀其遠而見留也. 姥曰 「鼓已發矣 當速歸 無犯禁」. 生曰 「幸接歡笑 不知日之云夕 道里遼闊 城內又無親戚 將若之何」. 娃曰 「不見責僻陋 方將居之 宿何害焉」. 生數目姥 姥曰 「唯唯」. 生乃召其家僮 持雙縑 請以備一宵之饌 娃笑而止之曰 「賓主之儀 且不然也 今夕之費 願以貧 窶之家 隨其粗糲以進之 其餘以俟他辰」. 固辭 終不許.

俄徙至西堂 帷幌簾榻 煥然奪目 粧奩衾枕 亦皆侈麗. 乃張燭進饌 品 味甚盛. 徹饌姥起 生娃談話方切 詼諧調笑 無所不至. 生曰 「前偶過卿 門 遇卿適在屏間 厥後心常勤念 雖寢與食 未嘗或捨」. 娃答曰 「我心亦 如之」. 生曰 「今之來 非直求居而已 願償平生之志 但未知命也若何」. 言未終 姥至 詢其故 具以告. 姥笑曰 「男女之際 大欲存焉 情苟相得 雖父母之命 不能制也 女子固陋 曷足以薦君子之枕席」. 生遂下階拜而 謝之曰 「願以己爲廝養」. 姥遂目之爲郎 飮酣而散.

及旦 盡徙其囊橐 因家于李之第. 自是生屛跡戢身 不復與親知相聞. 日會倡優儕類 狎戲遊宴 囊中盡空. 乃鬻駿乘及其家僮 歲餘 資財僕馬 蕩然. 邇來姥意漸忘 娃情彌篤. 他日 娃謂生曰 「與郎相知一年 尙無孕 嗣 常聞竹林神者 報應如響 將致薦酹求之 可乎」. 生不知其計 大喜 乃 質衣于肆 以備牢醴 與娃同謁祠宇而禱祝焉. 信宿而返 策驢而後 至里 北門 娃謂生曰 「此東轉小曲中 某之姨宅也 將憩而覲之 可乎」. 生如其 言 前行不踰百步 果見一車門 窺其際 甚弘敞. 其靑衣自車後止之曰 「 至矣」. 生下 適有一人出 訪曰 「誰」. 曰 「李娃也」. 乃入告 俄有一嫗 至 年可四十餘 與生相迎曰 「吾甥來否」. 娃下車 嫗迎訪之曰 「何久疎 絕」. 相視而笑. 娃引生拜之 旣見 遂諧入西戟門偏院中. 有山亭 竹樹葱

菁　池榭幽絶　生謂娃曰「此姨之私第耶」．笑而不答　以他語對．俄獻茶果　甚珍奇．

　食頃　有一人控大宛　汗流馳至曰「姥遇暴疾　頗甚殆　不識人　宜速歸」．娃謂姨曰「方寸亂矣　某騎而前去　當令反乘　便與郎偕來」．生擬隨之　其姨與侍兒偶語　以手揮之　令生止于戶外　曰「姥且歿矣　當與吾議喪事　以濟其急　奈何遽相隨而去」．乃止　共計其凶儀齋祭之用　日晚　乘不至．姨言曰「無復命何耶　郎驟往覘之　某當繼至」．生遂往　至舊宅　門扃鏁甚密　以泥緘之　生大駭　詰其隣人　隣人曰「李本稅此而居　約已周矣　第主自收　姥徙居而且再宿矣」．徵徙何處　曰「不詳其所」．生將馳赴宣陽　以詢其姨　日已晚矣　計程不能達　乃弛其裝服　質饌而食　賃榻而寢．生忿怒方甚　自昏達旦　目不交睫　質明　乃策蹇而去　既至　連扣其扉　食頃　無人聲　生大呼數四　有宦者徐出　生遽訪之　姨氏在乎　曰「無之」．生曰「昨暮在此　何故匿之」．訪其誰氏之第　曰「此崔尚書宅　昨日有一人稅此院　云遲中表之遠至者　未暮去矣」．生惶惑發狂　罔知所措．

　因返訪布政舊邸　邸主哀而進膳　生怨懣　絶食三日　遘疾甚篤　旬餘愈甚．邸主懼其不起　徙之于凶肆之中．綿綴移時　合肆之人　共傷歎而互飼之．後稍愈　杖而能起．由是凶肆　日假之令執繐帷　獲其直而自給．累月漸復壯　每聽其哀歌　自歎不及逝者　輒嗚咽流涕　不能自止．歸則效之．生聰明者也　無何　曲盡其妙　雖長安無有倫比．

　初二肆之備凶器者　互爭勝負．其東肆　車轝皆奇麗　殆不敵　唯哀挽劣焉．其東肆長知生妙絶　乃醵錢二萬索顧焉．其黨耆舊　共較其所能者　陰教生新聲而相讚和　累旬　人莫知之．其二肆長相謂曰「我欲各閱所備之器于天門街　以較優劣　不勝者罰直五萬　以備酒饌之用　可乎」．二肆許諾　乃邀立符契　署以保證　然後閱之．

士女大和會　聚至數萬　於是里胥告于賊曹　賊曹聞于京尹. 四方之士
盡赴趨焉　巷無居人. 自旦閱之　及亭午　歷擧輦轝威儀之具　西肆皆不勝
師有慙色. 乃置層榻于南隅　有長髯者擁鐸而進　翊衛數人. 於是奮髥揚
眉　扼腕頓顙而登　乃歌白馬之詞. 恃其夙勝　顧眄左右　傍若無人　齊聲贊
揚之　自以爲獨步一時　不可得而屈也. 有頃　東肆長于北隅上　設連榻　有
烏巾少年　左右五六人　秉翣而至　卽生也. 整衣服　俯仰甚徐　申喉發調
容若不勝　乃歌薤露之章. 擧聲淸越　響振林木　曲度未終　聞者歔欷掩泣
西肆長爲衆所誚　益慙恥　密置所入計.

時也　適遇生之父在京師　與同列者易服章竊往觀焉. 有老豎　卽生乳母
壻也. 見生之擧措辭氣　將認之而未敢　乃泫然流涕. 生父驚而詰之　因告
曰「歌者之貌　酷似郎之亡子」. 父曰「吾子以多財　爲盜所害　奚至是
耶」. 言訖亦泣. 及歸　豎間馳往　訪于同黨曰「向歌者誰　若斯之妙歟」.
皆曰「某氏之子」. 徵其名　且亦易之矣. 豎凜然大驚　徐往迫而察之　生
見豎色動　回翔將匿于衆中. 豎遂持其袂曰「豈非某乎」. 相持而泣　遂載
而歸. 至其室　父責曰「志行若此　汚辱吾門　何施面目　復相見耶」. 乃徒
行出　至曲江西杏園東　去其衣服　以馬鞭鞭之數百　生不勝其苦而斃　父
棄之而去.

其師命相狎暱者　陰隨之　歸告同黨　共加傷歎　令二人齎葦席瘞焉. 至
則心下微溫　擧之良久　氣稍通　因共荷而歸　以葦筒灌勺飲　經宿乃活. 月
餘　手足不能自擧　其楚撻之處　皆潰爛穢甚. 同輩患之　一夕棄于道周　行
路咸傷之　往往投其餘食　得以充腸. 十旬　方杖策而起　被布裘　裘有百結
襤褸如懸鶉. 持一破甌　巡于閭里　以乞食爲事. 自秋徂冬　夜入于糞壤窟
室　晝則周遊廛肆. 一旦大雪　生爲凍餒所驅　冒雪而出　乞食之聲甚苦　聞
見者莫不悽惻. 時雪方甚　人家外戶多不發.

至安邑東門　循理垣　北轉第七八　有一門　獨啓左扉　卽娃之第也　生不知之　卽連聲疾呼　凍餓之甚　音響凄切　所不忍聽. 娃自閤中聞之　謂侍兒曰「此必生也　我辨其音矣」. 連步而出　見生枯瘠疥癘　殆非人狀　娃意感焉. 乃謂曰「豈非某郎也」. 生憤懣絶倒　口不能言　頷頤而已. 娃前抱其頸　以繡襦擁而歸于西廂　失聲長慟曰「令子一朝及此　我之罪也」. 絶而復蘇. 母大駭　奔至曰「何也」. 娃曰「某郎」. 姥遽曰「當逐之　奈何令至此」. 娃斂容却睇曰「不然　此良家子也　當昔驅高車　持金裝　至某之所　不踰期而蕩盡　且互設詭計　捨而逐之　殆非人　令其失志　不得齒于人倫　父子之道　天性也　使其情絶　殺而棄之　又困躓若此　天下之人　盡知爲某也　生親戚滿朝　一旦當權者　熟察其本末　禍將及矣　況欺天負人　鬼神不祐　吾自貽其殃也　某爲姥子　迨今有二十歲矣　計其資　不啻直千金　今姥年六十餘　願計二十年衣食之用以贖身　當與此子別卜所詣　所詣非遙　晨昏得以溫凊　某願足矣」. 姥度其志不可奪　因許之.

給姥之餘　有百金. 北隅四五家　稅一隙院　乃與生沐浴　易其衣服. 爲湯粥通其腸　次以酥乳潤其臟　旬餘　方薦水陸之饌. 頭巾履襪　皆取珍異者衣之. 未數月　肌膚稍腴　卒歲　平愈如初. 異時　娃謂生曰「體已康矣　志已壯矣　淵思寂慮　默想曩時之藝業　可溫習乎」. 生思之曰「十得二三耳」. 娃命車出遊　生騎而從　至旗亭南偏門鬻墳典之肆　令生揀而市之. 計費百金　盡載以歸　因令生斥棄百慮以志學　俾夜作晝　孜孜矻矻. 娃常偶坐　宵分乃寐　伺其疲倦　卽諭之綴詩賦. 二歲而業大就　海內文籍　莫不該覽. 生謂娃曰「可策名試藝矣」. 娃曰「未也　且令精熟　以俟百戰」.

更一年　曰「可行矣」. 於是　遂一上　登甲科　聲振禮闈　雖前輩見其文　罔不斂衽敬羨　願友之而不可得. 娃曰「未也　今秀士苟獲擢一科第　則自謂可以取中朝之顯職　擅天下之美名. 子行穢跡陋　不侔於他士　當礱淬利

器　以求再捷　方可以連衡多士　爭覇群英」. 生由是益自苦勤　聲價彌甚
其年遇大比　詔徵四方之雋　生應直言極諫科　策名第一　授成都府參軍
三事以降　皆其友也.

　將之官　娃謂生曰「今之復子本軀　某不相負也　願以殘年　歸養老姥　君
當結媛鼎族　以奉蒸嘗　中外婚媾　無自黷也　勉思自愛　某從此去矣」. 生
泣曰「子若棄我　當自頸以就死」. 娃固辭不從　生勤請彌懇. 娃曰「送子
涉江　至于劍門　當令我回」. 生許諾. 月餘　至劍門　未及發而除書至.

　生父由常州詔入　拜成都尹兼劍南採訪使. 浹辰父到　生因投刺謁於郵
亭　父不敢認　見其祖父官諱　方大驚. 命登階　撫背慟哭　移時曰「吾與父
子如初」. 因詰其由　具陳其本末　大奇之　詰娃安在　曰「送某至此　當令
復還」. 父曰「不可」. 命駕與生先之成都　留娃于劍門　築別館以處之　明
日　命媒氏通二姓之好　備六禮以迎之　遂如秦晉之偶. 娃既備禮　歲時伏
臘　婦道甚修　治家嚴整　極爲親所眷向.

　後數歲　生父母偕歿　持孝甚至. 有靈芝産于倚廬　一穗三秀　本道上聞
又有白燕數十　巢其層甍. 天子異之　寵錫加等　終制　累遷清顯之任　十年
間　至數郡　娃封汧國夫人. 有四子　皆爲大官　其卑者　猶爲太原尹　弟兄
姻媾　皆甲門　內外隆盛　莫之與京. 嗟乎　娼蕩之姬　節行如是　雖古先烈
女　不能踰也　焉得不爲之歎息哉.

　予伯祖嘗牧晉州　轉戶部　爲水陸運使　三任皆與生爲代　故諳詳其事
貞元中　予與隴西公佐話婦人操烈之品格　因遂述汧國之事. 公佐拊掌竦
聽　命予爲傳. 乃握管濡翰　疎而存之. 時乙亥歲秋八月. 太原白行簡云.

2. 霍小玉傳

　　大歷中　隴西李生名益　年二十　以進士擢第. 其明年拔萃　俟試於天官
夏六月　至長安　舍於新昌里. 生門族清華　少有才思　麗詞嘉句　時謂無
雙. 先達丈人　翕然推服. 每自矜風調　思得佳偶　博求名妓　求而未諧. 長
安有媒鮑十一娘者　故薛駙馬家青衣　折券從良　十餘年矣. 性便僻　巧言
語　豪家戚里　無不經過. 追風挾策　推爲渠帥.

　　常受生誠託厚賂　意頗德之. 經數月　李方閒居舍之南亭　申末間　忽聞
叩門甚急　云是鮑十一娘至. 攝衣從之　迎問曰「鮑卿今日何故　忽然而
來」. 鮑笑曰「蘇姑子作好夢也未　有一仙子謫在下界　不邀財貨　但慕風
流　如此色目　共十郎相當矣」. 生聞之驚躍　身飛體輕　引鮑手　且拜且謝
曰「一生作奴　死亦不憚」.

　　因問其名居　鮑具說曰「故霍王小女　字小玉　王甚愛之. 母曰淨持　淨
持卽王之寵婢也. 王之初薨　諸弟兄以其出自賤庶　不甚收錄　因分與資財
遣居于外　易姓爲鄭氏　人亦不知其王女. 姿質穠艷　一生未見　高情逸態
事事過人　音樂詩書　無不通解. 昨遣某求一好兒郎　格調相稱者　某具說
十郎　他亦知有李十郎名字　非常歡愜　住在勝業坊　古寺曲甫上車門宅是
也. 已與他作期約　明日午時　但至曲頭覓桂子　卽得矣」.

　　鮑既去　生便備行計. 遂令家僮秋鴻　于從兄京兆參軍尙公處　假青驪駒
黃金勒. 其夕　生澣衣沐浴　修飾容儀　喜躍交幷　通夕不寐. 遲明巾幘　引
鏡自照　惟懼不諧也. 徘徊之間　至于亭午. 遂命駕疾驅　直抵勝業　至約
之所　果見青衣立候　迎問曰「莫是李十郎否」. 卽下馬　令牽入屋底　急急
鎖門. 見鮑果從內出來　遙笑曰「何等兒郎　造次入此」. 生調誚未畢　引

入中門. 庭間有四櫻桃樹 西北懸一鸚鵡籠 見生入來 卽語曰「有人入來 急下簾者」. 生本性雅淡 心猶疑懼 忽見鳥語 愕然不敢進.

浚巡 鮑引淨持下階相迎 延入將坐. 年可四十餘 綽約多姿 談笑甚媚. 因謂生曰「素聞十郎才調風流 今又見容儀雅秀 名下固無虛士 某有一女子 雖拙敎訓 顔色不至醜陋 得配君子 頗爲相宜 頻見鮑十一娘說意旨 今亦便令永奉箕箒」. 生謝曰「鄙拙庸愚 不意顧盼 倘垂採錄 生死爲榮」. 遂命酒饌 卽令小玉 自堂東閤子中而出 生卽拜迎 但覺一室之中 若瓊林玉樹 互相照耀 轉盼精彩射人 旣而遂坐母側 母謂曰「汝嘗愛念 開簾風動竹 疑是故人來 卽此十郎詩也 爾終日吟想 何如一見」. 玉乃低鬟微笑細語曰「見面不如聞名 才子豈能無貌」. 生遂連起拜曰「小娘子愛才 鄙夫重色 兩好相映 才貌相兼」. 母女相顧而笑 遂擧酒數巡.

生起 請玉唱歌 初不肯 母固强之 發聲淸亮 曲度精奇 酒闌及暝 鮑引生就西院憩息 閒庭邃宇簾幕甚華. 鮑令侍兒桂子浣紗 與生脫靴解帶 須臾玉至 言敍溫和 辭氣婉媚 解羅衣之際 態有餘妍. 低幃暱枕 極其歡愛 生自以爲巫山洛浦不過也. 中宵之夜 玉忽流涕顧生曰「妾娼家 自知非匹 今以色愛 託其仁賢 但慮一旦色衰 恩移情替 使女蘿無託 秋扇見捐 極歡之際 不覺悲至」.

生聞之 不勝感歎 乃引臂替枕 徐謂玉曰「平生志願 今日獲從 粉骨碎身 誓不相捨 夫人何發此言 請以素縑 著之盟約」. 玉因收淚 命侍兒櫻桃 褰幄執燭 授生筆硯. 玉管絃之暇 雅好詩書 筐箱筆硯 皆王家之舊物. 遂取繡囊 出越姬烏絲欄素縑三尺以授生. 生素多才思 援筆成章 引論山河 指誠日月 句句懇切 聞之動人. 染畢 命藏于寶篋之內. 自爾婉變相得 若翡翠之在雲路也.

如此二歲 日夜相從. 其後年春 生以書判拔萃登科 授鄭縣主簿. 至四

月 將之官 便拜慶於東洛. 長安親戚 多就筵餞. 時春物尚餘 夏景初麗 酒闌賓散 離惡縈懷. 玉謂生曰「以君才地名聲 人多景慕 願結婚媾 固亦衆矣. 況堂有嚴親 室無冢婦 君之此去 必就佳姻 盟約之言 徒虛語耳. 然妾有短願 欲輒詣陳 永委君心 復能聽否」. 生驚怪曰「有何罪過 忽發此辭 試說所言 必當敬奉」. 玉曰「妾年始十八 君纔二十有二. 迨君壯室之秋 猶有八歲 一生歡愛 願畢此期 然後妙選高門 以諧秦晉 亦未爲晚. 妾便捨棄人事 剪髮披緇 夙昔之願 於此足矣」. 生且媿且感 不覺涕流 因爲玉曰「皎日之誓 死生以之. 與卿偕老 猶恐未愜素志 豈敢輒有二三 固請不疑 但端居相待 至八月 必當卻到華州 尋使奉迎 相見非遠」. 更數日 生遂訣別東去.

到任旬日 求假往東都覲親 未至家日 太夫人已與商量表妹盧氏 言約已定. 太夫人素嚴毅 生浚巡不敢辭讓 遂就禮謝 便有近期. 盧亦甲族也 嫁女於他門 聘財必以百萬爲約 不滿此數 義在不行. 生家素貧 事須求貨 便托假故 遠投親知 涉歷江淮 自秋至夏. 生自以孤負盟約 大愆回期 寂不知聞 欲斷其望 遙託親故 不遺漏言.

玉自生逾期 數訪音信 虛詞詭說 日日不同. 博求師巫 遍詢卜筮 懷憂抱恨 周歲有餘 羸臥空閨遂成沈疾. 雖生之書題竟絕 而玉之想望不移 賂遺親知 使通消息. 尋求既切 資用屢空 往往私令侍婢 潛賣篋中服玩之物 多託於西市寄附鋪侯景先家貨賣. 曾令侍婢浣紗 將紫玉釵一雙 詣景先家貨之 路逢內作老玉工 見浣紗所執 前來認之曰「此釵吾所作也 昔歲霍王小女 將欲上鬟 令我作此 酬我萬錢 我嘗不忘 汝是何人 從何而得」. 浣紗曰「我小娘子 卽霍王女也 家事破散 失身於人 夫婿昨向東都 更無消息 悒怏成疾 今欲二年. 令我賣此 賂遺於人 使求音信」. 玉工悽然下泣曰「貴人男女 失機落節 一至於此. 我殘年向盡 見此盛衰

不勝傷感」. 遂引至延先公主宅 具言前事 公主亦爲悲歎良久 給錢十二萬焉.

　時生所定盧氏女 在長安. 生旣畢於聘財 還歸鄭縣 其年臘月 又請假入城就親 潛卜靜居 不令人知. 有明經崔允明者 生之中表弟也 性甚長厚. 昔歲常與生 同歡於鄭氏之室 盃盤笑語 曾不相間. 每得生信 必誠告於玉. 玉常以薪蒭衣服 資給於崔 崔頗感之. 生旣至 崔具以誠告玉. 玉恨歎曰「天下豈有是事乎」. 遍請親朋 多方召致. 生自以愆期負約 又知玉疾候沈綿 慙恥忍割 終不肯往 晨出暮歸 欲以回避. 玉日夜涕泣 都忘寢息 期一相見 意無因由 怨憤益甚 委頓床枕. 自是長安中稍有知者 風流之士 共感玉之多情. 豪俠之倫 皆怒生之薄行.

　時已三月 人多春遊. 生與同輩五六人 詣崇敬寺翫牧丹花. 步於西廊 遞吟詩句. 有京兆韋夏卿者 生之密友 時亦同行. 謂生曰「風光甚麗 草木榮華 傷哉鄭卿 銜寃空室 足下終能棄置 寔是忍人. 丈夫之心 不宜如此 足下宜爲思之」. 歎讓之際 忽有一豪士 衣輕黃紵衫 挾朱彈 丰神雋美 衣服輕華 唯一剪頭胡雛從後. 潛行而聽之 俄而前揖生曰「公非李十郎者乎 某族本山東 姻連外戚. 雖乏文藻 心嘗樂賢 仰公聲華 常思覯止 今日幸會 得覩淸揚. 某之敝居 去此不遠. 亦有聲樂 足以娛情 妖姬八九人 駿馬十數匹 惟公所欲 但願一過」. 生之儕輩 共聆斯語 更相歎美.

　因與豪士策馬同行 疾轉數坊 遂至勝業. 生以近鄭之所止 意不欲過. 便託事故 欲回馬首. 豪士曰「敝居咫尺 忍相棄乎」. 乃挽挾其馬 牽引而行 遷延之間 已及鄭曲. 生神情恍惚 鞭馬欲回 豪士遽命奴僕數人 抱持而進 疾走推入車門 便令鎖却. 報云「李十郎至也」. 一家驚喜 聲聞於外. 先此一夕 玉夢 黃衫丈夫抱生來 至席 使玉脫鞋. 驚悟而告母 因自解曰「鞋者諧也 夫婦再合. 脫者解也 旣合而解 亦當永訣. 由此徵之

必邃相見　相見之後　當死矣」．凌晨請母粧梳　母以其久病　心意惑亂　不甚信之．僶勉之間　强爲粧梳　粧梳纔畢　而生果至．

玉沉綿日久　轉側須人．忽聞生來　欻然自起　更衣而出　怳若有神　遂與生相見．含怒凝視　不復有言　羸質姣姿　如不勝致．時復掩袂　返顧李生　感物傷人　坐皆歔欷．頃之　有酒餚數十盤　自外而來．一座驚視　遽問其故　悉是豪士之所致也．因遂陳設　相就而坐．玉乃側身轉面　斜視生良久　遂擧杯酒酹地曰「我爲女子　薄命如斯　君是丈夫　負心若此．韶顏稚齒　飲恨而終　慈母在堂　不能供養　綺羅絃管　從此永休．徵痛黃泉　皆君所致　李君李君　今當永訣．我死之後　必爲厲鬼　使君妻妾　終日不安」．乃引左手握生臂　擲杯于地　長慟號哭　數聲而絶．

母乃擧尸　寘於生懷　令喚之　遂不復蘇矣．生爲之縞素　旦夕哭泣甚哀．將葬之夕　生忽見玉緫帷之中　容貌妍麗　宛若平生．着石榴裙　紫襠襦紅　綠帔子．斜身倚帷　手引繡帶　顧謂生曰「媿君相送　尙有餘情　幽冥之中　能不感歎」．言畢　遂不復見．明日　葬于長安御宿原．生至墓所　盡哀而返．

後月餘　就禮於盧氏　傷情感物　鬱鬱不樂．夏五月　與盧氏偕行　歸於鄭縣．至縣旬日　生方與盧氏寢　忽帳外叱叱作聲　生驚視之　則見一男子　年可二十餘　姿狀溫美　藏身映幔　連招盧氏．生惶遽走起　遶幔數匝　倏然不見．生自此心懷疑惡　猜忌萬端　夫妻之間　無聊生矣．或有親情　曲相勸諭　生意稍解．後旬日　生復自外歸　盧氏方鼓琴於床．忽見自門抛一斑犀鈿花合子　方圓一寸許　中有輕絹作同心結　墜于盧氏懷中．生開而視之　見相思子二　叩頭蟲一　發殺觜一　驢駒媚少許．生當時憤怒叫吼　聲如豺虎　引琴撞擊其妻　詰令實告　盧氏亦終不自明．

爾後　往往暴加捶楚　備諸毒虐　竟訟於公庭而遣之．盧氏既出　生或侍婢媵妾之屬　暫同枕席　便加妬忌　或有因而殺之者．生嘗遊廣陵　得名姬

曰營十一娘者 容態潤媚. 生甚悅之 每相對坐 嘗謂營曰「我嘗於某處得 某姬 犯某事 我以某法殺之」. 日日陳說 欲令懼己 以肅淸閨門. 出則以 浴斛 覆營於床 週廻封署. 歸必詳視 然後乃開. 又畜一短劍 甚利. 顧謂 侍婢曰「此信州葛溪鐵 唯斷作罪過頭」. 大凡 生所見婦人 輒加猜忌 至 于三娶 率皆如初焉. <蔣防, 廣記487>

3. 鶯鶯傳

唐貞元中 有張生者 性溫茂 美風容 內秉堅孤 非禮不可入. 或朋從遊 宴 擾雜其間 他人皆洶洶拳拳 若將不及 張生容順而已 終不能亂. 以是 年二十三 未嘗近女色. 知者詰之 謝而言曰「登徒者非好色者 是有兇行 余眞好色者 而適不我値. 何以言之 大凡物之尤者 未嘗不留連於心 是 知其非忘情者也」. 詰者識之.

無幾何 張生遊於蒲 蒲之東十餘里 有僧舍 曰普救寺 張生寓焉. 適有 崔氏孀婦 將歸長安 路出於蒲 亦止茲寺. 崔氏婦鄭女也 張出於鄭 緒其 親 乃異派之從母. 是歲 渾瑊薨於蒲 有中人丁文雅 不善於軍 軍人因喪 而擾 大掠蒲人. 崔氏之家 財産甚厚 多奴僕 旅寓惶駭 不知所托. 先是 張與蒲將之黨有善 請吏護之 遂不及於難. 十餘日 廉使杜確將天子命 以總戎節 令於軍 軍由是戢.

鄭厚張之德甚 因飾饌以命張 中堂宴之. 復謂張曰「姨之孤嫠未亡 提 携幼稚 不幸屬師徒大潰 寔不保其身 弱子幼女 猶君之生 豈可比常恩 哉 今俾以仁兄之禮奉見 冀所以報恩也」. 命其子 曰「歡郎」 可十餘歲

容甚溫美. 次命女「出拜爾兄 爾兄活爾」. 久之辭疾. 鄭怒曰「張兄保爾之命 不然 爾見虜矣 能復遠嫌乎」. 久之乃至. 常服睟容 不加新飾 垂鬟接黛 雙臉銷紅而已 顏色艷異 光輝動人 張驚爲之禮. 因坐鄭旁 以鄭之抑而見也 凝睇怨絶 若不勝其體者. 問其年紀 鄭曰「今天子甲子歲之七月 終於貞元庚辰 生年十七矣」. 張生稍以詞導之 不對 終席而罷.

張自是惑之 願致其情 無由得也. 崔之婢曰紅娘 生私爲之禮者數四 乘間遂道其衷. 婢果驚沮 腆然而奔 張生悔之. 翼日 婢復至 張生乃羞而謝之 不復云所求矣. 婢因謂張曰「郎之言 所不敢言 亦不敢泄. 然而崔之姻族 君所詳也 何不因其德而求娶焉」. 張曰「余始自孩提 性不苟合 或時紈綺間居 曾莫流盼. 不爲當年 終有所蔽. 昨日一席間 幾不自持. 數日來 行忘止 食忘飽 恐不能逾旦暮. 若因媒氏而娶 納采問名 則三數月間 索我於枯魚之肆矣 爾其謂我何」.

婢曰「崔之貞愼自保 雖所尊不可以非語犯之 下人之謀 固難入矣. 然而善屬文 往往沈吟章句 怨慕者久之. 君試爲喩情詩以亂之 不然 則無由也」. 張大喜 立綴春詞二首以授之. 是夕 紅娘復至 持綵牋以授張曰「崔所命也」. 題其篇曰「明月三五夜」. 其詞曰「待月西廂下 近風戶半開 拂墻花影動 疑是玉人來」. 張亦微喩其旨.

是夕 歲二月 旬有四日矣. 崔之東有杏花一株 攀援可踰. 既望之夕 張因梯其樹而踰焉. 達於西廂 則戶半開矣. 紅娘寢於床 生因驚之. 紅娘駭曰「郎何以至」. 張因紿之曰「崔氏之牋召我也 爾爲我告之」. 無幾 紅娘復來連曰「至矣至矣」. 張生且喜且駭 謂必獲濟.

及崔至 則端服嚴容. 大數張曰「兄之恩 活我家厚矣 是以慈母以弱子幼女見託 奈何因不令之婢 致淫逸之詞. 始以護人之亂爲義 而終掠亂以求之 是以亂易亂 其去幾何. 誠欲寢其詞 則保人之姦 不義. 明之於母

則背人之惠 不祥. 將寄於婢僕 又懼不得其眞誠. 是用託短章 願自陳啓
猶懼兄之見難. 是用鄙靡之詞 以求其必至. 非禮之動 能不媿心. 特願以
禮自持 無及於亂」. 言畢 翻然而逝. 張自失者久之 復踰而出 於是絶望.

數夕 張生臨軒獨寢 忽有人覺之 驚駭而起. 紅娘斂衾攜枕而至 撫張
曰「至矣至矣 睡何爲哉」. 竝枕重衾而去. 張生拭目危坐久之 猶疑夢寐
然而修謹以俟. 俄而紅娘捧崔氏而至. 至則嬌羞融冶 力不能運支體 曩
時端莊 不復同矣. 是夕 旬有八日也. 斜月晶瑩 幽輝半牀. 張生飄飄然
且疑神仙之徒 不謂從人間至也. 有頃 寺鐘鳴 天將曉 紅娘促去 崔氏嬌
啼宛轉 紅娘又捧之而去. 終夕無一言.

張生辨色而興 自疑曰「豈其夢耶」. 及明 靚粧在臂 香在衣 淚光熒
熒然 猶瑩於茵席而已. 是後又十餘日 杳不復知. 張生賦會眞詩三十韻
未畢 而紅娘適至 因授之以貽崔氏. 自是復容之 朝隱而出 暮隱而入
同安於曩所謂西廂者 幾一月矣. 張生常詰鄭氏之情 則曰「我不可奈何
矣」. 因欲就成之. 無何 張生將之長安 先以情諭之. 崔氏宛無難詞 然
而愁怨之容動人矣. 將行之再夕 不可復見 而張生遂西下.

數月 復遊於浦 會於崔氏者 又累月. 崔氏甚工刀札 善屬文 求索再三
終不可見. 往往自以文挑 亦不甚覩覽. 大略崔之出人者 藝必窮極 而貌
若不知. 言則敏辨 而寡於酬對. 待張之意甚厚 然未嘗以詞繼之. 時愁艷
幽邃 恒若不識. 喜慍之容 亦罕形見. 異時獨夜操琴 愁弄悽惻 張竊聽
之 求之 則終不復鼓矣 以是愈惑之.

張生俄以文調及期 又當西去. 當去之夕 不復自言其情 愁嘆於崔氏之
側 崔已陰知將訣矣. 恭貌怡聲 徐謂張曰「始亂之 終棄之 固其宜矣 愚
不敢恨. 必也 君亂之 君終之. 君之惠也 則歿身之誓 其有終矣. 又何必
甚感於此行. 然而君其不懌 無以奉寧 君常謂我善鼓琴 向時羞顔 所不

能及．今此往矣　既達君此誠」．因命拂琴　鼓霓裳羽衣序　不數聲　哀音怨亂　不復知其是曲也．左右皆歔欷　崔亦遽止之．投琴　泣下流漣　趨歸鄭所　遂不復至　明旦而張行．

　明年文戰不勝　張遂止於京　因貽書於崔　以廣其意．崔氏緘報之詞　粗載於此．曰「捧覽來問　撫愛過深　兒女之情　悲喜交集．兼惠花勝一合口脂五寸　致耀首膏脣之飾　雖荷殊恩　誰復爲容．睹物增懷　但積悲歎耳．伏承使於京中就業　進修之道　固在便安　但恨僻陋之人　永以遐棄．命也如此　知復何言．自去秋已來　常忽忽如有所失　於喧譁之下　或勉爲語笑　閒宵自處　無不淚零．乃至夢寐之間　亦多感咽　離憂之思．綢繆繾綣　暫若尋常　幽會未終　驚魂已斷．雖半衾如暖　而思之甚遙　一昨拜辭候逾舊歲．長安行樂之地　觸緒牽情　何幸不忘幽微　眷念無斁　鄙薄之志無以奉酬．至於終始之盟　則固不忒　鄙昔中表相因　或同宴處　婢僕見誘遂致私誠．兒女之心　不能自固　君子有援琴之挑　鄙人無投梭之拒．及薦寢席　義盛意深．愚陋之情　永謂終託．豈期既見君子　而不能定情　致有自獻之羞．不復明侍巾幘　沒身永恨　含歎何言．倘仁人用心　俯遂幽眇雖死之日　猶生之年．如或達士略情　捨小從大　以先配爲醜行　以要盟爲可欺　則當骨化形銷　丹誠不泯．因風委露　猶託清塵．存沒之誠　言盡於此．臨紙嗚咽　情不能申．千萬珍重　珍重千萬．玉環一枚　是兒嬰年所弄寄充君子下體所敗．玉取其堅潤不渝　環取其終始不絶　兼亂絲一絇　文竹茶碾子一枚．此數物不足見珍　意者　欲君子如玉之眞　弊志如環不解　淚痕在竹　愁緒縈絲　因物達情　永以爲好耳．心邇身遐　拜會無期．幽憤所鍾千里神合．千萬珍重．春風多厲　強飯爲嘉．愼言自保　無以鄙爲深念」．

　張生發其書於所知　由是時人多聞之．所善楊巨源　好屬詞　因爲賦崔娘詩一絶云「清潤潘郎玉不如　中庭蕙草雪銷初　風流才子多春思　腸斷蕭娘一紙書」. 河南元稹亦續生會眞詩三十韻. 詩曰 「微月透簾櫳 螢光度碧空 遙天初縹緲 低樹漸葱朧 龍吹過庭竹 鸞歌拂井桐 羅綃垂薄霧 環珮響輕風 絳節隨金母 雲心捧玉童 更深人悄悄 晨會雨濛濛 珠瑩光文履 花明隱繡龍 瑤釵行綵鳳 羅帔掩丹虹 言自瑤華浦 將朝碧玉宮 因遊洛城北 偶向宋家東 戲調初微拒 柔情已暗通 低鬟蟬影動 回步玉塵蒙 轉面流花雪 登牀抱綺叢 鴛鴦交頸舞 翡翠合歡籠 眉黛羞偏聚 脣朱暖更融 氣淸蘭蘂馥 膚潤玉肌豊 無力傭移腕 多嬌愛斂躬 汗流珠點點 髮亂綠葱葱 方喜千年會 俄聞五夜窮 留連時有恨 繾綣意難終 慢臉含愁態 芳詞誓素衷 贈環明運合 留結表心同 啼粉流宵鏡 殘燈遠暗蟲 華光猶苒苒 旭日漸曈曈 乘鵲還歸洛 吹簫亦上嵩 衣香猶染麝 枕膩尙殘紅 羃羃臨塘草 飄飄思渚蓬 素琴鳴怨鶴 淸漢望歸鴻 海闊誠難渡 天高不易沖 行雲無處所 簫史在樓中」.

張之友聞之者 莫不聳異之. 然而張志亦絶矣 稹特與張厚 因徵其詞. 張曰「大凡天之所命尤物也 不妖其身 必妖於人. 使崔氏子遇合富貴 秉寵嬌 不爲雲 不爲雨 爲蛟爲螭 吾不知其所變化. 昔殷之辛 周之幽 據百萬之國 其勢甚厚. 然而一女子敗之 潰其衆 屠其身 至今爲天下僇笑. 予之德不足以勝妖孼 是用忍情」. 於是坐者皆爲深歎.

後歲餘 崔已委身於人 張亦有所娶. 適經所居 乃因其夫 言於崔 求以外兄見. 夫語之 而崔終不爲出. 張怨念之誠 動於顔色 崔知之 潛賦一章. 詞曰「自從消瘦減容光 萬轉千廻懶下床 不爲旁人羞不起 爲郎憔悴却羞郎」. 竟不之見. 後數日 張生將行 又賦一章以謝絶云「棄置今何道 當時且自親 還將舊時意 憐取眼前人」. 自是絶不復知矣.

時人多許張爲善補過者. 予常於朋會之中 往往及此意者. 夫使知者不爲 爲之者不惑. 貞元歲九月 執事李公垂 宿於予靖安里第 語及於是.

公垂卓然稱異 遂爲鶯鶯歌以傳之. 崔氏小名鶯鶯 公垂以命篇.

4. 非烟傳

　　臨淮武公業 咸通中 任河南府功曹參軍. 愛姜曰非烟 姓步氏 容止纖麗 若不勝綺羅. 善秦聲 好文筆. 尤工擊甌 其韻如絲竹合 公業甚嬖之. 其比隣天水趙氏第也 亦衣纓之族 不能斥言. 其子曰象 秀端有文 纔弱冠矣. 時方居喪禮. 忽一日 於南垣隙中 窺見非烟. 神氣俱喪 廢食忘寐.

　　乃厚賂公業之閽 以情告之 閽有難色. 復爲厚利所動 乃令其妻伺非烟間處 具以象意言焉. 非烟聞之 但含笑凝睇而不答. 門嫗盡以語象 象發狂心蕩 不知所持. 乃取薛濤牋 題絕句曰「一覩傾城貌 塵心只自猜. 不隨蕭史去 擬學阿蘭來」. 以所題密緘之 祈門嫗達非烟. 烟讀畢 吁嗟良久 謂嫗曰「我亦曾窺見趙郎 大好才貌. 此生薄福 不得當之」. 蓋鄙武生麤悍 非良配耳.

　　乃復酬篇 寫於金鳳牋曰「綠慘雙娥不自持 只緣幽恨在新詩 郎心應似琴心怨 脉脉春情更擬誰」. 封付門嫗 令遺象. 象啓緘 吟諷數四 拊掌喜曰「吾事諧矣」. 又以剡溪玉葉紙 賦詩以謝曰「珍重佳人贈好音 綵牋芳翰兩情深 薄於蟬翼難供恨 密似蠅頭未寫心 疑是落花迷碧洞 只思輕雨灑幽襟 百回消息千回夢 裁作長謠寄綠琴」.

　　詩去旬日 門嫗不復來. 象憂恐事泄 或非烟追悔. 春夕 於前庭獨坐賦詩曰「綠暗紅藏起暝煙 獨將幽恨小庭前 沉沉良夜與誰語 星隔銀河月半天」. 明日 晨起吟際 而門嫗來 傳非烟語曰「勿訝旬日無信 蓋以微

有不安」. 因授象以連蟬錦香囊　並碧苔牋詩曰「無力嚴杖倚繡櫳　暗題蟬錦思難窮　近來羸得傷春病　柳弱花欹怯曉風」. 象結錦囊於懷　細讀小簡　又恐烟幽思增疾.

乃剪烏絲闌爲回簡曰「春日遲遲　人心悄悄　自因窺覦　長役夢魂. 雖羽駕塵襟　難於會合　而丹誠皎日　誓以周旋. 況又聞乘春多感　芳履違和. 耗冰雪之妍姿　鬱蕙蘭之佳氣. 憂抑之極　恨不翻飛. 企望寬情　無至憔悴. 莫孤短韻　寧爽後期. 怳惚寸心　書豈能盡. 兼持菲什　仰繼華篇」. 詩曰「見說傷情爲見春　想封蟬錦綠蛾顰　叩頭爲報烟卿道　第一風流最損人」.

門媼既得回簡　徑齎詣烟閤中. 武生爲府掾屬　公務繁夥　或數夜一直　或竟日不歸. 是時適値生入府曹　烟坼書　得以款曲尋繹. 既而長太息曰「丈夫之志　女子之心　情契魂交　視遠如近也」. 於是闔戶垂幌　爲書曰「下妾不幸　垂髫而孤　中間爲媒妁所欺　遂匹合於瑣類. 每至淸風明月　移玉柱以增懷. 秋帳冬釭　汎金徽而寄恨. 豈期公子　忽貽好音. 發華緘而思飛　諷麗句而目斷. 所恨洛川波隔　賈午墙高. 聯雲不及於秦臺　薦夢尙遙於楚岫. 猶望天從素懇　神假微機. 一拜淸光　九殞無恨. 兼題短什　用寄幽懷」. 詩曰「畫簷春燕須同宿　洛浦雙鴛肯獨飛　長恨桃源諸女伴　等閒花裏送郞歸」. 封訖　召門媼　令達于象.

象覽書及詩　以烟意稍切　喜不自持. 但靜室焚香　虔禱以俟息. 一日將夕　門媼促步而至　笑且拜曰「趙郞願見神仙否」. 象驚　連問之. 傳烟語曰「今夜功曹直府　可謂良時. 妾家後庭　郞君之前垣也　若不踰惠好. 專望來儀　方寸萬重　悉俟晤語」. 既曛黑　象乃躋梯而登　烟已令重榻於下. 既下　見烟靚粧盛服　立於花下. 拜訖　俱以喜極不能言. 乃相携　自後門入堂中. 遂背釭解幌　盡繾綣之意焉. 及曉鐘初動　復送象於垣下. 烟執象泣曰「今日相遇　乃前生因緣耳　勿謂妾無玉潔松貞之志. 放蕩如斯　直以

郎之風調 不能自顧 願深鑒之」. 象曰「挹希世之貌 見出人之心 已誓幽
庸 永奉歡狎」. 言訖 象踰垣而歸.

明日 託門媼贈烟詩曰「十洞三淸雖路沮 有心還得傍瑤臺 瑞香風引
思深夜 知是藥宮仙馭來」. 烟覽詩微笑. 因復贈象詩曰「相思只怕不相
識 相見還愁却別君 願得化爲松下鶴 一雙飛去入行雲」. 封付門媼. 仍
令語象曰「賴妾有小小篇詠 不然 君作幾許大才面目」. 茲不盈旬 常得
一期於後庭. 展微密之思 罄宿昔之心. 以爲鬼神不知 天人相助. 或景物
寓目 謌詠寄情. 來往頻繁 不能悉載.

如是者周歲 無何 烟數以細過撻其女奴. 奴陰銜之 乘間盡以告公業.
公業曰「汝愼言 我當伺察之」. 後至直日 乃僞陳狀請假. 迨夕 如常入
直. 遂潛於里門 街鼓旣作 匍伏而歸. 循墻至後庭 見烟方倚戶微吟 象
則據垣斜睇. 公業不勝其忿 挺前欲擒. 象覺跳去 業搏之 得其半襦. 乃
入室 呼烟詰之 烟色動聲戰 而不以實告. 公業愈怒 縛之大柱 鞭楚血
流. 但云「生得相親 死亦何恨」. 深夜 公業怠而假寐 烟呼其所愛女僕
曰「與我一盃水」. 水至 飮盡而絶. 公業起 將復苦之 已死矣. 乃解縛
擧置閣中 連呼之 聲言烟暴疾致殞. 後數日 窆之北邙 而里巷間 皆知其
強死矣.

象因變服易名 遠竄江浙間. 洛陽才士有崔李二生 常與武掾游處. 崔
賦詩末句云「恰似傳花人飮散 空牀抛下最繁枝」. 其夕 夢烟謝曰「妾貌
雖不迨桃李 而零落過之 捧君佳什 媿仰無已」. 李生詩末句云「艷魄香
魂如有在 還應羞見墜樓人」. 其夕 夢烟戟手而言曰「士有百行 君得全
乎. 何至矜片言 苦相詆斥. 當屈君於地下 面證之」. 數日 李生卒. 時人
異焉. ＜皇甫枚, 廣記491＞

5. 長恨歌傳

　唐開元中　泰階平　四海無事. 玄宗在位歲久　勸於旰食宵衣　政無大小　始委於丞相　稍深居遊宴　以聲色自娛. 先時　元獻皇后武淑妃　皆有寵　相次卽世. 宮中雖良家子千萬數　無悅目者　上心忽忽不樂. 時每歲十月　駕幸華淸宮　內外命婦　焜燿景從　浴日餘波　賜以湯沐. 春風靈液　淡蕩其間. 上心油然　怳若有遇　顧左右前後　粉色如土.

　詔高力士　潛搜外宮　得弘農楊玄琰女於壽邸　旣笄矣. 鬢髮膩理　纖穠中度　擧止閒冶　如漢武帝李夫人. 別疏湯泉　詔賜澡瑩　旣出水　體弱力微　若不任羅綺　光彩煥發　轉動照人　上甚悅. 進見之日　奏霓裳羽衣以導之. 定情之夕　授金釵鈿合以固之. 又命戴步搖　垂金璫. 明年　冊爲貴妃　半后服用. 由是冶其容　敏其詞　婉變萬態　以中上意　上益嬖焉.

　時省風九州　泥金五嶽　驪山雪夜　上陽春朝　與上行同輦　止同室　宴專席　寢專房. 雖有三夫人　九嬪　二十七世婦　八十一御妻　暨後宮才人　樂府妓女　使天子無顧眄意. 自是六宮無復進幸者. 非徒殊艶尤態　獨能致是　蓋才知明慧　善巧便佞　先意希旨　有不可形容者焉.

　叔父昆弟皆列在淸貴　爵爲通侯　姊妹封國夫人　富埒主室　車服邸第　與大長公主侔　而恩澤勢力　則又過之. 出入禁門不問　京師長吏爲之側目. 故當時謠詠有云「生女勿悲酸　生男勿歡喜」. 又曰「男不封侯女作妃　君看女却爲門楣」. 其爲人心羨慕如此.

　天寶末　兄國忠盜丞相位　愚弄國柄. 及安祿山引兵向闕　以討楊氏爲辭. 潼關不守　翠華南幸　出咸陽道　次馬嵬　六軍徘徊　持戟不進. 從官郞吏伏上馬前　請誅錯以謝天下. 國忠奉氂纓盤水　死於道周　左右之意未

快. 上問之 當時敢言者 請以貴妃塞天下之怒. 上知不免 而不忍見其死 反袂掩面 使牽而去之. 倉皇展轉 竟就絶於尺組之下. 既而玄宗狩成都 肅宗禪靈武.

明年 大兇歸元. 大駕還都 尊玄宗爲太上皇. 就養南宮 自南宮遷於西 內. 時移事去 樂盡悲來. 每至春之日 冬之夜 池蓮夏開 宮槐秋落. 梨園 弟子 玉管發音 聞霓裳羽衣一聲 則天顏不怡 左右歔欷. 三載一意 其念 不衰 求之夢魂 杳杳而不能得.

適有道士自蜀來 知上心念楊妃如是 自言有李少君之術. 玄宗大喜 命 致其神. 方士乃竭其術以索之 不至. 又能遊神馭氣 出天界 沒地府 以 求之 又不見. 又旁求四虛上下 東極絶天涯 跨蓬壺 見最高仙山. 上多 樓閣 西廂下有銅戶 東向. 闔其門 署曰玉妃太眞院. 方士抽簪扣扉 有 雙鬟童出應門. 方士造次未及言 而雙鬟復入. 俄有碧衣侍女至 詰其所 從來. 方士因稱唐天子使者 且致其命 碧衣云「玉妃方寢 請少待之」. 於是雲海沈沈 洞天日晚 瓊戶重闔 悄然無聲. 方士屛息斂足 拱手門下 久之而碧衣延入. 且曰「玉妃出」.

俄見一人 冠金蓮 披紫綃 佩紅玉 曳鳳舄 左右侍子七八人. 揖方士 問皇帝安否 次問天寶十四載已還事. 言訖憫然. 指碧衣女 取金釵鈿合 各折其半 授使者曰「爲謝太上皇 謹獻是物 尋舊好也」. 方士受辭與信 將行 色有不足 玉妃因徵其意. 復前跪致詞 乞當時一事 不聞於他人者 驗於太上皇. 不然 恐鈿合金釵 翟新垣平之詐也.

玉妃茫然退立 若有思. 徐而言曰「昔天寶十年 侍輦避暑驪山宮 秋七 月 牽牛織女相見之夕. 秦人風俗 夜張錦繡 陳飲食 樹花燔香於庭 號爲 乞巧 宮掖間尤尙之. 是夜始半 休侍衛於東西廂. 獨侍上 上憑肩而立 因仰天感牛女事 密相誓心 願世世爲夫婦. 言畢 執手各嗚咽 此獨君王

知之耳」. 因自悲曰「由此一念 又不得居此 復於下界 且結後緣. 或在
天 或在人 決再相見 好合如舊」. 因言太上皇亦不久人間 幸唯自安 無
自苦也.

使者還奏太上皇 上心嗟悼久之. 餘具國史. 至憲宗元和元年 盩厔縣
尉白居易爲歌 而言其事. 竝前秀才陳鴻作傳 冠於歌之前 目爲長恨歌
傳. 居易歌曰,

漢皇重色思傾國	御宇多年求不得.	楊家有女初長成	養在深閨人不識.
天生麗質難自棄	一朝選在君王側.	回眸一笑百媚生	六宮粉黛無顏色.
春寒賜浴華清池	溫泉水滑洗凝脂.	侍兒扶起嬌無力	始是新承恩澤時.
雲鬢花顏金步搖	芙蓉帳暖度春宵.	春宵苦短日高起	從此君王不早朝.
承歡侍宴無閒暇	春從春遊夜專夜.	漢宮佳麗三千人	三千寵愛在一身.
金屋粧成嬌侍夜	玉樓宴罷醉和春.	姊妹弟兄皆列士	可憐光彩生門戶.
遂令天下父母心	不重生男重生女.	驪宮高處入靑雲	仙樂風飄處處聞.
緩歌慢舞凝絲竹	盡日君王看不足.	漁陽鞞鼓動地來	驚破霓裳羽衣曲.
九重城闕煙塵生	千乘萬騎西南行.	翠華搖搖行不止	西出都門百餘里.
六軍不發無奈何	宛轉蛾眉馬前死.	花鈿委地無人收	翠翹金雀玉搔頭.
君王掩面求不得	回看血淚相和流.	黃埃散漫風蕭索	雲棧縈廻登劍閣.
蛾眉山下少行人	旌旗無光日色薄.	蜀江水碧蜀山靑	聖主朝朝暮暮情.
行宮見月傷心色	夜雨聞鈴斷腸聲.	天旋日轉回龍馭	到此躊躇不能去.
馬嵬坡下泥土中	不見玉顏空死處.	君臣相顧盡沾衣	東望都門信馬歸.
歸來池苑皆依舊	太液芙蓉未央柳.	芙蓉如面柳如眉	對此如何不淚垂.
春風桃李花開夜	秋雨梧桐落葉時.	西宮南苑多秋草	落葉滿堦紅不掃.
梨園弟子白髮新	椒房阿監靑娥老.	夕殿螢飛思悄然	孤燈挑盡未成眠.
遲遲鐘漏初長夜	耿耿星河欲曙天.	鴛鴦瓦冷霜華重	翡翠衾寒誰與共.

悠悠生死別經年　魂魄不曾來入夢.　臨邛道士鴻都客　能以精誠致魂魄.
爲感君王展轉思　遂令方士慇懃覓.　排空馭氣奔如電　昇天入地求之遍.
上窮碧落下黃泉　兩處茫茫皆不見.　忽聞海上有仙山　山在虛無縹緲間.
樓殿玲瓏五雲起　其中綽約多仙子.　中有一人名太眞　雪膚花貌參差是.
金闕西廂叩玉扃　轉教小玉報雙成.　聞道漢家天子使　九華帳裏夢魂驚.
攬衣推枕起徘徊　珠箔銀鉤迤邐開.　雲鬢半偏新睡覺　花冠不整下堂來.
風吹仙袂飄飄舉　猶似霓裳羽衣舞.　玉容寂寞淚闌干　梨花一枝春帶雨.
含情凝涕謝君王　一別音容兩渺茫.　昭陽殿裏恩愛絕　蓬萊宮中日月長.
回頭下望人寰處　不見長安見塵霧.　唯將舊物表深情　鈿合金釵寄將去.
釵留一股合一扇　釵擘黃金合分鈿.　但令心似金鈿堅　天上人間會相見.
臨別慇懃重寄詞　詞中有誓兩心知.　七月七日長生殿　夜半無人私語時.
在天願作比翼鳥　在地願爲連理枝.　天長地久有時盡　此恨綿綿無絕期.

6. 遊仙窟

　若夫積石山者　在乎金城西南　河所經也.　書云「導河積石　至於龍門」.
卽此山是也.　僕從汧隴　奉使河源.　嗟命運之迍邅　歎鄉關之眇邈.　張騫古
迹　十萬里之波濤　伯禹遺踪　二千年之坂隥.　深谷帶地　鑿穿崖岸之形　高
嶺橫天　刀削崗巒之勢.　煙霞子細　泉石分明　實天上之靈奇　乃人間之妙
絶.　目所不見　耳所不聞.

　日晚途遙　馬疲人乏　行至一所　險峻非常.　向上則有靑壁萬尋　直下則
有碧潭千仞.　古老相傳云「此是神仙屈也.　人跡罕及　鳥路纔通.　每有香

菓瓊枝　天衣錫鉢　自然浮出　不知從何而至」. 余乃端仰一心　潔齋三日.
緣細葛　泝輕舟. 身體若飛　精靈似夢. 須臾之間　忽至松柏巖　桃華澗. 香
風觸地　光彩遍天.

　見一女子向水側浣衣　余乃問曰 「承聞此處有神仙之屈宅　故來祗候.
山川阻隔　疲頓異常　欲投娘子　片時停歇. 賜惠交情　幸垂聽許」. 女子答
曰 「兒家堂舍賤陋　供給單疎　只恐不堪　終無吝惜」. 余答曰 「下官是客
觸事卑微　但避風塵　則爲幸甚」. 遂止余於門側草亭中　良久乃出.

　余問曰 「此誰家舍也」. 女子答曰 「此是崔女娘之舍耳」. 余問曰 「崔
女娘何人也」. 女子答曰 「博陵王之苗裔　淸河公之舊族. 容貌似舅　潘安
仁之外甥. 氣調如兄　崔季珪之小妹. 華容婀娜　天上無儔. 玉體逶迤　人
間少匹. 輝輝面子　荏苒畏彈窄. 細細腰支　參差疑勒斷. 韓娥宋玉　見則
愁生　絳樹靑琴　對之羞死. 千嬌百媚　造次無可比方. 弱體輕身　談之不
能備盡」.

　須臾之間　忽聞內裏調箏之聲. 僕因詠曰 「自隱多姿則　欺他獨自眠.
故故將纖手　時時弄小絃. 耳聞猶氣絶　眼見若爲憐. 從渠痛不肯　人更別
求天」. 片時　遣婢桂心傳語　報余詩曰 「面非他舍面　心是自家心. 何處
關天事　辛苦漫追尋」. 余讀詩訖　擧頭門中　忽見十娘半面. 余卽詠曰 「
斂笑偸殘靨　含羞露半脣. 一眉猶亙耐　雙眼定傷人」. 又遣婢桂心報余詩
曰 「好是他家好　人非着意人. 何須漫相弄　幾許費精神」.

　於是夜久更深　沉吟不睡　彷徨徙倚　無便披陳. 彼誠旣有來意　此間何
能不答. 遂申懷抱　因以贈書曰 「余以少娛聲色　早慕佳期　歷訪風流　遍
遊天下. 彈鶴琴於蜀郡　飽見文君　吹鳳管於秦樓　熟看弄玉. 雖復贈蘭解
佩　未甚關懷. 合巹橫陳　何曾愜意. 昔日雙眠　恒嫌夜短　今宵獨臥　實恕
更長. 一種天公　兩般時節. 遙聞香氣　獨傷韓壽之心　近聽琴聲　似對文

君之面．向來見桂心談說十娘　天上無雙　人間有一．依依弱柳　束作腰支．
慾慾橫波　翻成眼尾．纔舒兩頰　孰疑地上無華．乍出雙眉　漸覺天邊失月．
能使西施掩面　百遍燒粧．南國傷心　千廻撲鏡．洛川廻雪　只堪使疊衣裳
巫峽仙雲　未敢爲擎韡履．忿秋胡之眼拙　枉費黃金．念交甫之心狂　虛當
白玉．下官寓遊勝境　旅泊閑亭　忽遇神仙　不勝迷亂．芙蓉生於澗底　蓮
子實深　木栖出於山頭　相思日遠．未曾飲炭　腸熱如燒　不憶吞刀　腹穿似
割．無情明月　故故臨窗　多事春風　時時動帳．愁人對此　將何自堪．空懸
欲斷之腸　請救臨終之命．元來不見　他自尋常　無故相逢　却交煩惱．敢
陳心素　幸願照知．若得見其光儀　豈敢論其萬一」．

　書達之後　十娘斂色謂桂心曰「向來劇戲相弄　眞成欲逼人」．余更又贈
詩一首　其詞曰「今朝忽見渠姿首　不覺慇懃着心口．令人頻作許叮嚀　渠
家太劇難求守．端坐剩心驚　愁來益不平．看時未必相看死　難時那許太
難生．沉吟坐幽室　相思轉成疾．自恨往還疎　誰肯交遊密．夜夜空知心失
眼　朝朝無便投膠漆．園裏華開不避人　閨中面子翻羞出．如今寸步阻天
津　伊處留心更覓新．莫言長有千金面　終歸變作一抄塵．生前有日但爲
樂　死後無春更著人．祇可倡佯一生意　何須負持百年身」．

　少時　坐睡　則夢見十娘．驚覺攬之　忽然空手．心中悵怏　復何可論．余
因乃詠曰「夢中疑是實　覺後忽非眞．誠知腸欲斷　窮鬼故調入」．十娘見詩
並不肯讀　卽欲燒却．余卽詠曰「未必由詩得　將詩故表憐．聞渠擲入火　定
是欲相燃」．

　十娘讀詩　悚息而起　匣中取鏡　箱裏拈衣　袨服靚粧　當階正履．余又爲
詩曰「薰香四面合　光色兩邊披．錦障劃然卷　羅帷垂半攲．紅顏雜綠黛
無處不相宜．艷色浮粧粉　含香亂口脂．鬢欺蟬鬢非成鬢　眉笑蛾眉不是
眉．見許實娉婷　何處不輕盈．可憐嬌裏面　可愛語中聲．婀娜腰支細細許

臊眽眼子長長馨. 巧兒舊來鐫未得　畫匠迎生摸不成. 相看未相識　傾城復傾國. 迎風帔子鬱金香　照日裙裾石榴色. 口上珊瑚耐拾取　頰裏芙蓉堪摘得. 聞名腹肚已猖狂　見面精神更迷惑. 心肝恰欲摧　踊躍不能裁. 徐行步步香風散　欲語時時媚子開　驫疑織女留星去　眉似姮娥送月來. 含嬌窈窕迎前出　忍笑婆娛返却廻」.

余遂止之曰「旣有好意　何須却入」. 然後逶迤廻面　婭姹向前. 十娘斂手而再拜向下官　下官亦低頭盡禮而言曰「向見稱揚　謂言虛假　誰知對面. 恰似神仙　此是神仙窟也」. 十娘曰「向見詩篇　謂非凡俗　今逢玉貌更勝文章. 此是文章窟也」.

僕因問曰「主人姓望何處. 夫主何在」. 十娘答曰「兒是淸河崔公之末孫　適弘農楊府君之長子. 就成大禮　隨父住於河西. 蜀生狡猾　屢侵邊境. 兄及夫主　棄筆從戎　身死寇場　熒魂莫返. 兒年十七　死守一夫　嫂年十九誓不再醮. 兄卽淸河崔公之第五息　嫂卽太原公之第三女. 別宅於此　積有歲年. 室宇荒凉　家途窘弊. 不知上客從何而至」.

僕斂容而答曰「下官望屬南陽　住居西鄂. 得黃石之靈術　控白水之餘波. 在漢則七葉貂蟬　居韓則五重卿相. 鳴鐘食鼎　積代衣纓. 長戟高門因循禮樂. 下官堂構不紹　家業淪胥. 靑州刺史博望侯之孫　廣武將軍鉅鹿侯之子. 不能免俗　沉跡下僚. 非隱非遁　逍遙鵬鷃之間　非吏非俗　出入是非之境. 暫因驅使　至於此間. 卒爾乾煩　實爲傾仰」.

十娘問曰「上客見任何官」. 下官答曰「幸屬太平　恥居貧賤. 前被賓貢　已入甲科　後屬搜揚　又蒙高第. 奉勅授關內道小縣尉　見莌河源道行軍總管記室. 頻繁上命　徒想報恩. 馳驟下寮　不遑寧處」. 十娘曰「少府不因行使　豈肯相顧」. 下官答曰「比不相知　關爲參展　今日之後　不敢差違」.

十娘遂回頭喚桂心曰「料理中堂　將少府安置」．下官逡巡而謝曰「遠客卑微　此間幸甚．才非賈誼　豈敢昇堂」．十娘答曰「向來承聞　謂言凡客　拙爲禮貺　深覺面慚．兒意相當　事須引接．此間疎陋　未免風塵．入室不合推辭　昇堂何須進退」．遂引入中堂．

於時金臺銀闕　蔽日干雲．或似銅雀之新開　乍如靈光之且敞．梅梁桂棟　疑飲澗之長虹　反宇雕薨　若排天之矯鳳．水精浮柱　的皪含星　雲母飾窗　玲瓏映日．長廊四注　爭施玟瑁之椽　高閣三重　悉用瑠璃之瓦．白銀爲壁　照曜於魚鱗　碧玉緣階　參差於鴈齒．入穹崇之室宇　步步心驚　見儻閬之門庭　看看眼磣．

遂引少府升階．下官答曰「客主之間　豈無先後」．十娘曰「男女之禮自有尊卑」．下官遷延而退曰「向來有罪過　忘不通五嫂」．十娘曰「五嫂亦應自來　少府遣通　亦是周匝」．則遣桂心通　暫參屈五嫂．十娘共少府語話　須臾之間　五嫂則至．羅綺繽粉　丹青暐曄．裙前麝散　髻後龍盤．珠繩絡翠衫　金薄塗丹履．

余乃詠曰「奇異妍雅　貌特驚新．眉間月出疑爭夜　頰上華開似鬪春．細腰偏愛轉　笑臉特宜嚬．眞成物外奇稀物　實是人間斷絶人．自然能擧止　可念無比方．能令公子百重生　巧使王孫千廻死．黑雲裁兩鬢　白雪分雙齒．織成錦袖麒麟兒　刺繡裙腰鸚鵡子．觸處盡開懷　何曾有不佳．機關太雅妙　行步絶娃娬．傍人一一丹羅韈　侍婢三三綠線鞋．黃龍透入黃金釧　白燕飛來白玉釵」．

相見其畢　五嫂曰「少府跋涉山川　深疲道路　行途屆此　不及傷神」．下官答曰「僶俛王事　豈敢辭勞」．五嫂廻頭笑向十娘曰「朝聞烏鵲語　眞成好客來」．下官曰「昨夜眼皮瞤　今朝見好人」．卽相隨上堂．珠玉驚心金銀曜眼．五彩龍鬚席　銀繡緣邊氈　八尺象牙床　緋綾帖薦褥．車渠等寶

俱映優曇之花　瑪瑙眞珠並貫頗梨之線.　文柏榻子　俱寫豹頭　蘭草燈心
並燒魚腦.　管絃寥亮　分張北戶之間　杯盞交橫　列坐南窓之下.

　　各自相讓　俱不肯先坐.　僕曰「十娘主人　下官是客　請主人先坐」.　五
嫂爲人饒劇　掩口而笑曰「娘子旣是主人母　少府須作主人公」.　下官曰
「僕是何人　敢當此事」.　十娘曰「五嫂向來戲語　少府何須漫怕」.　下官
答曰「必其不免　只須身當」.　五嫂笑曰「只恐張郞不能禁此事」.　衆人皆
大笑.　一時俱坐　卽喚香兒取酒.　俄爾中間　擎一大鉢　可受三升已來.　金
釵銅鐶　金盞銀盃　江螺海蜂.　竹根細眼　樹癭蝎脣.　九曲酒池　十盛飮器.
觴則兕觥犀角　岠岠然置於座中　杓則鵝項鴨頭　汎汎焉浮於酒上.

　　遣小婢細辛酌酒　並不肯先提.　五嫂曰「張郞門下賤客　必不肯先提.
娘子徑須把取」.　十娘則斜眼佯瞋曰「少府初到此間　五嫂會些頻頻相
弄」.　五嫂曰「娘子把酒莫瞋　新婦更亦不敢」.　酒巡到下官　飮乃不盡.
五嫂曰「胡爲不盡」.　下官答曰「性飮不多　恐爲顚沛」.　五嫂罵曰「何
由叵耐　女壻是婦家狗　打殺無文　終須傾使盡　莫漫造衆諸」.　十娘謂五
嫂曰「向來正首病發耶」.　五嫂起謝曰「新婦錯大罪過」.

　　因廻頭熟視下官曰「新婦細見人多矣　無如少府公者.　少府公乃是仙才
本非凡俗」.　下官起謝曰「昔卓王之女　聞琴識相如之器量　山濤之妻　鑿
壁知阮籍爲賢人.　誠如所言　不敢望德」.　十娘曰「遣綠竹取琵琶彈　兒與
少府公送酒」.　琵琶入手　未彈中間　僕乃詠曰「心虛不可測　眼細强關情.
廻身已入抱　不見有嬌聲」.　十娘應聲卽詠曰「憐腸忽欲斷　憶眼已先開.
渠未相撩撥　嬌從何處來」.

　　下官當見此詩　心膽俱碎.　下床起謝曰「向來唯覩十娘面　如今始見十
娘心.　足使班婕妤扶輪　曹大家閣筆　豈可同年而語　共代而論」.　請索筆
硯　抄寫置於懷袖.　抄詩訖　十娘弄曰「少府公非但詞句妙絶　亦自能書

筆似靑鸞　人同白鶴」．下官曰「十娘非直才情　實能吟詠．誰知玉貌恰有
金聲」．十娘曰「兒近來患嗽　聲音不徹」．下官答曰「僕近來患手　筆墨
未調」．

　五嫂笑曰「娘子不是故誇　張郎復能應答」．十娘來語五嫂曰「向來純
當漫劇　元來無次第　請五嫂當作酒章」．五嫂答曰「奉命不敢　則從娘子．
不是賦古詩云　斷章取意　唯須得情　若不愜當　罪有科罰」．十娘卽遵命曰
「關關雎鳩　在河之洲．窈窕淑女　君子好逑」．次下官曰「南有樛木　不可
休息　漢有遊女　不可求思」．五嫂曰「折薪如之何　匪斧不剋．娶妻如之
何　匪媒不得」．又次五嫂曰「不見復關　泣涕漣漣．及見復關　載笑載言」．
次十娘曰「女也不爽　士二其行．士也罔極　二三其德」．次下官曰「穀則
異室　死則同穴．謂余不信　有如皦日」．五嫂笑曰「張郎心專　賦詩大有
道理．俗諺曰　心欲專　鑿石穿．誠能思之　何遠之有」．

　其時　綠竹彈箏．五嫂詠箏曰「天生素面能留客　發意關情併在渠　莫怪
向者頻聲戰　良由得伴乍心虛」．十娘曰「五嫂詠箏　兒詠尺八．眼多本自
令渠愛　口少元來每被侵．無事風聲徹他耳　敎人氣滿自塡心」．下官又謝
曰「盡善盡美　無處不佳．此是下愚　預聞高唱」．

　少時　桂心將下酒物來．東海鯔條　西山鳳脯　鹿尾鹿舌　乾魚炙魚．鴈
醢荇菹　鶉臘桂糝　熊掌兔髀　雉臇豺脣．百味五辛　談之不能盡　說之不能
窮．十娘曰「少府亦應太飢」．喚桂心盛飯．下官曰「向來眼飽　不覺身
飢」．十娘笑曰「莫相弄．且取雙六局來　共少府公賭酒」．僕答曰「下官
不能賭酒　共娘子賭宿」．十娘問曰「若爲賭宿」．余答曰「十娘輸籌　則
共下官臥一宿．下官輸籌　則共十娘臥一宿」．十娘笑曰「漢騎驢則胡步
行　胡步行則漢騎驢．總悉輸他便點．兒遞換作　少府公太能生」．

　五嫂曰「新婦報娘子　不須賭來賭去　今夜定知娘子不免」．十娘曰「五

嫂時時漫語　浪與少府作消息」. 下官起謝曰「元來知劇　未敢承望」. 局至
十娘引手向前　眼子盱瞜　手子膃脂. 一雙臂腕　切我肝腸　十箇指頭　刺人心
髓. 下官因詠局曰「眼似星初轉　眉如月欲消. 先須捺後脚　然後勒前腰」.
十娘則詠曰「勒腰須巧快　捺脚更風流　但令細眼合　人自分輸籌」.

　須臾之間　有一婢名琴心　亦有姿首. 到下官處　時復偸眼看. 十娘欲似
不快. 五嫂大語瞋曰「知足不辱　人生有限. 娘子欲似皺眉　張郎不須斜
眼」. 十娘佯作色嗔曰「少府關兒何事　五嫂頻頻相惱」. 五嫂曰「娘子向
來頻盼少府　若非情想有所交通　何因眼脉朝來頓引」. 十娘曰「五嫂自隱
心偏　兒復何曾眼引」. 五嫂曰「娘子不能　新婦自取」. 十娘答曰「自問
少府　兒亦不知」.

　五嫂遂詠曰「新華發兩樹　分香遍一林. 迎風轉細影　向日動輕陰. 戲
蜂時隱見　飛蝶遠追尋. 承聞欲採摘　若箇動君心」. 下官謂「爲性貪多
欲兩華俱採」. 五嫂答曰「暫遊雙樹下　遙見兩枝芳. 向日俱翻影　迎風並
散香. 戲蝶扶丹蕚　游蜂入紫房. 人今總摘取　各著一邊廂」. 五嫂曰「張
郎太貪生　一箭射兩垛」. 十娘則謂曰「遮三不得一　覓兩都盧失」. 五嫂
曰「娘子莫分疎　兎入狗突裏　知復欲何如」. 下官卽起謝曰「乞漿得酒
舊來伸口. 打兎得麞　非意所望」. 十娘曰「五嫂如許大人　專擬調合此事.
少府謂言兒是九泉下人　明日在外處　談道兒一錢不值」. 下官答曰「向來
承顔色　神氣頓盡. 又見淸談　心膽俱碎. 豈敢在外談說　妄事加諸　忝預
人流　寧容如此. 伏願歡樂盡情　死無所恨」.

　少時　飮食俱到. 薰香滿室　赤白兼前. 窮海陸之珍羞　備川原之菓菜.
肉則龍肝鳳髓　酒則玉醴瓊漿. 城南雀噪之禾　江上蟬鳴之稻. 雞臟雉臛
鼈醢鶉羹　椹下肥肫　荷間細鯉. 鵝子鴨卵　照曜於銀盤　麟脯豹胎　紛綸於
玉疊. 熊腥純白　蟹醬純黃. 鮮鱠共紅縷爭輝　冷肝與靑絲亂色. 蒲桃甘蔗

楔棗石榴. 河東紫鹽 嶺南丹橘. 燉煌八字柰 靑門五色瓜. 太谷張公之梨
房陵朱仲之李. 東王公之仙桂 西王母之神桃. 南燕牛乳之椒 北趙雞心
之棗. 千名萬種 不可具論.

下官起謝曰「予與夫人娘子 本不相識 暫緣公使 邂逅相遇. 玉饌珍奇
非常厚重 粉身灰骨 不能酬謝」. 五嫂曰「親則不謝 謝則不親. 幸願張
郎 莫爲形跡」. 下官答曰「旣奉恩命 不敢辭遜」. 當此之時 氣便欲絶
不覺轉眼 時復偸看十娘. 十娘曰「少府莫看兒」. 五嫂曰「還相弄」. 下
官詠曰「忽然心裏愛 不覺眼中憐 未關雙眼曲 直是寸心偏」. 十朗詠曰
「眼心非一處 心眼舊分離. 直令渠眼見 誰遣報心知」.

下官詠曰「舊來心使眼 心思眼卽傳. 由心使眼見 眼亦共心憐」. 十朗
詠曰「眼心俱憶念 心眼共追尋. 誰家解事眼 副著可憐心」. 于時 五嫂
遂向菓子上作機警曰「但問意如何 相知不在棗」. 十娘曰「兒今正意密
不忍卽分梨」. 下官曰「勿遇深恩 一生有杏」. 五嫂曰「當此之時 誰能
忍桃」. 十娘曰「暫借少府刀子割梨」. 下官詠刀子曰「自憐膠漆重 相思
意不窮 可惜尖頭物 終日在皮中」. 十朗詠鞘曰「數捺皮應緩 頻磨快轉
多. 渠今拔出後 空鞘欲何如」. 五嫂曰「向來漸漸入深也」.

卽索碁局 共少府賭酒 下官得勝. 五嫂曰「圍碁出於智慧 張郎亦復太
能」. 下官曰「智者千慮 必有一失 愚者千慮 亦有一得. 且休却」. 五嫂曰
「何爲卽休」. 下官詠曰「向來知道徑 生平不忍欺. 但令守行跡 何用數圍
碁」. 五嫂詠曰「娘子爲性好圍碁 逢人劇戲不尋思. 氣欲斷絶先挑眼 旣得
速罷卽須遲」. 十娘見五嫂頻弄 佯瞋不笑. 余詠曰「千金此處有 一笑待渠
爲. 不望全露齒 請爲暫顰眉」. 十朗詠曰「雙眉碎客膽 兩眼判君心. 誰能
用一笑 賤價買千金」.

當時有一破銅熨斗在於床側 十娘忽詠曰 「舊來心肚熱 無端强熨他.

卽今形勢冷 誰肯重相磨」. 下官詠曰「若冷頭面在 生平不熨空. 卽今雖冷惡 人自覓殘銅」. 衆人皆笑. 十娘喚香兒 爲少府設樂. 金石並奏 簫管間響. 蘇合彈琵琶 綠竹吹篳篥 仙人鼓瑟 玉女吹笙. 玄鶴俯而聽琴 白魚躍而應節. 淸音叨咷 片時則梁上塵飛 雅韻鏗鏘 卒爾則天邊雪落. 一時忘味 孔丘留滯不虛 三日繞梁 韓娥餘音是實.

十娘曰「少府稀來 豈不盡樂. 五嫂大能作舞 且勸作一曲」. 亦不辭憚. 遂卽逶迤而起 婀娜徐行. 蠱蛆面子 妬殺陽城 囊賊容儀 迷傷下蔡. 擧手頓足 雅合宮商 顧後窺前 深知曲節. 欲似蟠龍宛轉 野鵠低昻. 廻面則日照蓮花 翻身則風吹弱柳. 斜眉盜盼 異種婚姑 緩步急行 窮奇造鑿. 羅衣熠燿 似彩鳳之翔雲 錦袖紛披 若靑鸞之暎水. 千嬌眼子 天上失其流星 一搦腰支 洛浦愧其廻雪. 光前豔後 難遇難逢 進退去來 希聞希見.

兩人俱起舞 共勸下官. 下官遂作而謝曰「滄浪之中難爲水 霹靂之後難爲雷 不敢推辭 定爲醜拙」. 遂起作舞. 桂心咥咥然低頭而笑. 十娘問曰「笑何事」. 桂心曰「笑兒等能作音聲」. 十娘曰「何處有能」. 答曰「若其不能 何因百獸率舞」. 下官曰「不是百獸率舞 乃是鳳凰來儀」. 一時大笑. 五嫂爲桂心曰「莫令曲誤 張郎頻顧」. 桂心曰「不辭歌者苦 但傷知音稀」. 下官曰「路逢西施 何必須識」.

遂舞 著詞曰「從來巡遶四邊 忽逢兩箇神仙 眉上冬天出柳 頰中旱地生蓮 千看千處嫵媚 萬看萬處娟姸. 今宵若其不得 剩命過與黃泉」. 又一時大笑. 舞畢 因謝曰「僕實庸才 得陪淸賞 賜垂音樂 慚荷不勝」. 十娘詠曰「得意似鴛鴦 情乖若胡越. 不向君邊盡 更知何處歇」. 十娘曰「兒等並無可收採 少府公云 冬天出柳 旱地生蓮 總是相弄也」. 下官答曰「十娘面上非春 翻生柳葉」. 十娘應聲曰「少府頭中有水 那不生蓮華」. 下官

笑曰「十娘機警　異同著便」．十娘答曰「得便不能與　明年知有何處」．

　　於是硯在床頭．下官因詠筆硯曰「摧毛任便點　愛色轉須磨　所以研難竟　良由水太多」．十娘忽見鴨頭鐺子　因詠曰「嘴長非爲嘲　項曲不由攀．但令脚直上　他自眼雙翻」．五嫂曰「向來大大不遜　漸漸深入也」．

　　於是乃有雙燕子　梁間相逐飛．僕因詠曰「雙燕子　聯翩幾萬廻　强知人是客　方便惱他來」．十娘詠曰「雙燕子　可可事風流　卽令人得伴　更亦不相求」．酒巡到十娘　下官詠酒杓子曰「尾動惟須急　頭低則不平　渠今合把爵　深淺任君情」．十娘詠盞曰「發初先向口　欲竟漸伸頭．從君中道歇　到底卽須休」．下官翕然而起謝曰「十娘詞句　事盡入神　乃是天生　不關人學」．五嫂曰「張郎新到　無可散情　且遊後園　暫適懷抱」．

　　其時園內　雜菓萬株　含靑吐綠．叢花四照　散紫翻紅　激石鳴泉　疎巖鑿磴　無冬無夏．嬌鶯亂於錦枝　非古非今　花魴躍於銀池　啊娜蓊茸．淸泠飅飀　鵝鴨分飛　芙蓉間出．大竹小竹　誇渭南之千畝　花合花開　笑河陽之一縣．靑靑岸柳　絲條拂於武昌　赫赫山楊　箭幹稠於董澤．余乃詠花曰「風吹遍樹紫　日照滿池丹．若爲交暫折　擎取掌中看」．十娘詠曰「映水俱知笑　成蹊竟不言．卽今無自在　高下任渠攀」．

　　下官卽起謝曰「君子不出遊言　意言不勝再．娘子恩深　請五嫂等各製一篇」．下官詠曰「昔時過小苑　今朝戲後園　兩歲梅花匝　三春柳色繁．水明魚影靜　林翠鳥歌喧．何須杏樹嶺　卽是桃花源」．十娘詠曰「梅蹊命道士　桃澗佇神仙　舊魚成大劍　新龜類小錢．水湄唯見柳　池曲且生蓮　欲知賞心處　桃花落眼前」．五嫂詠曰「極目遊芳苑　相將對花林　露淨山光出　池鮮樹影沉．落花時泛酒　歌鳥惑鳴琴　是時日將夕　攜樽就樹陰」．

　　當時　樹上忽有一李子　落下官懷中．下官詠曰「問李樹　如何意不同　應來主手裏　翻入客懷中」．五嫂卽報詩曰「李樹子　元來不是偏　巧知娘

子意 擲菓到渠邊. 於時忽有一蜂子 飛上十娘面上. 十娘詠曰「問蜂子 蜂子太無情 飛來踏人面 欲似意相輕」. 下官代蜂子答曰「觸處尋芳樹 都盧少物華 試從香處覓 正値可憐花」. 衆人皆拊掌而笑.

其時 園中忽有一雉 下官命弓箭射之 應弦而倒. 五嫂笑曰「張郞才器 乃是曹植天然. 今見武功 又復子南夫也. 今共娘子相配 天下惟有兩人耳」. 十娘因見射雉 詠曰「大夫巡麥隴 處子習桑間 若非由一箭 誰能爲解顔」. 僕答曰「心緒恰相當 誰能護短長 一床無兩好 半醜亦何妨」. 五嫂曰「張郞射長垜如何」. 僕答曰 且得不關事而已」. 遂射之 三發皆遶遮齊 衆人稱好. 十娘詠弓曰「平生好須弩 得挽則低頭 聞君把提快 再乞五三籌」. 下官答曰「縮鞚全不到 抬頭則大過 若令臍下入 百放故籌多」.

於時 日落西淵 月臨東渚. 五嫂曰「向來調謔 無處不佳. 時旣曛黃 且還房室 庶張郞共娘子安置」. 十娘曰「人生相見 且論盃酒 房中小小 何暇忽忽」. 遂引少府向十娘臥處. 屛風十二扇 畫鄣五三張. 兩頭安彩幔 四角垂香囊. 檳榔豆蔲子 蘇合綠沉香. 織文安枕席 亂彩疊衣箱. 相隨入房裏 縱橫照羅綺. 蓮花起鏡臺 翡翠生金履. 帳口銀鉤裝 狀頭玉獅子. 十重蛩駏氈 八疊鴛鴦被. 數箇袍袴 異種妖嬈. 姿質天生有 風流本性饒. 紅衫窄裹小撷臂 綠袂帖亂細纏腰. 時將帛子拂 還投和香燒. 姸華天性足 由來能裝束. 斂笑正金釵 含嬌累繡褥. 梁家妄稱梳髮緩 京兆何曾畫眉曲.

十娘因在後 沉吟久不來. 余問五嫂曰「十娘何處去 應有別人邀」. 五嫂曰「女人羞自嫁 方便待渠招」. 言語未畢 十娘則到. 僕問曰「旦來披霧 香處尋花 忽遇狂風 蓮中失藕 十娘何處漫行來」. 十娘回頭笑曰「星留織女 遂處人間 月待姮娥 暫歸天上. 少府何須苦相怪」.

於時兩人對坐　未敢相觸　夜深情急　透死忘生．僕乃詠曰「千看千意密　一見一憐深　但當把手子　寸斬亦甘心」．十娘斂色却行．五嫂詠曰「他家解事在　未肯輒相瞋　徑須剛捉著　遮莫造精神」．余時把著手子　忍心不得．又詠曰「千思千腸烈　一念一心焦　若爲求守得　暫借可憐腰」．十娘又不肯．余捉手挽　兩人爭力．五嫂詠曰「巧將衣障口　能用被遮身　定知心肯在　方便故邀人」．十娘失聲成笑　婉轉入懷中．

當時腹裏顛狂　心中沸亂．又詠曰「腰支一遇勒　心中百處傷　但若得口子　餘事不承望」．十娘嗔詠曰「手子從君把　腰支亦任廻　人家不中物　漸漸逼他來」．十娘曰「雖作拒張　又不免輸他口子」．口子鬱郁　鼻似薰穿　舌子芬芳　頰疑鑽破．五嫂詠曰「自隱風流到　人前法用多　計時應拒得　伴作不禁他」．十娘曰「昔日曾經自弄他　今朝并悉從人弄」．

下官起　諮請曰「十娘有一思事　亦擬申論　猶自不敢卽道　請五嫂處分」．五嫂曰「但道　不須避諱」．余因詠曰「藥草俱嘗遍　並悉不相宜　惟須一箇物　不道自應知」．十娘答詠曰「素手曾經捉　纖腰又被將　卽今輸口子　餘事可平章」．下官斂手而答曰「向來惶惑　實畏參差．十娘憐愍客人　存其死命　可謂白骨再肉　枯樹重花．伏地叩頭　慇懃死罪」．

五嫂因起謝曰「新婦曾聞　線因針而達　不因針而縫．女因媒而嫁　不因媒而親．新婦向來專心爲勾當　以後之事　不敢預知．娘子安穩　新婦向房臥去也」．於時夜久更深　情急意密．魚燈四面照　蠟燭兩邊明．十娘卽喚桂心　并呼芍藥　與少府脫鞾履　疊袍衣　閣幞頭　掛腰帶．然後自與十娘施綾帔　解羅裙　脫紅衫　去綠襪．

花容滿目　香風裂鼻．心去無人制　情來不自禁．插手紅褌　交脚翠被．兩脣對口　一臂枕頭　拍搦奶房間　摩挲髀子上．一喫一意快　一勒一傷心．鼻裏痠痹　心中結繚．少時　眼花耳熱　脈脹筋舒．始知難逢難見　可貴可重. 俄頃中間 數廻相接. 誰知可憎病鵲 夜半驚人 薄媚狂雞 三更唱曉. 遂則披衣對坐 泣淚相看. 下官拭淚而言曰「所恨別易會難 去留乖隔. 王事有限 不敢稽停. 每一深思 痛深骨髓」. 十娘曰「兒與少府 平生未展 邂逅新交 未盡歡娛 忽嗟別離. 人生聚散 知復如何」.

因詠曰「元來不相識 判自斷知聞. 天公強多事 今遣若爲分」. 僕乃詠曰「積愁腸已斷 懸望眼應穿. 今宵莫閉戶 夢裏向渠邊」. 少時 天曉已後 兩人俱泣 心中哽咽 不能自勝. 侍婢數人 並皆歔欷 不能仰視. 五嫂曰「有同必異 自昔攸然. 樂盡哀生 古來常事. 願娘子稍自割捨」.

下官乃將衣袖與娘子拭淚. 十娘乃作別詩曰「別時終是別 春心不値春. 羞見孤鸞影 悲看一騎塵. 翠柳開眉色 紅桃亂臉新. 此時君不在 嬌鶯弄殺人」. 五嫂詠曰「此時經一去 誰知隔幾年. 雙梟傷別緖 獨鶴慘離絃. 怨起移醒後 愁生落醉前. 若使人心密 莫惜馬蹄穿」. 下官詠曰「忽然聞道別 愁來不自禁. 眼下千行淚 腸懸一寸心. 兩劍俄分匣 雙梟忽異林. 慇懃惜玉體 勿使外人侵」.

十娘小名「瓊英」. 下官因詠曰「卞和山未斲 羊雍地不耕. 自憐無玉子 何日見瓊英」. 十娘應聲詠曰「鳳錦行須贈 龍梭久絶聲. 自恨無機杼 何日見文成」. 下官瞿然 破愁成笑. 遂喚奴曲琴 取相思枕 留與十娘 以爲記念. 因詠曰「南國傳椰子 東家賦石榴. 聊將代左腕 長夜枕渠頭」. 十娘報以雙履 報詩曰「雙梟乍失伴 兩燕還相屬. 聊以當兒心 竟日承君足」.

下官又遣曲琴取揚州靑銅鏡 留與十娘. 幷贈詩曰「仙人好負局 隱士屢潛觀. 映水菱光散 臨風竹影寒. 月下時驚鵲 池邊獨舞鸞. 若道人心變 從渠照膽看」. 十娘又贈手中扇 詠曰「合歡遊璧水 同心侍華闕. 颯颯似朝風 團團如夜月. 鸞姿侵霧起 鶴影排空發. 希君掌中握 勿使恩情歇」.

　　下官辭謝訖　因遣左右　取益州新樣錦一疋　直奉五嫂. 因贈詩曰「今留
片子信　可以贈佳期. 裁爲八幅被　時復一相思」. 五嫂遂抽金釵送張郎
因報詩曰「兒今贈君別　情知後會難. 莫言釵意小　可以掛渠冠」. 更取滑
州小綾子一疋　留與桂心香兒數人共分. 桂心已下　或脫銀釵　落金釧　解
帛子　施羅巾　皆自送張郎曰「好去. 若因行李　時復相過」. 香兒因詠曰
「大夫存行跡　慇懃爲數來. 莫作浮萍草　逐浪不知廻」.

　　下官拭淚而言曰「犬馬何識　尙解傷離. 鳥獸無情　由知怨別. 心非木
石　豈忘深恩」. 十朗報詩曰「他道愁勝死　兒言死勝愁. 愁來百處痛　死
去一時休」. 又詠曰「他道愁勝死　兒言死勝愁. 日夜懸心憶　知隔幾年
秋」. 下官詠曰「人去悠悠隔兩天　未審迢迢度幾年. 縱使身遊萬里外
終歸意在十娘邊」. 十娘詠曰「天厓地角知何處　玉體紅顏難再遇. 但令
翅羽爲人生　會些高飛共君去」.

　　下官不忍相看　忽把十娘手子而別. 行至二三里　廻頭看數人　猶在舊處
立. 余時漸漸去遠　聲沉影滅　顧瞻不見　惻愴而去. 行到山口　浮舟而過
夜耿耿而不寐　心榮榮而靡託. 既悵恨於啼猿　又悽傷於別鵠. 飲氣吞聲
天道人情　有別必怨　有怨必盈.

　　去日一何短　來宵一何長. 比目絕對　雙鳧失伴. 日日衣寬　朝朝帶緩
口上脣裂　胸間氣滿　淚臉千行　愁腸寸斷. 端坐橫琴　涕血流襟　千思競起
百慮交侵. 獨顰眉而永結　空抱膝而長吟. 望神仙兮不可見　普天地兮知
余心. 思神仙兮不可得　覓十娘兮斷知聞. 欲聞此兮腸亦亂　更見此兮惱
余心.

7. 離魂記

天授三年　淸河張鎰因官家于衡州. 性簡靜　寡知友. 無子　有女二人. 其長早亡　幼女倩娘　端姸絶倫. 鎰外甥太原王宙　幼聰悟　美容範　鎰常器重. 每曰「他時當以倩娘妻之」. 後各長成　宙與倩娘　常私感想於寤寐　家人莫知其狀.

後有賓寮之選者求之　鎰許焉. 女聞而鬱抑. 宙亦深恚恨　託以當調　請赴京. 止之不可　遂厚遣之. 宙陰恨悲慟　決別上船. 日暮　至山郭數里. 夜方半　宙不寐. 忽聞岸上有一人　行聲甚速　須臾至船. 問之　乃倩娘　徒行跣足而至. 宙驚喜發狂　執手問其從來. 泣曰「君厚意如此　寢食相感. 今將奪我此志　又知君深情不易. 思將殺身奉報　是以亡命來奔.

宙非意所望　欣躍特甚. 遂匿倩娘于船　連夜遁去　倍道兼行. 數月至蜀凡五年　生兩子　與鎰絶信. 其妻常思父母　涕泣言曰「吾曩日不能相負棄大義而來奔君　向今五年. 恩慈間阻　覆載之下　胡顔獨存也」. 宙哀之曰「將歸無苦」.

遂俱歸衡州 旣至. 宙獨身先至鎰家　首謝其事. 鎰曰「倩娘病在閨中數年　何其詭說也」. 宙曰「見在舟中」. 鎰大驚　促使人驗之　果見倩娘在船中　顔色怡暢. 訊使者曰「大人安否」. 家人異之　疾走報鎰. 室中女聞喜而起　餙粧更衣　笑而不語　出與相迎　翕然而合爲一體　其衣裳皆重. 其家以事不正　秘之　惟親戚間有潛知之者. 後四十年間　夫妻皆喪. 二男並孝廉擢第　至丞尉.

事出陳玄祐離魂記云. 玄祐少常聞此說　而多異同　或謂其虛. 大歷末遇萊蕪縣令張仲規　因備述其本末. 鎰則仲規堂叔　而說極備悉. 故記之.

8. 裵航傳

唐長慶中　有裵航秀才. 因下第　遊于鄂渚　謁故友人崔相國. 值相國贈錢二十萬　遠挈歸于京. 因傭巨舟　載于湘漢. 同載有樊夫人　乃國色也. 言詞間接　帷幄昵洽. 航雖親切　無計道達而會面焉. 因賂侍妾裊烟　而求達詩一章曰「同爲胡越猶懷想　況遇天仙隔錦屏　儻若玉京朝會去　願隨鸞鶴入靑雲」.

詩往　久而無答. 航數詰裊烟　烟曰「娘子見詩若不聞　如何」. 航無計因在道求名醞珍果而獻之. 夫人乃使裊烟　召航相識. 及褰帷　而玉瑩光寒　花明麗景. 雲低鬟鬢　月淡修眉. 擧止煙霞外人　肯與塵俗爲偶. 航再拜揖　膠眙良久之. 夫人曰「妾有夫在漢南　將欲棄官　而幽棲巖谷　召某一訣耳. 甚哀草擾　慮不及期　豈更有情留盼他人　的不然耶. 但喜與郎君同舟共濟　無以諧謔爲意耳」. 航曰「不敢」. 飲訖而歸. 操比冰霜　不可干冒.

夫人後使裊烟持詩一章曰「一飮瓊漿百感生　玄霜搗盡見雲英　藍橋更是神仙窟　何必崎嶇上玉淸」. 航覽之　空愧佩而已. 然亦不能洞達詩之旨趣. 後更不復見　但使裊烟達寒暄而已. 遂抵襄漢　與使婢挈粧奩　不告辭而去. 人亦不能知其所造　航遍求訪之　滅跡匿形　竟無蹤兆.

遂飾粧歸輦下　經藍橋側近　因渴甚　遂下道求漿而飮. 見茅屋三四間低而復隘. 有老嫗緝麻苧　航揖之求漿. 嫗咄曰「雲英擎一甌漿來　郎君要飮」. 航訝之　憶樊夫人詩有雲英之句　深不自會. 俄於葦箔之下　出雙玉手捧瓷. 航接飮之　眞玉液也. 但覺異香氳鬱　透于戶外. 因還甌　遽揭箔　覩一女子　露裛瓊英　春融雪彩　臉欺膩玉　鬢若濃雲. 嬌而掩面蔽身

雖紅蘭之隱幽谷　不足比其芳麗也.

　航驚怛　植足而不能去. 因白嫗曰「某僕馬甚饑　願憩於此　當厚答謝　幸無見阻」. 嫗曰「任郎君自便」. 且遂飯僕秣馬. 良久　謂嫗曰「向覩小娘子　艷麗驚人　姿容擢世　所以躊躕而不能適. 願納厚禮而娶之　可乎」. 嫗曰「渠已許嫁一人　但時未就已. 我今老病　只有此女孫　昨有神仙　遺靈丹一刀圭　但須玉杵臼　擣之百日　方可就呑　當得後天而老. 君若娶此女者　得玉杵臼　吾當與之也. 其餘金帛　無用處耳」. 航拜謝曰「願以百日爲期　必携杵臼而至　更無許他人」. 嫗曰「然」. 航恨恨而去.

　及至京國　殊不以擧事爲念　但於坊曲闤市喧衢　而高聲訪其玉杵臼　曾無影響. 或遇朋友　若不相識　衆言爲狂人. 數月餘日　或遇一貨玉老翁曰「近得虢州藥舖卞老書云　有玉杵臼貨之. 郎君懇求如此　此君吾當爲書導達」. 航媿荷珍重　果獲玉杵臼. 卞老曰「非二百緡不可得」. 航乃瀉囊　兼貨僕貨馬　方及其數. 遂步驟獨挈　而抵藍橋.

　昔日嫗大笑曰「有如是信士乎　吾豈愛惜女子　而不酬其勞哉」. 女亦微笑曰「雖然　更爲吾藥百日　方議姻好」. 嫗於襟帶間解藥　航卽擣之. 晝爲而夜息　夜則嫗收藥臼於內室. 航又聞擣藥聲　因窺之　有玉兎持杵臼而雪光輝室　可鑒毫芒. 於是　航之意愈堅　如此日足. 嫗持而呑之曰「吾當入洞　而告姻戚　爲裴郎具帳幃」. 遂挈女入山　爲航曰「但少留此」.

　浚巡　車馬僕隷　迎航而往. 別見一大第連雲　珠扉晃日. 內有帳幄屏幃　珠翠珍琓　莫不臻至　愈如貴戚家焉. 仙童侍女　引航入帳　就禮訖. 航拜嫗　悲泣感荷. 嫗曰「裴郎自是淸冷　裴眞人子孫　業當出世　不足深媿老嫗也」. 及引見諸賓　多神仙中人也. 後有仙女　鬟髻霓衣　云是妻之姊耳. 航拜訖　女曰「裴郎不相識耶」. 航曰「昔非姻好　不醒拜侍」. 女曰「不憶鄂渚同舟　回而抵襄漢乎」. 航深驚怛　懇悃陳謝. 後聞左右　曰「是小

娘子之姊　雲翹夫人　劉綱仙君之妻也．已是高眞　爲玉皇之女吏」．嫗遂
遣航　將妻入玉峰洞中　瓊樓殊室而居之．餌以絳雪瓊英之丹　體性淸虛
毛髮紺綠　神化自在　超爲上仙．

　至太和中　友人盧顥　遇之於藍橋驛之西　因說得道之事．遂贈藍田美玉
十斤　紫府雲丹一粒　敍話永日　使達書于親愛．盧顥稽顙曰「兄旣得道
如何乞一言而敎授」．航曰「老子曰　虛其心　實其腹．今之人　心愈實　何
由得道之理」．盧子憮然　而語之曰「心多妄想　腹漏精溢　卽虛實可之矣
凡人自有不死之術　還丹之方．但子未便可敎　異日言之」．盧子知不可請
但終宴而去．後世人莫有遇者．

9．補江總白猿傳

　梁大同末　遣平南將軍藺欽南征．至桂林　破李師古陳徹．別將歐陽紇
略地　至長樂　悉平諸洞　深入深阻．紇妻纖白　甚美．其部人曰「將軍何
爲挈麗人經此．地有人　善竊少女　而美者尤所難免．宜謹護之」．紇甚疑
懼　夜勒兵環其盧　匿婦密室中　謹閉甚固　而以女奴十餘伺守之．爾夕　陰
雨晦墨．至五更　寂然無聞．守者怠而假寐　忽若有物驚寤者　則已失妻矣．
門扃如故　莫知所出．出門山險　咫尺迷悶　不可尋逐．迨明　絶無其跡．

　紇大憤痛　誓不徒還．因辭疾　駐其軍　日往四遐　卽深凌險以索之．旣
逾月　忽于百里之外叢薄上　得其妻繡履一隻．雖浸雨濡　猶可辨識．紇尤
悽悼　求之益堅．選壯士二十人　持兵負糧　巖棲野食．又旬餘　遠所舍約
二百里　南望一山　葱秀迥出．至其下　有深溪環之　乃編木以度．絶巖翠

竹之間 時見紅綵 聞笑語音. 捫蘿引絙 而陟其上 則嘉樹列植 間以名花. 其下綠蕪 豊軟如毯 淸迥岑寂 杳然殊境. 有東向石門 婦人數十 被服鮮澤 嬉遊歌笑 出入其中.

見人皆慢視遲立 至則問曰「何因來此」. 絙具以對 相視歎曰「賢妻至此月餘矣. 今病在牀 宜遣視之」. 入其門 以木爲扉 中寬闊若堂者三. 四壁設牀 悉施錦薦. 其妻臥石榻上 重茵累席 珍食盈前. 絙就視之 回眸一睇 卽疾揮手令去. 諸婦人曰「我等與公之妻 比來久者十年. 此神物所居 力能殺人 雖百夫操兵 不能制也. 幸其未返 宜速避之. 但求美酒兩斛 食犬十頭 麻數十斤 當相與謀殺之. 其來必以正午 後愼勿太早 以十日爲期」. 因促之去 絙亦遽退.

遂求醇醪與麻犬 如期而往. 婦人曰「彼好酒 往往致醉. 醉必騁力 俾吾等以綵練縛手足于牀 一踊皆斷. 嘗紉三幅 則力盡不解. 今麻隱帛中束之 度不能矣. 遍體皆如鐵 唯臍下數寸 常護蔽之 此必不能禦兵刃」. 指其傍一巖曰「此其食廩 當隱于是 靜而伺之. 酒置花下 犬散林中. 待吾計成 招之卽出」.

如其言 屛氣以俟. 日晡 有物如匹練 自他山下 透至若飛 徑入洞中. 少選 有美髯丈夫長六尺餘 白衣曳杖 擁諸婦人而出. 見犬驚視 騰身執之 披裂吮咀 食之致飽. 婦人競以玉杯進酒 諧笑甚歡. 旣飮數斗 則扶之而去. 又聞嬉笑之音 良久 婦人出招之. 乃持兵而入 見大白猿 縛四足于牀頭. 顧人蹙縮 求脫不得 目光如電. 競兵之 如中鐵石 刺其臍下 卽飮刃 血射如注. 乃大嘆咤曰「此天殺我 豈爾之能. 然爾婦已孕 勿殺其子 將逢聖帝 必大其宗」. 言絶乃死.

搜其藏 寶器豊積 珍羞盈品 羅列桮几. 凡人世所珍 靡不充備. 名香數斛 寶劍一雙. 婦人三十輩 皆絶其色. 久者至十年 云色衰必被提去

莫知所置. 又捕採唯止其身 更無黨類. 旦盥洗 著帽 加白袷 被素羅衣.
不知寒暑 遍身白毛 長數寸. 所居常讀木簡 字若符篆 了不可識 已則置
石磴42)下. 晴晝或舞雙劍 環身電飛 光圓若月. 其飲食無常 喜啗果栗
尤嗜犬 咀而飮其血. 日始逾午 卽歘然而逝. 半晝往返數千里 及晩必歸
此其常也. 所須無不立得. 夜就諸牀嬲戲 一夕皆周 未嘗寐. 言語淹詳
華音會利 然其狀卽猨獲類也.

今歲木葉之初 忽愴然曰「吾爲山神所訴 將得死罪. 亦求護之於衆靈
庶幾可免」. 前此月生魄 石磴生火 焚其簡書. 悵然自失曰「吾已千歲而
無子 今有子 死期至矣」. 因顧諸女 汍瀾者久. 且曰「此山峻絶 未嘗有
人至. 上高而望 絶不見樵者. 下多虎狼怪獸 今能至者 非天假之何耶」.
紇取寶玉珍麗及諸婦人以皆歸 猶有知其家者. 紇妻周歲生一子 厥狀肖
焉. 後紇爲陳武帝所誅. 素與江總善 愛其子聰悟絶人 常留養之 故免於
難. 及長 果文學善書 知名於時.

10. 枕中記

開元十九年 道者呂翁 經邯鄲道上邸舍中. 設榻施席 擔囊而坐. 俄有邑
中少年盧生 衣短裘 乘靑駒 將適于田 亦止邸中. 與翁接席 言笑殊暢. 久
之 盧生顧其衣裝弊藝. 乃歎曰「大丈夫生世不諧 而困如是乎」. 翁曰「觀
子膚極臟 體胖無恙 談諧方適 而歎其困者 何也」. 生曰「吾此苟生耳 何
適之爲」. 翁曰「此而不適 而何爲適」. 生曰「當建功樹名 出將入相 列

---

42) 石磴:『태평광기』에는 '若磴'으로 되어 있음. 그런데 '顧氏文房小說校錄' 본에 '石
磴'으로 되어 있고, 이 글의 조금 뒤에 '石磴生火 焚其簡書'라는 말이 나오는 것을
보아서 고쳤음.

鼎而食　選聲而聽.　使族益茂　而家用肥　然後可以言其適.　吾志于學　而游于藝　自惟當年　朱紫可拾.　今已過壯室　猶勤田畝　非困而何」.

　　言訖　目昏思寐.　是時主人蒸黃粱爲饌.　翁乃探囊中枕以授之曰「子枕此　當令子榮適如志」.　其枕瓷而竅其兩端.　生俛首就之　寐中　見其竅大而明朗可處.　擧身而入　遂至其家.　娶淸河崔氏女　女容甚麗而産甚殷.　由是衣裘服御　日已華侈.　明年　擧進士　登甲科.　解褐授校書郞.　應制擧　授渭南縣尉.　遷監察御使起居舍人　爲制誥.　三年卽眞　出典同州　尋轉陝州.　生好土功　自陝西開河八十里以濟不通.　邦人賴之　立碑頌德.　遷汴州嶺南道採訪使　入京爲京兆尹.

　　是時神武皇帝方事夷狄　吐藩新諾羅　龍莽布　攻陷瓜沙　節度使王君㚟新被敍　投河隍戰恐.　帝思將帥之任　遂除生御史中丞　河西隴右節度使.　大破戎虜七千級　開地九百里　築三大城以防要害.　北邊賴之　以石紀功焉.　歸朝策勳　恩禮極崇.　轉御史大夫吏部侍郞　物望淸重　群情翕習.

　　大爲當時宰相所忌　以飛語中之.　貶端州刺史　三年徵還　除戶部尙書.　未幾　拜中書侍郞　同中書門下平章事　與蕭令嵩　裵侍中光庭　同掌大政十年　嘉謀密命　一日三接　獻替啓沃　號爲賢相.　同列者害之　遂誣與邊將交結　所圖不軌　下獄.　府吏引徒至其門　追之甚急.　生惶駭不測　泣其妻子曰「吾家本山東　良田數頃　足以禦寒餒.　何苦求祿　而今及此.　思復衣短裘　乘靑駒　行邯鄲道中　不可得也」.　引刀欲自裁　其妻救之得免.　共罪者皆死　生獨有中人保護　得減死論　出授驩牧.　數歲　帝知其寃　復起爲中書令　封趙國公.　恩旨殊渥　備極一時.

　　生有五子　儉　倜　儉　位　倚.　儉爲考功員外　儉爲侍御史　位爲太常丞.　季子倚最賢　年二十四　爲右補闕.　其姻媾皆天下族望　有孫十餘人.　凡兩竄嶺表　再登台鉉　出入中外　廻翔臺閣.　三十餘年間　崇盛赫奕　一時無

比. 末節頗奢蕩 好逸樂 後庭聲色皆第一. 前後賜良田甲第 佳人名馬不可勝數. 後年漸老 屢乞骸骨 不許. 及病 中人候望 接踵於路 名醫上藥必至焉.

將終 上疏曰「臣本山東書生 以田圃爲娛. 偶逢聖運 得列官序 過蒙榮獎. 特受鴻私 出擁旌鉞. 入昇鼎輔 周旋中外 綿歷歲年 有忝恩造 無裨聖化. 負乘致寇 履薄戰兢 日極一日 不知老之將至. 今年逾八十 位歷三公 鐘漏並歇 筋骸俱弊 彌留沈困 殆將溘盡. 顧無誠效 上答休明 空負深恩 永辭聖代 無任感戀之至 謹奉表稱謝以聞」. 詔曰「卿以俊德作余元輔 出雄藩垣 入贊緝熙. 昇平二紀 寔卿是賴. 比因疾累 日謂痊除 豈遽沈頓 良深憫默. 今遣驃騎大將軍高力士 就第候省. 其勉加針灸爲余自愛 儵冀無妄 期丁有喜」. 其夕卒.

盧生欠伸而寤. 見方偃於邸中 顧呂翁在傍. 主人蒸黃粱尙未熟 觸類如故. 蹶然而興曰「豈其夢寐耶」. 翁笑謂曰「人世之事 亦猶是矣」. 生然之 良久謝曰「夫寵辱之數 得喪之理 生死之情 盡知之矣. 此先生所以窒吾欲也 敢不受敎」. 再拜而去.

11. 南柯太守傳

東平淳于棼 吳楚游俠之士. 嗜酒使氣 不守細行 累巨産 養豪客. 曾以武藝補淮南軍裨將 因使酒忤帥 斥逐落魄 縱誕飮酒爲事. 家住廣陵郡東十里 所居宅南有大古槐一株. 枝幹修密 淸陰數畝. 淳于生日 與群豪大飮其下.

唐貞元七年九月 因沈醉致疾. 時二友人於坐 扶生歸家 臥於堂東廡之

下. 二友謂生曰「子其寢矣. 余將秣馬濯足 俟子小愈而去」. 生解巾就枕 昏然忽忽. 髣髴若夢 見二紫衣使者. 跪拜生曰「槐安國王遣小臣致命奉邀」. 生不覺下榻整衣 隨二使至門. 見靑油小車 駕以四牡 左右從者七八 扶生上車. 出大戶 指古槐穴而去. 使者卽驅入穴中 生意頗甚異之 不敢致問.

忽見山川風候 草木道路 與人世甚殊. 前行數十里 有郛郭城堞 車輿人物 不絶於路. 生左右傳車者傳呼甚嚴 行者亦爭闢於左右. 又入大城 朱門重樓. 樓上有金書 題曰「大槐安國」 執門者趨拜奔走. 旋有一騎傳呼曰「王以駙馬遠降 令且息東華館」. 因前導而去. 俄見一門洞開 生降車而入. 彩檻雕楹 華木珍果 列植於庭下. 几案茵褥 簾幃餚膳 陳設於庭上. 生心甚自悅.

復有呼曰「右相且至」. 生降階祗奉. 有一人紫衣象簡前趨 賓主之儀敬盡焉. 右相曰「寡君不以弊國遠僻 奉迎君子 託以姻親」. 生曰「某以賤劣之軀 豈敢是望」. 右相因請生同詣其所 行可百步 入朱門. 矛戟斧鉞 布列左右 軍吏數百 辟易道側. 生有平生酒徒周弁者 亦趨其中 生私心悅之 不敢前問.

右相引生升廣殿 御衛嚴肅 若至尊之所. 見一人長大端嚴 居正位. 衣素練服 簪朱華冠. 生戰慄 不敢仰視 左右侍者令生拜. 王曰「前奉賢尊命 不棄小國 許令次女瑤芳 奉事君子」. 生但俯伏而已 不敢致詞. 王曰「且就賓宇 續造儀式」. 有旨 右相亦與生偕還館舍. 生思念之 意以爲父在邊將 因沒虜中 不知存亡. 將謂父北蕃交通 而致茲事. 心甚迷惑 不知其由.

是夕 羔雁幣帛 威容儀度 妓樂絲竹 餚膳燈燭 車騎禮物之用 無不咸備. 有群女 或稱華陽姑 或稱靑溪姑 或稱上仙子 或稱下仙子. 若是者

數輩　皆侍從數千　冠翠鳳冠　衣金霞帔　綵碧金鈿　目不可視．遨遊戲樂
往來其門　爭以淳于郎爲戲弄．風態妖麗　言詞巧艷　生莫能對．

　　復有一女謂生曰「昨上巳日　吾從靈芝夫人過禪智寺　於天竺院　觀右
延舞婆羅門．吾與諸女坐北牖石榻上．時君少年　亦解騎來看　君獨強來
親洽　言調笑謔．吾與窮英妹結絳巾　挂於竹枝上　君獨不憶念之乎．又七
月十六日　吾於孝感寺侍上眞子　聽契玄法師講觀音經．吾於講下捨金鳳
釵兩隻　上眞子捨水犀合子一枚．時君亦講筵中　於師處請釵合視之　賞歎
再三　嗟異良久．顧余輩曰　人之與物　皆非世間所有．或問吾民　或訪吾
里　吾亦不答．情意戀戀　矚盻不捨　君豈不思念之乎」．

　　生曰「中心藏之　何日忘之」．群女曰「不意今日與君爲眷屬」．復有三
人　冠帶甚偉．前拜生曰「奉命爲駙馬相者」．中一人　與生且故　生指曰
「子非馮翊田子華乎」．田曰「然」．生前　執手敍舊久之．生謂曰「子何
以居此」．子華曰「吾放遊　獲受知於右相武成侯段公　因以栖託」．生復
問曰「周弁在此　知之乎」．子華曰「周生貴人也　職爲司隸　權勢甚盛　吾
數蒙庇護」．言笑甚歡．

　　俄傳聲曰「駙馬可進矣」．三子取劍佩冕服　更衣之．子華曰「不意今
日獲覩盛禮　無以相忘也」．有仙姬數十　奏諸異樂　婉轉清亮　曲調悽悲
非人間之所聞聽．有執燭引導者亦數十　左右見金翠步障　彩碧玲瓏　不斷
數里．生端坐車中　心竟恍惚　心不自安　田子華數言笑以解之．向者群女
姑娣　各乘鳳翼輦　亦往來其間．

　　至一門　號修儀宮．群仙姑姊　亦紛然在側．令生降車輦拜　揖讓升降
一如人間．徹障去扇　見一女子　云號金枝公主．年可十四五　儼若神仙．
交歡之禮　頗亦明顯．生自爾情義日洽　榮曜日盛．出入車服　遊宴賓御
次於王者．王命生與群寮備武衛　大獵於國西靈龜山．山阜峻秀　川澤廣

遠. 林樹豊茂 飛禽走獸 無不蓄之. 師徒大獲 竟夕而還.

生因他日啓王曰「臣頃結好之日 大王云奉臣父之命. 臣父頃佐邊將 用兵失利 陷沒胡中 爾來絶書信十七八歲矣. 王旣知所在 臣請一往拜覲」. 王遽謂曰「親家翁職守北土 信問不絶. 卿但具書狀知聞 未用便去」. 遂命妻致饋賀之禮 一以遣之 數夕還答. 生驗書本意 皆父平生之跡. 書中憶念敎誨 情意委曲 皆如昔年. 復問生親戚存亡 閭里興廢. 復言路道乖遠 風煙阻絶 詞意悲苦 言語哀傷. 又不令生來覲 云歲在丁丑 當與女相見. 生捧書悲咽 情不自堪.

他日 妻謂生曰「子豈不思爲政乎」. 生曰「我放蕩 不習政事」. 妻曰「卿但爲之 余當奉贊」. 妻遂白於王. 累日 謂生曰「吾南柯政事不理 太守黜廢 欲藉卿才 可曲屈之 便與小女同行」. 生敎授致命. 王遂勅有司 備太守行李. 因出金玉錦繡箱奩 僕妾車馬列於廣衢 以餞公主之行. 生少遊俠 曾不敢有望 至時甚悅.

因上表曰「臣將門餘子 素無藝術 猥當大任 必敗朝章 自悲負乘 坐致覆餗. 今欲廣求賢哲 以贊不逮. 伏見司隷潁川周弁 忠亮剛直 守法不回 有毗佐之器. 處士馮翊田子華 淸愼通變 達政化之源. 二人與臣 有十年之舊 備知才用 可託政事. 周請署南柯司憲 田請署司農. 庶使臣政績有聞 憲章不紊也」. 王並依表以遣之.

其夕 王與夫人餞于國南. 王謂生曰「南柯國之大郡 土地豊壤 人物豪盛 非惠政不能以治之. 況有周田二贊 卿其勉之 以副國念」. 夫人戒公主曰「淳于郎性剛好酒 加之少年 爲婦之道 貴乎柔順. 爾善事之 吾無憂矣. 南柯雖封境不遙 晨昏有間 今日曉別 寧不沾巾」. 生與妻拜首南去 登車擁騎 言笑甚歡.

累夕達郡. 郡有官吏僧道耆老 音樂車轝 武衛鑾鈴 爭來迎奉. 人物闐

咽 鐘鼓喧譁不絕 十數里. 見雉堞臺觀 佳氣鬱鬱. 入大城門 門亦有大榜 題以金字 曰「南柯郡城」. 見朱軒棨戶 森然深邃. 生下車 省風俗 療病苦. 政事委以周田 郡中大理. 自守郡二十載 風化廣被 百姓歌謠. 建功德碑 立生祠宇. 王甚重之 賜食邑錫爵 位居台輔. 周田皆以政治著聞 遞遷大位. 生有五男二女 男以門蔭授官 女亦聘于王族 榮耀顯赫. 一時之盛 代莫比之.

是歲 有檀蘿國者 來伐是郡 王命生練將訓師以征之. 乃表周弁將兵三萬 以拒賊之衆于瑤臺城. 弁剛勇輕進 師徒敗績. 弁單騎裸身潛遁 夜歸城. 賊亦收輜重鎧甲而還. 生因囚弁以請罪 王並捨之. 是月 司憲周弁疽發背卒. 生妻公主遘疾 旬日又斃. 生因請罷郡 護喪赴國 王許之 便以司農田子華行南柯太守事.

生哀慟發引 威儀在途 男女叫號 人吏奠饌. 攀轅遮道者 不可勝數. 遂達于國 王與夫人素衣哭于郊 候靈轝之至. 諡公主曰順儀公主. 備儀仗羽葆鼓吹 葬于國東十里盤龍岡. 是月 故司憲子榮信亦護喪赴國. 生久鎮外藩 結好中國 貴門豪族 靡不是洽. 自罷郡還國 出入無恒. 交遊賓從 威福日盛 王意疑憚之.

時有國人上表云「玄象謫見 國有大恐 都邑遷徙 宗廟崩壞 釁起他族 事在蕭牆」. 時議以生侈僭之應也. 遂奪生侍衛 禁生遊從 處之私第. 生自恃守郡多年 曾無敗政. 流言怨悖 鬱鬱不樂. 王亦知之 因命生曰「姻親二十餘年 不幸小女夭枉 不得與君子偕老 良用痛傷」. 夫人因留孫自鞠育之. 又謂生曰「卿離家多時 可暫歸本里 一見親族 諸孫留此 無以為念. 後三年 當令迎生」. 生曰「此乃家矣 何更歸焉」. 王笑曰「卿本人間 家非在此」.

生忽若惛睡 瞢然久之 方乃發悟前事. 遂流涕請還. 王顧左右以送生

生再拜而去　復見前二紫衣使者從焉. 至大戶外　見所乘車甚劣　左右親使御僕　逐無一人　心甚歎異. 生上車行可數里　復出大城　宛是昔年東來之途　山川源野　依然如舊. 所送二使者　甚無威勢　生逾快快. 生問使者曰「廣陵郡何時可到」. 二使謳歌自若　久之　乃答曰「少頃卽至」. 俄出一穴見本里閭巷　不改往日　潛然自悲　不覺流涕. 二使者引生下車　入其門　升自階　己身臥于堂東廡之下.

　生甚驚畏　不敢前近　二使因大呼生之姓名數聲　生逐發寤如初. 見家之僮僕　擁篲于庭　二客濯足于榻　斜日未隱于西垣　餘樽尙湛于東牖. 夢中倐忽　若度一世矣. 生感念嗟歎　逐呼二客而語之. 驚駭　因與生出外　尋槐下穴. 生指曰「此卽夢中所驚入處」. 二客將謂狐狸木媚之所爲祟. 逐命僕夫荷斤斧　斷擁腫　折查蘖　尋穴究源. 旁可袤丈　有大穴. 根洞然明朗　可容一榻. 上有積土壤　以爲城郭臺殿之狀. 有蟻數斛　隱取其中. 中有小臺　其色若丹　二大蟻處之. 素翼朱首　長可三寸. 左右大蟻數十輔之諸蟻不敢近. 此其王矣　卽槐安國都也.

　又窮一穴　直上南枝　可四丈　宛轉方中. 亦有土城小樓　群蟻亦處其中卽生所領南柯郡也. 又一穴　西去二丈　磅礴空朽　嵌窞異狀　中有一腐龜殼　大如斗. 積雨浸潤　小草叢生　繁茂翳薈　掩暎振殼. 卽生所獵靈龜山也. 又窮一穴　東去丈餘　古根盤屈　若龍虺之狀. 中有小土壤　高尺餘　卽生所葬妻盤龍岡之墓也. 追想前事　感歎于懷　披閱窮跡　皆符所夢. 不欲二客壞之　遽令掩塞如舊.

　是夕　風雨暴發　旦視其穴　逐失群蟻　莫知所去. 故先言國有大恐　都邑遷徙　此其驗矣. 復念檀蘿征伐之事　又請二客訪跡于外. 宅東一里　有古涸澗　側有大檀樹一株　藤蘿擁織　上不見日. 旁有小穴　亦有群蟻隱聚其間. 檀蘿之國　豈非此耶.

嗟乎. 蟻之靈異 猶不可窮. 況山藏水伏之大者 所變化乎. 時生酒徒周弁田子華 並居六合縣 不與生過從旬日矣. 生遽遣家僮 疾往候之. 周生暴疾已逝 田子華亦寢疾于牀.

生感南柯之浮虛 悟人世之倏忽. 遂栖心道門 絶棄酒色. 後三年 歲在丁丑 亦終于家. 是年四十七 將符宿契之限矣.

公佐貞元十八年秋八月 自吳之洛 暫泊淮浦 偶覿淳于生梦 詢訪遺跡 飜覆再三 事皆撫實. 輒編錄成傳 以資好事. 雖稽神語怪 事涉非經 而竊位著生 冀將爲戒. 後之君子 幸以南柯爲偶然 無以名位驕于天壤間云. 前華州參軍李肇贊曰「貴極祿位 權傾國都 達人視此 蟻聚何殊」.

12. 柳毅傳

唐儀鳳中 有儒生柳毅者 應舉下第 將還湘濱. 念鄉人有客於涇陽者 遂往告別. 至六七里 鳥起馬驚 疾逸道左. 又六七里 乃至. 見有婦人 牧羊於道畔. 毅怪視之 乃殊色也. 然而蛾臉不舒 巾袖無光 凝聽翔立 若有所伺. 毅詰之曰「子何故而自辱如是」. 婦始楚而謝 終泣而對曰「賤妾不幸 今日見辱於長者. 然而恨貫肌骨 亦何能愧避 幸一聞言. 妾洞庭龍君小女也 父母配嫁涇川次子 而夫壻樂逸 爲婢僕所惑 日以厭薄. 既而將訴於舅姑 舅姑愛其子 不能禦. 迨訴頻切 又得罪舅姑 舅姑毀黜以至此」. 言訖 歔欷流涕 悲不自勝.

又曰「洞庭於茲 相遠不知其幾多也. 長天茫茫 信耗莫通 心目斷盡 無所知哀. 聞君將還吳 密通洞庭 或以尺書 寄託侍者 未卜將以爲可乎」. 毅

曰「吾義夫也. 聞子之說 氣血俱動 恨無毛羽 不能奮飛. 是何可否之謂乎. 然而洞庭深水也. 吾行塵間 寧可致意耶. 唯恐道途顯晦 不相通達 致負誠託 又乖懇願. 子有何術 可導我耶」.

女悲泣且謝曰「負載珍重 不復言矣. 脫獲回耗 雖死必謝. 君不許 何敢言. 旣許而問 則洞庭之與京邑 不足爲異也」. 毅請聞之 女曰「洞庭之陰 有大橘樹焉. 鄕人謂之社橘. 君當解去玆帶 束以他物 然後叩樹三發 當有應者. 因而隨之 無有碍矣. 幸君子書敍之外 悉以心誠之話倚託 千萬無渝」. 毅曰「敬聞命矣」.

女遂於襦間解書 再拜以進 東望愁泣 若不自勝. 毅深爲之戚 乃置書囊中. 因復問曰「吾不知子之牧羊 何所用在. 神祇豈宰殺乎」. 女曰「非羊也 雨工也」.「何爲雨工」. 曰「雷霆之類也」. 數顧視之 則皆矯顧怒步 飮齕甚異 而大小毛角 則無別羊焉」. 毅又曰「吾爲使者 他日歸洞庭 幸勿相避」. 女曰「寧止不避 當與親戚矣」. 語竟 引別東去 不數十步 回望 女與羊 俱亡所見矣.

其夕 至邑而別其友 月餘 到鄕還家. 乃訪於洞庭 洞庭之陰 果有橘社. 遂易帶向樹 三擊而止. 俄有武夫出於波間 再拜請曰「貴客將自何所至也」. 毅不告其實 曰「走謁大王耳」. 武夫揭水指路 引毅以進. 謂毅曰「當閉目 數息可達矣」. 毅如其言 遂至其宮. 始見臺閣相向 門戶千萬 奇草珍木 無所不有. 夫乃止毅停於大室之隅 曰「客當居此以伺焉」. 毅曰「此何所也」. 夫曰「此靈虛殿也」.

諦視之 則人間珍寶 畢盡於此. 柱以白璧 砌以靑玉 牀以珊瑚 簾以水精. 雕琉璃於翠楣 飾琥珀於虹棟. 奇秀深杳 不可殫言. 然而王久不至 毅謂夫曰「洞庭君安在哉」. 曰「吾君方幸玄珠閣 與太陽道士講大經 小選當畢」. 毅曰「何謂大經」. 夫曰「吾君龍也 龍以水爲神 擧一滴可包

陵谷. 道士乃人也 人以火為神聖 發一燈可燎阿房. 然而靈用不同 玄化各異. 太陽道士精於人理 吾君邀以聽」.

言語畢 而宮門闢. 景從雲合 而見一人 披紫衣 執青玉. 夫躍曰「此吾君也」. 乃至前以告之. 君望毅而問曰「豈非人間之人乎」. 毅對曰「然」. 毅而設拜 君亦拜. 命坐於靈虛之下 謂毅曰「水府幽深 寡人暗昧. 夫子不遠千里 將有為乎」. 毅曰「毅大王之鄉人也. 長於楚 遊學於秦. 昨下第 間驅涇水右涘 見大王愛女 牧羊於野 風環雨鬢 所不忍視. 毅因詰之 謂毅曰 為夫婿所薄 舅姑不念 以至於此. 悲泗淋漓 誠怛人心. 遂託書於毅 毅許之 今以至此」. 因取書進之.

洞庭君覽畢 以袖掩面而泣曰「老父之罪. 不能鑒聽 坐貽聾瞽 使閨窗孺弱 遠罹搆害. 公乃陌上人也 而能急之 幸被齒髮 何敢負德」. 詞畢又哀咤良久 左右皆流涕. 時有宦人密視君者 君以書授之 令達宮中. 須臾 宮中皆慟哭. 君驚謂左右曰「疾告宮中 無使有聲 恐錢塘所知」. 毅曰「錢塘何人也」. 曰「寡人之愛弟. 昔為錢塘長 今則致政矣」. 毅曰「何故不使知」. 曰「以其勇過人耳. 昔堯遭洪水九年者 乃此子一怒也. 近與天將失意 塞其五山. 上帝以寡人有薄德於古今 遂寬其同氣之罪 然猶縻繫於此. 故錢塘之人 日日候焉」.

語未畢 而大聲忽發. 天拆地裂 宮殿擺簸 雲烟沸湧. 俄有赤龍長千餘尺電目血舌 朱鱗火鬣 項掣金鎖 鎖牽玉柱. 千雷萬霆 激繞其身 霰雪雨雹一時皆下. 乃臂青天而飛去. 毅恐蹶仆地 君親起持之曰「無懼 固無害」. 毅良久稍安 乃獲自定. 因告辭曰「願得生歸 以避復來」. 君曰「必不如此. 其去則然 其來則不然 幸為少盡繾綣」. 因命酌互舉 以款人事.

俄而祥風慶雲 融融怡怡 幢節玲瓏 簫韶以隨. 紅粧千萬 笑語熙熙. 後有一人 自然蛾眉 明璫滿身 綃縠參差. 追而視之 乃前寄辭者. 然若

喜若悲　零淚如系.　須臾紅烟蔽其左　紫氣舒其右　香氣環旋　入於宮中.
君笑謂毅曰「涇水之囚人至矣」.　君乃辭歸宮中.　須臾　又聞怨苦　久而不
已.　有頃　君復出　與毅飮食.

　又有一人　披紫裳　執靑玉　貌聳神溢　入於君左右.　謂毅曰「此錢塘
也」.　毅起　趨拜之.　錢塘亦盡禮相接　謂毅曰「女姪不幸　爲頑童所辱
賴明君子信義昭彰　致達遠寃.　不然者　是爲涇陵之土矣.　饗德懷恩　詞不
悉心」.　毅撝退辭謝　俯仰唯唯.　然後回告兄曰「向者辰發靈虛　已至涇陽
午戰於彼　未還於此.　中間馳至九天　以告上帝.　帝知其寃　而宥其失　前
所遣責　因而獲免.　然而剛腸激發　不遑辭候.　驚擾宮中　復忤賓客.　愧惕
慚懼　不知所失」.　因退而再拜.

　君曰「所殺幾何」.　曰「六十萬」.「傷稼乎」.　曰「八百里」.「無情郎
安在」.　曰「食之矣」.　君撫然曰「頑童之爲是心也　誠不可忍　然汝亦太
草草.　賴上帝顯聖　諒其至寃.　不然者　吾何辭焉.　從此已去　勿復如是」.
錢塘復再拜.　是夕　遂宿於凝光殿.

　明日　又宴毅於凝碧宮.　會友戚　張廣樂　具以醪醴　羅以甘潔.　初箊角
鼙鼓　旌旗劍戟　舞萬夫於其右.　中有一夫前曰「此錢塘破陣樂」.　旌銚[43]
傑氣　顧驟悍慄.　坐客視之　毛髮皆竪.　復有金石絲竹　羅綺珠翠.　舞千女
於其左.　中有一女前進曰「此貴主還宮樂」.　淸音宛轉　如訴如慕　坐客聽
之　不覺淚下.　二舞旣畢　龍君大悅　錫以紈綺　頒於舞人.

　然後密席貫坐　縱酒極娛.　酒酣　洞庭君乃擊席而歌曰「大天蒼蒼兮　大

___

43)『太平廣記』明·淸板에는 “金”변에 “坒”를 몸으로 붙인 글자로 되어 있으나, 그런
　　글자는 자전에 없는 글자임. 王夢鷗　撰　陳翰異聞集校補考釋(『唐人小說硏究』二
　　集, 臺北　藝文印書舘　印行)의 주석에서 龍威本에 “銚”자로 되어 있다고 명시하고
　　있어서 그것에 따랐음.

地茫茫. 人各有志兮　何可思量. 狐神鼠聖兮　薄社依墻. 雷霆一發兮　其孰敢當. 荷眞人兮信義長　令骨肉兮還故鄉. 齊言慚愧兮何時忘」. 洞庭君歌罷　錢塘君再拜而歌曰「上天配合兮生死有途　此不當婦兮彼不當夫. 腹心辛苦兮涇水之隅　風霜滿鬢兮雨雪羅襦. 賴明公兮引素書　令骨肉兮家如初. 永言珍重兮無時無」.

　　錢塘君歌闋　洞庭君俱起奉觴於毅. 毅踧踖而受爵　飲訖　復以二觴奉二君. 乃　歌曰「碧雲悠悠兮涇水東流　傷美人兮雨泣花愁. 尺書遠達兮以解君憂　哀冤果雪兮還處其休. 荷和雅兮感甘羞　山家寂寞兮難久留　欲將辭去兮悲綢繆」. 歌罷　皆呼萬歲. 洞庭君因出碧玉箱　貯以開水犀　錢塘君復出紅珀盤　貯以照夜璣. 皆起進毅　毅辭謝而受. 然後宮中之人咸以綃綵珠璧　投於毅側　重疊煥赫. 須臾　埋沒前後　毅笑語四顧　愧揖不暇.

　　洎酒闌歡極　毅辭起　復宿於凝光殿. 翌日　又宴毅於清光閣. 錢塘因酒作色　踞謂毅曰「不聞猛石可裂不可捲　義士可殺不可羞耶. 愚有衷曲　欲一陳於公. 如可　則俱在雲霄　如不可　則皆夷糞壤. 足下以爲何如哉」. 毅曰「請聞之」. 錢塘曰「涇陽之妻　則洞庭君之愛女也. 淑性茂質　爲九姻所重. 不幸見辱於匪人　今則絕矣. 將欲求託高義　世爲親戚. 使受恩者知其所歸　懷愛者知其所付　豈不爲君子終始之道者」.

　　毅肅然而作　欻然而笑曰「誠不知錢塘君孱困如是. 毅始聞跨九州　懷五嶽　洩其憤怒. 復見斷鎖金　擘玉柱　赴其急難. 毅以爲剛決明直　無如君者. 蓋犯之者不避其死　感之者不愛其生　此眞丈夫之志. 奈何簫管方洽　親賓正和　不顧其道　以威加人. 豈僕之素望哉. 若遇公於洪波之中　玄山之間　鼓以鱗鬚　被以風雨　將迫毅以死　毅則以禽獸視之　亦何恨哉. 今體被衣冠　坐談禮義　盡五常之志性　負百行之微旨　雖人世賢傑　有不

如者　況江河靈類乎. 而欲以蠢然之軀　悍然之性　乘酒假氣　將迫於人　豈近直哉. 且毅之質　不足以藏王一甲之間　然而敢以不伏之心　勝王不道之氣　惟王籌之」.

錢塘乃逡巡致謝曰「寡人生長宮房　不聞正論. 向者詞述狂妄　搪突高明. 退自循顧　戻不容責. 幸君子不爲此乖間可也」. 其夕復歡宴　其樂如舊. 毅與錢塘遂爲知心友. 明日　毅辭歸　洞庭君夫人別宴毅於潛景殿. 男女僕妾等　悉出預會. 夫人泣謂毅曰「骨肉受君子深恩　恨不得展媿戴　遂至睽別」. 使前涇陽女　當席拜毅以致謝. 夫人又曰「此別豈有復相遇之日乎」. 毅其始雖不諾錢塘之請　然當此席　殊有歎恨之色. 宴罷辭別　滿宮悽然. 贈遺珍寶　怪不可述. 毅於是復循途出江岸　見從者十餘人　擔囊以隨　至其家而辭去.

毅因適廣陵寶肆　鬻其所得. 百未發一　財以盈兆. 故淮右富族　咸以爲莫如. 遂娶於張氏　而又娶韓氏. 數月　韓氏又亡. 徙家金陵　常以鰥曠多感　或謀新匹. 有媒氏告之曰「有盧氏女　范陽人也. 父名曰浩　嘗爲淸流宰. 晚歲好道　獨遊雲泉　今則不知所在矣. 母曰鄭氏. 前年適淸河張氏　不幸而張夫早亡. 母憐其少　惜其慧美　欲擇德以配焉. 不識何如」. 毅乃卜日就禮.

旣而男女二姓　俱爲豪族　法用禮物　盡其豐盛. 金陵之士　莫不健仰. 居月餘　毅因晚入戶　視其妻　深覺類於龍女　而逸艷豐厚　則又過之. 因與話昔事　妻謂毅曰「人世豈有如是之理乎」. 經歲餘　有一子　毅益重之. 旣産踰月　乃穠飾換服　召親戚相會之間　笑謂毅曰「君不憶余之於昔也」. 毅曰「夙爲洞庭君女傳書　至今爲憶」. 妻曰「余卽洞庭君之女也. 涇川之冤　君使得白　銜君之恩　誓心求報. 洎錢塘季父論親不從　遂至睽違　天各一方　不能相問. 父母欲配嫁於濯錦小兒　某惟以心誓難移　親命難背. 旣爲

君子棄絕　分無見期. 而當初之寃　雖得以告諸父母　而誓報不得其志. 復欲馳白於君子　值君子累娶. 當娶於張　已而又娶於韓. 洎張韓繼卒　君卜居於茲. 故余之父母　乃喜余得遂報君之意. 今日獲奉君子　咸善終世　死無恨矣」.

因嗚咽泣涕交下　對毅曰「始不言者　知君無重色之心　今乃言者　知君有感余之意. 婦人匪薄　不足以確厚永心. 故因君愛子　以託相生. 未知君意如何　愁懼兼心　不能自解. 君附書之日　笑謂妾曰　他日歸洞庭　愼無相避. 誠不知當此之際　君豈有意於今日之事乎. 其後季父請於君　君固不許. 君乃誠將不可邪. 抑忿然邪. 君其話之」.

毅曰「似有命者. 僕始見君子長涇之隅　枉抑憔悴　誠有不平之志. 然自約其心者　達君之寃　餘無及也. 以言愼勿相避者　偶然耳. 豈思哉. 洎錢塘逼迫之際　唯理有不可直　乃激人之怒耳. 夫始以義行爲之志　寧有殺其婿而納其妻者邪. 一不可也. 善素以操眞爲志尙　寧有屈於己而伏於心者乎. 二不可也. 且以率肆胸臆　酬酢紛綸　唯直是圖　不遑避害. 然而將別之日　見君有依然之容　心甚恨之. 終以人事扼束　無有報謝. 吁　今日君盧氏也　又家於人間　則吾始心未爲惑矣. 從此以往　永奉懽好　心無纖慮也」.

妻因深感嬌泣　良久不已. 有頃　謂毅曰「勿以他類　遂爲無心　固當知報耳. 夫龍壽萬歲　今與君同之. 水陸無往不適　君不以爲妄也」. 毅嘉之曰「吾不知國客　乃復爲神仙之餌」. 乃相與覲洞庭. 既至而賓主盛禮　不可俱紀. 後居南海　僅四十年. 其邸第輿馬　珍鮮服玩　雖侯伯之室　無以加也. 毅之族咸遂濡澤. 以其春秋積序　容狀不衰. 南海之人　靡不驚異.

洎開元中　上方屬意於神仙之事　精索道術. 毅不得安　遂相與歸洞庭　凡十餘歲　莫知其跡. 至開元末　毅之表弟薛嘏　爲京畿令　謫官東南. 經洞庭　晴晝長望　俄見碧山出於遠波. 舟人皆側立曰「此本無山　恐水怪耳」. 指顧

之際 山與舟相逼 乃有彩船 自山馳來 迎問於毅. 其中有一人呼之曰「柳公來候耳」. 毅省然記之 乃促至山下 攝衣疾上. 山有宮闕如人世 見毅立於宮室之中 前列絲竹 後羅珠翠 物玩之盛 殊倍人間. 毅詞理益玄 容顏益少. 初迎毅於砌 持毅手曰「別來瞬息 而髮毛已黃」. 毅笑曰「兄爲神仙 弟爲枯骨 命也」.

毅因出藥五十丸 遺毅曰「此藥一丸 可增一歲耳. 歲滿復來 無久居人世 以自苦也」. 歡宴畢 毅乃辭行. 自是已後 遂絶影響. 毅常以是事告於人世 殆四紀. 毅亦不知所在. 隴西李朝威敍而歎曰「五蟲之長 必以靈者 別斯見矣. 人裸也 移信鱗蟲. 洞庭含納大直 錢塘迅疾磊落 宜有承焉. 毅詠而不載 獨可隣其境. 愚義之 爲斯文.

13. 李衛公靖傳

唐衛國公李靖 微時 嘗射獵靈山中. 寓食山中 村翁奇其爲人 每豊饋焉 歲久益厚. 忽遇羣鹿 乃逐之 會暮 欲捨之不能. 俄而陰晦迷路 茫然不知所歸. 悵悵而行 因悶益甚.

極目有燈火光 因馳赴焉. 旣至 乃朱門大第 墻宇甚峻. 叩門久之 一人出問. 靖告迷道 且請寓宿. 人曰「郎君已出 獨太夫人在 宿應不可」. 靖曰「試爲咨白」. 乃入告 復出曰「夫人初欲不許 且以陰黑 客又言迷 不可不作主人」. 邀入廳中. 有頃 一靑衣出曰「夫人來」. 年可五十餘 靑裙素襦 神氣淸雅 宛若士大夫家. 靖前拜之 夫人答拜曰「兒子皆不在 不合奉留. 今天色陰晦 歸路又迷 此若不容 遣將何適. 然此乃山野之居

兒子還時　或夜到而喧　勿以爲思」.

　　既而食　頗鮮美　然多魚. 食畢　夫人入宅. 二靑衣送牀席裀褥　衾被香
潔　皆極鋪陳. 閉戶鐍之而去. 靖獨念山野之外　夜到而鬧者　何物也. 懼
不敢寢　端坐聽之　夜將半　聞扣門聲甚急. 又聞一人應之曰「天符　報大
郎子當行雨　周此山七里　五更須足　無慢滯　無暴厲」. 應者受符入呈. 聞
夫人曰「兒子二人未歸　行雨符到　固辭不可　違時見責. 縱使報之　亦已
晚矣. 僮僕無任專之理　當如之何」. 一小靑衣曰「適觀廳中客　非常人也.
盍請乎」.

　　夫人喜　因自扣廳門曰「郎覺否. 請暫出相見」. 靖曰「諾」. 遂下階見
之. 夫人曰「此非人宅　乃龍宮也. 妾長男赴東海婚禮　小男送妹. 適奉天
符　次當行雨　計兩處雲程　合踰萬里. 報之不及　求代又難. 輒欲奉煩頃
刻間　如何」. 靖曰「靖俗人　非乘雲者　奈何能行雨. 有方可敎　卽唯命耳」.
夫人曰「苟從吾言　無有不可也」. 遂勅黃頭　鞴靑驄馬來. 又命取雨器　乃
一小瓶子　繫於鞍前. 戒曰「郎乘馬　無須銜勒　信其行. 馬跑地嘶鳴　卽
取瓶中水一適　適馬鬃上　愼勿多也」.

　　於是上馬　騰騰而行. 其足漸高　但訝其隱疾　不自知其雲上也. 風急如
箭　雷霆起于步下. 於是隨所躍　輒滴之　既而電掣雲開. 下見所憩村　思
曰「吾擾此村多矣　方德其人　計無以報. 今久旱　苗稼將悴　而雨在我手
寧復惜之. 顧一適不足濡」. 乃連下二十滴. 俄頃雨畢　騎馬復歸.

　　夫人者泣於廳曰「何相誤之甚. 本約一適　何私下二十尺之雨. 此一滴
乃地上一尺雨也. 此村夜半　平地水深二丈　豈復有人. 妾已受譴　杖八十
矣. 但視其背　血痕滿焉. 兒子並連坐　奈何」. 靖慚怖　不知所對. 夫人復
曰「郎君世間人　不識雲雨之變　誠不敢恨. 只恐龍師來尋　有所驚恐　宜
速去此. 然而勞煩　未有以報. 山居無物　有二奴奉贈. 總取亦可　取一亦

可 唯意所擇」. 於是 命二奴出來. 一奴從東廊出 儀貌和悅 怡怡然. 一奴從西廊出 憤氣勃然 拗怒而立.

　靖曰 「我獵徒 以鬪猛事 今但取一奴 而取悅者 人以我爲怯也」. 因曰 「兩人皆取則不敢 夫人旣賜 欲取怒者」. 夫人微笑曰 「郎之所欲乃爾」. 遂揖與別. 奴亦隨去 出門數步 回望失宅. 顧問其奴 亦不見矣. 獨尋路而歸. 及明 望其村 水已極目 大樹或露稍而已 不復有人.

　其後竟以兵權靜寇難 功蓋天下 而終不及於相 豈非取奴之不得乎. 世言關東出相 關西出將 豈東西喩邪. 所以言奴者 亦下之象. 向使二奴皆取 卽極將相矣.

14. 李章武傳

　李章武 字飛卿 其先中山人. 生而敏博 遇事便了 工文學 皆得極至. 雖弘道自高 惡爲潔飾 而容貌閑美 卽之溫然. 與淸河崔信友善. 信亦雅士 多聚古物 以章武精敏 每訪辨論. 皆洞達玄微 硏究原本 時人比之張華.

　貞元三年 崔信任華州別駕 章武自長安詣之. 數日 出行 於市北街見一婦人甚美. 因給信云 須州外與親故知聞. 遂賃舍於美人之家 主人姓王 此則其子婦也. 乃悅而私焉. 居月餘日 所計用直三萬餘 子婦所供費倍之. 旣而兩心克諧 情好彌切. 無何 章武繫事 告歸長安 殷勤敍別. 章武留交頸鴛鴦綺一端 仍贈詩曰 「鴛鴦綺 知結幾千絲 別後尋交頸 應傷未別時」. 子婦答白玉指環一 又贈詩曰 「捻指環相思 見環重相憶 願君永持玩 循環無終極」. 章有僕楊果者 子婦齎錢一千以獎其敬事之勤.

既別　積八九年　章武家長安　亦無從與之相聞．至貞元十一年　因友人張元宗寓居下邽縣．章武又自京師與元會　忽思曩好．乃廻車涉渭而訪之　日暝達華州　將舍於王氏之室　至其門　則闃無行跡　但外有賓榻而已．章武以爲下里　或廢業即農　暫居郊野　或親賓邀聚　未始歸復．但休止其門　將別適他舍．

見東鄰之婦　就而訪之．乃云「王氏之長老　皆捨業而出遊　其子婦歿已再周矣」．又詳與之談　即云「某姓楊　第六　爲東鄰妻」．復訪郎何姓．章武具語之．又云「曩曾有傔姓楊名果乎」．曰「有之」．因泣告曰　某爲里中婦五年　與王氏相善．嘗云「我夫室猶如傳舍　閱人多矣．其於往來見調者　皆殫財窮産　甘辭厚誓　未嘗動心．頃歲有李十八郎　曾舍於我家　我初見之　不覺自失．後遂私侍枕席　實蒙歡愛　今與之別　累年矣．思慕之心　或竟日不食　終夜無寢．我家人故不可託．復被彼夫東西　不時會遇．脫有至者　願以物色名氏求之．如不參差　相託祗奉　並語深意．但有僕夫楊果　即是」．不二三年　子婦寢疾　臨死　復見託曰「我本寒微　曾辱君子厚顧　心常感念　久以成疾　自料不治．曩所奉託　萬一至此　願申九泉唧恨　千古暌離之嘆．仍乞留止此　冀神會於髣髴之中」．

章武乃求隣婦爲開門　命從者市薪芻食物．方將具絪席　忽有一婦人持箒出房掃地　隣婦亦不之識．章武因訪所從者　云是舍中人．又逼而詰之　即徐曰「王家亡婦感郎恩情深　將見會　恐生怪怖　故使相聞」．章武許諾云「章武所由來者　正爲此也．雖顯晦殊途　人皆忌憚　而思念情至　實所不疑」．言畢　執箒人欣然而去．逡巡暌門　即不復見．

乃具飲饌　呼祭．自食飲畢　安寢．至二更許　燈在牀之東南　忽爾稍暗如此再三．章武心知有變　因命移燭背墻　置室東南隅．旋聞室北角悉窣有聲　如有人形　冉冉而至．五六步　即可辨其狀　視衣服　乃主人子婦也．

與昔見不異 但擧止浮急 音調輕淸耳. 章武下牀 迎擁攜手 款若平生之
歡. 自云「在冥錄以來 都忘親戚 但思君子之心 如平昔耳」. 章武倍與
狎暱 亦無他異. 但數請令人視明星 若出 當須還 不可久住. 每交歡之
暇 卽懇託在隣婦楊氏云『非此人 誰達幽恨』.

至五更 有人告可還. 子婦泣下牀 與章武連臂出門 仰望天漢 遂嗚咽
悲怨. 却入室 自於裙帶上解錦囊 囊中取一物以贈之. 其色紺碧 質又堅
密 似玉以冷 狀如小葉 章武不之識也. 子婦曰「此所謂靺鞨寶 出崑崙
玄圃中 彼亦不可得. 妾近於西岳與玉京夫人戲 見此物在衆寶璫上 愛而
訪之. 夫人遂假以相授云 洞天羣仙每得此一寶 皆爲光榮」. 以郎奉玄道
有精識 故以投獻 常願寶之. 此非人間之有.

遂贈詩曰「河漢已傾斜 神魂欲超越 願郎更廻抱 終天從此訣」. 章武
取白玉寶簪一以酬之 並答詩曰「分從幽顯隔 豈謂有佳期 寧辭重重別
所嘆去何之」. 因相持泣. 良久 子婦又贈詩曰「昔辭懷後會 今別便終天
新悲與舊恨 千古閉窮泉」. 章武答曰「後期杳無約 前恨已相尋 別路無
行信 何因得寄心」. 款曲敍別訖.

遂却赴西北隅 行數步 猶回顧拭淚云「李郎無捨 念此泉下人」. 復哽
咽佇立 視天欲明 急趨至角 卽不復見. 但空室窅然 寒燈半滅而已. 章
武乃促裝 却自下邽歸長安武定堡. 下邽郡官與張元宗 携酒宴飮. 旣酣
章武懷念 因卽事賦詩曰「水不西歸月暫圓 令人惆悵古城邊 蕭條明早
分岐路 知更相逢何歲年」.

吟畢 與郡官別 獨行數里 又自諷誦. 忽聞空中有歎賞 音調悽惻. 更
審聽之 乃王氏子婦也. 自云「冥中各有地分. 今於此別 無日交會 知郎
思眷 故冒陰司之責 遠來奉迎 千萬自愛」. 章武愈惑之. 及至長安 與道
友隴西李助話 亦感其誠而賦曰「石沉遼海闊 劍別楚天長 會合知無日

離心滿夕陽」.

章武既事東平丞相府　因閑召玉工　視所得靺鞨寶.　工不知　不敢雕刻.
後奉使大梁　又召玉工　粗能辨　乃因其形　雕作斛葉象.　奉使上京　每以此
物貯懷中.　至市東街　偶見一胡僧　忽近馬叩頭云「君有寶玉在懷　乞一見
爾」.　乃引於靜處開視　僧捧翫移時云「此天上至物　非人間有也」.　章武
後往來華州　訪遺楊六娘　至今不絕.

15. 定婚店

杜陵韋固　少孤　思早娶婦　多岐求婚　不成.　貞觀二年　將遊淸河　旅次
宋城南店.　客有以前淸河司馬潘昉女爲議者　來旦期於店西龍興寺門.　固
以求之意切　且往焉.　斜月尙明　有老人倚巾囊　坐於階上　向月檢書.　覘
之　不識其字.　固問曰「老父所尋者何書.　固少小苦學　字書無不識者.　西
國梵字　亦能讀之　唯此書目所未覩　如何」.

老人笑曰「此非世間書　君因得見」.　固曰「然則何書也」.　曰「幽冥之
書」.　固曰「幽冥之人　何以到此」.　曰「君行自早　非某不當來也.　凡幽
吏皆主人生之事　主人可不行其中乎.　今道途之行　人鬼各半　自不辨耳」.
固曰「然則君何主」.　曰「天下之婚牘耳」　固喜曰「固少孤　嘗願早娶
以廣後嗣　爾來十年.　多方求之　竟不邃意　今者人有期此　與議潘司馬女
可以成乎」.　曰「未也.　君之婦適三歲矣.　年十七　當入君門」.　因問囊中
何物.　曰「赤繩子耳　以繫夫婦之足.　及其坐則潛用相繫　雖讐敵之家　貴
賤懸隔　天涯從宦　吳楚異鄉　此繩一繫　終不可逭.　君之脚已繫於彼矣　他
求何益」.

曰「固妻安在　其家何爲」. 曰「此店北賣菜家嫗女耳」. 固曰「可見乎」. 曰「陳嘗抱之來　賣菜於是. 能隨我行　當示君」. 及明　所期不至. 老人卷書揭囊而行. 固逐之入菜市　有眇嫗　抱三歲女來　弊陋亦甚. 老人指曰「此君之妻也」. 固怒曰「殺之可乎」. 老人曰「此人命當食大祿　因子而食邑　庸可殺乎」. 老人遂隱.

固磨一小刀　付其奴曰「汝素幹事　能爲我殺彼女　賜汝萬錢」. 奴曰「諾」. 明日　袖刀入菜肆中　於衆中刺之而走. 一市紛擾　奔走獲免. 問奴曰「所刺中否」. 曰「初刺其心　不幸才中眉間」. 爾後求婚　終不遂. 又十四年　以父蔭參相州軍. 刺史王泰俾攝司戶掾　專鞫獄　以爲能　因妻以女. 可年十六七　容色華麗　固稱愜之極. 然其眉間常貼一花鈿　雖沐浴閒處　未嘗暫去.

歲餘　固逼問之. 妻潸然曰「妾郡守之猶子也　非其女也. 疇昔父曾宰宋城　終其官　時妾在襁褓　母兄次歿. 唯一莊在宋城南　與乳母陳氏居　去店近　鬻蔬以給朝夕. 陳氏憐小　不忍暫棄. 三歲時　抱行市中　爲狂賊所刺　刀痕尙在　故以花子覆之　七八年間. 叔從事盧龍　遂得在左右　以爲女嫁君耳」.

固曰「陳氏眇乎」. 曰「然. 何以知之」. 固曰「所刺者固也」. 乃曰「奇也」. 因盡言之　相敬愈極. 後生男鯤　爲雁門太守　封太原郡太夫人　知陰隲之定　不可變也. 宋城宰聞之　題其店曰「定婚店」.

16. 崑崙奴傳

唐大歷中　有崔生者. 其父爲顯僚　與蓋代之勳臣一品者熟. 生是時爲

千牛　其父使往省一品疾. 生少年　容貌如玉　性稟孤介　舉止安祥　發言清雅. 一品命妓軸簾　召生入室. 生拜傳父命　一品忻然愛慕　命坐與語. 時三妓人　艷皆絶代　居前. 以金甌貯含桃而擘之　沃以甘酪而進. 一品遂命衣紅綃妓者　擎一甌與生食. 生少年羞妓輩　終不食. 一品命紅綃妓　以匙而進之　生不得已而食　妓哂之.

遂告辭而去　一品曰「郎君閑暇必須一相訪　無間老夫也」. 命紅綃送出院時　生回顧. 妓立三指　又反三掌者　然後指胸前小鏡子云「記取」. 餘更無言. 生歸　達一品意　返學院　神迷意奪　語減容沮　怳然凝思　日不暇食. 但吟詩曰「誤到蓬山頂上遊　明璫玉女動星眸　朱扉半掩深宮月　應照璚芝雪艷愁」. 左右莫能究其意.

時家有崑崙奴磨勒　顧瞻郎君曰「心中有何事　如此抱恨不已　何不報老奴」. 生曰「汝輩何知　而問我襟懷間事」. 磨勒曰「但言　當爲郎君釋解　遠近必能成之」. 生駭其言異　遂具告之. 磨勒曰「此小事耳　何不早言之　而自苦耶」. 生又白其隱語　勒曰「有何難會. 立三指者　一品宅中有十院歌姬　此乃第三院耳. 反掌三者　數十五指　以應十五日之數. 胸前小鏡子　十五夜圓如鏡　令郎來耶」.

生大喜不自勝　謂磨勒曰「何計而能導我鬱結」. 磨勒笑曰「後夜乃十五夜. 請深青絹兩疋　爲郎君製束身之衣. 一品宅有猛犬　守歌妓院門　非常人不得輒入　入必噬殺之. 其警如神　其猛如虎　郎曹州孟海之犬也. 世間非老奴　不能斃此犬兒. 今夕　當爲郎君撾殺之」. 遂宴犒以酒肉. 至三更　携鍊椎而往. 食頃而回曰「犬已斃訖　固無障塞耳」.

是夜三更　與生衣青衣　遂負而逾十重垣　乃入歌妓院內. 止第三門　綉戶不扃　金釭微明　惟聞妓長歎而坐　若有所俟. 翠環初墜　紅臉纔舒　玉恨無妍　珠愁轉瑩. 但吟詩曰「深洞鶯啼恨阮郎　偸來花下解珠璫　碧雲飄斷

音書絶 空依玉簫愁鳳凰」. 侍衛皆寢 隣近閴然 生邃緩搴簾而入.

良久 驗是生 姬躍下榻 執生手曰「知郎君穎悟 必能默識 所以手語耳. 又不知郎君 有何神術而能至此」. 生具告磨勒之謀 負荷而至. 姬曰「磨勒何在」. 曰「簾外耳」. 遂召入 以金甌酌酒而飮之. 姬白生曰「某家本富居在朔方 主人擁旄 逼爲姬僕 不能自死 尙且偸生. 臉雖鉛華 心頗鬱結. 縱玉筋擧饌 金鑪泛香 雲屛而每進綺羅 繡被而常眠珠翠 皆非所願 如在桎梏. 賢爪牙旣有神術 何妨爲脫狴牢. 所願旣申 雖死不悔. 請爲僕隷 願侍光容. 又不知郎君高意如何」. 生愀然不語 磨勒曰「娘子旣堅確如是 此亦小事耳」. 姬甚喜. 磨勒請先爲姬負其囊橐粧奩 如此三復焉. 然後曰「恐遲明」. 遂負生與姬而飛出峻垣十餘重. 一品家之守禦 無有警者. 遂歸學院而匿之.

及旦 一品家方覺 又見犬已斃. 一品大駭曰「我家門垣 從來邃密 扃鎖甚嚴. 勢似飛騰 寂無形迹 此必俠士而挈之. 無更聲聞 徒爲患禍耳」. 姬隱崔生家二歲 因花時 駕小車而遊曲江. 爲一品家人潛誌認 遂白一品. 一品異之 召崔生而詰之 事懼不敢隱 遂細言端由 皆因奴磨勒負荷而去. 一品曰「是姬大罪過 但郎君驅使踰年 卽不能問是非 某須爲天下人除害」.

命甲士五十人 嚴持兵仗 圍崔生院 使擒磨勒. 磨勒遂持匕首 飛去高垣 瞥然翅翎 疾同鷹隼. 攢矢如雨 莫能中之. 頃刻之間 不知所向 然崔家大驚愕. 後一品悔懼 每夕 多以家童持劍戟自衛 如此周歲方止. 後十餘年 崔家有人見磨勒賣藥於洛陽市 容顔如舊.

17. 無雙傳

　　唐王仙客者　建中中朝臣劉震之甥也．初仙客父亡　與母同歸外氏．震有女曰無雙　小仙客數歲　皆幼稚　戲弄相狎．震之妻相戲號仙客爲王郎子．如是者凡數歲　而震奉孀姊及撫仙客尤至．一旦　王氏姊疾且重．召震約曰「我一子　念之可知也．恨不見其婚室　無雙端麗聰慧　我甚念之．異日無令歸他族　我以仙客爲託．爾誠許我　瞑目無所恨也」．震曰「姊宜安靜自頤養　無以他事自撓」．其姊竟不痊．

　　仙客護喪　歸葬襄鄧．服闋　思念身世　孤孑如此　宜求婚娶　以廣後嗣．無雙長成矣　我舅氏豈以位尊官顯　而廢舊約耶．於是飾裝抵京師．時震爲尙書租庸使　門館赫突　冠蓋塡塞．仙客旣覲　置於學舍　弟子爲伍．舅甥之分　依然如故　但寂然不聞選取之議．又於窗隙間窺見無雙　資質明艷若神仙中人　仙客發狂　唯恐姻戚之事不諧也．

　　遂鬻橐橐　得錢數百萬　舅氏舅母左右給使　達於廝養　皆厚遺之．又因復設酒饌　中門之內　皆得入之矣．諸表同處　悉敬事之．遇舅母生日　市新奇以獻　雕鏤犀玉　以爲首飾　舅母大喜．又旬日　仙客遣老嫗　以求親之事　聞於舅母．舅母曰「是我所願也　卽當議其事」．又數夕　有青衣告善客曰「娘子適以親情事言於阿郎　阿郎云　向前亦未許之　模樣云云　恐是參差也」．仙客聞之　心氣俱喪　達旦不寐　恐舅氏之見棄也．然奉事不敢懈怠．

　　一日　震趨朝　至日初出　忽然走馬入宅　汗流氣促　唯言鑕却大門　鑕却大門．一家惶駭　不測其由．良久乃言「涇原兵士反　姚令言領兵入含元殿．天子出苑北門　百官奔走行在．我以妻女爲念　略歸部署」．疾召仙客

「與我勾當家事　我嫁與爾無雙」. 仙客聞命　驚喜拜謝. 乃裝金銀羅綿二
十馱　謂仙客曰「汝易衣服　押領此物　出開遠門　覓一深隙店安下. 我與
汝舅母及無雙　出啓夏門　遶城續之」. 仙客依所敎. 至日落　城外店中待
久不至. 城門自午後局鎖　南望目斷. 遂乘駑　秉燭遶城　至啓夏門　門亦
鎖　守門者不一　持白棓　或立或坐.

仙客下馬　徐問曰「城中有何事如此」. 又問「今日有何人出此」. 門者
曰「朱太尉已作天子　午後有一人重戴　領婦人四五輩　欲出此門　街中人
皆識　云是租庸使劉尙書　門司不敢放出. 近夜追騎至　一時驅向北去矣」.
仙客失聲慟哭　却歸店　三更向盡. 城門忽開　見火炬如晝. 兵士皆持兵挺
刃　傳呼斬斫使出城　搜城外朝官. 仙客捨輻騎驚走　歸襄陽　村居三年.

後知剋復　京師重整　海內無事　乃入京　訪舅氏消息. 至新昌南街　立馬
彷徨之際　忽有一人馬前拜. 熟視之　乃舊使蒼頭塞鴻也. 鴻本王家生　其
舅常使得力　遂留之. 握手垂涕　仙客謂鴻曰「我舅舅母安否」. 鴻云「竝
在興化宅」　仙客喜極云「我便過街去」. 鴻曰「某已得從良　客戶有一小
宅子　販繪爲業. 今日已夜　郞君且就客戶一宿　來早同去未晚」. 遂引至
所居　飮饌甚備. 至昏黑　乃聞報曰「尙書受僞命官　與夫人皆處極刑　無
雙已入掖庭矣」. 仙客哀寃號絶　感動隣里. 謂鴻曰「四海至廣　擧目無親
戚　未知託身之所」. 又問曰「舊家人誰在」. 鴻曰「唯無雙所使婢採蘋者
今在金吾將軍王遂中宅」　仙客曰「無雙固無見期　得見採蘋　死亦足矣.

由是乃刺謁　以從姪禮見遂中. 具道本末　願納厚價　以贖採蘋. 遂中深
見相知　感其事而許之. 仙客稅屋　與鴻蘋居. 塞鴻每言「郞君年漸長　合
求官職　悒悒不樂　何以遣時」. 仙客感其言　以情懇告遂中. 遂中薦見仙
客於京兆尹李齊運. 齊云以仙客前御爲富平縣尹　知長樂驛.

累月　忽報有中使押領內家三十人　往園陵　以備灑掃. 宿長樂驛　氈車

子十乘下訖．仙客謂塞鴻曰「我聞宮嬪選在掖庭　多是衣冠子女　我恐無雙在焉．汝爲我一窺　可乎」．鴻曰「宮嬪數千　豈便及無雙」．仙客曰「汝但去．人事亦未可定」．因令塞鴻假爲驛吏　烹茗於簾外　仍給錢三千　約曰「堅守茗具　無暫捨去　忽有所覩　卽疾報來」．塞鴻唯唯而去．

宮人悉在簾下　不可得見之　但夜語喧譁而已．至夜深　羣動皆息　塞鴻滌器摶火　不敢輒寐．忽聞簾下語曰「塞鴻塞鴻　汝爭得知我在此耶　郎健否」．言訖嗚咽．塞鴻曰「郎君見知此驛　今日疑娘子在此　令塞鴻問候」．又曰「我不久語　明日我去後　汝於東北舍閤子中紫褥下　取書送郎君」．言訖便去．忽聞簾下極鬧云「內家中惡」．中使索湯藥甚急　乃無雙也．

塞鴻疾告仙客．仙客驚曰「我何得一見」．塞鴻曰「今方修渭橋　郎君可假作理橋官　車子過橋時　近車子立　無雙若認得　必開簾子　當得瞥見耳」．仙客如其言　至第三車子　果開簾子　窺見　眞無雙也．仙客悲感怨慕　不勝其情．塞鴻於閤子中褥下得書　送仙客．花牋五幅　皆無雙眞迹　詞理哀切　敍述周盡．仙客覽之　茹恨涕下　自此永訣矣．

其書後云「常見敕使說　富平縣古押衙　人間有心人　今能求之否」．仙客遂申府　請解驛務　歸本官．遂尋訪古押衙　則居於村墅．仙客造謁見古生生所願　必力致之．繒綵寶玉之贈　不可勝紀．一年未開口　秩滿　閒居於縣古生忽來　謂仙客曰「洪一武夫　年且老　何所用．郎君於某碤分　察郎君之意　將有求於老夫．老夫乃一片有心人也　感郎君之深恩　願粉身以答效」．仙客拜揖　以實告古生．古生仰天　以手拍腦數四曰「此事大不易　然與郎君試求　不可朝夕便望」．仙客曰「但生前得見　豈敢以遲晚爲限耶」．

半歲無消息　一日扣門　乃古生送書．書云「茅山使者回　且來此」．仙客奔馬去　見古生　生乃無一言．又啓使者　復云「殺却也」．且吃茶．夜深謂仙客曰「宅中有女家人識無雙否」．仙客以採蘋對．仙客立取而至　古

生端相　且笑且喜云「借留三五日　郎君且歸」. 後累日　忽傳說曰「有高
品過　處置園陵宮人」. 仙客甚深異之　令塞鴻探所殺者　乃無雙也. 仙客
號哭　乃歎曰「本望古生　今死矣　爲之奈何」. 流涕歔欷　不能自已.

是夕更深　聞叩門甚急. 乃開門　乃古生也. 領一篼子入. 謂仙客曰「此
無雙也　今死矣　心頭微暖　後日當活. 微灌湯藥　切須靜密」. 言訖　仙客
抱入閤子中　獨守之. 至明　遍體有暖氣　見仙客　哭一聲遂絶. 救療至夜
方愈.

古生又曰　「暫借塞鴻　於舍後掘一坑」. 坑稍深　抽刀斷塞鴻頭於坑中
仙客驚怕. 古生曰「郎君莫怕　今日報郎君恩足矣. 比聞茅山道士有藥術
其藥服之者立死　三日却活. 某使人專求得一丸　昨令採蘋假作中使　以無
雙逆黨　賜此藥　令自盡. 至陵下　託以親故　百縑贖其尸. 凡道路郵傳　皆
厚賂矣. 必免漏泄. 茅山使者及舁篼人　在野外處置訖. 老夫爲郎君　亦自
刎　君不得更居此. 門外有櫃子一十人　馬五匹　絹二百匹. 五更挈無雙便
發　變姓名浪迹以避禍」.

言訖　擧刀　仙客救之　頭已落矣. 遂並尸蓋覆訖. 未明發　歷四蜀下峽
寓居於渚宮. 悄不聞京兆之耗　乃挈家歸襄鄧別業　與無雙偕老矣. 男女
盛羣. 噫　人生之契闊會合多矣　罕有若斯之比　常謂古今所無. 無雙遭亂
世籍沒　而仙客之志　死而不奪. 卒遇古生之奇法取之　冤死者十餘人. 艱
難走竄後　得歸故鄉　爲夫婦五十年　何其異哉.

18. 紅綫傳

唐潞州節度使薛嵩家靑衣紅綫者　善彈阮咸　又通經史. 嵩乃俾掌其牋

表　號曰內記室. 時軍中大宴　紅綫謂嵩曰「羯鼓之聲　頗甚悲切. 其擊者
必有事也」. 嵩素曉音律　曰「如汝所言」. 乃召而問之　云「某妻昨夜身
亡　不敢求假」. 嵩遽放歸.

　是時　至德之後　兩河未寧. 以滏陽爲鎭　命嵩固守　控壓山東. 殺傷之
餘　軍府草創. 朝廷命嵩　遣女嫁魏博節度使田承嗣男. 又遣嵩男娶滑毫
節度使令狐章女. 三鎭交爲姻婭　使使日浹往來. 而田承嗣常患肺氣　遇
熱增劇. 每曰「我若移鎭山東　納其凉冷　可以延數年之命」. 乃募軍中武
勇十倍者　得三千人　號外宅男　而厚其郫養. 常令三百人　夜直州宅. 卜
選良日　將併潞州.

　嵩聞之　日夜憂悶　咄咄自語　計無所出. 時夜漏將傳　轅門已閉. 杖策庭
際　唯紅綫從焉. 紅綫曰「主自一月　不遑寢食　意有所屬　豈非隣境乎」. 嵩
曰「事繫安危　非爾能料」. 紅綫曰「某誠賤品　亦能解主憂者」. 嵩聞其語
異　乃曰「我知汝是異人　我暗昧也」. 遂具告其事曰「我承祖父遺業　受國
家重恩　一旦失其疆土　卽數百年勳伐盡矣」. 紅綫曰「此易與耳　不足勞
主憂焉. 暫放某一到魏城　觀其形勢　覘其有無. 今一更首到　二更可以復
命. 請先定一走馬使　具寒喧書. 其他卽待某却廻也」. 嵩曰「然事或不濟
反速其禍　又如之何」. 紅綫曰「某之此行　無不濟也」.

　乃入闈房　飾其行具. 乃梳烏蠻髻　貫金雀釵. 衣紫繡短袍　繫靑絲輕履.
胸前佩龍文匕首　額上書太一神名. 再拜而行　倏忽不見. 嵩乃返身閉戶
背燭危坐. 常時飲酒　不過數合　是夕擧觴　十餘不醉. 忽聞曉角吟風　一葉
墜露. 驚而起問　卽紅線廻矣. 嵩喜而慰勞曰「事諧否」. 紅綫曰「不敢辱
命」. 又問曰「無傷殺否」. 曰「不至是. 但取牀頭金合爲信耳」.

　紅綫曰「某子夜前二刻　卽達魏城　凡歷數門　遂及寢所. 聞外宅兒止於
房廊　睡聲雷動. 見中軍士卒　徒步於庭　傳叫風生. 及發其左扉　抵其寢

帳. 田親家翁止於帳內　鼓趺酣眠. 頭枕文犀　髻包黃縠. 枕前露一星劒
劒前仰開一金合. 合內書生身甲子　與北斗神名. 復以名香美珠　散覆其
上. 然則揚威玉帳　但其心豁於生前　熟寢蘭堂　不覺命懸於手下. 寧勞擒
縱　只益傷嗟. 時則蠟炬煙微　爐香燼委. 侍人四布　兵器交羅. 或頭觸屏
風　鼾而齁者. 或手持巾拂　寢而伸者. 某乃拔其簪珥　縻其襦裳　如病如
醒　皆不能寤. 遂持金合以歸. 出魏城西門　將行二百里　見銅臺高揭　漳
水東流. 晨鷄動野　斜月在林. 忿往喜還　頓忘於行役　感知酬德　聊副於
依歸. 所以當夜漏三時　往返七百里. 入危邦一道　經過五六城　冀減主憂
敢言其苦」.

　嵩乃發使入魏　遺田承嗣書曰「昨夜有客從魏中來云　自元帥牀頭獲一
金合　不敢留駐　謹却封納」. 專使星馳　夜半方到. 見搜捕金合　一軍憂疑.
使者以馬箠撾門　非時請見. 承嗣遽出　使者乃以金合授之. 俸承之時　驚
恖絶倒. 遂留使者　止於宅中　狎以宴私　多其賜賚. 明日　專遣使齎帛三
萬四　名馬二百四　雜珍異等　以獻於嵩曰「某之首領　繫在恩私. 便宜知
過自新　不復更貽伊戚. 專膺指使　敢議親姻. 彼當俸愁後車　來在麾鞭前
馬. 所置紀綱外宅兒者　本防他盜　亦非異圖. 今並脫其甲裳　放歸田畝矣」.
由是一兩個月內　河北河南信使交至.

　忽一日　紅綫辭去. 嵩曰「汝生我家　今欲安往. 又方賴於汝　豈可議行」.
紅綫曰「某前本男子　游學江湖間　讀神農藥書　而救世人災患. 時里有孕
婦　忽患蠱癥. 某以芫花酒下之　婦人與服中二子俱斃. 是某一擧殺三人
陰力見誅　降爲女子. 使身居賤隸　氣稟凡俚. 幸生於公家　今十九年矣.
身厭綺羅　口窮甘鮮　寵待有加　榮亦甚矣. 況國家建極　慶且無疆. 此卽
違天　理當盡弭. 昨往魏邦　以是報恩. 今兩地保其城池　萬人全其性命
使亂臣知懼　烈士謀安. 在某一婦人　功亦不小. 固可贖其前罪　還其本形

便當遁迹塵中 棲心物外 澄清一氣 生死長存」.

嵩曰「不然. 以千金爲居山之所」. 紅綫曰「事關來世 安可預謀」. 嵩知不可留. 乃廣爲餞別. 悉集賓友 夜宴中堂. 嵩以歌送紅綫酒 請座客冷朝陽爲詞. 詞曰「採菱歌怨木蘭舟 送客魂消百尺樓. 還似洛妃乘霧去 碧天無際水空流」. 歌竟 嵩不勝其悲 紅綫拜且泣. 因僞醉離席 遂亡所在.

19. 聶隱娘傳

聶隱娘者 唐貞元中 魏博大將聶鋒之女也. 年方十勢 有尼乞食于鋒舍. 見隱娘悅之云「問押衙乞取此女教」. 鋒大怒 叱尼. 尼曰「任押衙鐵櫃中盛 亦須偸去矣」. 及夜 果失隱娘所向. 鋒大驚駭 令人搜尋 曾無影響. 父母每思之 相對涕泣而已.

後五年 尼送隱娘歸. 告鋒曰「教已成矣 子却領取」. 尼欻亦不見. 一家悲喜 問其所學. 曰「初但讀經念呪 餘無他也」. 鋒不信 懇詰 隱娘曰「眞說又恐不信 如何」. 鋒曰「但眞說之」.

曰 隱娘初被尼挈 不知行幾里. 及明 至大石穴之嵌空數十步 寂無居人 猿狖極多 松蘿益邃. 已有二女 亦各十歲 皆聰明婉麗不食. 能於峭壁上飛走 若輒猱登木 無有蹶失. 尼與我藥一粒 兼令長執寶劍一口 長二尺許. 鋒利 吹毛令剚. 逐二女攀緣 漸覺身輕如風. 一年後 刺猿狖 百無一失. 後刺虎豹 皆決其首而歸. 三年後能飛 使刺鷹隼 無不中. 劍之刃漸減五寸 飛禽遇之 不知其來也.

至四年 留二女守穴 挈我於都市 不知何處也. 指其人者 一一數其過

曰「爲我刺其首來 無使知覺. 定其膽 若飛鳥之容易也 . 受以羊角匕首
刀廣三寸. 遂白日刺其人於都市 人莫能見. 以首入囊 返主人舍. 以藥化
之爲水. 五年 又曰「某大僚有罪 無故害人若干. 夜可入其室 決其首來」.
又携匕首入室 度其門隙 無有障碍. 伏之梁上 至暝 持得其首而歸. 尼
大怒曰「何太晚如是」. 某云「見前人戲弄一兒可愛 未忍便下手」. 尼
叱曰「已後遇此輩 先斷其所愛 然後決之」. 某拜謝 尼曰「吾爲汝開
腦後藏匕首 而無所傷 用卽推之」. 曰「汝術已成 可歸家」. 遂送還云
「後二十年 方可一見」. 鋒聞語甚懼.

後遇夜卽失蹤 及明而返. 鋒已不敢詰之 因茲亦不甚憐愛. 忽値磨鏡
少年及門 女曰「此人可與我爲夫」. 白父 父不敢不從 遂嫁之. 其夫但
能淬鏡 餘無他能. 父乃給衣食甚豊 外室而居. 數年後 父卒. 魏帥稍知
其異 遂以金帛署爲左右吏. 如此又數年 至元和間 魏帥與陳許節度使劉
昌裔不協 使隱娘賊其首.

隱娘辭帥之許. 劉能神筭 已知其來. 召衙將 令來日早至城北 候一丈
夫一女子 各跨白黑衛. 至門 又有鵲前噪夫 夫以弓彈之 不中. 妻奪夫
彈 一丸而斃鵲者. 揖之云「吾欲相見 故遠相祗迎也」. 衙將受約束 遇
之. 隱娘夫妻曰「劉僕射果神人. 不然者 何以洞吾也 願見劉公」. 劉勞
之 隱娘夫妻拜曰「合負僕射萬死」. 劉曰「不然. 各親其主 人之常事.
魏今與許何異. 顧請留此 勿相疑也」. 隱娘謝曰「僕射左右無人. 願舍彼
而就此 服公神明也」. 知魏帥之不及劉.

劉問其所須. 曰「每日只要錢二百文足矣」. 乃依所請. 忽不見二衛所
之 劉使人尋之 不知所向. 後潛收布囊中 見二紙衛 一黑一白. 後月餘
白劉曰「彼未知住 必使人繼至. 今宵請剪髮 繫之以紅綃 送于魏帥枕前
以表不廻」. 劉聽之. 至四更却返曰「送其信了. 後夜必使精精兒來殺某

及賊僕射之首. 此時亦萬計殺之 乞不憂耳」. 劉豁達大度 亦無畏色.

是夜明燭 半宵之後 果有二幡子 一紅一白 飄飄然如相擊于牀四隅. 良久 見一人自空而踣 身首異處. 隱娘亦出曰「精精兒已斃」. 拽出于堂之下 以藥化爲水 毛髮不存矣. 隱娘曰「後夜當使妙手空空兒繼至. 空空兒之神術 人莫能窺其用 鬼莫得躡其蹤. 能從空虛之入冥 善無形而滅影. 隱娘之藝 故不能造其境 此卽繫僕射之福耳. 但以于闐玉周其頸 擁以衾. 隱娘當化爲蠛蠓 潛入僕射腸中聽伺 其餘無逃避處」.

劉如言. 至三更 瞑目未熟 果聞項上鏗然 聲甚厲. 隱娘自劉口中躍出賀曰「僕射無患矣. 此人如俊鶻 一搏不中 卽翩然遠逝 恥其不中 纔未逾一更 已千里矣」. 後視其玉 果有匕首劃處 痕逾數分. 自此劉轉厚禮之.

自元和八年 劉自許入覲 隱娘不願從焉. 云「自此尋山水 訪至人. 但乞一虛給與其夫」. 劉如約. 後漸不知所之. 及劉薨于統軍 隱娘亦鞭驢而一至京師 柩前慟哭而去. 開成年 昌裔子縱除陵州刺史. 至蜀棧道 遇隱娘. 貌若當時 甚喜相見. 依前跨白衛如故 語縱曰「郎君大災 不合適此」. 出藥一粒 令縱吞之. 云「來年火急拋官歸洛 方脫此禍. 吾藥力只保一年患耳」. 縱亦不甚信 遺其繒綵. 隱娘一無所受 但沉醉而去. 後一年 縱不休官 果卒于陵州. 自此無復有人見隱娘矣.

20. 謝小娥傳

小娥姓謝氏 豫章人 估客女也. 生八歲喪母 嫁歷陽俠士段居貞. 居貞負氣重義 交遊豪俊. 小娥父畜巨產 隱名商賈間 常與段壻同舟貨 往來

江湖. 時小娥年十四　始及笄.　父與夫俱爲盜所殺　盡掠金帛.　段之弟兄
謝之甥姪　與童僕輩數十　悉沉於江.　小娥亦傷胸折足　漂流水中　爲他船
所獲　經夕而活.　因流轉乞食　至上元縣　依妙果寺尼淨悟之室.

　初父之死也　小娥夢父謂曰「殺我者　車中猴　門東草」.　又數日　復夢
其夫謂曰「殺我者　禾中走　一日夫」.　小娥不自解悟　常書此語　廣求智者
辨之　歷年不能得.　至元和八年春　余罷江西從事　扁舟東下　淹泊建業　登
瓦官寺閣.　有僧齊物者　重賢好學　與余善.　因告余曰「有孀婦名小娥者
每來寺中　示我十二字謎語　某不能辨」.　余遂請齊公書於紙　乃憑檻書空
凝思默慮　坐客未倦　了悟其文.

　令寺童疾召小娥前至　詢訪其由.　小娥嗚咽良久　乃曰「我父及夫　皆爲
盜所殺.　邇後嘗夢父告曰　殺我者　車中猴　門東草.　又夢夫告曰　殺我者
禾中走　一日夫.　歲久無人悟之」.　余曰「若然者　吾審詳矣.　殺汝父是申
蘭　殺汝夫是申春.　且車中猴　車字　去上下各一劃　是申字.　又申屬猴　故
曰車中猴.　草下有門　門中有東　乃蘭字也.　又禾中走　是穿田過　亦是申
字也.　一日夫字　夫上更一劃　下有日　是春字也.　殺汝父是申蘭　殺汝夫
是申春　足可明矣」.

　小娥慟哭再拜　書申蘭申春四字於衣中　誓將訪殺二賊　以復其寃.　娥因
問余姓氏官族　垂涕而去.　爾後小娥便爲男子服　傭保於江湖間.　歲餘　至
潯陽郡.　見竹戶上有紙牓子　云「召傭者」.　小娥乃應召詣門　問其主　乃
申蘭也.　蘭引歸　娥心憤貌順　在蘭左右　甚見親愛.　金帛出入之數　無不
委娥.　已二歲餘　竟不知娥之女人也.

　先是　謝氏之金寶錦繡　衣物器具　悉掠在蘭家.　小娥每執舊物　未嘗不
暗泣移時.　蘭與春宗昆弟也.　時春一家住大江北獨樹浦　與蘭往來密洽.
蘭與春同去經月　多獲財帛而歸.　每留娥與蘭妻蘭氏　同守家室.　酒肉衣

服　給娥甚豊. 或一日　春携文鯉兼酒詣蘭　娥私歎曰「李君精悟玄鑒　皆符夢言　此乃天啓其心　志將就矣」.

是夕　蘭與春會　羣賊畢至. 酣飲　暨諸兇既去. 春寢醉　臥於內室　蘭亦露寢于庭. 小娥潛鏁春於內　抽佩刀　先斷蘭首. 呼號隣人並至　春擒於內　蘭死於外. 獲贓收貨　數至千萬. 初蘭春有黨數十　暗記其名　悉擒就戮. 時潯陽太守張公　善娥節行　爲具其事上旌表　乃得免死.

時元和十二年夏歲也. 復父夫之讐畢　歸本里　見親戚. 里中豪族爭求聘　娥誓心不嫁. 遂剪髮披褐　訪道於牛頭山. 師事大士尼蔣律師. 娥志堅行苦　霜春雨薪　不倦筋力. 十三年四月　始受具戒於泗州開元寺. 竟以小娥爲法號　不忘本也.

其年夏月　余始歸長安. 途經泗濱　過善義寺　謁大德尼令操. 見新戒者數十　淨髮鮮帔　威儀雍容　列侍師之左右. 中有一尼問師曰「此官豈非洪州李判官二十三郎者乎」. 師曰「然」. 曰「使我獲報家仇　得雪寃恥　是判官恩德也」. 顧余悲泣. 余不之識　詢訪其由. 娥對曰「某名小娥　頃乞食孀婦也. 判官時爲辨申蘭申春二賊名字　豈不憶念乎」. 余曰「初不相記　今卽悟也」. 娥因泣　具寫記申蘭申春　腹父夫之仇　志願粗畢　經營終始艱苦之狀. 小娥又謂余曰「報判官恩　當有日矣」.

豈徒然哉　嗟乎. 余能辨二盜之姓名　小娥又能竟復父夫之讐寃　神道不昧　昭然可知. 小娥厚貌深辭　聰敏端特. 鍊指跋足　誓求眞如. 爰自入道衣無絮帛　齋無鹽酪　非律儀禪理　口無所言. 後數日　告我歸牛頭山. 扁舟汎淮　雲遊南國　不復再遇. 君子曰「誓志不捨　復父夫之讐　節也. 傭保雜處　不知女人　貞也. 女子之行　唯貞與節　能終始全之而已. 如小娥　足以儆天下逆道亂常之心　足以觀天下貞夫孝婦之節」. 余備詳前事　發明隱文暗與冥會　符於人心. 知善不錄　非春秋之義也. 故作傳以旌美之.